Olivia

Du même auteur
aux Éditions J'ai lu

Fleurs captives
Fleurs captives, *J'ai lu* 1165
Pétales au vent, *J'ai lu* 1237
Bouquet d'épines, *J'ai lu* 1350
Les racines du passé, *J'ai lu* 1818
Le jardin des ombres, *J'ai lu* 2526

Ma douce Audrina, *J'ai lu* 1578

La saga de Heaven
Les enfants des collines, *J'ai lu* 2727
L'ange de la nuit, *J'ai lu* 2870
Cœurs maudits, *J'ai lu* 2971
Un visage du paradis, *J'ai lu* 3119
Le labyrinthe des songes, *J'ai lu* 3234

VIRGINIA C. ANDREWS™

Aurore
Aurore, *J'ai lu* 3464
Les secrets de l'aube, *J'ai lu* 3580
L'enfant du crépuscule, *J'ai lu* 3723
Les démons de la nuit, *J'ai lu* 3772
Avant l'aurore, *J'ai lu* 3899

La famille Landry
Ruby, *J'ai lu* 4253
Perle, *J'ai lu* 4332
D'or et de lumière, *J'ai lu* 4542
Tel un joyau caché, *J'ai lu* 4627
D'or et de cendres, *J'ai lu* 4808

Les orphelines
Janet, *J'ai lu* 5180
Crystal, *J'ai lu* 5181
Brenda, *J'ai lu* 5182
Rebecca, *J'ai lu* 5183
En fuite!, *J'ai lu* 5184

La famille Logan
Melody, *J'ai lu* 5516
Le chant du cœur, *J'ai lu* 5616
Symphonie inachevée, *J'ai lu* 5772
Petite musique de nuit, *J'ai lu* 5967

Virginia C. Andrews™

Olivia

Traduit de l'américain
par Françoise Jamoul

Titre original :
OLIVIA

Copyright © 1999 by
The Vanda General Partnership

Pour la traduction française :
© Éditions J'ai lu, 2000

PROLOGUE

Le printemps du cap Cod me surprenait toujours, comme si je n'avais pas osé espérer qu'il revienne. Les hivers étaient si longs et si rudes, chez nous, et les jours si courts ! Pourtant je ne redoutais ni les ciels gris ni le vent froid, à l'encontre de la plupart des gens, surtout ma cadette Belinda. D'ailleurs nos camarades de classe trouvaient que l'hiver était la saison qui me convenait le mieux. Je ne sais plus comment ni quand cela s'était fait, mais un jour quelqu'un m'avait appelée par plaisanterie Miss Glaçon, et ma sœur Miss Tison, et ces surnoms nous étaient restés.

Quand elle était petite, Belinda adorait sortir à l'improviste, courir à perdre haleine et les cheveux au vent, pirouetter comme une toupie jusqu'à l'étourdissement, et se laisser tomber dans le sable, les yeux brillants d'excitation. Tout ce qu'elle faisait avait quelque chose d'explosif. Elle ne parlait jamais lentement ni posément, mais toujours sur un débit précipité, comme si les mots lui jaillissaient de la bouche. Et quand elle reprenait son souffle, elle éprouvait presque toujours le besoin d'ajouter : « Il fallait que je le dise tout de suite, sinon j'en serais morte ! »

À douze ans, elle marchait comme une femme en balançant les hanches, et se voilait coquettement la face de la main, avec des façons de courtisane. Tout en aguichant les garçons par ses regards et ses sourires, que ses petits doigts entrouverts étaient censés dissimuler. J'ai vu des hommes mûrs se retourner sur elle et la dévisager, jusqu'au moment où ils découvraient combien elle était jeune. Et même alors, ils prenaient la peine de vérifier qu'ils ne s'étaient pas trompés, sans parvenir à cacher leur déception.

Elle avait un rire contagieux, qui déridait instantanément ceux qui se trouvaient près d'elle. Rien qu'à l'entendre, on se sentait forcé de sourire, la tristesse et les idées noires s'envolaient. En sa présence, les gens perdaient la tête et devenaient littéralement amnésiques. Les garçons, surtout. Ils oubliaient leurs responsabilités, leurs devoirs, leurs rendez-vous, et en particulier leur réputation. Sur un signe d'elle, ils étaient prêts à faire les choses les plus grotesques et les plus stupides : elle les menait par le bout du nez.

—Tu as l'air d'une grenouille, Tommy Carter, se moquait-elle. Fais-nous entendre ta douce voix. Allez, en position !

Et Tommy Carter, de deux ans son aîné, s'asseyait sur ses talons et coassait comme un crapaud : « Brekekex, brekekex... », à la grande joie des assistants.

Un instant plus tard, Belinda le plantait là, pour aller chercher une autre victime à humilier.

J'ai toujours su que tout cela finirait mal pour elle. Ce que je n'aurais jamais imaginé, toutefois, c'est l'ampleur et la gravité du désastre. J'essayais de corriger ses manières, de lui apprendre à se conduire en dame ; et surtout, de lui inculquer une certaine prudence dans ses rapports avec les hommes et les jeunes gens. Ils la comblaient de cadeaux, et elle les acceptait toujours, malgré mes conseils et mes mises en garde.

— Cela crée des obligations, lui expliquais-je. Rends-leur ces présents, Belinda. Donner à un jeune homme de fausses espérances est le jeu le plus dangereux qui soit.

Naturellement, elle protestait de son innocence.

— Mais je ne leur demande pas de m'offrir des cadeaux ! Je le leur suggère, peut-être, mais je ne les y force pas. Et par conséquent je ne leur dois rien du tout. Sauf ce que je consens leur devoir, ajoutait-elle avec son sourire plein de malice.

Par le jeu des circonstances, c'était surtout à moi qu'il incombait de donner à Belinda ces conseils dont elle avait tant besoin. Notre mère se dérobait à ses obligations et à ses responsabilités. Elle détestait voir ou entendre quoi que ce soit de laid ou de déplaisant. Son vocabulaire était un tissu d'euphémismes, ces mots qui savent si bien déguiser les vérités trop laides ou les réalités trop cruelles. Les gens ne mouraient pas, ils « nous quittaient pour toujours ». Papa n'était jamais dur envers elle, il « n'était pas dans son assiette », sans plus. Quand l'un de nous tombait malade, elle se comportait comme si c'était de notre faute. Nous attrapions des rhumes par négligence, et si nous avions mal au ventre c'était parce que nous avions mangé ce qu'il ne fallait pas. Tout se ramenait à une mauvaise décision de notre part, en somme. Et il suffisait d'un peu de bonne volonté pour que tout s'arrange. Elle avait un remède magique à tous les maux.

— Fermez les yeux très fort et souhaitez que ça s'en aille, nous recommandait-elle. C'est toujours ce que je fais.

Mais pour moi, le plus grave de tout était sa façon d'envisager la conduite de Belinda. Ses échecs scolaires n'étaient jamais que « de petits contretemps ». Ses frasques et ses mauvais tours bénéficiaient toujours de la même excuse : « Il faut bien que jeunesse se passe. Tout cela sera bientôt fini. »

— Mère, bientôt n'arrivera jamais, prédisais-je avec l'autorité de la clairvoyance.

Mais notre mère n'écoutait jamais non plus. Elle écartait mes arguments d'un geste, comme elle eût chassé des mouches importunes. Et si je m'en plaignais, elle répondait invariablement que je m'étais levée du mauvais pied.

— Cligne des yeux et tout s'en ira, ma fille.

Les orages, les maladies, la mauvaise humeur de papa, les écarts de conduite de Belinda, les crises économiques, les guerres, le crime… Pour elle, tout cela était censé disparaître en un clin d'œil, avec les autres menus désagréments de l'existence.

La chambre de notre mère était toujours pleine de fleurs – elle détestait les mauvaises odeurs –, et elle passait sa journée à écouter des boîtes à musique. Comme elle ne supportait pas « les couleurs tristes, les choses qui se fanent et tous les nuages noirs qui peuvent nous faire de l'ombre »… elle avait choisi de porter des lunettes roses.

À mon avis, c'était surtout à elle que Belinda ressemblait.

Toutes les deux, nous tenions d'elle notre petite stature, cela ne faisait aucun doute. Pieds nus, elle ne dépassait pas de beaucoup le mètre cinquante ; et si j'étais un peu plus grande, je n'espérais pas aller au-delà d'un mètre cinquante-cinq, au maximum. Belinda était un peu plus petite que moi, mais plus jolie, je dois le reconnaître. Ses yeux étaient plus bleus que les miens, qui tiraient sur le gris, et son nez un plus petit. Sa bouche était tracée au pinceau, son sourire creusait une délicieuse fossette dans sa joue gauche. Quand elle était petite, papa aimait poser le doigt sur cette fossette en prétendant qu'il appuyait sur un bouton. Belinda était alors censée danser. Ce qu'elle s'empressait de faire, avec une grâce étincelante, même quand elle n'avait que deux ou trois ans. Et papa souriait, d'un sourire venu du fond du cœur.

Alors Belinda pirouettait à travers le salon, maman battait des mains ; et s'il se trouvait que nous ayons des invités, tout le monde applaudissait avec elle.

— Et Olivia ? demanda un jour le colonel Childs, un des vieux amis de papa. Elle ne sait pas danser ?

Je levai les yeux sur papa, qui soutint gravement mon regard.

— Non, Olivia ne danse pas. Olivia pense, dit-il avec un signe de tête approbateur. Elle prévoit et organise. C'est mon petit général.

Quand nous eûmes grandi, papa continua de me donner ce sobriquet affectueux, et Belinda me taquinait à ce sujet. Elle m'adressait le salut militaire quand nous nous croisions dans le hall, ou même au moment de nous mettre à table. Puis elle pouffait de rire et me donnait une bourrade.

— C'était juste pour rire, Olivia. Ne prends pas ton air méchant.

Je ripostais toujours, évidemment.

— Ce n'est pas être méchant que de faire preuve de sérieux et se respecter soi-même, Belinda. Tu devrais essayer.

— Impossible. Jamais je ne pourrais prendre une expression pareille, ni me creuser des rides dans le front. Ma peau se révolterait ! se moquait-elle.

Et là-dessus, elle se sauvait dans un éclat de rire.

Elle me rendait folle, et l'attitude de papa et maman n'arrangeait rien. Ils ne voyaient donc pas ce que je voyais ? Rien de ce que Belinda pouvait faire ou dire ne semblait jamais déplaire à papa.

Ou si par hasard c'était le cas, il glissait très vite sur l'incident et il n'en était plus question, exactement comme si rien ne s'était passé. C'était un homme violent, pourtant. Mais dès qu'il élevait la voix contre elle, il faisait un effort sur lui-même et reprenait son calme.

Combien de fois n'avais-je pas assisté à ses emportements, quand il déchaînait sa colère sur les politiciens, les fonctionnaires, les avocats et autres hommes d'affaires. Je l'avais vu traiter si durement les domestiques qu'ils s'esquivaient la tête basse. Il était si sarcastique et si cinglant qu'un mot de lui pouvait vous blesser jusqu'à l'os.

Malgré cela, dès qu'il commençait à gronder Belinda il battait en retraite. J'avais presque l'impression de le voir tendre la main pour rattraper ses propres paroles. Il suffisait qu'elle ait la larme à l'œil pour qu'il la traite en grande malade et se mette en quatre pour la satisfaire. Pour finir, il lui achetait quelque chose ou lui promettait monts et merveilles. On aurait juré que, sans un sourire d'elle, il n'eût pas eu la force d'aller jusqu'au bout de la journée.

Il m'arrivait, quand nous étions à table, ou réunis au salon devant la télévision, d'observer papa pendant qu'il regardait Belinda. Il était en contemplation devant sa beauté délicate, comme un collectionneur devant une œuvre d'art, et cela me rendait mélancolique. Pourquoi n'était-ce jamais moi qu'il regardait ainsi ? Je n'avais jamais rien fait qui puisse le blesser ou lui déplaire. Je savais qu'il était fier de moi, de mes talents domestiques, de mes résultats scolaires, et des compliments que je recevais de ses amis. Mais il se comportait comme si tout cela était normal, et qu'il n'en attendait pas moins de moi.

Quand je quittai le collège privé où j'avais brillamment parachevé mes études secondaires, il me serra la main et m'embrassa sur le front. Pour un peu, il m'aurait épinglé une médaille sur la poitrine et annoncé une promotion ! Ma récompense fut de me voir attribuer un poste de confiance dans l'affaire familiale, en attendant le jour où un jeune homme distingué viendrait demander ma main. Je n'ai jamais compris d'où papa tirait la certitude, ou l'espoir, que les choses se passeraient de cette façon. Il refusait tout simplement de croire que les temps avaient changé. Que le fait d'appartenir à une « bonne famille » n'était plus une qualité suffisante pour une fille, aux yeux des jeunes gens de notre époque. Et que l'on ne se conduisait plus de manière aussi formaliste qu'autrefois. On aurait dit qu'il croyait notre famille différente, épargnée par les transformations politiques et sociales qui affectaient le reste du monde.

Si quelqu'un contestait ses convictions, il secouait la tête et répondait :

— Quel intérêt y a-t-il à se conduire mal ? Cela ne profite à personne. Avant de faire quoi que ce soit dans la vie, demandez-vous toujours : « Qu'ai-je à y gagner ? » En agissant ainsi, vous êtes certain de prendre la bonne décision.

Voilà une chose qu'il devrait enseigner à Belinda, ne pouvais-je m'empêcher de penser. Mais il ne lui faisait jamais la leçon. Il était même très rare qu'il lui donne un conseil. Elle avait le droit de se conduire à sa guise, d'aller et venir dans la maison tel un feu follet, sans obligations ni responsabilités, en toute liberté et toute impunité.

Quand je confiais à papa mes inquiétudes à son sujet, il avait toujours l'air d'être de mon avis, du moins pour commencer. Puis il se reprenait et déclarait :

— Tu n'auras qu'à veiller sur elle, Olivia.

Un jour où j'avais obtenu pour la énième fois cette réponse, je répliquai :

— Mais quand saura-t-elle prendre soin d'elle-même, papa ? Elle est en terminale, cette année !

— Certaines femmes restent des enfants toute leur vie, commenta-t-il sur un ton philosophe.

Il trouvait toujours une explication à la conduite de Belinda, et cela me mettait hors de moi.

Pourquoi fallait-il toujours qu'il l'excuse ? À sa place, je l'aurais prise par la peau du cou et secouée comme un prunier, moi ! Jusqu'à ce que son petit sourire aguicheur se décolle de sa figure de poupée de porcelaine, et tombe en miettes à ses pieds. Il fallait la forcer à grandir, à faire face aux conséquences de ses actes. Pourquoi ne l'y obligeait-il pas ? C'était cela qu'on appelait maturité, concluais-je dans mon petit discours imaginaire.

Un discours que mes parents ne m'entendaient pas souvent prononcer devant eux, et que de toute façon ils n'écoutaient guère.

— Je ne veux pas grandir, osa reconnaître un jour Belinda. C'est ennuyeux, désagréable, on n'y gagne que des reproches et des soucis. Je veux rester une petite fille toute ma vie, avec des hommes pour prendre soin de moi.

— Tu n'as donc aucun respect pour toi-même ? ripostai-je, ulcérée. Pas la plus petite trace de dignité ?

Elle haussa les épaules, fit les yeux doux et eut cette petite moue qui lui valait tant de sourires éblouis.

— J'en ai… quand j'en ai besoin, voilà tout.

Parler avec elle me mettait les nerfs à rude épreuve, quelquefois. La frustration me crispait à tel point que mes muscles se contractaient, jusqu'à devenir durs comme de l'acier. Je mourais d'envie de lui administrer une bonne gifle, pour faire rentrer un peu de bon sens dans sa stupide petite tête.

C'est alors qu'elle me sautait au cou et s'écriait :
— Tu auras de la dignité pour nous deux, Olivia. J'en suis sûre. J'ai tellement de chance d'avoir une grande sœur comme toi !

Puis elle s'échappait pour aller rejoindre ses amis et flirter avec son troupeau d'admirateurs, me laissant seule avec la tâche que papa nous avait confiée à toutes deux.

Je dois avouer que parfois, en la regardant s'enfuir ainsi, j'ai souhaité lui ressembler. Quand elle se couchait, chaque soir, sa tête bourdonnait de jolies pensées futiles et amusantes, alors que la mienne était pleine de soucis et d'obligations. Ses oreilles résonnaient de musique, les miennes de détails pratiques et de rendez-vous. J'étais l'agenda vivant de papa. Il pouvait poser le doigt sur la fossette de Belinda, et obtenir d'elle ce sourire qui lui réchauffait le cœur. Mais avec moi, il lui suffisait de pointer l'index pour que je lui récite l'ordre du jour de sa prochaine réunion. Il n'était pas ingrat envers moi, cependant. Je sais qu'il était fier de « son petit général ». Mais quelque chose en moi, ce quelque chose qui ressemblait à Belinda, aurait voulu qu'il m'appréciât pour d'autres raisons. C'est sur moi qu'il comptait pour faire honneur à la famille, je le savais. Mais ne lui arrivait-il jamais de me trouver jolie, moi aussi ? Ne pouvais-je être à la fois responsable et séduisante ?

Malheureusement, du moins j'avais toutes raisons de le craindre, papa était semblable à la plupart des hommes. Incapable de résister à un sourire provocant, un geste d'invite, un baiser furtif, comme si le flirt était une sorte de compensation pour ses responsabilités professionnelles. Une voix me soufflait que si je voulais plaire aux hommes, il fallait imiter ma sœur, ne plus raisonner ni réfléchir, me remplir la tête de bulles de savon en guise de pensées.

En serais-je plus heureuse ? La plupart des hommes de mon entourage essayaient de m'en convaincre. Mais j'étais bien résolue à ne pas devenir ce qu'était devenue ma mère pour mon père, un simple jouet entre les mains d'un homme. Belinda se croit heureuse, concluais-je, mais elle ne comprend pas combien les hommes la respectent peu. Ils la désirent comme des fous, sans doute. Mais quand leur appétit sera satisfait, quand ils seront rassasiés d'elle et l'auront rejetée, qu'adviendra-t-il d'elle ? Seule et misérable, pleurant sa jeunesse et sa beauté, elle maudira le monde dans lequel existe une chose aussi affreuse que la vieillesse. Et elle mourra petite fille.

Eh bien moi, je mourrais femme, et je ne laisserais aucun homme se servir de moi pour sa satisfaction personnelle. Une partie de moi-même désirait être Belinda, c'était vrai. Mais cette part-là m'avait été inculquée par les hommes, et j'entendais la maîtriser.

Qu'ils m'appellent donc « le petit général », me disais-je. Que je sois la glace et Belinda le feu, tant qu'ils voudraient. Au bout du compte, ils finiraient par me respecter. Et au fond, qu'est-ce qui comptait le plus, le respect ou l'amour ? Qui pouvait savoir ce qu'était vraiment l'amour ? Combien d'époux étaient-ils réellement unis par ce lien soi-disant magique et merveilleux ? Pour moi, le choix était simple : entre le rêve et le réalisme, j'optais pour ce dernier. Ma vie serait ce que je voulais qu'elle soit, et non à la merci de vains espoirs.

Belinda dansait, mon père souriait. Ma mère fuyait les soucis et les peines. Et moi, dressée devant eux tous comme un rempart, je protégeais notre maison du désastre. Ils finiraient bien par m'apprécier à ma juste valeur. Pouvait-on rien demander de plus à la vie ?

Le rire cristallin de Belinda résonna en moi, jetant ses étincelles dans les recoins obscurs de mon esprit, réveillant mes propres doutes.

Étais-je vraiment si sûre de moi, finalement ?

1

Pleurs dans la nuit

Je crus d'abord que j'avais rêvé, car lorsque j'ouvris les yeux je n'entendis plus rien, sinon le sifflement rauque du vent de mer. Filtrée par mes rideaux de coton blanc, la lune répandait une clarté d'or pâle sur les murs de ma chambre. Un volet claqua contre les bardeaux, puis j'entendis à nouveau le son. Mais j'étais bien réveillée, cette fois-ci. J'écoutai, le cœur battant, comme avertie par un sombre pressentiment. Au bout d'un instant cela recommença.

On aurait dit les lamentations d'une chatte en chaleur, mais nous n'avions pas de chats. Papa détestait les animaux de compagnie. À la rigueur, il aurait toléré un chien de garde, mais nous n'en avions pas besoin. Notre maison était située un peu en dehors du bourg de Provincetown, sur une hauteur, et entourée de murs hauts de deux mètres cinquante avec une grille d'entrée en fer forgé. Notre gardien, Jérôme, la fermait soigneusement à clé chaque soir. Et papa gardait son fusil de chasse à portée de main, sous son lit. « Au cas où », déclarait-il, en précisant que « cela coûtait moins cher que de nourrir un affreux bâtard, de toute façon ».

Le son était plus fort, cette fois-ci, et je m'assis brusquement dans mon lit. Non, cela ne sortait pas de mon imagination, ni de mes cauchemars. Le bruit me parvenait à travers le mur séparant ma chambre de celle de Belinda. Ce n'était pas exactement un hurlement, ni un cri strident, mais quelque chose de familier et de très étrange à la fois. Ce n'était sûrement pas une plainte que Belinda aurait pu proférer elle-même, et pourtant… cela provenait de sa chambre, sans le moindre doute.

Je me levai, happai ma robe de chambre sur la chaise placée à côté du lit, enfilai hâtivement les manches et sortis. Papa et Mère étaient déjà dans le couloir, Mère toujours en chemise de nuit et papa en pyjama. L'effroyable clameur n'avait pas cessé.

— Mais que diable… grommela papa en s'élançant vers la porte close.

Je le suivis, Mère assez loin derrière moi. Mais quand papa ouvrit la porte, elle comprit que le cri émanait de Belinda et se rua en avant.

— Que se passe-t-il, Winston ?

Papa pressa le commutateur, illuminant le plus imprévu et le plus alarmant des spectacles.

Belinda était allongée sur le sol, étalée devrais-je dire, sa chemise ensanglantée retroussée jusqu'aux seins. Et là, entre ses jambes, gisait un enfant nouveau-né, toujours relié au placenta par le cordon ombilical.

Ma sœur avait les yeux révulsés de terreur, ceux du bébé étaient fermés. Son bras minuscule se détendit brusquement, puis il ne bougea plus.

— Jésus, Marie, Joseph ! s'exclama papa d'une voix sourde, cloué au plancher par la stupeur.

Comme si sa colonne vertébrale se muait soudain en gelée, Mère s'affaissa aux pieds de papa.

— Leonora !

— Ramène-la dans son lit, papa, dis-je avec décision. Je m'occupe de Belinda.

Il jeta un dernier regard derrière lui, comme pour s'assurer que tout cela était bien réel. Puis il s'accroupit, glissa les mains sous le corps de Mère, la souleva comme il eût fait d'un enfant et l'emmena dans leur chambre.

J'entrai dans celle de Belinda et m'empressai de refermer la porte. Les domestiques devaient sûrement être réveillés, à présent. Belinda geignait, les yeux vagues, comme si elle avait le vertige. Elle tendait les bras, mais sans oser toucher l'enfant.

— Je n'ai rien pu empêcher, Olivia, je t'assure. C'est arrivé comme ça.

Elle tremblait de tout son corps. Je m'approchai d'elle et baissai sur cette scène sanglante un regard incrédule.

— Tu étais enceinte ? Depuis tout ce temps, tu étais enceinte !

— Oui, souffla-t-elle.

Tout devenait clair, à présent. Au cours des derniers mois, nous nous étions souvent étonnés, papa et moi, de voir Belinda prendre du poids. Elle avait une faim dévorante, depuis quelque temps, et elle ne semblait s'inquiéter ni de prendre des hanches, ni d'avoir les joues bouffies. Personnellement, ça m'était bien égal. C'était surtout papa qui s'en plaignait. Sa chère petite poupée Barbie disparaissait sous ses yeux, remplacée peu à peu par cette créature qui ne se refusait plus rien. J'avais bien risqué une réflexion, de temps à autre, du genre :

— Tu n'as pas peur de perdre tous tes soupirants ?

Cela aussi semblait la laisser indifférente, même s'il était vrai que sa petite cour s'amenuisait.

Les jeunes gens étaient de moins en moins nombreux à venir la voir, à l'inviter à faire un tour en voilier, à se promener sur la plage ou à sortir le soir en ville. Maintenant que je la voyais se tordre sur le plancher, son bébé immobile entre les cuisses, je comprenais pourquoi elle avait refusé si obstinément, à plusieurs reprises, de se montrer nue devant moi. Une rapide inspection de son placard me fit découvrir deux gaines de maintien dans une boîte. Je comprenais aussi, maintenant, son goût soudain pour les robes vagues. Avant, quand elle les voyait sur une autre, elle arborait un petit air méprisant et les appelait des « sarraus de grand-mère ».

Je m'agenouillai près d'elle et posai la main sur le thorax du bébé. Il était déjà froid, et je ne perçus pas le moindre battement de cœur. Aucun souffle ne soulevait la petite poitrine.

— Je ne crois pas qu'il soit en vie, constatai-je.

Belinda se remit à gémir.

— S'il te plaît, Olivia, enlève-le. Je ne pourrais pas le toucher.

Je pris le temps d'examiner la petite créature, son visage fripé, ses lèvres bleues; et ses doigts si minuscules que sa main était à peine plus large que l'un des miens, pourtant si fins.

— C'était un garçon, observai-je à voix haute, davantage pour moi-même que pour l'apprendre à Belinda.

Elle ferma les yeux et se mit à haleter, cherchant péniblement son souffle. Je la regardai souffrir un moment, toujours aussi effarée qu'elle ait pu garder un pareil secret si longtemps. Qu'allait penser papa de sa précieuse petite princesse, à présent ? J'abaissai sur elle un regard sévère.

— As-tu la moindre idée de la gravité de tout cela, Belinda ? As-tu réfléchi que cela se saurait forcément, et pensé à ce que cela pourrait faire à tes parents ? Pourquoi n'avoir pas parlé avant, quand papa pouvait trouver une solution, au lieu de tromper tout le monde en cachant ton état ?

Instantanément, elle se mit à renifler.

— J'avais peur, larmoya-t-elle. Peur que tout le monde me déteste.

— Parce que maintenant tout le monde t'adore, d'après toi ?

Elle resta un moment silencieuse, retenant sa respiration, puis reprit sa voix de petite fille.

— S'il te plaît, Olivia. S'il te plaît, aide-moi.

— De combien étais-tu enceinte, d'abord ?

— Je ne sais pas exactement, mais... au moins six ou sept mois, se hâta-t-elle de préciser.

— Voilà pourquoi l'enfant est si petit. C'est un prématuré. Je savais que tu avais des rapports sexuels avec certains de tes soupirants, Belinda. J'en étais sûre, et je m'attendais à ce qui t'arrive. Je t'avais mise en garde. Et maintenant, regarde où tu en es, grâce à ta conduite égoïste et déréglée !

Elle balbutia une excuse entrecoupée de sanglots.

— C'est ça, bougonnai-je. Nous n'avons qu'à fermer les yeux et tout ça sera fini, comme par enchantement.

— Olivia, je t'en prie...

— Qui est le père ? demandai-je brutalement.

Et comme elle ne répondait pas, j'insistai.

— Tu dois le dire, Belinda. Qui que ce soit, il porte la moitié de la responsabilité. Papa voudra savoir son nom, de toute façon. Qui est-ce ? Arnold Miller ?

J'avais remarqué qu'ils passaient beaucoup de temps ensemble, tous les deux. Ce devait être lui.

— Non, démentit vivement ma cadette. Arnold et moi n'avons jamais été jusque-là.

— Alors qui est-ce, Belinda ? Je n'ai pas l'intention de jouer aux devinettes avec toi. Dis-moi qui c'est ! Si tu ne me le dis pas, je te laisse barboter dans tout ce... tout ce gâchis.

— Je ne sais pas, pleurnicha-t-elle. S'il te plaît, Olivia...

— Comment ça, tu ne sais pas? Dieux du ciel! Avec combien de garçons as-tu couché, Belinda? Et en changeant si vite de partenaire que tu n'es même pas capable de désigner le père de ce... de cet enfant!

Sur le moment, je ne savais pas très bien ce qui m'ennuyait le plus : qu'elle ait autant d'amoureux... ou que je n'en aie pas un seul.

Elle se contenta de secouer la tête.

— Je n'en sais rien, Olivia. Je n'en sais rien, je ne veux accuser personne. Je t'en prie.

— Il faudra pourtant que tu répondes quelque chose à papa, je te préviens. Il ne se contentera pas d'un « je ne sais pas », lui.

Elle leva les yeux sur moi et, pendant un instant, je crus qu'elle allait me révéler le nom du père de son enfant. Était-ce quelqu'un que je connaissais bien, moi aussi? Je m'impatientai.

— Eh bien?

— Je ne peux accuser personne à moins d'être tout à fait sûre, finit-elle par déclarer. Tu es bien d'accord?

— Ils sont tous coupables. Tu devrais donner tous leurs noms et les laisser se débrouiller ensemble, décrétai-je, en imaginant le résultat.

Une juste revanche, et même des plus poétiques, finalement.

— Je ne peux pas, geignit à nouveau ma sœur.

Et cette fois-ci, elle secoua la tête avec une telle violence que je m'attendis à la voir sauter de ses épaules.

— Bon, comme tu voudras, mais tu verras ce qui va t'arriver, annonçai-je en me relevant. Tu vas voir!

J'allai à la salle de bains prendre quelques serviettes, puis je roulai l'enfant dans l'une d'elles, avec son placenta, et déposai le tout sur le lit. Je me retournai au moment précis où papa ouvrait la porte. Il la referma aussitôt et son regard fit le tour de la pièce, évitant soigneusement Belinda. Puis il posa les yeux sur l'enfant, et enfin sur moi. Je n'attendis pas qu'il m'interroge pour annoncer :

— Je crois qu'il est mort, papa.

Il inclina gravement la tête.

— Ça m'en a tout l'air, dit-il en s'approchant du lit.

Sa grande main descendit lentement vers le bébé, puis il posa le bout de l'index sur son cou gracile.

— Oui, confirma-t-il. C'est une bénédiction.

Belinda se remit à pleurer.

— Tais-toi ! m'écriai-je en me penchant sur elle. Tu tiens à ce que Carmelita t'entende et monte voir ce qui se passe ?

Elle ravala ses sanglots et se retourna sur le côté, sans répondre. Papa ne lui dit rien. Ce fut à moi qu'il s'adressa.

— Peux-tu lui faire sa toilette et la remettre au lit, Olivia ?

— Oui, papa.

— Est-ce qu'elle saigne, ou quelque chose comme ça ? Va-t-il falloir appeler un médecin ?

— Je ne pense pas.

— Vérifie, me conseilla-t-il. Je reviens tout de suite.

— Comment va Mère ?

— Je l'ai calmée de mon mieux, mais elle tremble toujours autant, expliqua-t-il d'un air soucieux.

— Dès que j'aurai mis Belinda dans son bain, je descends la voir, je te le promets.

— Parfait, soupira-t-il, marchant déjà vers la porte.

Restée seule avec ma sœur, je passai à l'action.

— Lève-toi, Belinda. Je ne peux pas te soulever, ni te porter dans la baignoire. Je vais faire couler un bain. Tu pourrais te couvrir, maintenant. Tu es répugnante à pleurnicher comme ça, vautrée par terre !

Elle bredouilla une réponse éplorée, tout en commençant à se soulever sur les coudes. Il y avait du sang sur ses jambes, mais apparemment elle ne saignait plus. Elle recommença à chercher son souffle, en poussant de tels soupirs que je la crus sur le point de s'évanouir.

— Tu as mal quelque part ?
— Je n'ai pas besoin de médecin, répliqua-t-elle. Tout va s'arranger.
— Tu n'as peut-être pas besoin de médecin, mais quant au reste… ce n'est pas garanti.

Je coulai un nouveau regard sur l'enfant mort. Le sang plaquait sur son crâne ses quelques mèches de cheveux fins, il était difficile d'en voir la couleur. Chercher à deviner l'identité du père ne servait à rien, décidai-je en retournant à la salle de bains ouvrir les robinets.

Je venais d'aider ma sœur à s'asseoir dans la baignoire quand j'entendis papa rentrer dans la chambre. J'allai jusqu'à la porte de communication, et vis qu'il tenait une boîte à chaussures en carton. Il leva les yeux sur moi, enroula plus étroitement le bébé mort dans la serviette et, aussi doucement que s'il vivait encore, le déposa dans la boîte.

— Il va falloir nettoyer tout ça nous-mêmes, Olivia, dit-il en indiquant le plancher d'un signe de tête. Les domestiques ne doivent rien savoir.
— Je m'en occuperai, papa.
— Comment va-t-elle ?
— Bien. Elle survivra, commentai-je aigrement.

Il souleva la boîte et la serra contre lui. Je fronçai les sourcils.

— Qu'est-ce que tu vas faire, papa ?

— Il faut que j'enterre cette pauvre petite chose, soupira-t-il après un temps d'hésitation.

Je restai un instant muette, à le regarder serrer dans ses bras le petit cercueil improvisé.

— Ne devrions-nous pas faire une déclaration à quelqu'un ? finis-je par demander.

— Si nous faisons cela, Olivia, cette lamentable histoire se répandra dans tous les foyers, salons et tavernes de Provincetown. Cela ne fera certainement aucun bien à Belinda, et encore moins à la famille. Apparemment, elle a su garder le secret, du moins vis-à-vis de nous. Mais interroge-la sérieusement, et assure-toi que personne n'est au courant, me recommanda-t-il.

— Compte sur moi, papa.

Il me dévisagea longuement, puis baissa les yeux sur la boîte.

— Il faut en passer par là, soupira-t-il, comme s'il parlait pour lui-même et non pour moi.

Puis il sortit en toute hâte, son fardeau précieusement serré dans ses bras.

Je retournai à la salle de bains m'assurer que Belinda se lavait. Je l'aidai à se sécher, puis j'allai lui chercher une chemise de nuit propre. Quand je l'eus remise au lit, je descendis dans la réserve attenante à la cuisine, où nous rangions les ustensiles de ménage et les provisions. Je marchais sur la pointe des pieds, me glissant comme un voleur dans ma propre maison pour ne pas réveiller Carmelita ni Jérôme, notre bonne et notre homme à tout faire. Je pris un seau, un balai à franges, quelques chiffons et du détergent. Puis je remontai chez Belinda et remplis le seau d'eau chaude.

Par chance, ma sœur s'était allongée sur la descente de lit, et la natte épaisse avait absorbé presque tout le sang. Je la roulai, puis lavai jusqu'à la moindre trace de cet affreux épisode. Belinda reposait sur ses oreillers, gémissant doucement, et pleurant de temps à autre. Ce qui ne m'empêcha pas, tout en travaillant, de lui dévider ma litanie de plaintes et de reproches.

— Tu peux vraiment être fière de toi, cette fois-ci ! Mère est toute chamboulée, papa est livide, un vrai cadavre. Nous en ferons des cauchemars toute notre vie ! Mais qu'est-ce que tu croyais ? Que tout allait disparaître comme ça, sans que personne n'en sache rien ?

Je marquai une pause et scrutai son petit visage défait.

— Tu pensais qu'être enceinte, c'était comme attraper un rhume ou la rougeole ? Tu t'es sans doute fait un tort irréparable, Belinda. Tu ne pourras peut-être plus jamais avoir d'enfant dans des conditions honorables. Plus personne ne voudra t'épouser. À quoi pensais-tu, à la fin ?

Comment un chose pareille avait-elle pu se produire ? me demandai-je avec une horreur incrédule. Comment quelqu'un, même Belinda, pouvait-il commettre un acte aussi grave, non seulement pour lui-même, mais pour sa famille ?

Ma sœur plaqua les mains sur ses oreilles.

— Je t'en prie, Olivia. S'il te plaît, arrête !

— D'accord, j'arrête. Je devrais même arrêter tout de suite et te laisser nettoyer ces saletés. Est-ce que quelqu'un était au courant, pour ta grossesse ? En as-tu parlé à l'une de tes amies du club des Pois Chiches ? Oui ou non ?

La plupart des amies de Belinda étaient de petites pimbêches sans cervelle, outrageusement gâtées, qui selon moi n'avaient qu'un pois chiche dans le crâne. Comme je les mettais toutes dans le même sac, je les avais baptisées en bloc le club des Pois Chiches.

— Personne ne sait rien, me jura Belinda. Je me suis toujours changée en privé, pour la gymnastique, et je n'ai jamais pris de douches au lycée.

— Tu ferais mieux de dire la vérité, je te préviens, la menaçai-je.

Sur quoi, je retournai à la salle de bains récurer la baignoire, afin que Carmelita ne détecte aucune trace de cette sombre histoire.

Sur ces entrefaites papa revint, ses cheveux bruns en désordre, les yeux hagards et les traits ravagés. Il vit le tapis, les chiffons humides, et ramassa le tout.

— Je vais enterrer ça aussi, murmura-t-il. Il faut que tout soit comme si rien ne s'était passé.

Il regarda autour de lui, l'air fou d'angoisse, comme s'il craignait d'oublier quelque chose.

— Tu as tout, papa, ne t'inquiète pas.

— Bien, fit-il d'une voix morne en marchant vers la porte.

Je n'avais jamais vu notre père dans un tel état d'affolement. J'en fus bien plus effrayée que Belinda, qui restait prostrée dans son lit, les yeux presque toujours fermés. À mon avis, elle avait peur de regarder papa en face, maintenant.

Quand il fut ressorti, j'allai voir comment se portait Mère. Je la trouvai assise au bord de son lit, rassemblant ses forces pour aller voir Belinda. Elle était toujours aussi pâle et respirait avec peine. Je courus auprès d'elle.

— Tu devrais te recoucher, maintenant, lui conseillai-je.

— Comment va Belinda ?

— Elle va se remettre. Je lui ai fait faire sa toilette et l'ai mise au lit.

— Et...

— Papa s'est occupé du reste, la rassurai-je.
— Occupé ?
— L'enfant n'a pas vécu, Mère. C'était un prématuré. Papa est allé l'enterrer quelque part. Il a dit que personne ne devait rien savoir.

Mère inspira péniblement.

— L'enterrer ? Dieu nous pardonne ! s'exclama-t-elle dans un souffle.

Je crus qu'elle allait tomber en avant et lui saisis le coude, en essayant de la forcer à s'allonger.

Mais elle secoua la tête avec énergie.

— Il faut que j'aille voir comment elle va, Olivia.

Elle vacilla quand elle se leva, et je lui entourai la taille de mon bras. Au bout de quelques pas, ses forces lui revinrent et je la conduisis sans encombre jusqu'à la chambre de ma sœur. Dès que Mère s'approcha d'elle, Belinda fondit en larmes.

— Je suis désolée, maman, geignit-elle. Je te demande pardon.

Mère s'assit sur son lit et l'attira contre sa poitrine.

— Pauvre petite, murmura-t-elle en la berçant dans ses bras. Ma pauvre enfant.

— Pauvre enfant ? Elle mériterait le fouet ! marmonnai-je entre mes dents.

Mais je ne pouvais pas m'empêcher d'être désolée pour ma sœur, moi aussi, même si je n'éprouvais pas la moindre compassion pour elle.

— Allons, allons, ma chérie, répétait Mère. Ce n'est rien, tout va s'arranger.

Finalement, Belinda renifla ses dernières larmes et s'essuya les joues.

— Je sais que j'aurais dû te parler, maman, mais je n'ai pas pu. J'avais trop honte, expliqua-t-elle, et aussi trop peur.

— C'est ce qui a encore aggravé ta faute, Belinda. On ne peut pas garder un tel secret vis-à-vis de ses parents, ni de sa sœur, ajouta Mère en se tournant vers moi. Nous t'aimons tous, et nous aurions essayé de t'aider.

— Je sais, maman, je suis désolée.

— Comment une chose pareille a-t-elle pu se produire ? demanda Mère, en cherchant mon regard plutôt que celui de Belinda, maintenant.

D'aussi loin que je me souvienne, c'était toujours à moi que Mère s'adressait pour se renseigner sur ma cadette. Elle comptait sur moi pour me charger de Belinda, mais j'avais passé presque toute l'année en pension, je ne savais rien de ses derniers exploits. À part le peu que j'avais pu apprendre par des on-dit, ou constater au moment des vacances, bien sûr. Belinda était en terminale, et j'estimais qu'on lui laissait trop de liberté. Beaucoup plus que je n'en avais eu moi-même, en tout cas.

En mon absence, Mère n'avait qu'une très vague idée de ce que pouvait faire sa plus jeune fille. Elle avait le droit de rentrer après minuit, ou même de passer la nuit chez ses amies. Papa était toujours trop occupé pour la surveiller, je suppose. Et voilà où tout ce laxisme avait abouti.

— Elle prétend qu'elle ne sait pas qui est le père, annonçai-je. Apparemment, il y a trop de candidats.

— Quoi ?

Les traits de Mère exprimaient à la fois la stupeur et l'incrédulité. Mais qu'est-ce qu'elle s'imaginait ? Que Belinda était un ange, simplement parce que papa en avait fait un objet d'adoration ?

— Trop ? répéta-t-elle quand elle eut repris ses esprits. Comment est-ce possible, Belinda ?

Ma sœur se remit aussitôt à larmoyer.

— Je n'en sais rien, maman, ne m'en parle pas, je t'en prie. Je ne veux pas y penser, pas maintenant.

— Il faudrait pourtant que nous le sachions, insistai-je. Papa devrait aller les voir.

Mère succombait déjà aux pleurnicheries de Belinda.

— Peut-être vaut-il mieux nous en abstenir, finalement. Quel bien cela ferait-il à qui que ce soit de le savoir ?

— Les gens devraient assumer la responsabilité de leurs actes, Mère. Papa voudra savoir.

— J'ai soif, maman, geignit Belinda.

— Ce n'est rien, ma chérie. Olivia va aller te chercher un peu d'eau.

Instantanément, le gémissement devint un ordre.

— Non, pas de l'eau. Une boisson plus froide, avec des glaçons.

— Alors va la chercher toi-même ! ripostai-je.

Mère leva sur moi un regard suppliant.

— Olivia, s'il te plaît.

— Nous ne devrions pas la dorloter, Mère. Elle vient de faire quelque chose de très grave pour nous tous.

Je me sentais trompée, trahie, mais les yeux de Mère continuaient à m'implorer. Je tournai les talons et me ruai hors de la chambre.

Tout ce va-et-vient avait fini par réveiller Carmelita. C'était une grande femme à la peau très foncée, métisse de Noir et de Portugais, une Brava comme on disait ici. Elle devait avoir dans les quarante-cinq ans et travaillait chez nous depuis dix ans, cumulant les fonctions de bonne et de cuisinière. Mince et vigoureuse, capable et discrète, c'était une domestique parfaite. Elle semblait n'avoir aucune opinion sur les uns et les autres, ne se mêlait de rien et, quand elle ne travaillait pas, s'occupait tranquillement toute seule.

Elle émergea du quartier des domestiques en chemise de nuit, ses cheveux d'ébène épars sur les épaules.

— Y a-t-il quelqu'un de malade ? s'enquit-elle.

— Oui, Belinda.

— Ah ! Puis-je faire quoi que ce soit pour vous aider ?

— Non, Carmelita. Je vous remercie, mais ce n'est pas grave. Je m'occupe de tout.

Elle me dévisagea longuement, sans que l'expression de ses yeux noirs ne laisse rien deviner, puis hocha la tête et repartit vers sa chambre, au fond de la maison. Elle ne m'avait pas crue, je le savais. Mais même quand j'étais toute petite, elle ne s'était jamais risquée à me contredire.

J'étais dans la cuisine en train de préparer la boisson de Belinda quand papa rentra par la porte de la réserve. Il avait le front moite, les mains souillées de terre. Il resta là un moment sans rien dire, puis leva les yeux vers le plafond.

— Comment ça va, là-haut ?

— Mère est avec elle. Je suis juste descendue lui chercher à boire.

Papa contempla un instant ses mains sales, puis releva les yeux sur moi.

— Tu comprends pourquoi j'agis ainsi, Olivia ? Ce qui compte avant tout, c'est de protéger la famille.

— Je comprends, papa.

— Elle t'a dit que personne n'était au courant de tout ça ?

— C'est bien ce qu'elle a dit, confirmai-je, avec une moue sceptique on ne peut plus claire, que papa choisit d'ignorer.

— Bien. Très bien.

— Mais elle ne me dira pas qui est le père, ajoutai-je. Elle prétend qu'elle ne le sait pas.

Papa eut une grimace désabusée.

— C'est peut-être aussi bien comme ça. Nous ne pouvons pas accuser quelqu'un sans ameuter toute la ville.

— Mais qui que ce soit, il ne peut pas s'en tirer comme ça, papa !

— C'est terminé, à présent, mieux vaut oublier tout ça. Qu'il n'en soit plus jamais question, conclut-il d'un ton décisif.

Sur quoi, il monta se laver avant de retourner voir Belinda. Une fois de plus, ma petite sœur esquivait une punition bien méritée, me dis-je avec un soupçon d'amertume. Et cette fois, c'était vraiment grave.

Quand je lui apportai sa boisson fraîche, Mère l'avait installée confortablement dans son lit. Je lui tendis son verre et, tout en buvant à petites gorgées, elle me sourit.

— Merci, Olivia. Je suis désolée de t'avoir donné toute cette peine.

— Et il y a de quoi ! lui renvoyai-je vertement.

Elle prenait déjà sa mine d'enfant prêt à pleurer, au risque de bouleverser Mère. Je me radoucis.

— Repose-toi, maintenant, lui conseillai-je presque aimablement. Tu ne voudrais pas tomber malade, n'est-ce pas ?

En un clin d'œil, son expression passa du chagrin à la gratitude.

— Tu es ma sœur préférée, affirma-t-elle en saisissant ma main.

Pour un peu, j'en aurais ri.

— Je suis ton unique sœur, Belinda.

— Oui, mais tu es si gentille avec moi !

Mère me gratifia d'un sourire.

— Elle l'est avec nous tous, ma chérie. Bon, à présent nous devrions tous aller nous reposer. Nous en avons besoin.

— Qui pourrait avoir envie de dormir après ça ? bougonnai-je en réponse.

Si Mère m'entendit, elle n'en montra rien. C'est à ce moment-là que papa entrouvrit la porte.

— Alors ? demanda-t-il en passant la tête à l'intérieur.

— Elle va bien, Winston.

Papa s'avança lentement dans la pièce.

— Parfait, commenta-t-il brièvement. Il vaut mieux nous comporter comme si rien ne s'était passé.

Là, ce fut plus fort que moi : j'explosai.

— Autant prétendre que la mer ne se trouve pas juste en face de nos fenêtres !

— Ton père a raison, Olivia. Il ne servirait à rien d'en parler, même entre nous. Nous n'avons qu'à fermer les yeux, et imaginer que tout cela n'a été qu'un cauchemar.

La suggestion de Mère ne me surprit même pas. N'était-ce pas ainsi qu'elle réglait la plupart des menus problèmes de sa vie, en les ignorant purement et simplement ? Même en face d'un événement comme celui-ci, sa conduite n'était pas différente.

Elle se pencha pour embrasser Belinda, qui lui sourit, puis elle quitta la pièce. Papa contemplait ses chaussures, et il resta ainsi un moment sans rien dire. Il finit par redresser la tête et son regard s'arrêta sur moi, puis sur Belinda.

— Nous allons tous dormir, à présent, décréta-t-il.

Et là-dessus, il se retira.

Ma sœur leva sur moi de grands yeux éplorés.

— Je suis fatiguée, Olivia, se lamenta-t-elle. Je me sens très faible, mais je n'ai voulu alarmer personne. Papa ne tenait pas à ce que je voie un médecin, de toute façon.

— Tu n'en mourras pas, rassure-toi. Dors, c'est ce que tu as de mieux à faire.

J'inventoriai une dernière fois la pièce avant de sortir, pour m'assurer que tout était en ordre. Au moment de refermer la porte, je me retournai sur Belinda. Elle paraissait toute menue dans son lit, comme si elle était redevenue petite fille. En moins d'une minute elle était endormie.

Pour moi, le sommeil fut plus long à venir. Une fois au lit, toutes sortes de pensées m'assaillirent qui ne concernaient ni ma sœur, ni mes parents. C'était à l'enfant mort que je pensais. Cette petite étincelle de vie si vite éteinte, ce petit être déjà enterré quelque part dans notre parc, si tôt qu'il ne garderait sûrement pas le moindre souvenir d'être né dans cette famille. En de telles circonstances, méditai-je, c'était encore lui qui avait la meilleure part.

*
* *

Belinda resta tout le reste de la semaine à la maison. Nous répandîmes le bruit qu'elle avait la grippe, mais à mon avis Carmelita n'y crut pas. Elle devina qu'il se passait quelque chose de plus grave, j'en étais sûre. En montant les repas de ma sœur, elle s'aperçut forcément qu'elle ne toussait pas et n'avait même pas le nez bouché. Pourtant, ma mère la pouponnait comme si elle était réellement très grippée. Je l'entendis, au téléphone, décrire avec une foule de précisions à ses amies les symptômes de la maladie.

— Un jour elle va bien, et le lendemain elle est malade comme un chien ! pérorait-elle, allant jusqu'à prétendre qu'elle avait pris conseil du médecin par téléphone.

Toutes ces simagrées m'écœuraient, et en particulier la promptitude avec laquelle papa était entré dans la comédie. Le lendemain matin, il était debout à l'heure habituelle. Je le trouvai déjà installé à la table du petit déjeuner, lisant son journal, exactement comme si les événements de la nuit n'avaient été qu'un mauvais rêve. Le seul symptôme révélateur fut le regard aigu qu'il me jeta, lorsque Carmelita entra et s'informa de la santé de Belinda. Ce fut à ce moment que Mère dévida son écheveau de mensonges, introduisant d'innombrables détails, à la satisfaction visible de papa.

Je travaillais avec lui, à présent, en tant qu'apprentie comptable. À mon retour du collège, il avait jugé inutile de m'envoyer dans une de ces écoles privées où les jeunes filles sont censées s'initier aux beaux-arts. « Ce ne serait qu'une façon de tuer le temps, en attendant que tu trouves un parti honorable, Olivia, m'expliquait-il. Ton époux appréciera sûrement davantage que tu aies des qualités pratiques, tu peux me croire. »

L'idée d'entrer dans une de ces écoles « à vocation artistique » ne m'emballait pas vraiment, pour tout dire, et j'avais toujours aimé les chiffres. Papa prétendait que j'avais la bosse du commerce. À l'en croire, il s'en était aperçu quand j'étais petite, alors que je vendais les airelles de notre champ dans la rue qui passait devant chez nous. Les touristes trouvaient adorable de voir une si petite fille prendre l'argent tellement au sérieux. Mais ce qui plaisait surtout à papa, c'était que je place le mien sur un compte à intérêts, au lieu de le dépenser en sucreries.

— Il y a au moins une personne dans cette famille qui pourra me succéder, aimait-il à dire.

Il avait fini par se résigner à n'avoir pas de fils. Mais après un certain temps, il cessa de voir en moi un simple substitut à ce fils absent, j'en suis sûre. Il m'adressait trop de compliments sur mon travail, au bureau, pour que je continue à le croire.

Papa incarnait parfaitement cette figure classique du rêve américain : le milliardaire qui s'était fait lui-même. Il était le type même du petit entrepreneur qui, par son flair et ses choix judicieux, a progressivement et solidement étendu l'envergure de ses affaires. On citait ses succès dans les magazines régionaux, et même dans les journaux de Boston.

D'abord propriétaire d'un simple bateau de pêche, il en avait acheté un second, puis un troisième. En peu de temps, il fut à la tête de toute une flottille, approvisionnant en fruits de mer un marché national toujours en expansion. Puis il se lança dans les conserves de crevettes, à Boston, et mit sur pied toute une chaîne de commerces reliés à cette industrie. Très vite, cette réussite le conduisit à investir dans les transports routiers, dont il devint l'un des grands patrons. De son propre aveu, c'était un hommes d'affaires impitoyable, faisant la pluie et le beau temps dans son domaine et capable de briser les reins à ses rivaux. Il acquit une réelle influence politique, décrocha des contrats gouvernementaux. Et il continua de voir croître son influence et sa fortune.

Au bout de six mois, notre maison mère n'avait plus de secrets pour moi, et papa me permit d'assister à certaines de ses réunions d'affaires pour en apprendre davantage. Il n'était pas rare, quand elles se terminaient, qu'il se tourne vers moi pour solliciter mon avis. Et il lui arrivait même d'en tenir compte.

Ma sœur, en revanche, ignorait absolument tout de l'entreprise familiale. Apparemment, elle tenait pour acquis que l'argent nous tombait du ciel.

Quand on en avait besoin, il se trouvait là. Et pas une fois, quoi qu'elle ait pu demander, elle ne s'entendit répondre : « C'est au-dessus de nos moyens, Belinda. »

Bien souvent, je déplorais ouvertement son ingratitude.

— Tu prends tout ce que tu reçois comme un dû, lui reprochais-je.

Elle haussait les épaules et m'offrait son délicieux sourire. L'aurais-je accusée de meurtre qu'elle n'eût pas réagi autrement. Il était rare qu'elle discute ou nie quoi que ce soit. Tout se passait comme si elle était inaccessible aux remords, exemptée de toute responsabilité. Comme si elle avait reçu du ciel une dispense spéciale, et pouvait satisfaire ses moindres désirs sans se soucier des conséquences.

Et cela restait vrai même à présent, constatais-je avec dégoût. Mes parents préféraient fermer les yeux sur ce qui venait de se passer. Belinda était grippée, point final. Papa se souvenait-il, au moins, qu'il avait enterré un enfant prématuré dans le jardin ? Ou était-il parvenu à se convaincre qu'il n'en était rien ? Je commençais à me le demander.

Le lendemain, en revenant du bureau, j'allai vagabonder dans le parc, curieuse de savoir si je découvrirais le lieu de la sépulture. Derrière la maison, le terrain couvrait presque un hectare avant d'arriver à la falaise qui dominait l'Atlantique. Une pente abrupte, presque à pic, descendait jusqu'à une anse rocheuse, en contrebas. À un jet de pierre environ s'ouvrait notre petite plage privée, à laquelle conduisaient quelques sentiers praticables.

Les érables et les chênes croissaient en abondance dans notre parc, et une grande partie était laissée à l'état sauvage. Des sumacs y poussaient parmi les mûriers et les églantiers, et Belinda s'était plus d'une fois un peu trop approchée de ces arbres au suc vénéneux. À ses risques et périls, car leur effet se faisait sentir pendant des semaines.

La vaste pelouse était cernée de fleurs, surtout des crocus, des tulipes, des jonquilles et des narcisses. Une rotonde, que nous appelions le belvédère, s'élevait près d'un étang. J'aimais beaucoup venir m'asseoir sur un des bancs qui l'entouraient, pour admirer tranquillement l'océan.

Quelquefois, je marchais jusqu'à la falaise et me laissais captiver par la marée, le va-et-vient rythmique des vagues, les brisants et les clameurs aiguës des mouettes. Je m'avançais jusqu'à l'extrême bord du terrain, fermais les yeux et sentais mon corps vaciller. C'était presque comme s'il était tenté de se jeter dans le vide pour aller s'écraser tout en bas, sur les rochers.

Ma sœur était bien différente. Elle avait peur de l'océan quand elle était enfant. Elle n'aimait pas naviguer, détestait l'odeur des algues, n'allait jamais chercher ces bois flottés que la mer laisse en se retirant. La seule raison qu'elle voyait de descendre sur la plage, c'était pour un pique-nique ou une fête de plein air, et encore, à condition de rester suffisamment loin de l'eau pour ne pas être éclaboussée par les embruns. Un jour, quand j'avais neuf ans et elle sept, je l'amenai au bord de la falaise et lui demandai de fermer les yeux. Elle eut tellement peur qu'elle rentra en courant à la maison. Aujourd'hui, en me remémorant l'incident, une question saugrenue me vient à l'esprit. Qu'aurais-je fait si elle était tombée, ce jour-là ?

Jérôme finissait justement de désherber quand je sortis pour me mettre en quête de la sépulture. Il me salua et se dirigea vers la remise à outils. Le buste enserré dans mes bras croisés, je m'avançai de la façon la plus naturelle possible sur le chemin dallé, cherchant du coin de l'œil un endroit où la terre aurait pu être fraîchement remuée. J'arrivai tout au bout du sentier de la falaise, sans avoir rien aperçu d'anormal. Où papa pouvait-il avoir enfoui la boîte et les autres objets ? Le trou ne devait pas être si petit que ça, tout de même ?

Je m'approchai du bosquet d'érables, croyant apercevoir un endroit où le sol semblait avoir été retourné. Au pied de l'un d'eux, je fis halte et m'agenouillai pour examiner la petite étendue de terre meuble. Oui, décidai-je. Ce devait être là. Un frisson me parcourut et je me relevai en hâte, croyant presque entendre le petit enfant mort appeler à l'aide, bien qu'il n'eût plus de voix désormais.

Des années plus tard, je devais revenir ici et trouver l'endroit envahi par la végétation. Pourtant, parmi les ronces et les herbes folles, un genévrier se balançait au vent de mer, ravivant en moi l'horreur de cette nuit.

Mais sur le moment, ce fut de la colère que j'éprouvai. Je n'aimais pas les idées noires ni les frissons d'angoisse. Il ne me plaisait pas d'enterrer les péchés de Belinda, parce que je n'aimais pas mentir. Quand on ment, on se rend soi-même faible et vulnérable. À cause de ce qu'il avait fait, papa était devenu plus faible à mes yeux, même si j'étais sûre qu'il avait ses cauchemars, lui aussi.

Je quittai précipitamment l'endroit, haïssant Belinda pour nous avoir tous mis dans une situation pareille.

Papa aurait dû l'obliger à affronter les conséquences de ses actes, estimai-je. Au lieu de quoi, il la laissait se faire dorloter dans sa chambre pendant toute une semaine ! Je croyais qu'il ne reviendrait jamais sur l'incident, mais je me trompais.

Vers la fin de cette semaine-là, un soir où je passais devant son cabinet de travail alors qu'il s'y trouvait, j'eus la surprise de l'entendre m'appeler.

— Ferme la porte, m'ordonna-t-il dès que je fus entrée.

Je m'empressai d'obéir et me retournai vers lui. Assis bien droit dans son fauteuil, il raidit l'échine pour adopter une position encore plus rigide, si possible.

— Il faut laisser tout cela derrière nous, Olivia. J'ai remarqué que tu étais différente, cette semaine. Tu me regardais comme si tu t'attendais à ce que je dise quelque chose de plus à ce sujet.

— Je n'ai pas la prétention de remplacer ta conscience, papa, ripostai-je, ce qui lui arracha une grimace. (On aurait dit que je lui avais craché à la figure.) Je regrette, mais il m'est difficile de faire comme si rien n'était arrivé.

— Écoute-moi, Olivia. La plus importante qualité qui soit est la loyauté. Chaque famille est un monde en elle-même, et chaque membre de ce petit monde se doit de la protéger. Par conséquent, ce qui est bon pour la famille est bon en soi. C'est la seule règle de morale qui tienne, décréta-t-il, péremptoire. C'est celle que mon père m'a apprise, et la devise que, je l'espère, tu feras tienne à ton tour.

« Entre nous, les critiques et les griefs sont permis, mais il nous faut les mettre de côté dès l'instant qu'ils deviennent une menace pour la famille. C'est mon credo. Le seul pavillon que je salue. La seule cause pour laquelle je donnerais ma vie.

Papa semblait sur le point de pleurer, à présent. Il serrait si fortement les lèvres qu'on ne les voyait presque plus. Il fit un visible effort sur lui-même pour reprendre la parole.

— Ne me condamne pas pour vous aimer autant, Olivia. Pour aimer tellement le nom et la réputation des miens. Que cela te serve d'exemple, au contraire.

Je pris une profonde inspiration. Nous avions eu de nombreux entretiens dans le passé, papa et moi, mais il ne m'avait jamais parlé avec les larmes aux yeux. J'en étais malade pour lui. Je m'en voulus de lui avoir donné le sentiment d'être coupable.

— Je comprends, papa, affirmai-je avec conviction. Je comprends vraiment.

— Tant mieux, Olivia, parce que tu es tout mon espoir. Tu auras beaucoup de décisions à prendre au sujet de la famille, quand je ne serai plus là. Et j'espère que tu te souviendras toujours de cette semaine, de ce que je viens de te dire, afin que cela te serve de principe directeur.

— Je m'en souviendrai, papa.

Il sourit, se leva. Puis il contourna son bureau, me rejoignit et m'entoura les épaules de son bras.

— Je suis fier de toi, Olivia, dit-il en m'embrassant sur le front. Très fier.

Je le suivis des yeux tandis qu'il regagnait son fauteuil et se penchait sur ses papiers. Il avait l'air accablé, comme un homme chargé de trop nombreux fardeaux. Je l'observai quelques instants, jusqu'au moment où il releva la tête, puis je sortis.

Ses paroles résonnaient encore en moi quand je posai la tête sur l'oreiller, ce soir-là. Elles s'y attardèrent longtemps, liées au souvenir de ses yeux embués de larmes.

La position de chef se paie d'un prix terrible, méditai-je. C'est vraiment une lourde charge. Peut-être Belinda était-elle mieux lotie que nous tous, et en particulier que moi.

Après ce qu'elle venait de faire, je pouvais l'imaginer en ce moment même, dans sa chambre. Comme presque chaque soir, elle serrait ses peluches contre elle et, les yeux fermés, rêvait de fêtes, de musique, de lumières... et de garçons guettant avidement le moindre de ses sourires. Et moi, à quoi rêvais-je au même instant ? À un trou dans la terre, derrière la maison. À mon père abaissant lentement une boîte en carton vers le sol, en psalmodiant à travers ses larmes : « Pour la famille. Tout cela, c'est pour la famille que je le fais. »

2

Et moi, dans tout ça ?

Les premiers jours, Belinda fut réellement très malade. Elle ne mangeait presque pas, et encore. Elle avait du mal à garder le peu qu'elle avalait. Son teint de rose était devenu blafard, et elle ne reprit des couleurs qu'à la fin de la semaine, juste à temps pour ce qu'elle avait manigancé. Le samedi, trois garçons de sa classe vinrent à la maison après le déjeuner pour lui rendre visite, avec des fleurs et des sucreries. Carmelita se montra sur le seuil du salon où nous étions réunis, Mère, papa et moi.

— Trois jeunes messieurs demandent à voir Belinda, annonça-t-elle, non sans un soupçon d'émoi.

Papa haussa les sourcils.

— Trois ?

— Oui, monsieur.

— Des garçons, dites-vous ?

— Oui, monsieur Gordon.

Papa et moi échangeâmes un regard soucieux.

— Très bien, déclara Mère.

Mais le sourire dont elle me gratifia ne réussit pas à me dérider. Papa se raidit comme il le faisait toujours au bureau, quand une réunion d'affaires s'annonçait difficile. Dans ces cas-là, il avait une façon de redresser les épaules et de reculer légèrement la tête qui lui donnait l'air d'un oiseau de proie. Avec sa forte carrure, il était très intimidant quand il adoptait cette attitude; et plus encore lorsqu'il vous toisait, une lueur métallique au fond des yeux.

— Introduisez-les, ordonna-t-il, plus impressionnant que jamais.

Je connaissais chacun des trois garçons que Carmelita fit entrer. Ils étaient tous venus chercher ma sœur au moins une ou deux fois cette année, pour une sortie quelconque. Il y avait Arnold Miller, mon premier suspect parce que Belinda l'avait beaucoup vu ces temps derniers. Très grand, très beau, des cheveux châtain clair et des yeux verts mouchetés de brun, il était très admiré pour ses succès sportifs. À en croire Belinda, elle le distinguait surtout parce que ses performances au basket et au baseball en faisaient une sorte de héros. La plupart des filles du lycée rêvaient de sortir avec lui. Et ma cadette prenait encore plus de plaisir à être enviée qu'à être aimée.

Les parents d'Arnold possédaient un des plus grands magasins de Provincetown, à la fois jardinerie et débit de bois au détail. Arnold était l'aîné de trois enfants, tous des garçons. Je le trouvais un peu timide, mais peut-être était-ce une attitude qu'il prenait devant moi. Ma sœur avait pouffé de rire quand je l'avais questionnée à ce sujet, quelques mois plus tôt.

Aux côtés d'Arnold se tenait Quin Lothar, dont les cheveux d'ambre lui tombaient presque sur les épaules. (Une chose que papa détestait chez un garçon, d'ailleurs.) Lui aussi était très populaire, parce qu'il avait son propre orchestre au lycée, mais je le trouvais nettement moins beau qu'Arnold. Il avait les traits trop grands, le front étroit, des sourcils épais qui s'avançaient beaucoup trop sur ses yeux bruns. Sa façon de mordre sans arrêt le coin droit de sa lèvre lui donnait l'air pédant. Maintenant que je l'étudiais de près, je pensais que ce pouvait très bien être lui, le père. Il paraissait tout à fait capable de mettre une fille enceinte et de ne pas s'en préoccuper. À voir sa tenue négligée, il était clair qu'il ne souciait pas non plus de produire une bonne impression sur mes parents.

Le dernier des trois était Peter, un gros garçon joufflu dont le père était directeur de la Banque du Littoral. D'après ma sœur, il avait de l'argent à ne savoir qu'en faire, et la petite bande qui le suivait partout l'appelait ouvertement Sac-à-sous. Belinda se vantait de pouvoir se faire offrir par lui tout ce qu'elle voulait, rien qu'en en exprimant le désir.

En chemise blanche, pantalon de ville et souliers lacés, il était habillé avec une certaine recherche. Mais ses vêtements tombaient si mal sur son corps obèse qu'il ne paraissait pas plus soigné que les deux autres.

Quin assumait l'emploi de porte-parole.

— Bonjour, commença-t-il. Nous sommes venus prendre des nouvelles de Belinda. Nous avons pensé que cela lui remonterait le moral.

Peter creusa ses joues rebondies pour former un sourire, tout en élevant la boîte qu'il tenait des deux mains.

— Si vous le permettez, j'aimerais lui offrir ceci. Des chocolats d'importation.

Arnold apportait des fleurs. Il se contenta de hocher la tête, brandissant son bouquet comme la statue de la Liberté levant sa torche.

Papa ne dit rien. Il avait une façon bien à lui de faire attendre ses paroles, juste un peu trop longtemps, qui ne manquait jamais son effet. C'était sa façon d'éprouver les gens, et ce bref silence mit les trois garçons mal à l'aise. Ils se lancèrent des coups d'œil furtifs, se trémoussèrent dans leurs vêtements, regardèrent tour à tour Mère, puis moi, puis le tapis. Et enfin, papa.

— Je lui ai apporté quelques notes sur les cours qu'elle a manqués, ajouta Peter en tirant de sa poche quelques feuillets pliés.

Comme sa remarque n'obtenait aucun écho, Mère finit par laisser tomber :

— C'est très aimable à vous.

Mais papa toisa le trio d'un air soupçonneux.

— Ne craignez-vous pas d'attraper la grippe de ma fille, si près des examens de fin d'année ?

— Non, monsieur! répliqua vivement Arnold.

Et Quin, mordant sa lèvre plus férocement que jamais, répondit tout aussi promptement :

— Nous éviterons de nous approcher trop d'elle, monsieur.

— Je l'espère bien, bougonna papa, en même temps qu'il se retournait vers moi. Olivia ?

Le message était clair. Il voulait que je conduise les trois garçons chez ma sœur et y reste comme chaperon. Je me levai sans enthousiasme.

— Elle dort peut-être, suggérai-je.

Quin m'ôta bien vite cet espoir.

— Sûrement pas! Elle sait que nous venons vers cette heure-ci. Nous avons appelé pour la prévenir.

— Elle aurait pu nous prévenir, elle aussi, grommelai-je en cherchant le regard de papa.

Il m'approuva d'un signe mais n'ajouta rien, posa son journal et prit un cigare dans la boîte placée à portée de sa main. Comme il se mettait en devoir de l'allumer, Peter demanda :

— Est-ce que ce sont des Havane, monsieur Gordon ?

Papa haussa un sourcil.

— Que connaissez-vous aux cigares, jeune homme ?

— Pas grand-chose, mais mon père fume des Havane. Je peux vous en procurer, ajouta Peter, visiblement désireux de se faire bien voir.

— Je suis capable de me les procurer tout seul, renvoya sèchement papa.

Je commençais à m'impatienter.

— Êtes-vous venus voir Belinda ou bavarder avec mon père ? demandai-je rudement aux garçons.

Quin poussa Peter du coude et tous trois me suivirent hors du salon, puis dans l'escalier. En montant, je crus nécessaire d'observer ;

— Normalement, mes parents n'approuvent pas que ma sœur reçoive des jeunes gens dans sa chambre, vous savez.

L'un d'entre eux ricana, mais je ne leur fis pas le plaisir de paraître m'en apercevoir. Une fois devant la porte, je me retournai vers les trois garçons. Ils étaient sur des charbons ardents. Mais quel pouvoir détenait donc ma cadette, m'étonnai-je une fois de plus, pour provoquer chez les hommes autant de fougue et de désir ? Était-ce uniquement dû à ses mœurs légères ? Ou possédait-elle vraiment quelque chose de plus, quelque chose que je n'aurais jamais ? Un don inné pour enflammer les hommes, exciter leurs hormones comme un brouet de sorcières ? Les garçons piaffaient littéralement derrière moi, je sentais leur haleine dans mon cou. Pour un peu, ils auraient gratté la moquette en hennissant.

Je frappai au chambranle.

— Oui ? fit Belinda.

— Tu as des visiteurs. Es-tu visible ?

— Bien sûr, Olivia. Fais-les entrer.

J'ouvris la porte et m'avançai d'un pas.

Personne, en voyant ma sœur à cet instant, n'aurait pu croire qu'elle venait d'accoucher dans de telles conditions. Elle rayonnait, au point que j'en fus impressionnée moi-même. Carmelita n'était pas montée après le déjeuner, je le savais. C'était donc forcément Belinda qui avait rangé sa chambre et ouvert les rideaux en grand, pour laisser entrer le soleil. La pièce respirait l'ordre et la propreté.

Belinda portait une de ses chemises les plus légères, dont le décolleté révélait une poitrine bien développée. Avec sa couverture rabattue, rien ne dissimulait le contour de ses seins. Ses boucles mordorées, soigneusement brossées, s'étalaient gracieusement sur ses épaules. Elle avait toujours eu de beaux cheveux brillants, plus fournis que les miens, mais elle s'en occupait beaucoup plus que moi et en tirait vanité. Si on l'avait laissée faire, sa chambre aurait été tapissée de miroirs. Elle ne se lassait jamais de contempler son image.

— Remonte ta couverture ou mets ta robe de chambre, lui ordonnai-je.

Elle rougit et tira vivement la couverture sur sa poitrine.

— Mais regardez un peu qui vient me rendre visite ! minauda-t-elle, comme une grande coquette du vieux Sud.

Les trois garçons entrèrent timidement dans la chambre.

— Je t'ai apporté ça, dit précipitamment Arnold en lui tendant son gros bouquet de roses rouges.

— Oh, qu'elles sont belles ! Nous devons pouvoir leur trouver un vase, n'est-ce pas, Olivia ?

— Nous ? relevai-je.

La tête inclinée sur l'épaule, elle m'offrit son sourire le plus candide.

— Eh bien... je ne crois pas qu'il serait très correct d'aller en chercher un moi-même, répliqua-t-elle en battant des cils.

Je lui arrachai les fleurs des mains. Il y avait un vase sur la commode, et je l'emmenai à la salle de bains pour le remplir. Tout en faisant couler l'eau, j'entendis la voix de Peter Wilkes :

— J'espère que tu as droit aux sucreries, au moins ?

— Bien sûr. Et Olivia les adore, ajouta-t-elle à haute voix comme je revenais dans la pièce.

— Moi ? Certainement pas ! répliquai-je en posant le vase sur la table de nuit.

J'y fourrai d'un bloc le bouquet de roses, et Belinda entreprit d'ouvrir sa boîte. Elle y prit une boule pralinée, la glissa entre ses lèvres, ferma les yeux et poussa un gémissement si voluptueux que les trois garçons en furent tout remués. Ils ne savaient plus quelle contenance prendre.

Moi, si.

— Belinda, tu es répugnante ! Si tu veux manger ce chocolat, mange-le. Ne commence pas par le couvrir de bave.

Elle avala son praliné, en offrit à la ronde et les trois garçons se servirent. Quand elle me présenta la boîte, je secouai la tête avec énergie.

— Veux-tu poser ça sur la table, alors ?

Je soupirai, sans cacher mon exaspération. Est-ce qu'elle me prenait pour sa bonne, maintenant ? me révoltai-je intérieurement. Mais, bon gré, mal gré, je m'exécutai.

Belinda tapa brusquement dans ses mains.

— Racontez-moi tout. Tout ce que j'ai manqué, sans rien omettre, même ce qui vous paraît insignifiant, exigea-t-elle en se renversant sur son gros oreiller rose.

Ses cheveux retombèrent doucement autour de son visage, telle une auréole, avivant l'éclat de ses yeux.

— Arnold a fait des étincelles hier au base-ball, annonça Peter. C'était le dernier match de la saison, et...

— Ah, non! Ne commencez pas à parler sport. Vous n'avez que ça en tête, vous, les garçons. C'est d'un ennui mortel.

— D'un ennui mortel? s'effara Peter.

Quin éclata de rire.

— Évidemment, comme toutes les fanfaronnades masculines. J'ai écrit une nouvelle chanson pour le groupe, ajouta-t-il en se penchant sur Belinda. Nous l'avons appelée : « Emmène-moi à la plage ».

— Il faudra la jouer pour moi, Quin!

— Bien sûr. Passe au garage dès que tu te sentiras d'aplomb.

— Je serai sûrement d'aplomb lundi, n'est-ce pas, Olivia?

— Apparemment tu l'es déjà, répliquai-je avec humeur.

Arnold semblait impatient de placer son mot.

— Hier, Quin s'est fait pincer en train de fumer dans le vestiaire, jubila-t-il. Ça fait qu'il ne sera pas au lycée lundi.

Belinda se redressa, tout excitée, comme si Quin avait accompli un exploit en son absence.

— Vraiment? Il faut que tu me racontes ça, Quin.

— Le Crapaud est passé juste quand je venais d'allumer ma cigarette, expliqua le héros d'une voix morne. Il devait me guetter depuis sa porte. Il attend l'occasion de me coincer depuis le jour où j'ai mis ces grosses lunettes ridicules, pour le singer. Tu te souviens?

— Et comment! C'était si drôle!

Belinda rit encore et, comme toujours, tout le monde rit en même temps qu'elle. Sauf moi.

Je grognai entre haut et bas, mais assez fort pour être entendue :

— Et les gens qui me demandent pourquoi je n'entre pas dans l'enseignement !

Les autres se retournèrent sur moi.

— Toi non plus tu n'aimais pas M. Garner, au lycée, fit remarquer ma sœur. Du moins c'est ce que tu disais.

— Je trouvais qu'il faisait son travail sans goût et sans soin, c'est vrai. Je ne l'ai jamais pour autant traité de crapaud.

Ils rirent de plus belle, comme si j'avais cherché à être drôle. Après quoi, Peter enchaîna derechef sur les potins.

— Jerry a offert une bague mirobolante à Barbara, elle lui a coûté une fortune. C'est pratiquement une bague de fiançailles, en fait. Il m'a confié qu'ils comptaient se marier juste après la remise des diplômes.

— Ça, je le savais ! triompha Belinda. Marcia Gleason me l'a dit hier soir, au téléphone.

Quin s'esclaffa bruyamment.

— Jerry Suicide ! C'est comme ça que nous l'appelons, maintenant. Barbara et lui sont vraiment amoureux.

— Ne vous moquez pas de lui, gémit ma sœur, comme si elle était sur le point de fondre en larmes. C'est merveilleux de trouver quelqu'un avec qui partager sa vie, toute sa vie. Quelqu'un pour qui on sera plus important que lui-même. Quelqu'un... comme mon père !

L'air goguenard des garçons disparut, remplacé par une mine contrite. Comme elle sait les manipuler ! ruminai-je en les observant de plus près. Qui pouvait bien être le père de l'enfant mort ? Certainement pas Peter, à moins que Belinda n'eût échangé ses faveurs contre un cadeau hors de prix. Je l'en croyais tout à fait capable.

— Personne d'autre n'a eu la grippe, cette semaine ? lançai-je à titre de test.

L'un d'eux savait forcément à quoi s'en tenir, j'en étais sûre.

Arnold et Quin échangèrent un regard, puis secouèrent la tête en même temps.

— Je ne pense pas, répondit Arnold. Bobby Lester a manqué, mais pas pour ça. Il s'est foulé la cheville pendant le match.

Peter tint à fournir une autre explication.

— Nous n'avons plus que deux semaines avant les examens. Personne n'a envie de manquer la classe en ce moment, c'est normal. Au fait, Belinda, j'y pense... je t'ai apporté mes notes de littérature anglaise.

— Oh, Peter ! Ce que tu es chou ! Je m'y plongerai un peu plus tard, quand vous serez partis.

— On aura tout vu, grommelai-je entre mes dents.

— Olivia !

— Tu sais que tu n'auras pas ton diplôme de fin d'études sans l'examen d'anglais, Belinda.

— Mais tu avais dit que tu m'aiderais, pleurnicha-t-elle.

Les trois garçons braquèrent sur moi un regard sévère.

— Je t'aiderai, si tu fais vraiment des efforts.

— Mais j'en fais, je t'assure.

— Je peux venir étudier avec toi cette semaine, proposa Peter avec empressement.

— Tu serais vraiment un amour. Tu vois, Olivia, comme tout le monde est gentil avec moi ? s'écria ma sœur d'une voix pâmée.

Son regard glissa sur les trois garçons, les changeant comme par magie en adorateurs éperdus.

En l'espace de quelques secondes, elle les avait subjugués. J'étais révulsée. Qu'étaient devenus les vrais hommes, de nos jours ? J'imaginais mal papa se comportant de cette manière à leur âge.

Arnold éprouva le besoin de ramener le base-ball sur le tapis.

— J'aurais voulu que tu sois au match, Belinda. Si tu avais vu mon dernier lancer...

— Et les voilà repartis avec leur sport ! se plaignit-elle. Si vous continuez, je vous préviens : je ferme les yeux et je m'endors.

Les conversations qui n'étaient pas centrées sur elle ne l'intéressaient pas le moins du monde.

— Je voulais seulement t'expliquer que j'avais pensé à toi, se défendit Arnold. En lançant, je me suis dit : « celle-ci est pour Belinda ».

L'intérêt de ma sœur se ranima instantanément.

— Oh ! Alors c'est différent. Tu as gagné grâce à moi. Je veux que tout le monde le sache, tu m'entends ?

Arnold hocha la tête, en brave petit soldat qui s'engageait à claironner la nouvelle dans toutes les rues de la ville. Immédiatement, Quin tenta de reconquérir l'attention de ma sœur.

— Pour la remise des diplômes, on a demandé à mon groupe de jouer à la veillée, sur la plage.

— C'est merveilleux, Quin !

— Pourrai-je venir te prendre pour t'amener à la fête ? offrit Arnold, devançant tout le monde.

— Je pourrais emprunter la Cadillac de mon père, suggéra Peter.

— Moi j'aurai ma moto, annonça Quin. Tu pourras nous regarder nous installer, si tu veux.

Belinda pesa leurs propositions et se tourna vers moi.

— Qu'est-ce que tu ferais à ma place, Olivia ?
— J'irais à pied.

Elle éclata d'un rire sonore et battit des mains.

— À pied, quelle bonne idée ! J'adore. Alors, qui fera la promenade avec moi ?
— Si c'est ce que tu veux, je t'accompagnerai, plaça rapidement Arnold.

Peut-être était-ce lui le père, après tout. Maintenant que j'y songeais, elle avait nié le fait un peu trop vite.

— On verra, minauda-t-elle. J'y réfléchirai.

Elle agitait sous leur nez la perspective de son accord, tel un pêcheur jetant sa ligne. Et eux, pauvre fretin stupide, avalaient tout rond l'appât et l'hameçon.

J'allai m'asseoir dans un coin de la pièce, d'où je pouvais les observer tout en prêtant l'oreille à leurs projets de fête. Ils y apportaient un enthousiasme, un entrain joyeux dont je me sentais exclue, et que j'aurais aimé partager. Je n'avais été à aucune soirée de réjouissances pour la remise des diplômes, l'année de mon baccalauréat. Mère, papa, Belinda et moi étions simplement allés dîner en ville. En rentrant, j'étais montée dans ma chambre et m'étais assise devant la fenêtre ouverte sur la nuit, en rêvant à tout ce que je manquais. Les feux sur la plage, la musique, les rires... tout cela n'était pas pour moi. Personne ne m'avait invitée à cette veillée, et je détestais sortir avec mes amies laissées pour compte. Rien ne m'était plus insupportable que d'errer comme une âme en peine, en attendant qu'un garçon daigne s'apercevoir que j'existais.

Quémander une parcelle d'attention de la part de l'un d'entre eux, non merci. Pas question de leur offrir cette satisfaction. Si la solitude était le prix à payer en attendant que quelqu'un se présente, soit. Je paierais le prix qu'il faudrait, avais-je décidé, en m'efforçant de ne pas trop y penser.

Mais le soir, je cherchais longuement le sommeil. Je me demandais quel genre d'homme viendrait un jour frapper à ma porte pour m'offrir des fleurs et des bonbons, espérant de ma part un signe de plaisir, un compliment ou une promesse. Comme le faisaient, en ce moment même, les trois soupirants de Belinda.

— Il se fait tard, finis-je par annoncer.

Ils se retournèrent d'un même mouvement, l'air tout étonnés de me trouver encore là.

— Oui, acquiesça Quin. Il faut que j'aille à une répétition.

— J'espère que tu vas te rétablir, dit poliment Arnold.

— Moi aussi, appuya Peter.

Belinda se redressa dans son lit, ce qui fit retomber la couverture jusqu'à sa taille. Trois paires d'yeux écarquillés se fixèrent sur son décolleté. Je me raclai bruyamment la gorge, fronçai les sourcils, et elle remonta enfin la couverture.

— Je t'appelle demain, promit Arnold.

Les deux autres firent la même promesse, et tous trois s'en allèrent enfin. Je les raccompagnai dans le hall et les regardai partir avant de remonter chez Belinda. Ma petite sœur souriait d'aise.

— C'était vraiment gentil de leur part, non?

— Lequel était-ce, Belinda? demandai-je tout à trac.

— Pardon?

— Tu sais très bien de quoi je parle. Qui était le père?

Elle arbora une mimique douloureuse.

— Je te l'ai dit, je n'en sais rien ! D'ailleurs il ne devait plus être question de cette histoire, gémit-elle en se rejetant sur son oreiller.

— C'était l'un des trois ? Je suis sûre que c'était l'un d'eux !

— Olivia, je t'en pri-i-i-e…

— Est-il au courant, quel qu'il soit ? Sait-il ce qui s'est passé dans cette chambre ?

— Assez ! cria-t-elle en plaquant les mains sur ses oreilles. Je ne t'écoute plus.

Je m'avançai jusqu'au bord du lit.

— L'as-tu appelé pour lui raconter ce qui avait eu lieu dans cette chambre ? Ce que ton père avait été contraint de faire ? Réponds ! Est-il au courant ?

— Non. Je ne savais pas qui appeler, je te l'ai dit.

— Tu me dégoûtes, Belinda. C'est déjà bien assez répugnant d'avoir fait ce que tu as fait, mais ne pas savoir…

Ma pauvre petite sœur fondit en larmes.

— Je vais encore être malade et je ne pourrai pas retourner au lycée, je te préviens !

— Ce ne sera pas une grosse perte pour le lycée, ronchonnai-je en m'éloignant.

Je l'abandonnai à ses pleurnicheries et descendis retrouver papa. Il était dans son cabinet de travail, en train de classer des documents. C'était là qu'il conservait nos relevés d'impôts personnels, et la plupart de nos papiers de famille. Debout devant le classeur, il se retourna en m'en entendant entrer.

— Tu ne trouves pas qu'ils ne manquaient pas de toupet de venir ici comme ça, papa ? L'un d'entre eux est sûrement…

— Non, Olivia, m'arrêta-t-il en levant la main. Nous devons chasser tout ça de notre esprit.

— Oui, papa. C'est juste que… je lui en veux tellement pour ce qu'elle a fait !

— Je sais. Mais tu vas devoir veiller sur elle, maintenant. Nous avons appris cette leçon-là.

Pourquoi papa tolérait-il chez Belinda les faiblesses qu'il n'admettait chez personne d'autre, ma mère y compris ? Cette injustice me restait comme une arête en travers du gosier.

— Je compte sur toi pour la surveiller, s'obstina-t-il. Toi, elle t'écoutera.

— Elle ne l'a jamais fait jusqu'ici, papa. Nous venons d'en avoir une preuve tragique.

— Je sais, Olivia, mais elle peut changer.

Je le dévisageai avec insistance et il finit par détourner les yeux, ce qu'il faisait rarement. Nous étions liés par une compréhension implicite mais bien réelle, lui et moi. Une sorte de pacte de confiance. Nous ne pouvions pas nous mentir et nous le savions.

Mais il était bel et bien en train de me mentir, et il savait que je le savais. Il ne croyait pas sincèrement que Belinda pouvait changer. Alors pourquoi mentait-il ?

Ma colère contre Belinda grossissait comme un ballon gonflé de haine, car par sa faute papa me mentait.

Un jour, je le souhaitai de toutes mes forces, un jour elle comprendrait ce qu'elle avait fait, mesurerait l'étendue de sa faute. Et elle implorerait le pardon. Mais pourrais-je lui pardonner ? Tout au fond de moi, je craignais sincèrement qu'alors il ne soit trop tard.

*
* *

Fait extraordinaire, Belinda réussit ses épreuves d'anglais. Non sans peine, il est vrai, surtout pour ceux qui la faisaient travailler. J'eus la nette impression, toutefois, que ses professeurs se montrèrent indulgents, par égard pour la position de papa dans la communauté. Pendant la semaine qui précéda la cérémonie de fin d'année, Mère obtint de papa qu'il nous emmènerait à Boston acheter une robe pour Belinda. Elle voulait quelque chose de spécial pour ma sœur, comme si cela pouvait compenser l'horreur de ce qui s'était passé.

Apparemment, elle croyait que se lancer à corps perdu dans les préparatifs ne lui laisserait pas le temps de penser à autre chose. Papa ne semblait que trop heureux de lui plaire, et de se laisser imposer la politique des yeux fermés.

Au dernier moment, pourtant, Mère changea d'idée. Elle décida de convoquer un styliste à domicile, afin qu'il crée une robe unique pour Belinda. Cela reviendrait au moins trois fois plus cher qu'une toilette achetée dans une boutique, évidemment. Mais là encore, papa céda. Et il m'étonna en ne recourant pas à son fameux argument : quel intérêt y a-t-il à faire cela ? Pour une fois, l'intérêt n'entrait même pas en ligne de compte.

Je dus m'avouer que Belinda était en beauté le jour de la remise des diplômes. Comme il faisait un temps radieux, la cérémonie put avoir lieu en plein air, sous un ciel turquoise et sans nuages. Il avait été décidé que ma sœur passerait une année dans le même collège que moi, sauf qu'elle y entrerait pour la session d'été. Papa jugeait sage de l'éloigner le plus rapidement possible, et de la soumettre à de rigoureuses leçons d'étiquette mondaine. Il était grand temps qu'elle apprenne à se conduire en société, avait-il décrété. En clair, il souhaitait la préparer à un bon mariage.

Ma propre cérémonie n'avait pas pu avoir lieu dehors : il pleuvait. L'auditorium était bondé, on s'écrasait, des enfants criaient et faisaient claquer des bulles de chewing-gum dans tous les coins. Parents et grand-parents bouffis d'orgueil adressaient de grands gestes à leur progéniture, ouvrant des yeux ronds comme des visiteurs dans un zoo. J'avais vraiment la sensation d'être en cage, parquée avec mes camarades en attendant la fin des discours.

Pour Belinda, au contraire, cette fête de clôture se déroula comme un grand pique-nique. Des guirlandes et des ballons décoraient le parc, où régnait un climat de fête. Tous les assistants étaient de bonne humeur avec ce beau soleil. Les enfants pouvaient jouer et courir à leur guise, sans encombrer les adultes. Quand la brise tiède apporta les premières mesures de *Pomp and Circumstance*, la traditionnelle ouverture d'Edward Elgar, tout le monde se leva; et les lauréats, en proie à une excitation joyeuse, s'avancèrent dans l'allée pour gagner leur place sur le podium.

Sans doute était-ce parce qu'il ne s'agissait pas de ma cérémonie, mais il me sembla que tout se passait plus aisément pour Belinda. Les discours me parurent bien plus brefs. Avant que personne n'ait eu le temps de s'ennuyer, la distribution des diplômes avait commencé.

L'exubérance de papa me surprit beaucoup, je dois le reconnaître. Pour mes propres photos, il s'était reposé sur les photographes professionnels, sans bouger de son siège. Mais ce jour-là, il se comporta comme tous les autres pères en courant dans l'allée, appareil en main, pour prendre fièrement un instantané de sa fille recevant son parchemin. Et cela au moment précis où ma cadette, avec son flair habituel, se retournait vers lui en souriant.

— Dieu soit loué! soupira Mère à mes côtés. Enfin, je respire.

Un peu plus tard, nous allâmes fêter l'événement à la Palourde, un restaurant de fruits de mer proche de Race Point. Papa invita quelques-uns de ses associés à se joindre à nous et, très vite, je m'aperçus que Belinda s'ennuyait. Mais en voyant Peter Wilkes entrer dans la salle de restaurant, elle s'illumina.

— Tu tombes bien ! s'écria-t-elle quand il s'approcha de notre table. J'ai cru que j'allais mourir d'ennui.

Papa interrompit sa conversation et dévisagea Peter.

— Vous désirez ? s'enquit-il sèchement.

— Heu... je crois que je suis un peu en avance, monsieur.

— Aucune importance, décréta Belinda, ravie. N'est-ce pas que ça ne fait rien, papa ?

Mon père sourit à ses invités d'un air gêné.

— C'est que... tu n'as pas encore fini de manger, Belinda.

— Oh, si ce n'est que ça ! Je n'ai plus faim, de toute façon. Je ne pourrais plus rien avaler.

— Où allez-vous ? demandai-je en la voyant se lever.

— À la veillée sur la plage, idiote ! Tu as oublié ? Papa m'a donné la permission.

Mon regard croisa celui de papa, mais il détourna presque aussitôt le sien.

— À condition que tu rentres de bonne heure, Belinda. Remise des diplômes ou pas, il n'est pas question...

— Allons, Winston ! l'interrompit M. Collins, un de ses associés. Ne joue pas les tyrans. C'est une journée unique dans la vie d'une jeune fille.

— Grâce au ciel ! s'exclama Mère, ce qui fit rire toutes les personnes présentes.

À part moi, naturellement.

Aussitôt, Belinda exécuta un rapide tour de table pour gratifier chaque convive d'un baiser. Même moi. Elle fit halte à ma hauteur pour me serrer dans ses bras.

— Merci, grande sœur. J'adore la valise.

Je lui avais offert un bagage de marque pour son départ au collège. Un des rares cadeaux utiles qu'elle eût reçus.

Peter m'adressa un embryon de sourire et s'éloigna sans attendre, remorquant Belinda par la main.

— Bonsoir! lança-t-il à la cantonade.

Papa les suivit des yeux, me jeta un bref regard et reprit sa conversation avec M. Collins.

Environ une heure plus tard, nous quittâmes le restaurant. La nuit promettait d'être aussi belle que la journée, l'air embaumait. Pendant le trajet du retour, je contemplai pensivement la mer. Ce devait être merveilleux d'être à une veillée sur la plage, en ce moment même! Le ciel profond, pratiquement sans nuages, fourmillait d'étoiles. Jamais la Grande Ourse n'avait brillé d'un tel éclat.

En arrivant à la maison, je montai directement dans ma chambre. Je n'aspirais qu'à une chose : dormir. M'engloutir dans le sommeil et oublier, rêver que j'étais une autre, quelque part ailleurs. Mais ce ne fut pas si simple. Tantôt je me tournais et retournais dans mon lit; tantôt je restais longuement immobile, les yeux grands ouverts. Le sommeil ne voulait pas de moi.

Apprends d'abord à endurer, me répétais-je. Apprends à supporter ta solitude.

Finalement, je m'endormis, mais ce fut pour être réveillée en entendant frapper à ma porte. Légèrement, d'abord, puis nettement plus fort.

— Qu'est-ce que c'est ?

Papa entrouvrit la porte et passa la tête dans l'embrasure.

— Je suis navré de te déranger, Olivia, mais... nous sommes inquiets, ta mère et moi.

— Inquiets ? Pour quelle raison ?

— Il est presque trois heures du matin et Belinda n'est pas rentrée.

— Cela ne vous a jamais inquiétés jusqu'ici ! ripostai-je avec rudesse.

Papa hésita.

— C'est que... après ce qui est arrivé...

— Nous sommes censés ne plus jamais parler de ça, papa.

Je ne me sentais pas d'humeur charitable, c'était le moins qu'on puisse dire. Mais papa insista quand même.

— Je t'en prie, Olivia.

— Qu'est-ce que tu attends de moi, papa ?

Cette fois, il n'hésita pas.

— Pourrais-tu aller la chercher ?

— À la plage ?

— Oui. Nous ne tenons pas à ce qu'elle se mette à nouveau dans le pétrin.

— Cela m'étonnerait qu'elle recommence ! m'exclamai-je.

Mais papa ne bougea pas d'un pouce.

— C'est surtout pour ta mère que je m'inquiète, en fait.

— Très bien, acquiesçai-je après un bref silence. Je vais la chercher.

— Merci, Olivia.

Je me levai, passai rapidement un pantalon et un sweater, décrochai un blouson de toile que j'enfilai entre le couloir et l'escalier. C'était surtout la colère qui me faisait agir. Comment Belinda pouvait-elle se montrer aussi égoïste, aussi insensible? Elle savait combien papa et Mère avaient souffert, pourtant. Mais leur indulgence et leur bonté ne la touchaient pas : elle ne songeait qu'à en profiter.

Je montai dans ma voiture et suivis la petite route qu'ils avaient prise, j'en étais certaine. Elle menait à une plage, à l'est de la pointe, que les élèves de mon lycée fréquentaient depuis toujours. Et comme prévu, en arrivant au bas de la route je vis des voitures garées un peu partout. La veillée promettait de durer toute la nuit.

Je me trouvai une place, descendis et m'avançai péniblement dans le sable mou, en direction de l'un des feux. Sur ma droite, j'entendis des rires, puis une bouffée de musique parvint jusqu'à moi. Le vent fit voler mes cheveux et me jeta un peu de sable au visage. Devant moi, la mer battait la plage en grondant sourdement, dans un froissement d'écume blanche.

Je vis des couples emmitouflés de couvertures, autour du feu, mais aucune des filles n'était Belinda. Certains avaient des bouteilles de whisky, ou de vin, et tous levèrent sur moi des regards curieux.

Bouillonnant d'une rage intérieure, je me dirigeai vers le feu suivant. Là non plus je ne vis pas Belinda, mais je reconnus Marcia Gleason et Arnold Miller. Arnold faillit sauter hors de sa couverture en me voyant m'approcher d'eux.

— Où est ma sœur? attaquai-je.

Il s'assit lentement, ce qui me permit de voir le buste nu de Marcia, et bafouilla bêtement :

— Heu... Belinda?

— Non, une de mes dix autres sœurs. Évidemment, Belinda! Où est-elle?

— Je ne suis pas très sûr...

— Tu vas avoir des tas d'ennuis si je ne la retrouve pas dans les minutes qui viennent, je vous préviens. Est-ce que tes parents savent où tu es, Marcia, et ce que tu fais en ce moment ?

— Je pensais qu'elle était rentrée, geignit Marcia. La dernière fois que je l'ai vue, elle se promenait avec Quin, sur la colline.

J'attachai sur elle un regard menaçant.

— J'espère que je n'aurai pas à revenir, dis-je au bout de quelques secondes, en repartant vers la hauteur qui s'élevait un peu plus loin.

Derrière moi, j'entendis Arnold reprocher à Marcia de m'avoir renseignée. Pourtant, parvenue au sommet de la butte, je ne vis rien pendant un assez long moment. Puis il me sembla surprendre un mouvement, sur ma droite. De loin, je distinguai deux têtes qui dépassaient d'un sac de couchage et me rapprochai. Les mouvements qui agitaient le sac se passaient de tout commentaire. Je sentis mes joues s'enflammer.

— Belinda ! criai-je, mais ma voix fut emportée par le vent.

Je poursuivis mon chemin, criai encore, et finalement le sac s'immobilisa. Ses occupants hésitaient. Je renouvelai mon appel, et cette fois la voix de Belinda me répondit.

— Olivia ?

— Espèce de garce ! fulminai-je, déclenchant une véritable panique.

Le sac tressauta, Quin jeta un bras au-dehors et happa ses vêtements étalés sur le sol. Il remontait son pantalon quand je parvins à leur hauteur. Belinda n'avait pas bougé.

— C'est une honte ! m'indignai-je. Mais comment pouvez-vous faire ça ?

Quin tâtonna fébrilement dans le sable, à la recherche de ses chaussures de sport.

— Mais nous ne faisions que...

— Je sais ce que vous faisiez, Quin Lothar.

— Il faut que j'y aille. Il est tard, marmonna-t-il en se levant, sans même prendre la peine d'enfiler ses chaussures.

En quelques secondes, il avait disparu dans le noir.

— Tu as gâché ma soirée de fin d'année, pleurnicha Belinda, déjà en larmes.

— Moi, j'ai gâché... Est-ce que tu sais que Mère et papa sont fous d'inquiétude ? Et maintenant que j'ai vu ce que j'ai vu, je reconnais qu'il y avait de quoi s'inquiéter. Comment oses-tu faire une chose pareille, après ce qui est arrivé ?

Je n'en revenais toujours pas. Il n'y avait donc aucune limite à la dépravation de ma sœur ?

— Nous avions pris nos précautions, se défendit-elle.

— Ah oui ? Alors là, tu me rassures. Est-ce que tu sautes dans le sac de couchage du premier venu sur la plage, Belinda ?

— Non. C'est la veillée de fin d'année ! argua-t-elle, comme si cela justifiait toutes les licences.

Discuter n'aurait servi à rien.

— Habille-toi ! ordonnai-je. Et en vitesse. Je te ramène à la maison.

— Mais les autres vont rester là toute la nuit !

— C'est papa qui m'a envoyée te chercher, précisai-je pour l'impressionner.

Peine perdue. Elle ne bougea pas davantage.

— Belinda, je te préviens. Je ne rentrerai pas à la maison sans toi.

— C'est ignoble ! explosa-t-elle. Tu es très contente d'être venue me chercher. Tu ne supportes pas que je prenne du bon temps parce que ça ne t'arrive jamais.

— Si c'est ça que tu appelles prendre du bon temps, tu as raison. Allez, habille-toi. Tout de suite !

Elle s'extirpa du sac et je lui tournai le dos pendant qu'elle se rhabillait. La voir faire m'aurait dégoûtée. Je préférais contempler la mer en réfléchissant.

Ma sœur avait-elle dit vrai ? Étais-je venue la chercher parce que j'étais jalouse ? Si j'avais rencontré un garçon qui me plaisait, et à qui je plaisais tout autant, serais-je venue sur la plage, moi aussi ?

Quelque chose en moi me soufflait que non, que j'aurais été plus raisonnable. Mais sur le moment, je ne me sentis pas meilleure ni supérieure pour autant, au contraire. Cette idée m'emplit d'une insupportable tristesse.

Belinda ne dit pas un mot pendant que nous revenions vers l'aire de stationnement, suivies par la musique et les rires. Elle boudait. En arrivant à la voiture, j'essayai une dernière fois de la raisonner.

— Je ne serai pas toujours là pour te sauver de toi-même, tu sais.

— Tant mieux ! riposta-t-elle.

Elle ronchonna pendant tout le trajet du retour et, à peine rentrée à la maison, monta s'enfermer dans sa chambre en claquant la porte. Aussitôt, papa vint aux nouvelles.

— Elle va bien ?

— Oui, me bornai-je à répondre, préférant lui épargner les détails sordides.

Il ne semblait pas désireux de les connaître, de toute façon.

— Merci, Olivia. Tu es la force, l'épine dorsale de cette famille. Tu le seras toujours, ajouta-t-il en hochant la tête.

C'était comme s'il me désignait comme héritière de son trône, que je le veuille ou non.

Et il en serait ainsi.

Je m'endormis en rêvant à ce sac de couchage vide, abandonné sur la plage.

3

L'habit ne fait pas le moine

Pendant quelque temps, je crus que Belinda n'irait pas au collège ou que papa, cédant à ses prières, ajournerait sa rentrée jusqu'à l'automne. Plusieurs fois, il parut indécis, presque sur le point de se laisser fléchir. Elle tenta désespérément de l'y pousser, se plaignant sur tous les tons de ne pas pouvoir profiter des vacances d'été avec ses amis.

Quand la résolution de papa vacillait, j'accourais à la rescousse.

— Tu sais qu'elle a plus que jamais besoin d'y aller, papa. C'est une excellente idée que tu as eue là. Ne la laisse pas t'attendrir avec ses jérémiades. Nous n'aurons pas un instant de répit si elle reste ici, à ne pas savoir quoi faire de son temps.

Il serrait les lèvres et se taisait, sensible à l'argument. Mais Belinda n'abandonnait pas. Chaque soir, à table, elle reprenait la même complainte.

— Personne ne va en classe l'été, sauf ceux qui ont échoué aux examens. Et je n'en ai manqué aucun, larmoyait-elle, comme si elle s'était juré de gâcher nos dîners jusqu'à ce qu'elle obtienne satisfaction.

Mère la raisonnait de son mieux.

— Ce ne sera pas comme si tu allais en classe, Belinda. C'est une école spéciale, avec un parc magnifique et de très beaux pavillons pour les pensionnaires, n'est-ce pas Olivia ?

— C'est vrai, confirmais-je. Avec toutes sortes d'équipements pour les loisirs et d'excellents professeurs.

— N'empêche que c'est une école. Et que je serai enfermée dans une classe étouffante, pendant que mes amis feront du bateau et s'amuseront ici, gémissait ma sœur.

Elle faisait la moue, refusait de manger, arpentait la maison à grand bruit, boudait et devenait de plus en plus odieuse à mesure que le jour de sa rentrée approchait.

Pendant toute la semaine qui précéda son départ, elle insista pour que ses amis, garçons et filles, viennent lui faire leurs adieux à la maison. On aurait juré qu'ils ne devaient jamais se revoir. Chaque fois que quelqu'un s'en allait, elle éclatait en sanglots déchirants.

— Personne ne m'écrira ou ne m'appellera. Ils disent tous qu'ils le feront, mais je sais bien que non. Ils m'oublieront tout de suite, vous verrez !

— Si c'est le cas, cela prouvera qu'ils n'étaient pas de si bons amis que ça, rétorquais-je.

— Exactement, appuyait Mère.

Et Belinda, rouge de fureur, lançait à l'adresse desdits amis une insulte bien choisie, puis courait s'enfermer dans sa chambre.

Pour être franche, je prenais plaisir à ses emportements, ses jérémiades interminables, sa bouderie et sa mauvaise humeur. Elle savait qu'elle n'avait aucune sympathie à attendre de moi. Et malgré toutes ses tentatives pour enjôler notre mère, ou l'effrayer en lui prédisant des catastrophes, Mère s'en tenait à sa décision.

— Tu te feras de nouveaux amis, Belinda. Tu découvriras des tas de choses intéressantes, tu enrichiras ta culture générale, tu apprendras l'usage du monde. C'est une grande chance pour toi, ma chérie. Je voudrais avoir ton âge et pouvoir aller dans un de ces collèges-là.

— Et moi je voudrais être vieille et en avoir fini avec tout ça, ripostait ma cadette en trépignant.

Ce que je trouvais du plus haut comique. Belinda, désirer vieillir ! Je ne me privais pas de me moquer d'elle.

— Tu ne sais pas de quoi tu parles, ma petite ! À la première ride que tu verras dans ton miroir, tu menaceras de te suicider.

— Sûrement pas. Et je te trouve très méchante avec moi, Olivia. Mais attends que je sois partie. Tu me regretteras, tu verras, menaçait-elle.

Sur quoi je riais de plus belle, et elle se renfrognait davantage.

Finalement, le jour de son départ arriva. Elle ne se donna même pas la peine de se préparer. Ce fut Carmelita qui dut se charger de faire ses bagages, sous la surveillance attentive de Mère. Nous étions tous censés l'accompagner dans la limousine, mais je m'arrangeai pour ne pas être du voyage. Papa en fut désappointé. C'était encore moi qui m'en tirais le mieux avec Belinda, dans la famille. Mais il n'était pas question que je voyage pendant des heures à ses côtés, à l'entendre se plaindre et récriminer sans arrêt.

Elle nous offrit un numéro digne d'un oscar quand papa lui dit de monter dans la voiture.

Debout dans l'allée, elle croisa les mains sur son cœur et tourna vers moi un visage baigné de larmes.

— Au revoir, Olivia ! Au revoir, maison ! déclama-t-elle avec des sanglots dans la voix. Adieu, les joies de mon enfance. Ils m'envoient chez des monstres, des maîtres cruels devant qui j'aurai toujours tort. Il n'y aura personne pour me réconforter, quand je serai fatiguée ou que je me sentirai seule.

Elle s'interrompit soudain, les yeux fixés sur moi.

— Arrête de sourire comme ça, Olivia ! Tu sais que je n'exagère pas. Tu y as été, toi, dans ce collège.

— Tu ne seras plus traitée en enfant gâtée, si c'est ce que tu veux dire, Belinda. Et pour une fois, il faudra que tu tiennes compte des sentiments des autres avant les tiens.

— Tu n'es qu'une sale bête, je te déteste ! me jeta-t-elle avec rage en pivotant vers la limousine.

Mais avant d'y monter, elle se retourna.

— S'il te plaît, Olivia, téléphone-moi. Appelle-moi ce soir, je t'en prie.

— Je t'appellerai, c'est promis. Maintenant, cesse de faire ta petite peste, lui ordonnai-je. Ce sera plus facile pour tout le monde, à commencer par toi.

Elle ravala ses sanglots, prit une profonde inspiration comme si elle se préparait à plonger sous l'eau et monta dans la voiture. Je ne pus m'empêcher de sourire. Peut-être me manquerait-elle, en effet. Mais j'espérais qu'elle changerait un peu, qu'elle mûrirait un peu aussi et, comme je venais de le dire, qu'elle nous rendrait les choses plus faciles à tous.

Une accalmie trompeuse succéda au départ de ma cadette. Papa et moi étions très occupés par notre travail au bureau. Belinda appela, pleura et se plaignit pendant quelques jours, puis abandonna. Il sembla que nous pourrions passer un été sans histoires, finalement.

Maintenant que Belinda était à l'abri et, en quelque sorte, mise de côté comme un dossier compromettant, papa m'accorda un peu plus d'attention. Et sans que j'y prenne garde, il s'arrangea pour me ménager un rendez-vous avec Clayton Keiser, le fils de notre comptable. Cela se fit de la façon la plus prosaïque. Un jour, en rentrant du bureau, papa m'annonça que les Keiser viendraient dîner le vendredi suivant.

Le père de Clayton, Harrison Keiser, semblait avoir été choisi par un metteur en scène pour jouer le rôle de comptable. C'était un homme sec, aux petites yeux de fouine, obsédé par les détails jusqu'à la maniaquerie. Son fils Clayton lui ressemblait comme un clone. Tous deux avaient le même visage rond au teint plâtreux, le même nez trop mince et la même bouche molle. Clayton ne tenait qu'une chose de sa mère : ses cheveux auburn et bien fournis, qu'il portait très courts, coiffés dans un style quasi militaire.

Je ne me souvenais pas de lui au lycée, il avait trop de classes d'avance sur moi, mais je savais qu'il était tout sauf sportif. Avec ses grosses lunettes et ses manières effacées, il incarnait le type parfait du rat de bibliothèque. Excellent élève, il n'avait pourtant pas été major de sa promotion, car les notes d'éducation physique comptaient beaucoup dans les critères de choix. Papa m'apprit qu'à l'époque la question avait été vivement débattue, mais qu'on n'avait pas modifié les statuts pour Clayton. À mon avis, les professeurs et les administrateurs n'avaient tout simplement pas souhaité qu'il représente le lycée devant les parents et les invités. Ils ne devaient pas le trouver très flatteur comme image de marque.

Clayton ne mesurait que quelques centimètres de plus que moi. Toujours aussi gringalet, d'allure presque délicate, il aurait passé presque inaperçu sans son regard scrutateur et toujours à l'affût. Quand il me fixait, j'avais l'impression qu'il évaluait mes avantages et mes défauts pour les consigner, à la page : Actif et Passif, dans un dossier intitulé « Olivia Gordon ».

J'oubliai vite ce qu'avaient comploté papa et Harrison Keiser. Et ce soir-là, au dîner, je ne prêtai d'abord aucune attention au fait que la conversation était surtout centrée sur Clayton et moi. Jusqu'au moment où j'entendis papa proposer :

— Clayton pourrait emmener Olivia au vernissage de la nouvelle exposition, à la Galerie du Littoral. Je crois qu'ils s'intéressent à l'art, tous les deux.

Je me sentis devenir pivoine. Je décochai un bref regard à papa, puis à Clayton et enfin à ma mère, qui arborait un sourire mystérieux. Harrison Keiser s'empressa d'ajouter :

— Ce ne serait pas une mauvaise idée, n'est-ce pas, Clayton ?

— Non, papa.

— Eh bien ? l'encouragea son père, en pointant le menton dans ma direction.

Clayton leva les yeux sur moi comme s'il venait brusquement de découvrir que j'étais assise à table, moi aussi. Il tapota ses lèvres avec sa serviette et s'éclaircit la gorge.

— Heu... oui. Que diriez-vous d'un dîner en ville avant d'aller au vernissage, Olivia ? demanda-t-il à haute et intelligible voix.

Pendant un moment, je restai muette. Mes cordes vocales me refusaient tout service. Je vis que papa m'observait, comme s'il attendait la suite. Je parvins enfin à faire entrer assez d'air dans mes poumons pour proférer une réponse. Qui fut un oui, naturellement. Que pouvais-je dire d'autre ?

Sur quoi, la conversation s'orienta sur le choix du restaurant pour le soir du vernissage. Clayton n'avait pas d'opinion, et moi non plus. En fait, toute notre soirée fut programmée par nos parents, comme si nous étions des pions sur un échiquier. Le père de Clayton lui suggéra d'aller s'acheter un nouveau costume, et sa mère de changer de coiffure. Mère parla d'une robe qu'elle venait de voir dans une boutique et qui, d'après elle, serait parfaite pour l'occasion.

Tous les quatre continuèrent à discuter de notre rendez-vous de commande, sans même nous consulter une seule fois pour connaître notre opinion ou nos réactions. À une ou deux reprises, Clayton me jeta un regard furtif. Mais la plupart du temps, il gardait les yeux baissés, concentré sur sa nourriture. Il maniait son couvert avec les mêmes gestes secs et précis que son père, se tamponnait les lèvres en même temps que lui, en synchronisation presque parfaite. Ils étaient si semblables, tous les deux, que c'en était effrayant.

À la fin de la soirée, avant que les Keiser ne se retirent, Clayton finit par se tourner vers moi. Tout le monde se tut, comme si l'héritier du Trône allait prononcer un édit royal. Il le prononça.

— Je passerai vous prendre à six heures quinze, si cela vous convient. Il nous faudra un quart d'heure pour aller au restaurant, ce qui nous laissera une heure pour dîner. Il nous restera douze minutes pour nous rendre à la galerie, ce sera parfait.

Devrions-nous aussi synchroniser nos montres ? ironisai-je à part moi. Je me contentai de hocher la tête. Clayton pinça les lèvres, dans un louable effort pour sourire, et rejoignit ses parents près de la porte. Tout le monde se souhaita le bonsoir et la famille Keiser s'en alla.

Instantanément, je pivotai vers papa.

— Pourquoi m'as-tu fait ça ? Je me suis sentie piégée, je n'ai pas pu éviter de dire oui.

— C'est un garçon très bien, qui se distingue dans la firme de son père. Des jeunes gens comme lui ne sont pas faciles à trouver de nos jours, Olivia.

— J'aimerais autant trouver toute seule celui qui me convient, papa, rétorquai-je.

Et je lus sur ses traits la question qu'il n'exprimait pas : « Qu'attends-tu pour en chercher un, alors ? »

— Je voulais simplement t'aider, ma fille. Il n'y a aucun mal à tâter le terrain. Cela ne te coûte qu'un peu de temps, ajouta-t-il, me rappelant clairement que je ne faisais rien du mien. D'ailleurs, ce vernissage n'est pas une mauvaise idée. Tu aimes ce genre de choses, non ? Ce ne devrait pas être un grand sacrifice.

— Je sais, papa, mais...

— Ton père a raison, ma chérie, intervint Mère. Tu devrais sortir davantage, voir plus de monde. Même si cela ne marche pas avec Clayton, d'autres jeunes gens te remarqueront. Tu seras en beauté, et ils se diront : « Tiens, voilà quelqu'un que j'aimerais connaître. » C'est comme ça que les choses arrivent, insista-t-elle. Et ce sera si amusant de faire la tournée des boutiques pour trouver ta robe, choisir des chaussures, t'acheter de nouveaux bijoux et aller chez le coiffeur.

Je m'avisai que Mère désirait ces choses tout autant pour elle que pour moi. Belinda partie, les propos futiles ou romanesques n'étaient plus de mise, à la maison. Cela devait lui manquer.

— Très bien, capitulai-je. Mais franchement, je serais très étonnée de passer un seul moment agréable avec Clayton.

— Sait-on jamais, dans ce genre de circonstances ? La première fois que je suis sortie avec ton père, c'est aussi ce que je pensais.

— Pas du tout ! objecta vivement papa.

— Je ne te l'ai jamais dit, Winston, mais j'avais terriblement peur de toi ce soir-là.

— Vraiment ? releva-t-il comme s'il tirait fierté de cette révélation.

— Tout le monde m'avait mise en garde contre toi. « Fais attention, Winston Gordon obtient toujours ce qu'il veut, et il veut beaucoup. Il a d'insatiables appétits. » Voilà ce que j'entendais de tous côtés.

Papa se permit un sourire complice.

— Alors c'était sans doute vrai, mais je me suis assagi à la maturité. Je suis devenu plus modéré. J'essaie de trouver un juste équilibre, d'analyser toute chose avec soin.

— Même ce rendez-vous arrangé d'avance, papa ? demandai-je avec une pointe d'aigreur.

Papa réfléchit un instant.

— Oui, Olivia. Je crois que Clayton est un jeune homme très raisonnable. J'espère que tu passeras une bonne soirée, conclut-il tranquillement.

Sur ce, il sortit pour aller fumer un cigare.

Cette semaine-là, Mère fit preuve d'une activité débordante afin que cette soirée de rendez-vous fût « parfaite ». La robe qu'elle avait en vue ne convenant pas, finalement, elle voulut que nous allions à Boston. Je tentai de l'en dissuader.

— Je n'attache aucune importance à cette soirée, Mère. Ce n'est qu'un rendez-vous. Non, ce n'est même pas un rendez-vous, d'ailleurs je déteste ce mot. C'est juste un événement programmé.

— Tu dis des sottises, Olivia. Chaque fois qu'une jeune femme va dans le monde, qu'elle se montre en public, c'est un événement important. Quel mal y a-t-il à te rendre aussi présentable et attirante que possible ?

— Aucun, sans doute, admis-je à contrecœur.

Peut-être avait-elle raison. Peut-être ne savais-je pas assez me mettre en valeur, soigner mon apparence, mon image. Peut-être était-il temps d'être une femme, plutôt qu'une fille capable et brillante. Je me laissai guider par Mère, pomponner, habiller, coiffer, jusqu'au moment où j'osai me regarder dans le miroir ; et je conclus que moi aussi je pouvais être jolie et séduisante. Moi aussi je pouvais briser des cœurs. Belinda n'avait pas le monopole de la beauté, dans cette famille, décidai-je. Il était temps que j'entre dans la compétition.

À six heures un quart précises, le soir du vernissage, Clayton sonnait à notre porte. J'attendais en haut, le cœur battant à grands coups, par simple nervosité je suppose. Comme une actrice en proie au trac, je me demandais si mes jambes n'allaient pas refuser de me porter. Je n'avais pourtant aucune raison de douter de moi. Ma coupe de cheveux était on ne peut plus à la mode, je portais une étincelante rivière de diamants, des perles serties d'or aux oreilles. Et Mère m'avait prêté deux de ses bagues. J'avais une robe en soie émeraude, nettement plus échancrée que je ne l'aurais voulu ; Mère avait insisté pour que je poudre mon décolleté, assez audacieux je dois dire. Et moi qui avais souvent reproché à Belinda de trop chercher à séduire, je m'étais laissé convaincre sans trop protester.

Jusqu'à la dernière minute, Mère papillonna autour de moi. Elle rectifiait la position d'une mèche, effaçait un pli, allant jusqu'à vérifier si j'étais parfumée comme il convenait, ni trop ni trop peu.

— Tu es ravissante, Olivia. Vraiment ravissante. Belinda en mourrait de jalousie, affirma-t-elle, m'arrachant un sourire.

Ma sœur avait téléphoné, dans l'après-midi. Mère l'avait mise au courant de mes préparatifs, et elle avait pleurniché tant et plus parce qu'elle ne pouvait pas me voir.

— Je suis vissée ici, obligée d'apprendre à marcher avec un livre sur la tête, à m'asseoir correctement, à choisir la bonne fourchette à table... et pendant ce temps-là tu sors avec des garçons ! Ce n'est pas juste, Olivia.

— Tu es sortie plus souvent qu'à ton tour, Belinda. Et même une fois de trop, lui rappelai-je froidement. D'ailleurs pendant que j'étais dans ce même collège, en train d'apprendre toutes ces choses, toi tu prenais un peu trop de bon temps.

— Oh, la barbe avec tout ça ! Si tu te souciais vraiment de moi, tu obtiendrais de papa une réduction de ma peine. Cet endroit est une vraie prison, Olivia. Une prison dorée pour pimbêches. Je ne me suis pas encore fait une seule amie. Ces filles vous regardent de si haut que, jusqu'ici, je n'ai vu que leurs trous de nez !

Ce fut plus fort que moi, j'éclatai de rire, mais Belinda poursuivit ses jérémiades.

— Je suis affreusement, horriblement malheureuse. Même les professeurs masculins sont comme... comme de vieilles dames, dans cette boîte ! Ils ne me regardent que s'il s'agit de m'apprendre une règle idiote, comme la façon d'aborder quelqu'un qu'on n'a jamais vu.

— Pense à tous les progrès que tu auras fait à la fin de l'année, Belinda. Tu seras une femme du monde accomplie.

— Ça m'est bien égal ! s'emporta-t-elle, avant de se lancer dans un nouveau répertoire de plaintes et de griefs.

Je l'interrompis au beau milieu d'une tirade.

— Il va falloir que je te laisse, maintenant. J'ai encore des tas de choses à faire.

— Eh bien vas-y, fais-les. Amuse-toi bien. Et pense à moi, clouée ici et enchaînée par le règlement, conclut-elle en raccrochant.

Au même instant, la sonnerie de la porte d'entrée retentit.

— C'est Clayton, annonça Mère en ouvrant la porte de ma chambre, comme si elle tirait le grand rideau de l'Opéra. Passe une bonne soirée, Olivia.

— Merci, Mère.

Introduit par Carmelita, Clayton m'attendait dans le hall, les yeux levés vers l'escalier. Je lui trouvai l'air d'un caissier de banque sur le point de recevoir un dépôt, dans son complet cravate. J'espérai qu'il se dégèlerait un peu quand nous serions seuls.

Sur ces entrefaites, papa sortit de son bureau.

— Tiens, tiens, voyez qui nous arrive! N'est-elle pas ravissante ainsi, Clayton?

— Si, monsieur, approuva Keiser junior, qui se tourna vers moi pour ajouter : Vous êtes très jolie.

— Merci.

Carmelita se tenait sur le côté, un peu à l'écart et l'air de ne rien voir. Quand je me retournai vers elle, son visage s'anima. Elle haussa les sourcils et laissa paraître une surprise mêlée d'admiration qui me rendit confiance en moi. Son expression était sincère, je devais réellement être en beauté. Si seulement Clayton avait pu être un peu plus démonstratif quand il s'adressait à moi! Il consulta sa montre et déclara :

— Parfait, nous sommes juste à l'heure. Nous y allons?

— Oui, acquiesçai-je. Bonsoir, papa.

— Bonne soirée à tous les deux, lança-t-il derrière notre dos, comme nous passions la porte.

J'éprouvai un léger serrement de cœur quand elle se referma derrière nous.

La voiture de Clayton étincelait, elle paraissait quasiment neuve, observai-je en m'installant à l'avant. À peine avait-il regagné son siège que je lui en fis poliment la remarque. Il parut peu sensible au compliment, comme s'il n'en attendait pas moins.

— Elle a cinq ans, vous savez. De nos jours, on doit garder une voiture au moins sept ans si on veut l'amortir, m'expliqua-t-il avec complaisance.

Après quoi, j'eus droit à un exposé sur tout ce qui peut dévaloriser un véhicule à l'argus.

Ce n'était qu'un début. Quand nous prîmes place à table, au restaurant, Clayton passa le menu en revue en m'indiquant le rapport qualité-prix de chaque plat.

— Nous gérons les comptes d'une douzaine de restaurants, m'informa-t-il. C'est pourquoi je m'y connais si bien.

— Dans ce cas, pourquoi ne pas commander pour moi ?

— J'en serais très heureux, s'empressa Clayton, imperméable à l'ironie, tandis que je rendais mon menu au serveur.

Il commanda donc et finit quand même, au cours du dîner, par m'entretenir d'autre chose que de biens et avoirs. Du moins je le supposai, quand il se mit à me poser des questions sur moi-même, sur mon travail et sur mes distractions habituelles. Tout cela en consultant régulièrement sa montre, afin de vérifier si nous étions dans les temps. Le rythme du service parut le satisfaire, en tout cas pendant la plus grande partie du repas. Mais quand les desserts qu'il avait commandés se firent attendre, il commença à s'agiter.

— Nous n'avons pas besoin d'arriver juste pour l'ouverture, Clayton, fis-je observer pour l'apaiser.

Il me dévisagea comme si le plus infime retard, en quoi que ce soit, était une violation des commandements divins.

— Les gens sont appréciés pour leur sens des responsabilités, leur façon de tenir leurs engagements, me sermonna-t-il. C'est pourquoi notre firme est si florissante. Nos clients nous font confiance.

— Très bien, mais il n'y a pas que les affaires dans la vie, Clayton.

— Mais si, s'obstina-t-il. En fin de compte, tout se ramène aux affaires.

Je n'étais pas d'humeur à discuter. Nous prîmes le dessert et je le laissai me conduire à la galerie, aussi vite que sa prudence lui permit de rouler. Il fit remarquer que nous arriverions deux minutes plus tard qu'il ne l'avait prévu, mais que ce n'était pas grave.

— Dieu merci, persiflai-je. J'allais commencer à m'inquiéter.

Une fois de plus, le sarcasme fut perdu pour lui.

La plupart des personnes présentes nous connaissaient, Clayton et moi. Je surpris quelques regards amusés quand les gens se rendaient compte que nous étions ensemble. Bon nombre d'entre eux m'adressèrent des compliments sur mon élégance, ma bonne mine et ma beauté.

Je découvris que Clayton possédait certaines connaissances, en matière d'art. Mais il évaluait chaque œuvre sous l'angle du profit potentiel, considérant uniquement l'investissement qu'elle représentait. Je me permis d'être d'un autre avis.

— Certaines personnes les achètent sans doute parce qu'elles leur plaisent, tout simplement, et non pour la valeur marchande qu'elles auront dans vingt ans.

— Il faut toujours se préoccuper du prix des choses, rétorqua-t-il. C'est le seul moyen de réussir dans la vie.

Je commençais à me demander si Clayton était capable d'émotion, ou s'il avait une calculatrice à la place du cœur. Toutefois, quand il eut minuté le temps que nous passerions au vernissage, il me surprit en m'offrant d'aller visiter une propriété qu'il se proposait d'acheter.

— Je crois que ce serait un excellent emplacement pour bâtir une maison, déclara-t-il. Pas trop près de la ville, pour ne pas être envahi, pas trop loin non plus, pour ne pas être isolé. Sans oublier la vue, qui ajoute une valeur potentielle considérable.

— Bien entendu. Oui, j'aimerais la visiter, Clayton. Si toutefois notre horaire le permet, plaisantai-je, mais il ne sourit même pas.

Il se contenta de répondre :

— Ce doit être possible.

Une fois sortis de Provincetown, nous roulâmes environ trois kilomètres vers le sud, puis Clayton tourna sur une voie latérale qui n'avait de route que le nom. C'était plutôt un chemin de terre gravillonné ; mais il aboutissait à un terrain qui s'élevait sur quelques centaines de mètres, avant de redescendre en pente douce vers la mer. La vue du ciel nocturne déployé sur l'océan était impressionnante.

— Eh bien ? Qu'en dites-vous ?

— C'est un endroit magnifique, Clayton. Vous aviez raison.

— Merci.

Après cette réponse, Clayton garda le silence et je finis par demander :

— Pourrions-nous faire quelques pas dehors ?

— Non. Le sol risque d'être boueux, et il fait frais. D'ailleurs vous voyez aussi bien d'ici, répondit-il avec sécheresse.

Mais il ne remit pas le moteur en marche et, à nouveau, un silence plana.

— Clayton ?

Il pivota vers moi et, si rapidement que je n'eus pas le temps de réagir, il m'embrassa. La surprise m'ôta la voix, mais je faillis éclater de rire. C'était le baiser le plus maladroit de toute l'Histoire, aucun doute là-dessus. Il avait manqué mes lèvres et atterri sur ma joue.

— Olivia Gordon, je me sens très vivement attiré par vous, énonça Clayton.

— Quoi !

— Je pense que nous pourrions très bien réussir dans la vie, tous les deux.

— Clayton, c'est la première fois que nous sortons ensemble et je ne crois pas...

Une fois de plus, il se jeta sur moi, mais cette fois-ci en m'agrippant par les épaules, afin de pouvoir m'attirer à lui. Ses lèvres atteignirent mon cou, et je commençai à me débattre. Il me maintenait étroitement, et la force de ses doigts maigres m'étonna. Subitement, il plongea littéralement vers mon décolleté, y enfouit son visage et colla sa bouche au creux de mes seins. Le contact de sa langue humide et chaude me donna immédiatement la nausée. Palpant ma poitrine à l'aveuglette, il s'agita jusqu'à ce que son poids m'écrase et, de sa jambe gauche, immobilisa brutalement ma cuisse droite.

Je criai, me débattis de plus belle, mais il poursuivit sa manœuvre, pressant son pelvis contre ma hanche. Je le sentis se trémousser, j'entendis ses halètements et ses grognements s'accélérer. Quand il pesa plus fortement sur moi, j'éprouvai à peu près ce qu'on doit ressentir en se noyant. J'eus l'impression qu'on m'enfonçait sous l'eau. Dans un effort calculé, je parvins à dégager ma main droite coincée sous le torse de Clayton et commençai à lui marteler le crâne. Il ne parut ni s'en soucier ni le sentir. Ses mouvements se firent plus saccadés, plus frénétiques, jusqu'à ce qu'il pousse un cri comme s'il avait mal et s'affaisse contre moi.

Pendant de longues secondes nous restâmes ainsi, totalement immobiles. Je n'osais ni me retourner ni me relever, redoutant de provoquer un nouvel assaut de sa part. Mais rien n'arriva, sa respiration reprit peu à peu son rythme normal. Puis il se releva brusquement, rajusta sa cravate et dit en repoussant ses cheveux en arrière :

— Merci. C'était très agréable.

Je me redressai, encore mal remise de ma frayeur. Mon cœur battait plus vite qu'il n'eût fallu, et je mis dans ma voix toute l'autorité dont j'étais capable en cet instant.

— Ramenez-moi à la maison, immédiatement !

— Mais bien sûr, répondit-il sans s'émouvoir. Il est juste l'heure de rentrer, de toute façon.

Quand il redémarra, je m'écartai le plus possible de lui et m'appuyai contre la portière. Il tourna pour repartir en sens inverse, reprit le chemin de terre et ne parla plus avant d'avoir rejoint l'autoroute. Il semblait très sûr de lui.

— Ainsi, la propriété vous plaît ? Je vais l'acheter cette semaine. Je peux nous y faire construire une maison superbe.

— Pas pour *nous*, rectifiai-je. Vous ne pouvez rien faire pour moi.

— Pardon ?

— Je ne sais pas d'où vous vient l'idée que vous et moi pourrions... non, ne dites rien, Clayton. Contentez-vous de me ramener chez moi.

— Vraiment ? Moi qui croyais… Bon, très bien. Mais vous devriez prendre en considération la valeur de cette propriété, Olivia, et les avantages qu'un mariage apporterait à nos deux familles, et à nous-mêmes.

Je gardai le silence pendant le reste du trajet.

Une fois garé devant le perron, Clayton sortit pour venir m'ouvrir et m'aider à descendre, mais je le devançai. J'avais sauté à terre et claqué la portière avant qu'il n'ait contourné la voiture.

— Bonsoir, Olivia, dit-il d'un ton calme et poli. Puis-je espérer vous revoir ?

— Me revoir ? (J'en aurais ri, sans le dégoût qu'il m'inspirait.) Vous êtes un pervers, un ignoble individu. Je ne veux plus jamais vous revoir, lui lançai-je en montant les marches.

Là-dessus, je m'engouffrai dans la maison.

Mes parents n'étaient pas encore couchés. Mère lisait, papa regardait les dernières informations à la télévision. Il baissa immédiatement le volume du son. Mère posa son livre et sourit. Quand elle m'eut observée un instant, cependant, son sourire s'évapora.

— Que s'est-il passé ? s'enquit papa, les yeux rétrécis et l'attention en éveil.

Rien de ce que je ressentais ne lui échappait, d'ailleurs qu'aurais-je pu leur dissimuler ? Avec mes cheveux en bataille, ma toilette saccagée, j'avais l'air d'avoir dégringolé du haut en bas de la colline.

— Clayton est un mufle, me contentai-je de répondre.

Je vis les lèvres de Mère trembler d'appréhension.

— Qu'est-il arrivé ?

— Il n'est pas le gentleman qu'il prétend être, c'est tout. Restons-en là, d'accord ? ajoutai-je à l'adresse de papa.

— Entendu, Olivia. Tu t'en es tirée sans dommage, au moins ?

— Par chance, oui, rétorquai-je en m'éloignant vers l'escalier.

Une fois dans ma chambre, j'allai droit au miroir. Quand je me vis dans cet état, si échevelée, si différente de la jeune femme élégante et posée que j'avais été un peu plus tôt, je fus sur le point de pleurer. Mais presque aussitôt je ravalai mes larmes, en me disant que c'était exactement ce qu'aurait fait Belinda.

Sauf que Belinda, elle, n'aurait sans doute pas mis autant d'énergie à se défendre.

*
* *

Les jours suivants, papa évita toute allusion à l'incident et ne me posa aucune question. Chaque fois que je voyais Harrison Keiser, toutefois, ce dernier évitait mon regard. J'en déduisis que Clayton avait dû lui fournir une autre version de l'histoire, qui me donnait tous les torts dans la rupture de nos relations.

Mère en conclut simplement que cela ne devait pas se faire. Elle avait parfois cette attitude fataliste, surtout pour les questions sentimentales. Cinq ou six jours après mon désastreux rendez-vous – mon unique rendez-vous de l'année – elle frappa discrètement à la porte de ma chambre, que j'avais laissée ouverte. L'heure du dîner approchait, j'allais me lever de mon fauteuil pour faire un brin de toilette quand elle s'annonça.

— Tout va bien, Olivia ? s'enquit-elle avec une petite grimace d'appréhension, redoutant une réponse déplaisante.

— Très bien, Mère.

— Je regrette que cette rencontre avec Clayton n'ait pas été un succès.

— Moi pas. Je n'ose pas imaginer ce que pourrait être la vie aux côtés d'une pareille créature.

Elle sourit et s'assit sur mon lit. Ma mère et moi n'avions jamais vraiment eu ce qu'il est convenu d'appeler un entretien de mère à fille. L'essentiel de ce que je savais sur le sexe, je l'avais pratiquement appris toute seule. À diverses reprises, Mère avait tenté d'aborder avec moi ces questions intimes, mais ni elle ni moi n'étions très douées pour cela. Ce soir-là, elle risqua une nouvelle approche.

— Quelquefois, commença-t-elle, je suis tentée de me reprocher ta... hm, ta situation. Je sens que j'aurais dû t'aider davantage à trouver quelqu'un, Olivia.

— C'est une idée stupide, Mère.

— Non, pas du tout, je t'assure. Ma mère m'a beaucoup aidée. C'était une femme très compréhensive, pleine de sensibilité, une grande amie pour moi.

— Je m'en tirerai très bien, affirmai-je.

— Bien sûr, ma chérie. Tu es trop intelligente pour ne pas réussir en tout. Tu l'es beaucoup plus que moi, et sans doute plus que ton père ; ce que je ne m'aviserais jamais de lui dire, bien entendu.

Je voulus protester, mais elle m'arrêta d'un geste.

— Parfois, cependant, une femme a intérêt à ne pas avoir l'air trop intelligente, Olivia.

— Quoi ?

J'ébauchai un sourire, mais il mourut sur mes lèvres quand je surpris l'expression de Mère. Je ne l'avais jamais vue ainsi. Elle paraissait plus sage, plus réfléchie, plus grave.

— Parfois, une femme doit savoir ne pas tenir tête à un homme, ne pas se montrer trop directe. La plupart du temps, devrais-je dire. Il vaut mieux agir en douceur, plus subtilement. On doit apprendre à jouer d'un homme comme on joue d'un instrument, pour en faire ce qu'on veut, ou l'amener à faire ce qu'on veut.

J'eus un sursaut de recul.

— Qu'es-tu en train de me dire, Mère ?

— Qu'il y a un secret pour établir et maintenir de bons rapports avec un homme, un secret très simple. C'est de lui laisser croire qu'il dirige tout. Chaque fois que je désire réellement quelque chose, je m'arrange pour amener ton père à croire qu'il l'a voulu le premier, que l'idée vient de lui. Comme ça il ne se sent jamais manipulé, tu comprends ?

Elle se pencha vers moi pour ajouter en souriant :

— Même s'il l'est.

J'éprouvai un si vif besoin de m'écarter d'elle que mon dos heurta le dossier de mon siège.

— Ce n'est pas vrai, Mère. Papa sait toujours exactement ce qu'il fait, et il ne fait rien sans avoir envisagé avec soin toutes les conséquences de son acte.

— Certainement, reconnut-elle. Mais comment il les évalue et comment il tire ses conclusions, c'est mon petit secret. Je trouve que tu devrais avoir une attitude plus détendue avec les hommes, Olivia. Tu te comportes comme si…

— Comme si quoi, Mère ?

— Comme si tu étais leur rivale, et que tu aies quelque chose à prouver en t'imposant, et les hommes n'aiment pas du tout ça chez une femme. Tu dois apprendre à te montrer plus subtile.

— Plus comme Belinda, tu veux dire ?

— Je suppose que oui, admit-elle gravement.

— Et tomber enceinte, pour expulser des bébés sur le tapis de ma chambre au milieu de la nuit ?

Mère se raidit.

— Certainement pas, ma chérie. Tu dois savoir quand il faut dire non et te montrer ferme.

— À condition de leur donner l'impression que l'idée d'en rester là vient d'eux, c'est ça ?

— En effet, approuva-t-elle.

— Franchement, Mère, je n'ai pas envie d'être ce genre de femme, ni ce genre de personne. Je veux pouvoir dire exactement ce que je ressens, être aussi honnête que possible. Et si un homme ne peut pas supporter ça, ce n'est pas un homme pour moi.

— Quelle pitié ! murmura-t-elle, plus pour elle-même qu'à mon intention.

— Je ne suis pas de ton avis, Mère.

Elle me dévisagea longuement, puis libéra un soupir à fendre l'âme.

— Je souhaite seulement te voir heureuse, Olivia.

— Je le serai, Mère. Mais selon mes propres critères, en conservant le respect de moi-même.

Je lus dans son regard qu'elle renonçait à me convaincre.

— Comme tu voudras. Tu es si intelligente, Olivia. Je suis sûre que tu trouveras l'homme qu'il te faut, que tu seras la meilleure des femmes et que tu réussiras ton mariage.

Mère se leva, laissa errer son regard autour de la pièce et ajouta :

— Tu devrais faire quelque chose pour égayer cette chambre, Olivia. Repeindre les murs, changer les rideaux et le dessus-de-lit. Je n'aurai aucun mal à décider ton père à faire ces transformations.

— En lui laissant croire que l'idée vient de lui ?

— Exactement.

— Je me trouve très bien comme ça, Mère, affirmai-je d'un ton résolu. Ma chambre me plaît comme elle est.

Elle inclina la tête et se leva, pour marcher aussitôt vers la porte. Mais au moment de franchir le seuil, elle se retourna.

— Si jamais tu as besoin de me parler, Olivia, sache que je serai toujours là pour ça.

— Merci, Mère. Je ne mourrai pas vieille fille, je te le promets.

Son visage s'éclaira, comme si j'avais prononcé la formule magique, et elle s'en alla rassurée. J'allai me camper devant mon miroir et contemplai mon reflet d'un œil perplexe. Comment peux-tu être sûre de cela, Olivia Gordon ? Qui est-il, cet homme qui attend une femme comme toi ? En tout cas, décidai-je, c'est quelqu'un qui ne me refusera pas le droit d'être intelligente. J'étais sur le point de me changer pour le dîner quand le pas lourd de papa ébranla l'escalier. Il courait presque, et je me précipitai à sa rencontre.

— Olivia, proféra-t-il sourdement, il faut que tu viennes avec moi.

— Que se passe-t-il, papa ?

Le sang lui monta au visage.

— Une chose embarrassante. Terriblement embarrassante. Rosemary Elliot, la directrice du collège, vient juste de m'appeler.

— Et alors ?

— Ta sœur est renvoyée pour... pour conduite immorale.

4

Toujours vieille fille

Papa et moi partîmes sans donner de détails à Mère, et d'ailleurs papa ne savait pratiquement rien. Il se contenta d'annoncer que nous allions chercher Belinda.

— Tout ce que m'a dit Mme Elliot se résume à ceci, m'apprit-il quand nous eûmes pris la route : «Je ne peux pas la garder dans nos murs.» Elle n'a pas voulu discuter la question au téléphone, mais elle nous attendra dans son bureau. Cela paraît très grave, vraiment très grave. Qu'est-ce que ta sœur a bien pu faire ?

— Connaissant Belinda et sa conduite récente, on peut tout imaginer, rétorquai-je d'un ton acerbe.

Papa se tut, et au bout de longues minutes ce fut moi qui rompis le silence.

— Que comptes-tu faire d'elle, maintenant, papa ? Les vacances d'été sont loin d'être finies, et il faut penser à sa rentrée. Elle n'est inscrite nulle part.

Il secoua la tête en soupirant.

— Je n'en sais rien, Olivia. Tu as une idée ?

— Pourquoi pas la Légion étrangère ?

La petite moue de papa fut presque un sourire.

— Nous pourrions lui trouver un travail au bureau, du moins jusqu'à la fin de l'été, suggéra-t-il.

— Attendons plutôt de savoir ce qu'elle a fait, papa. Si c'est aussi horrible qu'on nous le laisse entendre, tu pourrais décider de la consigner à la maison. Je suis sérieuse, ajoutai-je en le voyant hausser les sourcils. Ne la laisse pas sortir, aller à la plage, ou au cinéma : ce sera une bonne leçon ! Il faut bien qu'elle apprenne à vivre, non ? Tu dis toujours qu'il faut essayer de tirer parti de toutes les situations, même les pires. Eh bien, applique tes principes, papa.

Il s'enferma de nouveau dans le silence. Pourquoi ne donnait-il pas son accord ? Attendait-il que Belinda ait compromis toute la famille pour se décider à sévir ?

À mesure que nous approchions de la somptueuse propriété, tous mes souvenirs de collège me revenaient en mémoire. Je ne m'étais fait qu'une amie véritable, pendant mon séjour ici. Catherine Hargrove, de Boston. Nous étudiions ensemble, échangions nos impressions sur les garçons et les autres filles du collège ; et nous nous étions promis de ne pas nous perdre de vue. Mais peu après son retour à Boston, Catherine s'était fiancée avec le jeune homme que ses parents avaient choisi pour elle. Nous échangeâmes quelques lettres. Elle m'invita à son mariage, mais je n'y assistai pas. J'alléguai pour excuse que j'étais trop prise par mon travail dans l'affaire de mon père, mais je sais qu'elle en fut blessée. Elle ne m'écrivit plus, ne m'appela jamais, ne répondit jamais non plus à l'unique lettre que je lui adressai, quelques mois plus tard.

Comme les amitiés sont promptes à se défaire, pensais-je avec mélancolie. C'était presque comme si, une fois séparés, on cessait d'être les mêmes personnes. Comme si on devenait étrangers l'un à l'autre. Je savais que j'aurais dû assister à son mariage. Mais cela me froissait qu'elle soit fiancée, alors que je n'avais même pas le moindre soupçon de relations avec un garçon. Au collège, tout le monde avait prédit que je finirais vieille fille. Et la plupart de ces péronnelles seraient là, riant sous cape, persuadées que leurs prévisions se réaliseraient. Je m'en voulais. J'aurais dû avoir le courage de leur faire face, aussi bien pour Catherine que pour moi. Non, je n'étais pas parfaite. Je pouvais commettre des erreurs, mais rien de comparable aux fautes et aux péchés de Belinda. Elle créait tellement de problèmes que c'est à peine si on s'occupait de moi, dans tout ça. Même quand nous étions enfants, je me sentais négligée. Elle était un tel souci pour notre mère que papa lui accordait beaucoup plus d'attention qu'à moi. Combien de fois avait-elle eu droit à ces affectueux entretiens de père à fille ? Combien de fois n'avait-il pas dû, comme aujourd'hui, accourir à son aide ? Oui, m'avouai-je amèrement, j'étais comme le bon fils dans la parabole de l'enfant prodigue. Comme lui je me demandais si le fait d'être sérieuse, efficace et responsable me valait justement d'être ignorée, alors que j'avais autant besoin d'attention et d'affection que Belinda.

Nous allâmes directement au bâtiment administratif, puis au bureau de la directrice. La secrétaire faillit s'évanouir quand elle nous vit entrer, le sang se retira de son visage. Il était clair qu'elle redoutait une scène des plus déplaisante. Qu'avait donc pu faire Belinda ?

Elle passa dans le bureau et en ressortit presque aussitôt.

— Mme Elliot va vous recevoir, annonça-t-elle en s'éloignant de la porte, comme si nous risquions de la contaminer.

Mme Elliot, une femme dans la soixantaine aux yeux du même gris bleuté que ses cheveux, se leva de son fauteuil directorial. Elle n'était pas très grande mais son maintien altier, son ample poitrine qui se soulevait à chaque souffle et son regard impérieux faisaient oublier sa taille médiocre. Elle avait un menton énergique, presque masculin, et des lèvres pâles qu'elle serrait étroitement, dans son effort pour ne pas froncer les sourcils.

— Asseyez-vous, monsieur Gordon.

D'un geste autoritaire, elle indiqua un siège à papa. Puis elle me toisa, comme si elle se demandait si elle devait aussi m'en offrir un.

— J'aimerais qu'Olivia soit présente, dit précipitamment papa.

— Je n'y vois pas d'inconvénient. Olivia était une de nos meilleures étudiantes, et je comprends votre confiance en elle. Nous avions espéré la même conduite irréprochable de la part de votre plus jeune fille, ajouta la directrice d'un ton pincé, le regard lourd de reproche. Ce qui rend tout cela d'autant plus décevant.

Autorisée d'un signe à m'asseoir, moi aussi, je pris place aux côtés de papa. Toujours tendu, il serrait si fortement les mains sur les accoudoirs du fauteuil que ses jointures blanchissaient.

— Mais que s'est-il passé ? Pourquoi la renvoyez-vous ?

— J'irai droit au fait, monsieur Gordon, bien que tout cela soit encore plus pénible à raconter qu'à imaginer. Je ne prétendrai pas que tout a toujours été parfait, dans notre établissement. Nous avons eu notre lot de problèmes. Nos jeunes filles venant de milieux et d'endroits divers, nous devons nous attendre à quelques difficultés. Après tout, nous éduquons de jeunes personnes qui ne sont pas toutes de la meilleure souche.

« Certaines ont été surprises avec de l'alcool dans leur chambre, ou à fumer, à ne pas respecter le couvre-feu, ou encore à ne pas tenir leur chambre en ordre. Olivia le sait, déclara-t-elle avec un regard appuyé à mon adresse. Elle a pu en être témoin.

Je confirmai les faits d'un signe de tête, et Mme Elliot enchaîna :

— Il arrive également qu'un visiteur masculin s'attarde un peu trop. Mais jamais, au grand jamais, nous n'avons eu de jeune fille qui introduise de l'alcool, fume et reçoive deux jeunes gens dans sa chambre pendant toute la nuit, débita-t-elle tout d'une traite.

— Quoi ? Comment ?... bafouilla papa, comme s'il n'avait pas saisi. Qui reçoive deux...

— Recevoir, vous le comprenez bien, monsieur Gordon, est un euphémisme pour désigner ce qui s'est produit. Les deux jeunes gens étaient dévêtus, et dans le même lit que votre fille qui se trouvait également nue.

Sa tirade achevée, Mme Elliot déglutit comme si elle venait d'ingurgiter une cuillerée d'huile de foie de morue.

Papa se taisait, le regard fixe.

— Tous les deux ? proféra-t-il enfin.

— J'en ai peur, monsieur Gordon. Mme Landford, gouvernante du pavillon, les a surpris elle-même quand elle a entendu des rires et senti la fumée. Les deux jeunes gens étaient ivres, et ils auraient été arrêtés sans le souci de protéger la réputation de notre école. Ainsi que le bon renom de votre famille, autant que faire se peut. Toutefois, ils ont été conduits devant le magistrat local, condamnés à une peine avec sursis et soumis à un régime de probation. Ils n'appartiennent à aucun des collèges des environs, je m'empresse de le dire. Ce sont...

Ce fut moi que la directrice regarda quand elle acheva :

— Des garçons du village voisin. Des mécaniciens garagistes.

— Doux Jésus ! s'exclama papa.

— Vous comprenez, à présent, pourquoi nous sommes aussi consternés, monsieur Gordon.

Papa hocha la tête.

— J'aimerais effacer purement et simplement l'incident, et pour cela que vous rameniez votre fille chez vous sans délai. Je le regrette, mais sa place n'est pas ici. Nous ne pouvons faire pour elle ce que nous avons fait pour votre fille Olivia, je le crains.

Papa était devenu rouge comme si son crâne était en ébullition. J'aurais voulu le plaindre, mais je ne cessais pas d'entendre une voix intérieure qui répétait : *Tu récolteras ce que tu as semé.*

— Où est Belinda pour l'instant ? voulut-il savoir.

— Elle est consignée dans sa chambre, avec ordre de faire ses bagages. Nous apprécierions que vous l'emmeniez le plus discrètement possible, monsieur Gordon. Vous n'ignorez pas que lorsqu'une élève est renvoyée, les fonds avancés ne sont pas remboursés. Toute contestation ne ferait qu'exacerber la situation, pour vous comme pour nous, j'espère que vous en conviendrez.

— Oui, naturellement. Olivia, veux-tu aller la chercher, s'il te plaît ? Je vais approcher la voiture du pavillon.

— Oui, papa.

Mme Elliot me sourit avec bienveillance.

— Que devenez-vous, Olivia ? Si je ne me trompe, vous deviez poursuivre vos études à Boston. Est-ce là que vous vous êtes inscrite, finalement, ou dans une autre faculté ?

— Ni l'un ni l'autre, madame Elliot. J'ai choisi de seconder mon père dans son entreprise.

Elle reporta son attention sur papa.

— Je suis certaine qu'Olivia vous apporte beaucoup, monsieur Gordon. Elle doit être pour vous un atout précieux.

— En effet, confirma-t-il d'une voix brisée, si lasse que je ne la reconnus pas.

Celle de Mme Elliot exprima une certaine sympathie.

— Tout cela est bien regrettable pour nous tous, monsieur Gordon. Vous avez votre fardeau à porter, sur un chemin difficile.

D'un battement de paupières, papa la remercia pour sa compréhension et se tourna vers moi. Je me levai aussitôt et quittai la pièce. La secrétaire leva la tête et s'efforça de me sourire, tandis que je passais devant elle. Une fois dehors, je traversai le campus aussi rapidement que possible. Les fenêtres des classes étaient sombres, à part celles de la salle de musique, où l'orchestre de l'école répétait. La brise m'apportait les accords d'un morceau que je trouvai très à propos : une marche au rythme vif.

Il y avait environ une douzaine de filles dans le salon du pavillon, occupées à bavarder, à lire ou à regarder la télévision. Aucune d'elles ne savait qui j'étais, car je n'étais jamais venue ici avec Belinda, mais Mme Landford me connaissait. Elle accourut à la seconde où elle m'aperçut, un sourire hésitant aux lèvres.

— Bonjour, Olivia. Comment allez-vous ?

— Cela pourrait aller mieux.

— Je suis navrée pour votre famille, dit-elle avec douceur.

— Moi aussi. Où est-elle ?

Ma sécheresse ne parut pas froisser Mme Landford. Elle n'en comprenait que trop bien la raison.

— Par ici, indiqua-t-elle en se retournant.

Je la suivis dans le corridor, jusqu'à la dernière porte sur la gauche. Comme si elle s'excusait, elle me désigna du geste un couloir adjacent.

— Je suppose que vous aimerez mieux sortir par-derrière ?

— « Comme les voleurs dans la nuit », rétorquai-je.

Une expression peinée voila un instant ses yeux bruns, puis elle frappa à la porte.

— Qui est là ? fit la voix de ma cadette.

— Mme Landford. Votre sœur est avec moi, Belinda. Elle est venue vous chercher.

Il s'écoula un certain temps avant que Belinda ne vienne ouvrir, et cela suffit à m'exaspérer. Décidément, c'était bien d'elle de me faire attendre ! Les cheveux bien tirés, elle portait un pantalon sport et une veste d'uniforme de collège, celle que lui avait donnée Arnold. Ses valises étaient rangées au pied du lit.

— Salut, Olivia ! lança-t-elle avec insouciance, comme si rien ne s'était passé. Où est papa ?

Ma réponse fut nettement moins aimable.

— Dans la voiture. Il attend.

— Vous n'avez qu'à prendre les valises, je me charge des deux petits sacs, proposa la gouvernante.

Belinda prit tout son temps, allant et venant dans la pièce comme si rien ne pressait. Je vis bien son petit sourire et son air satisfait : elle avait obtenu ce qu'elle voulait depuis le début. Elle s'était fait surprendre exprès, je n'en doutai pas un instant. Je la soupçonnais même d'avoir monté cette scabreuse comédie de toutes pièces, uniquement pour parvenir à ses fins.

Je m'emparai d'une des valises.

— Allons-y, nous partons. Tout de suite.

— Parfait, répliqua Belinda en empoignant l'autre. Je ne resterai sûrement pas une minute de trop dans cet endroit, si je peux m'en dispenser.

Oubliait-elle qu'elle n'avait pas le choix ? me demandai-je. À l'entendre, on aurait pu le croire. Mme Landford nous suivit jusqu'à la porte latérale, devant laquelle s'était garé papa. Il était assis au volant, regardant fixement devant lui. En nous voyant approcher, il jaillit de la voiture et alla aussitôt ouvrir le coffre. Je lui tendis la première valise.

— Bonjour, papa ! jeta Belinda en lui tendant l'autre.

Il la prit sans répondre, ôta les sacs des mains de Mme Landford et ordonna :

— Monte dans la voiture, Belinda.

Elle obéit, mais avant de refermer sa porte elle se tourna vers la gouvernante.

— Au revoir, madame Landford. Je suis navrée si je vous ai mise dans l'embarras.

— Si ? répétai-je. Si ?

Belinda sourit jusqu'aux oreilles et claqua la portière.

— Bonne chance, ma chère enfant, murmura la gouvernante en me serrant la main.

Puis elle regagna le pavillon et je me tournai vers papa, m'attendant presque à le voir exploser de colère. Au lieu de quoi, il se contenta de refermer le coffre.

— En route, dit-il en retournant s'asseoir au volant.

Après cela, il ne parla plus jusqu'à ce que nous ayons quitté le campus et atteint l'autoroute.

— Alors, Belinda ? demanda-t-il abruptement. Satisfaite ?

— Je détestais cet endroit, papa, je te l'ai toujours dit. Ça m'est bien égal d'avoir été renvoyée.

— Comment as-tu pu...

Il s'interrompit net et serra les lèvres, comme s'il avait voulu rattraper ses paroles. Je n'éprouvai pas les mêmes scrupules.

— Qu'est-ce qui t'est passé par la tête, Belinda ? Tu n'as pas pensé au tort irréparable que tu causais à la famille, à sa réputation ? Cette histoire finira par se savoir, c'est inévitable. Les autres filles en parleront chez elles et à leurs amis.

— Elles ne valent pas mieux, toutes ces sales pimbêches aux grands airs. Si tu crois qu'elles n'en font pas autant ! La seule différence, c'est qu'elles ne se font pas prendre.

— Très juste. Je suis sûre qu'elles sont exactement comme toi, ironisai-je.

— Eh bien c'est le cas, figure-toi !

— C'est sans importance, intervint finalement papa. Je ne veux pas que votre mère apprenne un mot de tout cela. Quand nous rentrerons, Belinda, tu lui diras simplement que... que tu étais malheureuse là-bas.

— Ce ne sera pas un mensonge, papa.

Il fallait bien que quelqu'un explose, à la fin. Ce fut moi.

— Bien sûr que si ! Ce n'est pas pour cette raison que nous te ramenons à la maison.

— Toi aussi ça t'arrive de mentir, Olivia. Tu n'es pas un ange, accusa-t-elle de sa voix la plus geignarde.

— Avec cette différence que toi, mentir ne te dérange pas du tout, bien au contraire. Ta vie n'est pratiquement qu'un tissu de mensonges.

— Je le savais ! pleurnicha-t-elle. Je savais que vous alliez me détester, maintenant. Arrêtez la voiture et déposez-moi là, au bord de la route. Je me trouverai une nouvelle maison et une nouvelle famille.

— Pour la tyranniser et la détruire ? persiflai-je.

— Non. Arrêtez la voiture, c'est tout.

Papa émit un soupir douloureux.

— Ne nous querellons pas, je vous en prie. Cela ne fait que prolonger le supplice et nous devons penser à votre mère, Olivia. S'il te plaît.

— C'est ça. Balayons encore une des saletés de Belinda sous le tapis, avec les autres, et en attendant la prochaine. Ce n'est pas cela qui lui rendra service, papa.

— Je vais régler la question, promit-il.

Encore une promesse creuse, je crus presque l'entendre résonner comme un bidon vide. Mais je laissai papa s'accrocher à cet alibi et ne dis plus rien. Pendant le reste du trajet, je me contentai de regarder le paysage. Belinda s'endormit, son petit sourire satisfait aux lèvres : une fois de plus, elle avait obtenu ce qu'elle voulait.

Que Mère fût dupe de notre mensonge ou pas, elle feignit d'y croire. Elle s'apitoya même sur la pauvre Belinda, qui se laissa consoler en profitant outrageusement de la situation. Elle buvait du petit-lait. Du moins jusqu'au moment où je lui jetai un regard noir, si menaçant qu'elle cessa son manège et fila dans sa chambre. Le lendemain, papa décréta que la seule chose à faire, du moins dans l'immédiat, était de lui trouver une occupation au bureau. Il m'expliqua sa décision dans son cabinet de travail, hors de la présence de maman.

— Comme ça, nous pourrons avoir l'œil sur elle, du moins la plupart du temps.

— Mais que pourra-t-elle faire, papa ?

— Je ne sais pas, moi... du classement, par exemple.

— Du classement ?

— Trouve lui quelque chose, Olivia. Mets-la au travail, tiens-la occupée, je t'en prie, implora-t-il. L'envoyer dans une autre école ne serait qu'une perte de temps et d'argent. Elle n'est pas faite pour les études.

— Mais qu'attends-tu d'elle, alors, papa ?

— J'attends... j'espère lui trouver un mari convenable aussi vite que possible, voilà.

Avant moi ? faillis-je demander. *Tu veux qu'elle ait un mari et une maison à elle avant moi ?*

La frustration me rendit agressive.

— Dis plutôt que tu veux te décharger d'elle, aux dépens d'un pauvre naïf qui ne se doute de rien !

— Elle a quand même quelques qualités à son actif, Olivia. C'est une jeune femme très attirante. Tu ne crois pas qu'elle va mûrir un peu, maintenant ?

— Non, renvoyai-je avec autorité. Pas tant que tu passeras l'éponge sur chacun de ses écarts de conduite.

Il me dévisagea longuement et soupira.

— Je t'en prie, Olivia. Ne nous rends pas les choses encore plus difficiles, tu veux bien ?

Que lui arrivait-il ? Où était l'homme fort qui dirigeait toute une chaîne commerciale avec une telle poigne et une telle assurance ? Mère affirmait qu'il était comme tous les autres hommes, facile à manipuler. Peut-être avait-elle raison, finalement. Peut-être était-elle la plus intelligente des deux.

Ces réflexions ne m'incitaient pas à l'indulgence.

— Belinda te mène par le bout du nez, papa. Elle n'a qu'à larmoyer, gémir ou battre des cils et tu cèdes à tous ses caprices.

Il se détourna pour que je ne le voie pas rougir.

— Ce n'est pas vrai. Ce qui compte avant tout pour moi, j'ai essayé de te le faire comprendre, c'est la famille. C'est la chose la plus importante qui soit, et Belinda en est le point faible. C'est pourquoi nous devons la protéger. J'espérais que tu l'avais compris, et que je pouvais compter sur toi dans cette épreuve, conclut-il avec tristesse.

Je me sentis fléchir.

— Très bien, papa. Je tâcherai de lui trouver une occupation. J'essaierai une fois encore de la rendre respectable et responsable.

— À la bonne heure, Olivia ! Tu viens de parler en vraie Gordon, m'approuva-t-il avec soulagement.

Toutefois, mon adhésion aux principes de papa ne suffit pas pour amener le résultat qu'il escomptait, loin de là. Ma sœur fut enthousiasmée par l'idée de venir travailler au bureau, seulement voilà. Chaque matin, elle refusa de se lever en temps voulu. Chaque matin, ce fut à moi de la secouer pour qu'elle s'habille sans traîner. À plusieurs reprises, papa fut contraint de partir sans moi, et je dus prendre ma voiture pour me rendre au bureau avec ma sœur. Elle arrivait toujours à moitié réveillée, en se plaignant sans arrêt d'avoir dû se lever si tôt.

— Si c'est nous qui dirigeons l'entreprise, pourquoi sommes-nous obligées de nous lever à des heures pareilles ? gémissait-elle interminablement.

— Parce que nous la dirigeons, précisément. Si nous ne sommes pas là pour veiller à tout, qui le fera ? Les autres employés n'ont pas le même souci de nos intérêts. C'est cela, être responsable, la raisonnais-je, et c'est ainsi qu'on réussit.

Mais comme tous ceux qu'elle avait pu entendre de la bouche de ses professeurs, mes sermons ne la touchaient guère. Ils rentraient par une oreille et ressortaient par l'autre.

Elle errait dans les bureaux comme une somnambule, mettant des heures pour terminer la tâche que n'importe qui aurait achevée en quelques minutes. Un rien la distrayait. Elle pouvait passer une heure entière à regarder par la fenêtre. À la moindre occasion, elle décrochait le téléphone pour bavarder avec ses amis, malgré mes incessants reproches. Chaque fois que je la réprimandais, elle fondait en larmes et courait voir papa, qui me demandait ensuite de me montrer moins sévère.

— Sois patiente avec elle, Olivia. Essaie encore, me répétait-il.

Et une fois de plus, je me demandais pourquoi. Qu'avait-elle donc de spécial pour que papa soit si gentil avec elle, si malléable et toujours prêt à pardonner ? Chaque fois que j'étais sur le point de lui poser la question, il me demandait de persévérer, de croire au succès de mes efforts, et d'aider ma cadette à s'améliorer.

Il n'avait pas oublié son projet de la marier le plus rapidement possible. Quant à sa tentative pour amorcer des relations entre Clayton et moi, il ne s'en souvenait même plus. J'avais été reléguée dans les coulisses, Belinda occupait le devant de la scène. Papa ne montrait pas ouvertement ses intentions, cependant. Tout se passait un peu comme une partie de pêche. Il appâtait sa ligne, en espérant que le bon poisson mordrait à l'hameçon.

La première tentative d'importance fut le dîner où mes parents invitèrent les Childs. Un dîner on ne peut plus mondain, bien plus élégant que la soirée-traquenard élaborée pour Clayton et moi. Le colonel Childs était l'avoué de papa, et son fils Nelson achevait ses études de droit. Jamais aussi brillant poisson n'avait croisé dans nos parages. Et jamais non plus, commençais-je à me dire, on n'y avait vu rôder de requin pareil à Belinda.

*
* *

Quatre ou cinq fois par an, papa donnait ce qui s'appelle un grand dîner, où il invitait entre dix et quinze personnes. Le repas, qui comptait six services, était préparé par un traiteur, et l'on embauchait des extras pour l'occasion. Parfois, il y avait même un intermède musical, le plus souvent un pianiste ou un violoniste. Belinda détestait ces soirées, bien trop formalistes et rigides à son goût. Elle devait se tenir correctement, se plier à l'étiquette, rester calmement assise et ne parler que de choses sérieuses. En général, papa et Mère lui permettaient de se retirer de bonne heure, et elle montait dans sa chambre pour papoter au téléphone.

Je compris que ce dîner-là serait différent quand je découvris que les Childs seraient nos seuls invités. Je connaissais bien le colonel, naturellement. Il avait souvent affaire dans nos bureaux, pour une raison ou pour une autre. Papa menait tellement d'affaires de front, à présent, qu'il y avait toujours une question légale à résoudre ou un problème à régler. Au cours de réunions mondaines, une demi-douzaine environ, j'avais également rencontré son épouse Elizabeth. Une femme qui avait grande allure, séduisante, issue d'une des meilleures familles de Nouvelle-Angleterre. Ils n'avaient qu'un fils, Nelson, qui devait à son père sa beauté virile et à sa mère son élégance racée. Un véritable Adonis.

Nelson était l'un de ces favoris de la fortune, qui traversent leurs années d'études sur un tapis volant, triomphant partout et comme sans effort. En classe, sur les terrains de sport et dans le monde. Il paraissait toujours maître de lui, organisé, détendu. Ses professeurs l'aimaient et l'admiraient. Toujours poli et obéissant, il n'avait pourtant rien de ce qu'on appelle un chouchou et commandait le respect de ses pairs. Élu délégué de classe, capitaine d'équipe au basket-ball et au base-ball, il devait recevoir, à la célébration du doctorat, le prix décerné au meilleur citoyen de l'université.

Il avait à peine cinq ans de plus que moi, mais il aurait aussi bien pu en avoir dix. Bien que son père fût l'avocat du mien, je n'avais pratiquement jamais existé pour Nelson, ni au lycée ni ailleurs. Il ne devait pas me distinguer du troupeau de jeunes filles qui l'entouraient, cherchant à capter son attention ou ses faveurs, comme des demoiselles d'honneur guettant le bouquet de la mariée.

Ses yeux noisette avaient un éclat mordoré, qui donnait l'impression d'y voir danser des paillettes. Ou du moins, c'est ce que je me disais, les rares fois où je me trouvais assez près de lui pour bien les voir. Il portait ses cheveux châtains assez courts, avec un cran léger qui leur donnait beaucoup de mouvement. Et son sourire… son sourire était irrésistible. Nelson était pour moi l'incarnation même du conquérant. Insouciant, audacieux, le dieu Amour perché sur son épaule et lançant ses flèches autour de lui, par pur plaisir.

Avec tout cela, jamais il ne compromettait sa réputation. Il savait ne pas s'engager, ne laisser derrière lui ni dépit ni rancune. Tout se passait comme si ses conquêtes savaient, et acceptaient, qu'il n'était pas de ceux qu'on prend au piège. Il ne serait jamais à une femme. Il leur appartenait à toutes.

Je commençais à prêter l'oreille aux conversations de papa et du colonel Childs chaque fois qu'ils parlaient de lui. Je savais qu'il était en dernière année de droit, mais que son cœur était toujours libre. Il était prévu qu'après son doctorat, puis son admission au barreau, il travaillerait dans le cabinet de son père. Il ne restait plus qu'une chose à programmer : son mariage. Une fois qu'il aurait fondé une famille, il mènerait une existence irréprochable, tout comme son père avant lui.

En comparant mes souvenirs de Nelson à mes découvertes, je commençai à m'interroger sur le réalisme des projets de papa, aussi bien que sur leur sagesse. Que pourrait faire un homme comme Nelson Childs d'une tête de linotte comme Belinda, aussi frivole que vaniteuse ? En donnant ce dîner à visées matrimoniales, papa ne perdait pas seulement son argent, mais notre temps à tous. J'imaginais sans peine la réaction de Belinda. Quelqu'un d'aussi intelligent que Nelson Childs l'intimiderait, j'en étais sûre. Et elle ne voudrait jamais se lier avec un homme aussi sérieux, aussi méthodique, aussi ancré dans ses croyances et ses principes. Comment papa ne voyait-il pas cela ?

L'image que je conservais de Nelson Childs fut totalement éclipsée par son apparition en chair et en os, le soir de ce fameux dîner. Pour moi, même si j'essayai de le cacher, ce fut comme si une célébrité venait d'entrer dans la maison. Il avait mûri depuis l'époque du lycée. Il avait l'allure et la stature d'un homme fait, beau, distingué : le jeune homme accompli dans toute sa splendeur.

Mère était sous le charme. Papa rayonnait, voyant déjà se réaliser ses rêves. Et Belinda se rengorgeait parce que c'était à elle, et non à moi, qu'on avait présenté Nelson en premier. Quand il se tourna vers moi, il déclara en riant qu'il se souvenait de moi quand j'étais au lycée.

— Mais oui, affirma-t-il, je me rappelle parfaitement la petite fille que vous étiez. Vous aviez toujours l'air si sérieuse !

Cette réponse fit la joie de Belinda.

— Elle l'est toujours, vous savez. Tout le monde l'appelle Miss Glaçon, et moi Miss Tison.

— Vraiment ? releva-t-il en l'observant avec plus d'attention.

Et même tellement d'attention que j'en fus jalouse. Je remis les choses au point.

— Ce sont seulement les amies de ma sœur qui disent ça. Les filles du club des Pois Chiches.

L'attention de Nelson se reporta sur moi.

— Des Pois Chiches ?

— Les pois chiches qu'elles ont dans le crâne, grommelai-je, ce qui me valut un sourire amusé.

Puis nos parents passèrent au salon pour les cocktails, pendant que nous faisions faire à Nelson le tour du propriétaire. Dans la bibliothèque, il s'attarda devant les livres de papa, impressionné par le goût qu'ils révélaient. Il les trouvait tous excellents.

— Je n'en ai jamais lu un seul, se vanta Belinda, comme si c'était un exploit.

Je fis la grimace, appréhendant la réaction de Nelson, mais il se contenta de rire.

— Ma foi, s'il est vrai qu'un peu d'instruction peut s'avérer dangereux, Belinda ne court aucun danger !

Je ris en même temps que Belinda, en me demandant si elle comprenait qu'il se moquait d'elle. Mais s'en moquait-il vraiment ? Pour l'instant, il la regardait rire et semblait y prendre plaisir. Elle avait un rire musical, et une façon bien à elle de faire pétiller ses yeux, qui brillaient comme des lampes. Elle devenait lumineuse quand elle faisait cela, on ne voyait plus qu'elle. C'était comme si sa féminité jaillissait telle une flamme de son petit cœur frivole, pour se refléter dans les yeux de tout homme qui posait le regard sur elle.

— À quoi vous intéressez-vous, Belinda ? demanda-t-il tout à coup.

— À quoi... je m'intéresse ?

— Il te demande à quoi tu emploies tes loisirs, Belinda, c'est-à-dire la plupart de ton temps. Ma sœur fait simplement quelques petits travaux de classement au bureau, révélai-je à Nelson, espérant que sa curiosité s'arrêterait là.

Et qu'il verrait, du même coup, à quel point les capacités de ma cadette étaient limitées. Je fus déçue dans mes espoirs.

— J'ai horreur de ça aussi, s'empressa-t-elle d'annoncer. Les vacances sont faites pour s'amuser, pas pour travailler. À notre âge, ce devrait être interdit de travailler l'été !

Est-ce que Nelson allait sourire à chacune de ses reparties stupides ? Je fronçai les sourcils.

— La plupart des gens ne sont pas aussi riches que nous, Belinda. Ils sont obligés de travailler pour vivre et pour payer leurs études.

Elle haussa les épaules, comme si ma réflexion ne méritait même pas une réponse.

— Mais pas nous, justement, puisque nous sommes riches. C'est toi qui viens de le dire !

— Elle est incorrigible, grommelai-je, ulcérée de voir que Nelson riait encore.

Je me rassérénai un peu quand il approuva :

— Oui, en effet.

— Et c'est grave ? interrogea Belinda, provocante.

Nelson fit mine de réfléchir.

— Sans doute pas. C'est même plutôt rafraîchissant, dirais-je. Sauf pour votre famille et vous, Olivia, rectifia-t-il à mon intention.

Ce fut à mon tour de hausser les épaules.

— Oh, vous savez... ce qu'elle peut faire de sa vie m'est indifférent, à présent. J'ai abandonné.

— Ne la croyez pas, protesta Belinda. Elle dit toujours des choses horribles qu'elle ne pense pas.

Nelson allait sans doute répondre, mais à cet instant on nous appela pour dîner. Il se plaça entre nous deux et, galamment, nous prit chacune par le bras pour nous conduire à la salle à manger. Tout en marchant à ses côtés, je me répétais qu'une fille comme Belinda ne pouvait amuser qu'un moment un homme comme lui. J'étais certaine qu'il désirait une femme plus posée, plus sensée, plus capable. Une femme... comme moi.

Papa avait fait en sorte qu'à table Nelson fût placé entre Belinda et moi. Elle ne cessait pas de glousser en lui parlant à l'oreille, malgré les froncements de sourcils de Mère. Mais papa, contre toute prudence, lui avait permis de boire deux verres de vin, et elle était un peu grise.

La conversation roula d'abord sur la politique, puis sur la mode, et Nelson trouva toujours quelque chose d'intéressant à dire. Tout le monde écoutait quand il parlait. Il possédait un charisme, une présence et une éloquence qui s'imposaient d'emblée. Je me surpris à approuver ouvertement tout ce qu'il disait, ou presque, ce qui parut lui plaire. Pendant un moment je retins toute son attention. Et comme je m'y attendais, ou plutôt l'espérais, ma sœur ne tarda pas à s'ennuyer et à s'agiter.

À la fin du dîner, pourtant, elle s'arrangea pour me surprendre. Comme on allait servir le café, elle annonça tout à trac :

— Je n'ai pas envie de café. Si nous allions plutôt faire un tour sur la plage ?

Nelson parut tenté.

— Ce n'est pas une mauvaise idée. Il fait vraiment très chaud, ajouta-t-il avec un coup d'œil à mon adresse.

Approuver une suggestion de ma sœur ne m'enchantait guère, mais il avait l'air décidé. Je n'avais pas le choix.

— Ce serait parfait, dis-je d'une voix suave.

Nous demandâmes la permission de nous retirer, à la satisfaction visible de papa. Comme nous allions quitter la salle à manger, il se pencha vers moi pour murmurer :

— Ils sont bien assortis, n'est-ce pas, Olivia ? Ce serait la solution idéale à notre petit problème.

Je le regardai bien en face, avant de répliquer en détachant les mots :

— Je croyais que le colonel était ton meilleur ami, papa ? Comment peux-tu lui jouer un tour pareil ?

Il se raidit comme si je l'avais giflé.

— Ta sœur ne serait pas un si mauvais parti, Olivia. C'est la plus jolie fille de Provincetown.

J'éprouvai un tel serrement de cœur que j'en eus mal dans la poitrine. Mes yeux s'embuèrent, mais je m'interdis de pleurer.

— C'est vrai, dis-je en ravalant mes larmes. J'avais oublié.

Tournant le dos à papa, je courus pour rattraper Nelson et Belinda qui ne m'avaient pas attendue. Quand j'arrivai sur le perron, ils s'éloignaient déjà en direction de la plage.

*
* *

La nuit ruisselait d'étoiles, par milliers et par millions, jetées comme autant d'éclats de verre étincelants jusqu'aux bords du monde. L'air humide était plus chaud que d'habitude.

Belinda poussait des cris de ravissement.

— C'est fou, toutes ces étoiles ! Est-ce que ce n'est pas la Grande Ourse, là ?

Nelson s'arrêta près d'elle, et elle en profita pour s'appuyer sur lui.

— Où ça ? Non, c'est la Petite Ourse. La grande est par là, indiqua-t-il en la faisant pivoter.

— J'ignorais qu'il y en avait aussi une petite. Tu le savais, Olivia ?

— Évidemment !

Ignorant ma réponse, Belinda saisit la main de Nelson.

— J'adore voir les étoiles scintiller dans l'eau, pas vous ? Venez, enlevons nos chaussures et courons dans le sable.

— Quoi !

Je crus devoir m'interposer.

— C'est ridicule, Belinda, voyons ! Nelson ne va pas...

— Non, ça ne fait rien, m'arrêta-t-il en riant. Je crois même que ça va me plaire.

Il s'assit à côté d'elle et entreprit de dénouer ses lacets. Ma sœur était déjà pieds nus.

— Tu viens avec nous, Olivia ?

— Non, l'eau est bien trop froide.

— Justement, elle ne l'est pas, déclara Belinda en sautant sur ses pieds. D'ailleurs il faut bien que je me rafraîchisse de temps en temps. Je suis Miss Tison, tu te rappelles ?

Nelson rit encore et elle l'entraîna par la main. Je les regardai partir en courant vers la frange des vagues.

— Vous allez être trempés, leur criai-je, mais le grondement de l'océan couvrit ma voix.

Sans enthousiasme, j'ôtai mes chaussures et mes bas et me rapprochai d'eux.

Belinda courait toujours dans l'eau, à grand renfort d'éclaboussures, Nelson accroché à sa main.

Je l'entendais rire aux éclats. Nous étions presque à un kilomètre de la maison à présent, et la plage s'étendait devant nous, sombre et déserte. Subitement, ma sœur s'arrêta.

— Il fait vraiment chaud et l'eau n'est pas si froide que ça, vous ne trouvez pas?

— Non, admit Nelson. C'est même étonnant, mais elle ne l'est pas.

— Alors j'y vais!

Nelson sourit, légèrement perplexe.

— Vous allez quoi?

— Me baigner. Vous n'avez jamais pris ce qu'on appelle un bain de minuit?

— Belinda! me récriai-je. Tu ne vas pas faire ça!

— Oh, rassure-toi, je ne me déshabillerai pas complètement. On n'y verra pas grand-chose, de toute façon. Alors, Nelson? Jamais pris de bain de minuit?

— Si, bien sûr, mais...

— Ne regardez pas, sauf si vous venez me rejoindre, minauda ma cadette en commençant à déboutonner son chemisier.

Je faillis m'étrangler d'indignation.

— Belinda, ça suffit! Arrête ça tout de suite! ordonnai-je.

Mais elle ôta son chemisier, pour s'attaquer aussitôt à sa jupe. Quelques secondes plus tard, elle était en soutien-gorge et en panty.

— J'y vais! cria-t-elle en courant vers les vagues.

Nelson me jeta un regard interrogateur.

— Alors, qu'est-ce que vous en dites?

— Rien du tout. Je rentre.

J'étais hors de moi, mais Nelson semblait tout à fait à l'aise.

— C'est assez tentant, dit-il en se débarrassant de sa chemise.

Puis, sans la moindre gêne, il ôta son pantalon, appela Belinda et courut vers la mer. Je les regardai se rapprocher l'un de l'autre en barbotant et en s'éclaboussant. Belinda se jeta dans les bras de Nelson et tous deux disparurent sous l'eau, pour réapparaître un moment plus tard en riant comme des adolescents. J'étais à la fois fascinée, jalouse, et folle de rage.

— Si vous ne venez pas, m'interpella Nelson, peut-être pourriez-vous nous apporter des serviettes ?

— Oh oui, Olivia. Ce serait gentil.

Toute luisante à la lueur des étoiles, Belinda se tenait debout dans l'eau, son panty mouillé totalement transparent. Le caleçon de Nelson n'était guère plus protecteur.

— Entendu, leur criai-je de loin. Je n'en ai pas pour longtemps.

Je rebroussai chemin dans l'obscurité, glissant dans le sable et maudissant tout bas ma cadette.

À la maison, j'entrai sans faire le moindre bruit et me faufilai à la lingerie sans attirer l'attention.

Je pris quelques serviettes et ressortis tout aussi subrepticement, avec le sentiment de jouer un rôle dans un complot. Nelson et ma sœur étaient sortis de l'eau quand je revins sur la plage. Ils étaient assis sur le sable, si près l'un de l'autre qu'ils se touchaient presque.

— Dépêche-toi ! me cria Belinda. On gèle.

— Ça ne m'étonne pas. Vous pourriez attraper une pneumonie, tous les deux, ou quelque chose comme ça.

— Aucun risque, affirma Nelson. Rassurez-vous.

Je lui tendis une serviette en essayant de ne pas le regarder, puis j'en lançai une à Belinda.

— Mieux vaut enlever tout ce qui est mouillé, dit-il en s'éloignant de quelques pas.

Il noua la serviette autour de ses reins et enleva son caleçon, mais ma sœur fut moins pudique.

Elle ôta sans se cacher son soutien-gorge et son panty. Je me glissai entre elle et Nelson et me hâtai de lui tendre ses vêtements.

— N'importe qui pourra voir tout de suite que vous vous êtes baignés, commentai-je quand ils se furent rhabillés.

Sur quoi, Belinda suggéra :

— Nous n'aurons qu'à monter nous sécher les cheveux dans ma chambre.

Ils partirent tous les deux vers la maison, me laissant à la traîne. J'avais l'impression d'être la cinquième roue de la charrette. Une fois dans la chambre de Belinda, je les regardai se sécher les cheveux, puis Belinda passa dans la salle de bains pour changer de linge. Nelson me tendit son caleçon mouillé.

— Vous pouvez garder ça, le temps que ça sèche ?

— Je peux aller le mettre au séchoir tout de suite, si vous voulez. Cela ne prendra qu'un instant.

— Ne vous donnez pas cette peine, ça va très bien comme ça, dit-il en regardant Belinda sortir de la salle de bains.

Ses yeux brillaient, littéralement pétillants de joie et de rire.

— C'était génial, déclara Nelson. Je n'aurais jamais cru m'amuser autant en sortant avec mes parents. Merci. Peut-être serait-il temps de réapparaître et d'annoncer que tout va bien ? ajouta-t-il en se tournant vers moi. De quoi ai-je l'air ?

— D'aller très bien, justement.

Il m'en coûtait de le reconnaître, mais il paraissait vraiment ravi.

— Je vous rejoins tout de suite ! lança Belinda comme nous quittions la chambre.

En descendant, nous pouvions entendre les voix animées de nos parents qui venaient du salon.

— Votre sœur est fantastique, me dit Nelson en souriant.

— On voit que vous ne vivez pas avec elle !

Son sourire s'élargit.

— Elle doit vous donner du fil à retordre, j'imagine ?

— Vous êtes encore au-dessous de la vérité ! m'exclamai-je, et cette fois, il éclata de rire.

Il était assez intelligent pour comprendre mon point de vue, j'en étais sûre. Mais est-ce qu'il s'en souciait ?

Décidément, les hommes sont aveugles, soupirai-je intérieurement. Et certains le sont parce qu'ils ont choisi de l'être.

5

La pêche au mari

L'un de nos parents s'aperçut-il que Nelson et Belinda s'étaient baignés ? En tout cas, aucun d'eux ne fit la moindre observation à ce sujet jusqu'à la fin de la soirée. Quand ma sœur descendit, Nelson et elle avaient encore faim, sans doute à cause de leurs ébats dans l'eau. Ils prirent du dessert et du café, mais je me contentai du café. Ce fut surtout Nelson et moi qui parlâmes, essentiellement de politique et d'affaires. Il n'y avait pas de musique cette fois-ci, ni aucune autre distraction. Aussi, dès que nous eûmes terminé, le colonel Childs annonça-t-il qu'il était temps pour eux de se retirer. Nelson devait repartir de bonne heure pour la faculté de droit, le lendemain matin.

Sur le pas de la porte, il nous dit à toutes deux qu'il passerait nous voir à son retour, ce qui ravit papa. Il me jeta un regard complice, mais je secouai la tête. À peine Belinda et Mère étaient-elles montées qu'il m'attira dans son cabinet de travail.

— Eh bien ? comment cela s'est-il passé, entre eux ?

Il avait manifestement l'intention de bavarder un peu, car il contourna son bureau. Je pris place sur le siège le plus proche.

— Une vraie catastrophe, mais ça je m'y attendais. Elle s'est donnée en spectacle, comme toujours.

Papa se laissa tomber dans son fauteuil.

— Quoi ! Mais… explique-toi. Ils avaient l'air de si bien s'entendre, à table.

— Elle a voulu aller se promener sur la plage, mais c'est autre chose qu'elle avait en tête, papa. Elle s'est entièrement déshabillée, en défiant Nelson de venir se baigner avec elle.

— Déshabillée !

— J'étais morte de honte, papa.

Son teint coloré, avivé par les libations de la soirée, devint subitement livide.

— Oh non ! gémit-il.

— Oh si. J'ai essayé de l'obliger à bien se tenir, mais ça n'a servi à rien. Belinda sera toujours Belinda, papa. Nous ferions mieux d'accepter les faits.

Il eut une grimace désabusée.

— Eh bien, au moins j'aurai fait de mon mieux ! J'ai essayé. Allons nous reposer, maintenant, soupira-t-il en se levant. Je suis fatigué.

Je me levai à mon tour et marchai vers la porte.

— Tu trouveras une autre solution, papa. Ne t'inquiète pas pour ça. Mais à mon avis, Nelson Childs cherche une femme qui ait du caractère. Belinda ne lui conviendrait pas du tout.

— Je vois, marmonna-t-il derrière moi.

Sans suggérer, toutefois, que je lui conviendrais davantage. Il ne songeait qu'à Belinda, comme toujours.

— Mais je n'abandonne pas pour autant, ajouta-t-il. J'ai encore un atout dans ma manche.

Déjà au bas de l'escalier, je me retournai.

— Lequel ?

— Laisse-moi quelques jours pour régler les détails, répliqua-t-il d'un ton sibyllin.

Je crus qu'il songeait à une nouvelle tentative pour rapprocher Belinda et Nelson, mais je me trompais. Il avait une tout autre idée en tête. Et celle-ci était, selon ses propres termes, « plus raisonnable du point de vue des affaires ». Il jugeait également opportun de réunir un de nos conseils de famille, afin de soumettre l'idée à Belinda elle-même.

— Nous éviterons ainsi tout malentendu, et tout risque de mauvaise conduite, m'expliqua-t-il trois jours plus tard, en annonçant son intention de tenir cette réunion.

À quoi je ne pus m'empêcher de répondre :

— Si tu espères voir Belinda se corriger, autant essayer de réformer le monde, papa !

— Nous verrons, répliqua-t-il avec assurance. Nous verrons.

Papa nous réunissait ainsi de temps en temps pour parler de la famille, des affaires, ou de détails domestiques. À sa demande, Mère prenait même des notes, afin qu'il puisse au besoin s'y référer. Le journal qu'elle tenait ainsi était un peu l'histoire de notre famille. Elle y consignait toutes les dates importantes, anniversaires, confirmations, maladies d'enfants, vaccinations, examens et autres faits marquants. Ce journal revêtait une signification particulière aux yeux de papa, qui le considérait comme le registre officiel de nos vies.

Je finis par décider d'avoir une conversation avec ma sœur au sujet de Nelson Childs, afin de savoir si elle avait des vues sur lui. Nelson n'était pas revenu et n'avait pas appelé non plus, comme il l'avait promis. Quant à essayer de savoir ce que Belinda pouvait avoir en tête... autant vouloir prendre le vent au lasso.

J'entrai dans sa chambre alors qu'elle se préparait à se mettre au lit et lui posai carrément la question.

— Nelson ? fit-elle comme s'ils se fréquentaient depuis toujours. C'est à peine si je pense encore à lui ! Pour être franche…

Elle consulta son miroir et fit bouffer ses cheveux.

— Je ne crois pas qu'il soit très amusant.

Sa réponse n'apaisa pas mes soupçons. Elle aurait très bien pu rencontrer Nelson à mon insu.

— Vous sembliez pourtant très bien vous entendre, l'autre soir, pendant le dîner. Vous avez même été batifoler tout nus dans les vagues.

— Oh, ça ? La belle affaire ! Ce n'est pas la première fois que je le fais. C'était amusant, et il en avait envie, lui aussi.

— Alors pourquoi ne t'intéresse-t-il plus, maintenant ?

— Il est trop… obsédé par sa carrière. Quand tu es partie chercher les serviettes, il n'a fait que parler de ses projets pour réussir en politique. Il croit qu'il pourrait devenir président des États-Unis, un jour. J'ai pensé qu'il pouvait finir par devenir ennuyeux, et je le lui ai dit.

J'étais médusée. Aussi négligemment qu'elle aurait jeté un vieux magazine, ma sœur écartait un parti comme Nelson Childs, et cela parce qu'il était ennuyeux ? Nelson Childs ne serait jamais ennuyeux. C'était elle qui l'était.

Mais je doutais encore d'avoir bien entendu.

— Attends, je veux être sûre de comprendre. Sur la plage, en sortant du bain, tu lui as dit que tu le trouvais ennuyeux ?

— Oui. C'est ça.

— Et comment a-t-il réagi ?

— En riant. Il riait de tout ce que je pouvais dire ou faire. Alors, tu vois, il ne pense certainement plus à moi. Est-ce qu'il m'a appelée ? Non. Tu lui as renvoyé son caleçon par la poste, et est-ce qu'il t'a écrit pour te remercier ? Non plus.

Sur ce point, elle avait raison. En renvoyant le sous-vêtement à l'adresse universitaire de Nelson, je m'étais donné beaucoup de mal pour que le paquet soit le plus discret possible. J'avais été très déçue qu'il ne réponde pas.

— Franchement, conclut Belinda, ça m'est bien égal de ne plus le voir ni de ne plus entendre parler de lui. Je ne vois pas pourquoi je penserais à lui.

— Parfait. N'y pense plus, si c'est comme ça.

Ma cadette se détourna enfin de son miroir. Elle m'examina longuement et un sourire se dessina sur ses lèvres.

— Pourquoi es-tu si fâchée tout d'un coup, Olivia ? Il te plaît, c'est ça ? Tu as fini par tomber amoureuse !

— Ce n'est pas vrai.

— Mais si, c'est vrai. J'en suis sûre et certaine. Ma sœur est amoureuse, déclara-t-elle à son image, comme si cela prouvait que j'étais pareille à elle. Est-ce que tu rêves de lui ? Pourquoi ne l'appelles-tu pas ? Pourquoi ne vas-tu pas le voir à l'université ? demanda-t-elle à son reflet, comme si elle se parlait à elle-même.

— On ne court pas après les hommes de cette façon, Belinda ! Et je n'ai jamais dit que j'étais amoureuse de Nelson Childs. C'est toi qui l'as dit.

Elle se retourna vers moi.

— Tu l'es, affirma-t-elle avec assurance. Et après ? Pourquoi t'en cacher ? Je ne le fais jamais quand je tombe amoureuse. Et pourquoi ne devrait-on pas courir après un homme ? Qu'ont-ils de si particulier ?

— Eux, rien. C'est nous qui ne devons pas nous galvauder. C'est pourquoi il faut savoir garder nos distances. Enfin, vraiment! Quelquefois, quand je te parle, j'ai l'impression de m'adresser à une enfant de quatre ans.

— Ne t'en prends pas à moi parce que je sais que tu as le béguin pour Nelson, Olivia.

— C'est faux! me récriai-je.

— Si, tu as le béguin pour lui. Et je pourrais bien le lui dire, un de ces jours.

— Si tu fais une chose pareille, Belinda Gordon, je t'arrache la langue!

Les yeux pétillants de malice, elle me décocha un sourire machiavélique. J'essayai l'intimidation.

— Attention, Belinda : tu es prévenue!

— D'accord, d'accord, feignit-elle de céder.

Mais pendant des jours et des jours, elle ne cessa pas de me taquiner à ce sujet. Au bureau, elle prétendait que Nelson m'appelait au téléphone, par exemple. Ou elle écrivait les initiales N C sur mon carnet de notes. J'avais beau la fusiller du regard ou la menacer, elle ne faisait qu'en rire.

— Le petit général est amoureux, chantonnait-elle sur tous les tons.

Je parlai à papa de ses plaisanteries incessantes, mais il ne lui fit pas de reproches, au contraire.

Il lui acheta un canari dans une cage dorée. Peu importait sa conduite, papa l'inondait toujours de cadeaux, alors que je ne recevais qu'un salaire. Un salaire substantiel, mais sans plus, sous prétexte que cela me permettait de m'acheter ce que je voulais. Si Belinda n'en était pas capable, à qui était-ce la faute?

Je savais que papa avait une idée derrière la tête, en lui faisant ce présent. Je n'en prédis pas moins que l'oiseau ne tarderait pas à mourir, soit de faim, soit d'une autre forme de négligence.

— Sûrement pas, rétorqua ma cadette. Il sera très heureux dans ma chambre. Elle est toujours lumineuse, même quand il pleut, n'est-ce pas, maman ?

— Oui, ma chérie, acquiesça Mère, comme un répondeur automatique dont on aurait pressé le bouton.

Néanmoins, il fallut rappeler chaque jour à Belinda de nourrir son oiseau et de nettoyer sa cage, jusqu'à ce qu'elle finisse par s'en plaindre. Elle demanda sans honte pourquoi la bonne ne pourrait pas s'en charger à sa place.

Le mardi suivant, pendant le dîner, papa déclara que nous tiendrions notre conseil de famille après le repas. Il y avait d'importantes questions à discuter.

— Oh, non ! gémit Belinda. Pas encore une de ces fastidieuses réunions ! Je n'ai rien fait de mal, papa. Mais peut-être que quelqu'un d'autre s'est mal conduit ? ajouta-t-elle avec un coup d'œil dans ma direction.

— Il ne s'agit pas de cela, Belinda.

Le regard de ma sœur dériva sur Mère.

— Avons-nous encore dépensé trop d'argent pour nos toilettes, alors ?

À l'expression de papa, je devinai qu'il n'était pas au courant de ces achats. Et de toute évidence, Mère ne tenait pas à évoquer ces dépenses devant lui pour le moment.

— Nous verrons tout cela plus tard, après le repas, répliqua-t-elle précipitamment. Parler de questions trop sérieuses à table n'est pas bon pour la digestion.

Ma sœur trouva là une nouvelle occasion de se plaindre.

— Pourquoi parler de choses aussi sérieuses, alors ? Les hommes adorent ça, d'accord. Mais les femmes ne devraient pas être obligées de le faire.

Je la rabrouai vertement.

— C'est ridicule ce que tu dis, Belinda. Comme si les femmes étaient moins intelligentes que les hommes ! Dans certains cas, elles le sont plus.

— Qui a envie d'être plus intelligent ? bougonna-t-elle.

Après quoi, elle ne fit plus que chipoter sa nourriture en boudant, mais j'étais intriguée. Papa ne m'avait pas fourni de précisions sur le sujet de la réunion. Je savais que cela concernerait l'avenir de Belinda, mais sans plus. Une nouvelle solution, peut-être ? Papa n'avait rien laissé filtrer de ses projets.

Comme à l'ordinaire, nous nous rassemblâmes dans son cabinet de travail. Belinda et moi nous assîmes sur le canapé de cuir rouge, et Mère à la droite de papa, dans le fauteuil assorti, cahier ouvert et stylo en main.

— Tu as noté la date ? s'informa papa.

— C'est fait, Winston.

— Bien. Passons à l'ordre du jour. Nous savons tous qu'il est parfois nécessaire de consentir à quelques sacrifices, et aussi à quelques efforts, pour le bien de la famille...

— Je déteste quand il dit ça, grommela Belinda. Ça signifie qu'il va nous demander quelque chose de pénible.

Mère fronça les sourcils.

— Chut, ma chérie !

— Exactement comme autrefois, poursuivit papa, quand les rois et les reines cherchaient à accroître leur biens et leur pouvoir par des alliances, les grandes familles d'aujourd'hui recherchent les mêmes avantages en mariant leurs enfants. Rien n'a changé, sous ce rapport.

Arrivé là, il toussota et se tourna vers ma cadette.

— Belinda, tu connais Carson McGil, le fils de Daniel McGil ; le garçon qui a fait ses études dans l'enseignement privé. Je sais que tu le connais car vous vous êtes parlé plusieurs fois ces temps-ci, s'empressa-t-il d'ajouter, sans lui laisser le temps d'intervenir.

Belinda me jeta un coup d'œil furtif, puis reporta son attention sur papa.

— Je n'ai rien fait de mal avec lui, papa. Il m'a offert un rafraîchissement, et j'ai accepté de me promener avec lui sur la jetée. C'est tout.

— Apparemment, tu lui as plu. Il est venu me voir au bureau il y a quelques jours, pour me parler de toi.

Ni Belinda ni moi n'avions aperçu Carson dans les bureaux, pourtant. Je levai sur papa un regard sceptique, mais il l'ignora et se hâta d'enchaîner :

— Un jeune homme très bien, de bonne présentation. Il m'a demandé ta main.

— Ma main ?

— Il veut t'épouser, traduisis-je.

Elle en resta un instant bouche bée, puis retrouva ses esprits.

— Carson McGil veut m'épouser ? répéta-t-elle, prête à éclater de rire.

La mine sévère de papa l'en dissuada.

— Oui, et je pense que ce serait une union bien assortie. Carson héritera de l'usine de conserves de son père, et nous envisageons une fusion avec l'une de nos filiales.

Belinda se tourna vers moi, pour quêter mon soutien cette fois-ci, mais je lui renvoyai un regard sans expression. Et sans grande sympathie non plus, je dois le dire.

— Je ne suis pas amoureuse de Carson McGil, objecta-t-elle. Et même si je l'étais, je ne suis pas prête à me marier.

— Et pourquoi ?
— Je ne le suis pas, c'est tout.
— Bien sûr que si. Tu es une jeune femme séduisante, avec tout ce qu'il faut pour satisfaire un homme.
— Olivia n'est même pas fiancée, rétorqua-t-elle avec à propos.
— Pour le moment, Olivia s'occupe de sa carrière et elle ne tardera pas à te suivre, j'en suis certain. J'aimerais que tu réfléchisses sérieusement à la question, Belinda. Le jeune homme souhaiterait être autorisé à te faire sa cour, ajouta papa de son ton le plus intimidant.
— Me faire sa cour ?
— Sortir avec toi, expliquai-je en retenant un sourire. Essayer de se faire aimer de toi.
— Et tu finiras par l'aimer, j'en suis sûr, insista papa. Pourquoi ne pourrais-tu pas l'aimer ? Il est beau et très intelligent. Il sera pour toi un mari dévoué.
Belinda était complètement désemparée. Je jubilais.
— C'est la meilleure chose qui puisse t'arriver, ma chérie, et cela sera très utile à la famille. Tout le monde est d'accord ? demanda papa en se tournant vers Mère.
Elle acquiesça aussitôt.
— Oui, je crois que le mariage serait une très bonne chose pour Belinda.
— Moi aussi, approuvai-je.
Belinda donnait l'impression d'avoir reçu un coup sur la tête. Elle nous regarda successivement, papa, Mère et moi, puis afficha un étrange petit sourire.
— Je ne sais strictement rien de ce qu'implique le mariage, en fait. Je ne sais pas cuisiner, ni coudre,

ni faire le ménage, ni tenir des comptes, et je n'ai aucune patience avec les enfants.

— Vraiment ? C'est bien dommage, quand on pense que tu en as eu un ! persiflai-je.

Un silence de mort s'installa. Ce fut Belinda qui finit par le rompre.

— Je croyais que nous ne devions plus parler de ça ?

— Alors n'en parle plus, répliquai-je. Mère, tu peux noter que je suis entièrement d'accord avec papa. Carson McGil ferait un excellent mari pour Belinda et serait un atout pour la famille. Je sais que nous avons été en pourparlers avec son père depuis le début de l'année.

Papa enregistra ma déclaration d'un signe approbateur.

— Belinda ? Lui permettras-tu de te faire sa cour ?

Ma cadette leva les yeux au ciel et soupira.

— Je suppose que oui. Mais ne t'en prends pas à moi si je ne lui plais pas.

— Alors c'est décidé. Je lui transmettrai ta réponse et il t'appellera. C'est un jeune homme charmant, très brillant en affaires. Une vraie chance pour toi. Ne la compromets pas, l'avertit sévèrement papa.

L'intérêt de Mère parut s'éveiller.

— Nous pourrions avoir un mariage à l'ancienne mode, derrière la maison, non ?

— Pourquoi pas ? concéda papa. Si tu commençais une liste d'invitations préliminaire, ma chère ? Nous la réviserons le moment venu.

Tous ces projets agaçaient visiblement ma sœur.

— Comment pouvez-vous faire des plans pour mon mariage ? explosa-t-elle. Je ne suis même pas encore amoureuse !

— Sincèrement, ma fille, l'amour est une chose qui arrive après le mariage. Le véritable amour, j'entends. Pense simplement à tout ce que tu peux faire pour la famille, et tu verras, tout ira pour le mieux, affirma papa.

Sur quoi, il tapa dans ses mains et déclara que la séance était levée.

*
* *

Belinda était sous le choc. Une part d'elle-même voulait s'indigner de ce qu'on décide à sa place d'aspects aussi importants de sa vie. Mais aussitôt, le sourire satisfait que lui renvoyait son miroir venait attiser sa vanité. Elle voyait déjà les prétendants implorer de son père la permission de la courtiser, d'essayer de gagner son amour. Je m'aperçus très vite qu'elle se représentait cela comme une sorte d'audition. Si Carson ne faisait pas l'affaire, un autre viendrait aussitôt frapper à la porte.

— Je suis vraiment navrée que papa veuille me marier avant toi, Olivia, me dit-elle d'un ton dramatique, ce soir-là. Il semble que ma beauté soit une vraie malédiction.

Je dus faire un effort pour ne pas rire.

— Ne t'en fais pas, je survivrai.

— Carson est devenu vraiment très beau, poursuivit-elle. L'as-tu rencontré, ces derniers temps ?

— Non, mais je sors beaucoup moins que toi, Belinda. Si tu dis qu'il est beau, il doit l'être.

— Papa se fait tellement de souci pour moi, murmura-t-elle. Enfin, j'essaierai, nous verrons bien, conclut-elle avec un soupir théâtral.

À quoi je répondis sans sourire :

— C'est ça, essaie.

Satisfaite à l'idée de voir Carson parce qu'elle le voulait bien, Belinda l'accueillit avec chaleur quand il vint faire sa cour. C'était un enfant unique, choyé et protégé depuis le berceau. Ses parents avaient décidé qu'il recevrait un enseignement libre dès le jardin d'enfants, aussi ne connaissait-il que fort peu la jeunesse de la ville. Je ne l'avais rencontré qu'en deux occasions, et l'avais jugé suffisant et guindé. Un mètre quatre-vingt de raideur prétentieuse.

Il avait une allure un peu efféminée avec ses longs cils, ses longues mains, sa longue silhouette mince. Des cheveux presque noirs, des yeux bruns mouchetés de vert, une bouche au dessin parfait. Et un teint que bien des filles lui auraient envié.

Toujours vêtu à la perfection, se comportant et s'exprimant de même, il paraissait sorti tout droit d'un manuel de savoir-vivre. En bref, le contraire absolu de Belinda, ce qui rendait ce projet d'union d'autant plus comique à mes yeux.

Malgré cela, Belinda savourait le plaisir d'être l'objet de l'attention générale ; et, en particulier, le fait que Carson la suivît partout, comme tiré par une invisible laisse. Elle rayonnait quand il ouvrait les portes devant elle, ou se précipitait pour tirer sa chaise à la table du dîner. Et quand il l'emmenait au restaurant dans sa Rolls-Royce, elle parvenait même à paraître plus resplendissante qu'à son ordinaire. À présent qu'elle était nantie d'un aussi beau parti, elle réclamait des toilettes plus coûteuses, et des bijoux authentiques. Papa ne soulevait presque plus d'objections quand Mère et Belinda partaient pour Boston faire la tournée des boutiques. Ne fallait-il pas que ma sœur fût toujours à son avantage, pour se montrer avec Carson ?

D'après ce que je pouvais voir, il était complètement ébloui par elle. Jusque-là, les filles qu'il avait connues ou courtisées n'avaient pas semblé très emballées par ses charmes, malgré sa belle mine et ses bonnes manières. Et voilà qu'il gagnait le cœur d'une des jeunes femmes les plus ravissantes et les plus recherchées de la ville. Belinda eut vite découvert comment le manœuvrer, et ne tarda pas à en abuser. Elle en fit un toutou docile, toujours prêt à lui faire une course, aller lui chercher ceci ou cela, accourant au moindre signe et lui obéissant au doigt et à l'œil.

Et quand il lui demanda d'être sa femme, en lui offrant un diamant gros comme un œuf, elle exhiba le joyau comme on brandit un drapeau. Elle ne s'asseyait plus qu'en appuyant la joue sur sa main, afin de mettre la pierre bien en évidence, et ne portait plus jamais de gants.

Mère commença à dresser des plans pour le mariage et Père triompha, comme s'il avait réalisé le projet le plus important de toute son existence. Bientôt, très bientôt, Belinda passerait sous la responsabilité d'un autre homme ! Quant à Belinda, j'avoue que son apparente satisfaction me surprit. Les annonces dans les journaux, les invitations, les attentions et l'adulation dont elle était l'objet, tout semblait l'enchanter.

— Me voilà devenue respectable, finalement, me dit-elle un soir. Et toi qui croyais que je ne le serais jamais !

Sur quoi, elle partit en riant pour se préparer à dîner en ville avec Carson.

Malgré tout, un vague doute rongeait sournoisement ma satisfaction, jusqu'à devenir soupçon et à titiller mon imagination. Je commençai à observer d'un peu plus près le couple Belinda-Carson. Il l'adorait, certes. Mais d'habitude, ma sœur se lassait vite des garçons comme lui. Les amoureux transis l'ennuyaient à mourir, et pourtant elle tolérait celui-ci beaucoup plus longtemps que je ne l'aurais cru. De plus, elle se montrait vraiment très coopérative avec papa.

Une petite voix me soufflait que quelque chose ne tournait pas rond.

Et plus je les étudiais, plus cette impression se renforçait. Belinda le taquinait, riait de ses propos, le caressait ou l'embrassait, mais plutôt à la façon d'une sœur. Ils n'en étaient pas au stade amoureux que Belinda recherchait dans une relation, j'en étais certaine. Je doutais qu'ils aient couché ensemble et, quand je le lui demandai, elle éclata de rire.

— Carson estime qu'un homme et une femme ne doivent pas dormir ensemble avant le mariage, figure-toi.

— Et qu'as-tu répondu à cela ?

— Que je pensais la même chose, tiens !

Il fallait s'y attendre, mais je fus quand même choquée.

— Alors il te croit toujours vierge ?

— Olivia ! Bien sûr, voyons. Pourquoi ne le croirait-il pas ?

Pourquoi pas, en effet, ironisai-je à part moi. *Je parie que ton nom s'étale partout sur les murs des toilettes, ma chère petite sœur. Et tes anciens galants, dans tout ça ? Et celui qui t'a mise enceinte ?* Carson ne savait rien d'eux, naturellement. Et si jamais il les entendait parler entre eux de Belinda, il ne les croirait pas. D'ailleurs, il ne fréquentait sûrement pas les endroits où le nom de ma sœur était écrit dans les toilettes. Il était sans reproche et croyait que Belinda l'était aussi. Ou peut-être désirait-il que ce fût vrai, au point qu'il parvenait à se le faire croire ? Chacun choisit sa vérité, m'avouai-je. Chacun l'ajuste à ses désirs ; et tout ce qui ne concorde pas avec l'idée que nous nous faisons des choses, nous le rejetons. La seule réalité qui soit est celle que nous acceptons.

Le mariage était prévu pour le printemps. Il ne se passait plus un jour, désormais, sans que Mère s'active aux préparatifs, y réfléchisse ou en discute. Ce devait être l'un des plus fabuleux mariages qu'on ait jamais vus au cap Cod, et Belinda en serait la reine. Elle se gargarisait de l'attention générale, collectionnait les magazines de mode et de coiffure, les échantillons, les catalogues de fleuristes, de chausseurs, d'accessoires... et tout cela dans sa chambre. Traiteurs, couturiers, décorateurs défilaient toute la semaine dans la maison, présentaient leurs suggestions, posaient des tas de questions. L'événement prenait une place prépondérante dans notre vie, comme si le monde entier tournait autour de Belinda. La princesse était en passe de devenir reine.

Malgré tout cela, et toutes les raisons qu'avait ma sœur d'être heureuse et de le montrer, je restais sceptique. Sa tolérance envers Carson continuait à me tracasser. Elle n'avait jamais gardé un homme aussi longtemps, à plus forte raison s'il n'était pas son amant.

Sa vie mondaine était un véritable tourbillon, il est vrai. Il n'y avait pas une réunion, pas une manifestation où Carson ne proposât de la conduire. Et pour chaque occasion, elle faisait des préparatifs spéciaux. Cela l'occupait tellement qu'elle ne mettait plus les pieds au bureau. Papa n'avait jamais été aussi heureux, ni Mère aussi détendue.

— N'est-ce pas magnifique ? me fit remarquer un jour papa. Il y a un an, nous pensions qu'elle serait pour nous une calamité permanente, et voilà qu'elle va devenir une vraie dame du Cap !

— Je l'espère, papa. Je l'espère.

— Ne sois pas si pessimiste, Olivia ! me reprocha-t-il gentiment. Quand on prépare aussi bien les choses, elles marchent, en général. Aide-toi, le ciel t'aidera.

Je souris pour lui faire plaisir, mais au fond de moi j'étais loin d'être aussi rassurée que lui. Et puis, un certain soir de mars, mes soupçons reçurent une confirmation éclatante. Si éclatante, même, que je faillis ne pas supporter le choc.

J'étais encore éveillée quand Carson ramena Belinda, plus tôt que prévu, d'une soirée donnée pour une œuvre quelconque à North Truro. Mes parents étaient déjà couchés, car papa souffrait d'un mauvais rhume et Mère avait l'impression d'en couver un, elle aussi. Je regardai un moment la télévision, puis montai dans ma chambre pour lire au lit. Je n'avais allumé que ma lampe de chevet, le calme régnait dans la maison. J'entendis la Rolls-Royce arriver, Belinda descendre et Carson la raccompagner jusqu'au porche. Elle rentra et monta pratiquement sans bruit, mais je la guettais. Quand elle passa devant ma chambre, j'entrouvris la porte.

— Qu'est-ce qui ne va pas ? m'informai-je, étonnée de la voir revenir si tôt.

— J'ai eu mal au ventre. C'est l'époque de mon cycle, je suppose, et d'ailleurs il n'y avait que des discours fastidieux. Je me suis endormie deux fois tellement je suis fatiguée. Je vais me coucher.

Du Belinda tout craché, cette réponse, pensai-je en la regardant rentrer dans sa chambre. Je lus encore un peu, puis j'éteignis. Je remontais les couvertures sous mon menton quand le plancher craqua dans le couloir, devant ma porte. Puis j'entendis, sans erreur possible, quelqu'un descendre l'escalier. Intriguée, je me levai pour aller jeter un coup d'œil, juste à temps pour voir le dessus d'une tête bouclée disparaître au bas des marches. Ma sœur avait dû aller chercher quelque chose à la cuisine, pour calmer ses crampes sans doute. Comme j'avais moi-même envie d'un verre de lait, j'enfilai ma robe de chambre et descendis. Mais une fois en bas, je ne trouvai Belinda nulle part. Il n'y avait même pas de lumière dans la cuisine.

Un détail attira mon attention, toutefois : la porte de derrière était entrebâillée. Je sortis et m'arrêtai sur le seuil pour inspecter les environs. Tout d'abord, je ne vis rien. Puis j'aperçus Belinda qui s'éloignait, si vite qu'elle courait presque, en direction du hangar à bateaux.

Qu'allait-elle donc y faire à une heure pareille, et si pressée ?

Je rentrai pour prendre une veste dans le hall, puis je ressortis et suivis les traces de ma cadette. Notre hangar était très grand, car c'est là qu'avait démarré l'entreprise de papa. Quelques années plus tôt, avant d'installer son cabinet de travail à la maison, il s'y était même aménagé un petit bureau, cloisonné de liège et sommairement meublé. Les quelques tables, sièges et classeurs s'y trouvaient toujours. Et les parois étaient encore couvertes de graphiques et de notes concernant la météo, la pêche et la position des casiers à homards.

Malgré un léger voile de nuages, la demi-lune donnait assez de clarté pour qu'on distingue le moindre obstacle et le miroitement de l'océan. Parvenue à une dizaine de mètres du hangar, je crus entendre un rire léger ; puis je vis trembler une lueur à la fenêtre du coin. C'était celle de la lampe à pétrole posée sur le bureau. J'avançai en tendant l'oreille et distinguai une seconde voix, masculine celle-là, dont le timbre me fit battre le cœur comme un tambour. Pendant quelques instants, le souffle me manqua. Je pris une profonde inspiration et m'approchai de la fenêtre.

Ce fut le reflet de la lampe sur leurs corps nus qui me fit baisser les yeux vers le sol. Je reculai d'un bond, comme si j'avais reçu un coup de poing dans l'estomac. *Non, c'est impossible*, m'efforçai-je de me convaincre. *Cela ne se peut pas. Je rêve que je suis là, dehors. Mais c'est un cauchemar, une invention de mon imagination. Je vais fermer les yeux bien fort, les rouvrir, et me retrouver au creux de mon lit*.

Mais ce n'était pas un rêve et j'étais bien là, de l'autre côté de cette fenêtre. Le vent se levait, le ressac fouettait les rochers, en contrebas. Lentement, je risquai un second coup d'œil à travers la vitre du coin. Il était au-dessus d'elle, les mains sur ses seins et les reins arqués, le visage tourné dans ma direction. Elle avait noué ses jambes autour de lui et le retenait par la taille. Il ouvrit les yeux et je fus certaine, à son expression, qu'il me vit le regarder par cette fenêtre.

Je n'attendis pas qu'il pousse un cri. Je pivotai sur moi-même et courus d'une traite jusqu'au jardin de derrière, où j'arrivai haletante. J'avais la nausée, l'estomac révulsé. Je crus que j'allais vomir de dégoût.

Je me retournai en entendant s'ouvrir une porte, du côté du hangar. Et je le vis, debout, silhouetté par le clair de lune et tourné vers moi.

— Nelson ? appela Belinda. Reviens, voyons ! Il n'y a personne. Je n'ai pas toute la nuit !

Il répondit sans élever la voix :

— C'est bon, j'arrive.

Il attendit encore quelques instants, puis rentra dans le bureau.

Les mains plaquées sur le cœur pour contenir ses battements frénétiques, je revins vers la maison.

J'avais tellement transpiré que ma chemise me collait à la peau. D'un pas lent et lourd, je traversai le hall pour aller ranger ma veste et montai dans ma chambre. Puis je pris une douche, changeai de chemise et me glissai dans mon lit, en remontant ma couverture jusqu'au menton.

Je restai longtemps ainsi, les yeux grands ouverts et le cœur en tumulte, à me convaincre que j'étais bien sortie et les avait vraiment vus tous les deux, dans le hangar. Ce n'était pas un cauchemar, ni une invention de mon imagination. Je n'avais pas rêvé.

Dans deux mois, ruminais-je. Dans deux mois, elle était censée épouser Carson McGil. Et la cérémonie aurait lieu à quelques mètres de l'endroit où, en ce moment même, elle faisait l'amour avec l'homme que j'aimais.

*
* *

Je l'entendis rentrer dans sa chambre, mais je ne me levai pas pour la prendre sur le fait. Au contraire, quand je la revis le lendemain matin au petit déjeuner, je fis celle qui ne savait rien. À l'intention de Mère, elle échafauda toute une histoire sur sa soirée, si ennuyeuse, et sur la raison qui l'avait contrainte à revenir à la maison plus tôt que prévu.

— Je ne t'ai pas entendue rentrer, observa Mère. Et toi, Olivia ?

— Moi, si.

Je lançai un coup d'œil furtif à Belinda, qui sourit d'un air ingénu.

— J'ai dû aller prendre quelque chose pour mes crampes d'estomac, et je me suis endormie très vite, affirma-t-elle.

Cette fois, je haussai les sourcils, mais elle ne s'en aperçut même pas.

— Il faut que j'aille au bureau, annonçai-je en me levant. Nous avons une journée chargée.

Je quittai la maison presque aussitôt. S'il m'avait fallu rester une minute de plus, je crois que j'aurais crié à tout le monde ce que j'avais vu, et Mère ne l'aurait pas supporté. Je tremblais à l'idée de ce que ferait papa quand il saurait.

En tournant dans Commercial Street, je vis Nelson Childs et son père sortir de la Pêcherie, un café connu pour la qualité de ses petits déjeuners. Ils se serrèrent la main et Nelson se dirigea vers sa rutilante voiture rouge. Sans réfléchir, je me faufilai dans l'espace resté libre derrière elle et Nelson s'arrêta, tout surpris. Quand il me reconnut, son sourire indécis s'évanouit, ses traits se figèrent. Puis il se reprit, repoussa les pensées qui l'avaient assailli et retrouva le sourire. Je baissai ma vitre.

— Bonjour, me salua-t-il en s'avançant, la main tendue. Je viens juste de prendre le petit déjeuner avec papa.

Son effort pour paraître à l'aise me confirma dans mes soupçons. C'était bien lui que j'avais vu par la fenêtre. Je lui serrai brièvement la main.

— Je crois que nous devrions avoir un petit entretien, Nelson.

— Un entretien ?

— À propos de la nuit dernière.

Je vis ses lèvres frémir.

— La nuit dernière ?

— Et si vous montiez dans ma voiture ? suggérai-je.

Il hocha la tête et se hâta de venir s'asseoir à mes côtés. Pendant un moment, nous ne parlâmes ni l'un ni l'autre, puis j'en vins au fait.

— J'ai entendu Belinda rentrer avec Carson et ressortir, cette nuit. Cela m'a intriguée, forcément, et je l'ai suivie jusqu'au hangar à bateaux.

— Ah! fit-il sans me regarder. Je pensais bien que c'était vous.

— Je suis profondément déçue, Nelson. Vous savez que vous vous amusez avec une femme qui est sur le point de se marier. Une conquête pas très brillante, oserais-je dire. C'est ma sœur et je l'aime, mais je reconnais ses faiblesses. Elle n'est pas très pointilleuse en ce qui concerne les relations avec le sexe opposé.

Il ébaucha un sourire, et je me hâtai de poursuivre.

— Je ne nie pas ses... talents amoureux, loin de là. Je suis sûre qu'elle est très douée, sous ce rapport. Mais elle a déjà eu de graves ennuis, Nelson. Graves à un point que vous ne sauriez imaginer, poursuivis-je, impitoyable. Mon père s'ingénie à lui éviter les catastrophes qu'elle ne cesse de frôler, mais cette fois, c'est trop. Votre petit jeu met en danger les fondations mêmes de notre famille, et je ne le permettrai pas. Mettez fin à cela, sinon...

Je pivotai brusquement vers lui.

— Je dévoilerai personnellement votre conduite, je vous préviens. Vous pourrez faire vos valises et quitter le pays, Nelson Childs. Vous espérez faire carrière dans la politique, ouvrir un cabinet d'avocat, très bien. Mais sur quelles bases, Nelson? Un scandale de première grandeur?

— Olivia, je vous en prie, je...

Il baissa humblement la tête.

— Je n'essaierai même pas de me défendre. Je me suis laissé dominer par mes sens et vous avez entièrement raison, Olivia. Un scandale serait un désastre pour nos deux familles.

— Cette conduite ne m'étonne pas de la part de Belinda, en fait je m'y attendais presque. Mais découvrir que vous étiez impliqué dans l'histoire... Je n'aurais jamais cru cela de vous, Nelson. Je suis affreusement déçue, ajoutai-je, au bord des larmes.

Il me dévisagea, la mine grave.

— Je me déçois moi-même, je vous assure. Vous n'avez aucune raison de me croire, Olivia, mais je ne vous décevrai plus. Je vous le jure.

Je me détournai vivement vers la fenêtre. *Qu'il est beau!* me répétais-je, le cœur battant. J'aurais tant voulu qu'il me prenne dans ses bras, qu'il me désire, qu'il risque tout pour moi comme il l'avait fait pour Belinda. Je me contraignis à parler calmement.

— Très bien, Nelson. Je veux le croire.

— Merci, répliqua-t-il aussitôt. J'ai le plus grand respect pour vous, Olivia. Il est important pour moi de ne pas perdre celui que vous pourriez m'accorder.

Je laissai mon regard s'attarder sur lui. Du respect, avait-il dit. Pourquoi ne souhaitait-il pas qu'il y eût entre nous davantage que du respect ?

— Alors n'en parlons plus, décidai-je. Tout cela restera entre nous.

— Merci, Olivia. Je vous promets de ne plus vous décevoir.

Je hochai la tête. J'étais déjà déçue, mais j'aurais été bien en peine d'expliquer pourquoi. Je remis le moteur en marche.

Nelson se pencha en avant.

— Je retourne à l'université aujourd'hui. Bonne semaine, Olivia.

— À vous aussi, répondis-je sans le regarder.

Mais en regagnant sa voiture, il se retourna et me sourit en agitant la main. Je démarrai, le cœur lourd. Chacun de ses battements résonnait en moi comme le gong d'une vieille horloge, annonçant qu'une autre seconde, une autre minute de ma vie s'était écoulée. Que bientôt ce serait une autre heure. Et que j'étais toujours seule.

Deux semaines plus tard, au bureau, papa m'annonça la nouvelle qu'il venait à l'instant d'apprendre lui-même. Nelson Childs s'était fiancé à une jeune femme de Boston, appartenant à l'une des plus éminentes familles de la ville.

6
Qui sème le vent...

Entre cette confrontation avec Nelson et le moment où j'appris ses fiançailles, deux semaines plus tard, je m'autorisai toutes sortes de fantasmes sur nous deux. Je devais par la suite me reprocher cette folie, me jugeant plus ridicule encore que Belinda. Belinda fabulait, oubliait, inventait de nouvelles chimères, mais moi ? Je traitais mon rêve brisé comme un objet sans prix, un trésor de famille inestimable et réduit en miettes, à jamais irréparable.

J'avais réellement attendu un appel de Nelson. Je croyais qu'il m'avait quittée en pensant que j'étais une femme exceptionnelle, si différente qu'il voudrait me connaître davantage, me voir et me parler plus souvent. J'avais la tête solide et du caractère. Un homme aussi intelligent et aussi ambitieux que lui comprenait certainement l'importance de ces qualités chez une femme.

Je l'imaginais s'éveillant un beau matin, se frappant le front et se disant : « Mais où avais-je la tête ? J'avais Olivia Gordon à portée de la main, une fille attirante, intelligente, libre. Et je vais batifoler la nuit avec sa sœur, cette petite évaporée ! Je risque ma carrière, ma réputation, celle de ma famille et tout ça pour quoi ? »

Toute la journée, à la maison comme au bureau, j'attendais ce coup de fil. Le téléphone allait sonner d'une seconde à l'autre, j'en étais sûre, et ce serait Nelson. Il voudrait savoir si je pourrais dîner avec lui, le soir de son retour de l'université. Je ferais mine de réfléchir, puis j'accepterais, et nous sortirions ensemble. Nous passerions des moments merveilleux, en découvrant que nous avions les mêmes goûts et les mêmes ambitions.

Un autre rendez-vous suivrait, puis un autre et encore d'autres. Et au bout de quelques semaines, quelques mois tout au plus, il me demanderait de l'épouser. Le mariage de Belinda précéderait de peu l'annonce de mes fiançailles, puis de mes noces. En peu de temps je l'aurais éclipsée, pour m'élever tellement au-dessus d'elle qu'elle en aurait le vertige. Enfin, enfin je serais récompensée d'avoir été la vierge sage.

Aussi les paroles de papa au sujet de Nelson furent-elles pour moi comme un coup de tonnerre. Un orage se déchaîna en moi, tourbillon de colère et d'incrédulité, d'amertume et de douleur. Je crus que le ciel me tombait sur la tête.

— Le colonel vient de m'appeler pour m'apprendre les fiançailles de Nelson, avec une certaine Louise Branagan. Son grand-père était juge à la Cour suprême. Ce sera dans les journaux la semaine prochaine, et ils comptent donner une réception un mois après le mariage de Belinda.

Ce fut à peine si je montrai que j'avais entendu. Je me contentai de fixer papa d'un regard morne, dissimulant sous un masque inexpressif le dépit qui me rongeait le cœur.

— J'étais loin du compte en rêvant d'un mariage entre Nelson et Belinda, tu ne crois pas ?

— Oui, papa, répondis-je d'une voix atone.

Et je m'entendis penser : « Nous étions tous les deux loin du compte. »

Je ne fus plus bonne à grand-chose, ce jour-là, et ceux qui suivirent non plus. J'errais dans la maison, évitant la compagnie et surtout celle de Belinda, qui marchait sur des nuages. Elle discourait sans fin sur l'existence mirifique qu'elle mènerait avec Carson, la maison splendide qu'il bâtirait pour elle, ses vêtements, ses voitures et ses voyages.

— Nous avons décidé, ou plutôt j'ai décidé, que nous passerions notre lune de miel aux Bermudes. Nous descendrons dans l'hôtel le plus luxueux. Je suis passée à l'agence de voyages, j'ai demandé qu'on nous réserve ce qu'il y avait de mieux, sans égard au prix, et d'envoyer la note à Carson McGil. Il faut bien que je m'habitue à le dire, maintenant, n'est-ce pas ? insista-t-elle en souriant. « Envoyez la note à M. Carson McGil. »

— Quand on se marie, Belinda, ce n'est pas pour ruiner son époux ni pour le blesser en aucune manière, la sermonnai-je. On lui doit des égards. On est censé partager le meilleur et le pire, et prendre soin l'un de l'autre.

— C'est ridicule. Pourquoi devrais-je m'occuper de lui ? Ce sera à lui de veiller sur moi, de me protéger, de pourvoir à mes besoins, et de tout faire pour me rendre heureuse.

— Et toi ? Tu ne feras rien pour le rendre heureux ?

— Si je suis heureuse, il sera heureux. Si je suis triste, il sera triste, décréta-t-elle. Carson a déjà appris cette leçon-là. Il sait que s'il me veut, il doit me prendre comme je suis. Et il me veut, ma chère sœur, il me veut terriblement.

Elle gloussa de rire et baissa la voix.

— Je lui ai laissé espérer une lune de miel grandiose, des nuits de plaisir dépassant l'imagination, et il en bave déjà, tu devrais le voir. Pour lui, chacun de mes baisers est un joyau sans prix, aussi j'en suis assez avare. Je fais exprès de ne pas l'embrasser souvent. Il croit que je suis terrifiée par le sexe.

Mon air de reproche m'attira une grimace moqueuse.

— Je n'ai pas l'intention d'être malheureuse, Olivia. Je fais tout ça pour le bien de la famille, d'accord. Mais suis-je obligée d'en souffrir ?

— Loin de moi cette pensée, protestai-je. Au début, j'étais vraiment désolée pour toi, Belinda. Je pensais que tu faisais par obéissance une chose qui te déplaisait. Mais maintenant, c'est plutôt Carson que j'aurais envie de plaindre.

Une lueur de malice dansa au fond de ses yeux.

— C'est vraiment affreux ce que tu me dis là ! Est-ce le serpent de la jalousie que j'entends siffler ?

— Certainement pas.

— Je l'entends, je t'assure. Sss, sss !

— Arrête avec ça ! m'emportai-je.

— Alors arrête d'essayer de me culpabiliser. Carson est très heureux de m'avoir, tu n'as qu'à lui demander. Il te répondra qu'il est l'homme le plus chanceux de la terre. C'est sans doute le cas, d'ailleurs. Il va obtenir la femme de ses rêves.

Elle, la femme de ses rêves ? Elle en était loin. Cela me donnait la nausée de voir que tous les hommes étaient aussi naïfs et aussi aveugles que Carson McGil. C'était pourtant comme ça que je le voyais, maintenant. Même Nelson Childs se laissait enjôler par ma sœur.

Un samedi après-midi, peu de temps après cela, Carson vint chercher Belinda pour l'emmener faire des courses à Boston. Elle s'était déjà vantée devant moi de tout ce qu'elle se ferait offrir à cette occasion, y compris un dîner dans un grand restaurant. Après quoi, elle s'endormirait dans la voiture, laissant Carson la reconduire à la maison, exactement comme un chauffeur.

— Et d'ailleurs, il ne demande pas mieux, ajouta-t-elle avec assurance.

Papa était à la pêche avec un de ses associés, maman gardait la chambre. Elle souffrait de l'un de ses maux d'estomac, de plus en plus fréquents à présent. Elle les attribuait au mariage imminent de Belinda, aux soucis des préparatifs, et je la croyais.

Quant à moi, je vérifiais des factures dans le bureau de papa, dont j'avais laissé la porte ouverte. J'entendis résonner le carillon de l'entrée, puis Carmelita introduire Carson au salon, et je me replongeai dans mon travail. Un moment plus tard, pourtant, j'eus la surprise de voir apparaître Carson sur le seuil. Il eut un sourire d'excuse.

— Je ne voudrais pas vous déranger, mais j'attendais Belinda et... elle est en retard.

— Comme toujours, commentai-je. Entrez donc, Carson, vous ne me dérangez pas du tout.

Il s'avança, examinant tout autour de lui avec une attention marquée.

— Très agréable, ce cabinet de travail, apprécia-t-il. On y sent la personnalité de votre père. J'aime beaucoup.

Ses yeux se posaient partout, sauf sur moi. Pourquoi était-il si nerveux en ma présence ? Je décidai d'en avoir le cœur net.

— Tout va bien entre vous deux ? m'informai-je sans détour.

Carson pivota vivement vers moi.

— Absolument. C'est une période exaltante pour nous deux, et Belinda fait preuve d'une telle bonne volonté !

— Ce n'est pas trop tôt, marmonnai-je entre haut et bas.

— Vous dites?

— Rien. Je me réjouis de vous savoir heureux tous les deux, répliquai-je en rapprochant ma chaise du bureau.

J'avais bien l'intention de reprendre mon travail, et de couper court à ce bavardage oiseux. Mais Carson reprit presque aussitôt :

— Nous avons nos petits différends, c'est vrai, comme ce doit être le cas de tous les couples. Mais, l'un dans l'autre...

Je relevai la tête, intriguée. Il devait avoir le trac du dernier moment, supposai-je. Peut-être n'était-il pas aussi stupide que je l'avais cru. Tout d'un coup, je me sentis navrée pour lui.

— Ma sœur a beaucoup de chance d'avoir trouvé un garçon comme vous, Carson.

— Oh non! protesta-t-il en rougissant comme un collégien. C'est moi qui ai de la chance.

— C'est très généreux de votre part de dire cela, compte tenu de son passé.

Les mains crispées sur son chapeau, il le plaqua sur sa poitrine, comme pour se protéger des flèches que je pourrais lui lancer.

— Je crains de ne pas vous suivre. Son passé?

Je lui offris un sourire aigre-doux.

— Ma foi, maintenant que vous êtes presque de la famille, autant que vous soyez au courant de certains... problèmes qu'a pu avoir Belinda. Elle n'a pas été jusqu'au bout de sa dernière année de collège, voyez-vous. Elle a dû rentrer prématurément à la maison.

— Oh, ça! s'exclama-t-il avec un soulagement visible. Elle m'a tout raconté.

Je me redressai sur mon siège.

— Raconté? répétai-je en rapprochant mes mains, le bout de mes doigts serrés l'un contre l'autre. Raconté quoi?

— Comment elle a été accusée, injustement, d'avoir volé un bijou à une fille de son pavillon. Et comment les autres, qui la jalousaient, ont pris le parti de cette fille. Elle ne pouvait pas rester là-bas dans ces conditions, conclut-il sur un ton protecteur.

— C'est donc cette fable qu'elle vous a servie!

— Je vous demande pardon?

— Belinda a été renvoyée, Carson. Autant vous dire la vérité. Vous l'auriez découverte un jour ou l'autre, de toute façon.

— Renvoyée pour vol, insista-t-il en hochant la tête. Je comprends.

— Non, Carson. Pas pour vol.

Un moment déconcerté, il jeta un coup d'œil en direction de la porte et s'assit.

— Pour quelle raison, alors?

— Appelons cela un écart de conduite, si vous voulez.

Il rassembla son courage pour oser formuler sa pensée.

— Un écart de conduite? Feriez-vous allusion à quelque chose de... sexuel?

— Je ne vois pas de quoi il pourrait s'agir d'autre, avançai-je avec précaution. Mais elle a tiré la leçon de cette expérience-là, comme des autres. Vous ne devriez plus avoir à vous inquiéter, maintenant.

— Quelles autres expériences?

— Des problèmes qui datent du lycée, répondis-je d'une voix aussi détachée que possible. Toutes les filles en ont plus ou moins, à cet âge-là.

— Et vous? En avez-vous eu?

— Pas du même genre que les siens, mais Belinda est Belinda, que voulez-vous!

— Que suis-je censé comprendre ?

Je redoublai de prudence.

— Chacun de nous a sa personnalité, Carson. Certains ont des appétits plus puissants que d'autres, et s'accordent plus de libertés. En quoi cela devrait-il changer vos sentiments pour Belinda ? Vous l'aimez pour ce quelle est, n'est-ce pas ?

— Je... je croyais savoir qui elle était.

— Mais de quoi donc parlez-vous, tous les deux, sinon de votre passé ? m'enquis-je en toute innocence.

— Je lui ai tout dit à mon sujet, c'est un fait, mais elle n'a jamais fait allusion au moindre... écart de conduite, disiez-vous ? De quoi s'agit-il, au juste ? Qu'a-t-elle fait ?

— Vous devez comprendre qu'elle était plus jeune qu'à présent, Carson. Elle manquait de maturité.

— Ce n'est pas si ancien que ça, répliqua-t-il hâtivement.

— Les événements l'ont mûrie, Carson. Cela peut se produire quand les circonstances nous dépassent.

— Entendez-vous par là qu'il y aurait eu... un scandale ?

— Presque. Papa et moi l'avons évité de justesse, me vantai-je.

La mine du pauvre Carson s'allongea.

— J'étais loin de soupçonner ce genre de chose. Qui d'autre est au courant ?

— En dehors de la famille, voyons... les administrateurs du collège, quelques autres filles, forcément. Et bien sûr, les garçons impliqués dans l'affaire, ajoutai-je avec empressement.

— *Les* garçons ? Vous voulez dire qu'il n'y en avait pas qu'un ?

150

Je m'offris le luxe de défendre ma sœur.

— Pourquoi revenir sur ce qu'a pu faire une jeune fille encore immature, Carson ? Celle que vous connaissez n'est plus la même, n'est-ce pas ? L'ancienne Belinda n'a plus rien à voir avec la femme pour qui vous voulez bâtir un foyer, que vous avez choisie pour être la mère de vos enfants. Si elle peut encore avoir des enfants, naturellement.

— Comment ! Pourquoi ne pourrait-elle plus en avoir ?

— Cela est une tout autre question, Carson, déclarai-je d'un ton compassé. Je ne me sens pas le droit d'en discuter, même avec le futur époux de Belinda. C'est une chose qui doit se régler entre vous, votre femme et votre médecin.

Il secoua la tête, accablé.

— Je n'avais pas la moindre idée... de tout cela. Je ne prête pas l'oreille aux commérages, et je ne connais pas beaucoup des amies de Belinda. Pas une seule, en fait.

— Vous ne perdez pas grand-chose, rétorquai-je. Elles sont fort peu intéressantes. À votre place, je n'en voudrais pas chez moi, et encore moins à mon mariage.

Il en resta bouche bée, vivante image du désarroi. Ce fut le moment que je choisis pour annoncer :

— Je suis désolée, Carson, mais j'ai un travail à terminer pour papa et...

— Oh, oui, bien sûr... balbutia-t-il en se levant.

Au même instant, le pas dansant de Belinda se fit entendre dans l'escalier. Carson me jeta un regard éperdu.

— Carson McGil ! appela ma sœur du hall. Où vous cachez-vous ? Je sais que vous n'oseriez pas être en retard pour un rendez-vous avec moi. Carson ?

Il sortit du bureau au moment où elle arrivait devant la porte, et ils se trouvèrent face à face.

— C'est donc là que vous étiez ? C'est gentil d'être venu dire bonjour à ma grande sœur. Tu n'es pas fatiguée de faire un travail d'homme, Olivia ?

— Ce n'est pas un travail d'homme. Il n'existe pas de travail réservé aux hommes, Belinda. Il y a le travail, un point c'est tout. C'est un mot qui n'a pas grand sens pour elle, expliquai-je à Carson. Il ne fait pas partie de son vocabulaire.

Ma cadette prit sa voix d'enfant gâtée.

— Et pourquoi le devrait-il ? S'amuser, voilà un mot qui fera partie de mon vocabulaire quotidien. N'est-ce pas, Carson chéri ?

Il nous dévisagea l'une après l'autre et déclara :

— Nous ferions mieux de partir, maintenant.

— Bonne journée, leur souhaitai-je. Amusez-vous bien, tous les deux.

Carson sortit, mais ma sœur s'attarda un instant, attachant sur moi un regard soupçonneux. Puis, quelle que soit l'idée qui lui ait traversé l'esprit, elle reprit son petit air fringant habituel.

— Merci, Olivia. C'est bien ce que nous comptons faire, clama-t-elle en se suspendant au bras de Carson.

Je les entendis quitter la maison, puis tout redevint calme. La contraction nerveuse qui me serrait l'estomac se dissipa, des vagues de satisfaction se répandirent dans tout mon corps et jusqu'à mon cœur. Je jubilais. Voir le masque béat de Carson se fendre et tomber en miettes m'avait fait du bien. Les hommes devaient supporter les conséquences de leur sottise, triomphai-je intérieurement. Ce n'était que justice. Ils devaient sentir tout le poids de la vérité, comme un talon écrasant un pied nu.

Je n'éprouvais pas le moindre sentiment de culpabilité. Si Carson ne pouvait pas accepter Belinda pour ce qu'elle était, c'était son problème, pas le mien. Un jour, il me remercierait de lui avoir ouvert les yeux, d'avoir été la seule qui ait osé être honnête. Belinda aurait dû l'être avec lui, pour commencer. Un mariage ne devait-il pas être fondé sur la vérité ? C'était bon pour papa de vouloir l'enterrer. Mais lui, qu'aurait-il pensé s'il avait acheté de confiance un bateau qui avait une voie d'eau ? Aurait-il aimé s'en apercevoir une fois en pleine mer ? Eh bien, c'était pareil pour Carson.

Un jour, quelques mois peut-être après son mariage, il aurait découvert la vérité sur Belinda. Et il aurait eu le sentiment d'être à bord d'un vaisseau en perdition. Il valait mieux qu'il soit averti, estimai-je. Et avant d'embarquer pour son voyage amoureux, qu'il connaisse la fragilité de son esquif.

Pendant un moment, cet après-midi-là, je me sentis très contente de moi. J'avais fait en sorte que le mariage de ma sœur soit fondé sur la vérité, qui aurait pu me le reprocher ? Oui, je me sentais bien. C'était comme si je venais de marquer un point pour chaque femme honnête et sensée d'Amérique. Et si les hommes comme Nelson Childs ou Carson McGil n'appréciaient pas cela, tant pis pour eux. Un jour, ils m'en remercieraient.

Quand j'eus terminé mon travail pour papa, je sortis pour aller lire dans le belvédère. Il faisait un temps radieux. De légers nuages voguaient dans le ciel d'azur, et des voiles glissaient sur la mer calme. La brise apportait l'odeur fraîche et piquante des embruns. Comme j'aimais l'endroit où j'avais grandi ! Aucun autre lieu ne le valait pour moi. C'était là que je voulais faire ma vie, trouver un mari, fonder ma propre famille. Et j'y arriverais, j'en doutais moins que jamais. Je me sentais beaucoup plus sûre de moi, malgré les événements récents. Autour de moi, la nature omniprésente proclamait sa loi et m'enseignait sa leçon : les forts finissent toujours par gagner. C'est une simple question de temps.

Je n'étais pas là depuis bien longtemps quand Belinda surgit, telle une bombe, par la porte de derrière et se rua vers moi, les joues sillonnées de larmes.

— C'est là que tu es, sale petite sournoise, hypocrite, la plus perfide et la plus jalouse des sœurs !

Elle traversa la pelouse au pas de charge et, pour aller plus vite, ôta ses chaussures à talons hauts et les lança loin d'elle.

Je posai calmement mon livre sur mes genoux.

— Que se passe-t-il, Belinda ? Pourquoi rentres-tu si tôt ?

— Tu as raconté à Carson que j'avais été renvoyée du collège, accusa-t-elle, en pointant sur moi un index menaçant.

Si elle avait osé me l'enfoncer dans l'œil, elle l'aurait fait, sans le moindre doute. Je haussai les épaules.

— Il savait déjà que tu avais quitté le collège en catastrophe, déclarai-je sans m'émouvoir.

— Oui, mais il pensait que j'avais voulu partir, parce que j'avais été accusée d'avoir volé un bijou !

— Ah bon ? feignis-je de m'étonner. Comment pourrais-je m'y reconnaître dans tous les mensonges que tu débites aux gens, Belinda ? Il faudrait que je tienne un registre ! Tu aurais dû m'avertir que tu avais inventé une histoire pour Carson, pour que je soutienne ta version s'il m'interrogeait. Je croyais que tu lui avais dit la vérité, alors j'ai simplement...

— Simplement quoi ? Comment as-tu pu lui raconter que j'avais été surprise au lit avec deux garçons ?

— Je ne lui ai jamais dit ça ! protestai-je, avec conviction cette fois-ci. (Après tout, c'était vrai.) Je n'ai jamais mentionné qu'on t'avait surprise au lit avec qui que ce soit.

Ma sœur parut complètement déroutée.

— Tu n'as jamais... Il a pourtant dit... Et moi qui ai cru qu'il savait ! Alors j'ai tout raconté, se lamenta-t-elle. J'ai parlé trop tôt et trop vite.

— Oui, j'en ai bien l'impression. Tu lui as fourni de toi-même plus de détails qu'il n'avait besoin d'en connaître. C'est le danger d'établir une relation sur le mensonge, vois-tu. C'est un terrain glissant. On ne sait jamais quand le pied va vous manquer.

Belinda se mordit la lèvre.

— Il a été tellement choqué qu'il s'est mis à me poser des tas de questions sur le lycée. J'ai cru que des garçons lui avaient parlé, en mentant pour se faire valoir ou en exagérant les choses...

— En se vantant de t'avoir mise enceinte, par exemple ?

— Oui, avoua-t-elle avec embarras. Quelque chose comme ça.

— Et tu lui as dit que tu avais été enceinte ?

Elle hésita une fraction de seconde avant de répondre.

— Pas exactement. Il a voulu savoir si je pouvais avoir des enfants. Comme il n'avait jamais parlé d'enfants jusque-là, je ne savais pas où il voulait en venir. Il a dit que je ne pouvais peut-être pas en avoir, et j'ai affirmé que si, que j'en étais certaine. Alors il m'a demandé comment je pouvais être aussi affirmative. Je n'ai pas répondu, mais...

— Il n'est pas aussi stupide que tu l'espérais ? achevai-je à sa place.

— Je n'en sais rien. Il était si furieux qu'il a fait immédiatement demi-tour pour me ramener à la maison. Il a dit qu'il avait besoin d'être seul, pour réfléchir. Quel toupet, quand même !

— S'il t'aime autant que tu le penses, un petit malentendu n'a pas tant d'importance, tu ne crois pas ?

Elle médita quelques instants là-dessus.

— Que dois-je faire, d'après toi ? Que devrais-je lui dire ?

— S'il t'appelle et te fait des reproches, dis-lui : « Prenez-moi telle que je suis ou ne me prenez pas du tout. » Personnellement, c'est ce que je répondrais.

— Oui, acquiesça-t-elle avec empressement. Non, mais tu te rends compte ? Oser me ramener sans crier gare, après m'avoir promis une tournée de courses et un dîner au restaurant ! Que suis-je censée faire du reste de ma journée, maintenant ? Je suis habillée pour sortir, et j'ai passé des heures à me pomponner !

— Le lui as-tu fait remarquer ?

— Non, mais j'aurais dû. Et je vais le faire, même. Je vais l'appeler, et insister pour qu'il revienne me chercher, ou se faire pardonner.

— Il fait un temps superbe, observai-je en regardant vers la mer. S'il ne revient pas, tu pourras toujours t'installer ici pour lire.

— Lire ? Mais j'ai des tas de choses à acheter, gémit-elle. J'ai besoin d'une cape neuve pour aller avec ma robe en velours rouge.

— En tout cas, si jamais tu n'allais pas à Boston, tu sais où me trouver.

Ma cadette me dévisagea d'un air perplexe. Puis, la lippe boudeuse et l'œil furibond, elle repartit en direction de la maison.

Mon regard dériva vers le hangar à bateaux. Si jamais Carson apprenait ce qui s'était passé là… Il tournerait en rond dans sa voiture pendant au moins une semaine! ironisai-je à part moi. Cette pensée me rappela une phrase que j'avais lue tout récemment : « Les hommes tombent amoureux par les yeux, les femmes par les oreilles. » Carson McGil illustrait parfaitement cette citation, décidai-je. Il faudrait que je la fasse broder sur une taie d'oreiller pour la lui envoyer. Peut-être la sagesse lui viendrait-elle en dormant?

Plus satisfaite de moi que jamais, je me replongeai dans ma lecture.

*
* *

Belinda fulmina pendant des heures parce que Carson n'était pas chez lui quand elle l'appela. Il ne répondit à son message qu'en début de soirée. Nous venions de finir de dîner, dans une atmosphère de veillée funèbre. Belinda boudait, après s'être plainte à grands cris de la façon dont Carson l'avait traitée. Papa faisait grise mine, ruminant son inquiétude à ce sujet. Mère souffrait toujours de l'estomac et mangea du bout des lèvres, laissant de temps en temps échapper un gémissement. Quant à Belinda, elle mangea encore moins. Je fus la seule à montrer un robuste appétit. J'essayai d'entretenir un semblant de conversation, en parlant du livre que j'étais en train de lire. En désespoir de cause, je m'extasiai sur la belle journée que nous venions d'avoir.

— Nous? releva ma sœur. Pas moi, en tout cas! J'en ai passé la moitié à attendre à côté du téléphone.

— Tu m'étonnes, Belinda. Je ne t'ai jamais vue dépendre à ce point d'un homme, jusqu'ici.

Elle me jeta un regard noir, puis reconnut d'un air troublé :

— C'est vrai, tu as raison.

Mère poussa un gémissement désolé.

— Ô mon Dieu, mon Dieu !

— Vous fatiguez votre mère, gronda papa, le front soucieux.

Belinda s'enfonça dans sa bouderie et j'achevai tranquillement de manger.

Le repas terminé, Mère monta aussitôt dans sa chambre, les mains crispées sur l'estomac. Je lui trouvai très mauvaise mine.

— Pourquoi ne va-t-elle pas voir un médecin ? demandai-je à papa.

Il jeta un coup d'œil inquiet en direction de la porte, par où Belinda venait également de sortir.

— Elle ira, j'y veillerai. Pour le moment, je crois que c'est simplement nerveux. C'est l'œuvre de ta sœur, ajouta-t-il avec un geste d'impuissance. Qu'a-t-il bien pu se passer entre eux ?

— Tout ce que je sais, papa, c'est qu'ils ont eu une conversation sérieuse et qu'il l'a interrogée sur son passé. À mon avis, elle en aura trop dit. Tu savais qu'il finirait par découvrir certaines de ses incartades, papa. Les gens sont aussi cancaniers à Provincetown qu'ailleurs.

— Hmm ! grommela-t-il. Je pensais qu'une fois le mariage décidé, ces choses-là n'auraient plus beaucoup d'importance.

Brusquement, nous entendîmes Belinda descendre l'escalier quatre à quatre. Elle courut à la porte de la salle à manger, pour annoncer que Carson avait enfin téléphoné.

— Tant mieux ! soupira papa.

Mais l'expression courroucée de ma sœur ne m'avait pas échappé.

— Et alors ? demandai-je.

— Il vient me chercher seulement pour discuter, pas pour m'emmener quelque part. Il sera là dans dix minutes. Et il fera bien de se préparer, parce que je vous garantis qu'il va m'entendre !

— Ne dis rien que tu puisses regretter plus tard, Belinda, l'admonesta papa. Une personne mature et raisonnable réfléchit avant de parler.

— Je sais comment se conduit quelqu'un de raisonnable, papa. Il ne fait pas demi-tour sur la route de Boston, au lieu de m'emmener où il l'avait promis. Et il ne laisse pas mes appels téléphoniques sans réponse pendant une demi-journée. Je crois que de nous deux, c'est moi la plus raisonnable.

— Je voulais simplement te rappeler que vous allez bientôt vous marier, Belinda, et construire votre vie à deux. Tu ne voudrais pas tout gâcher maintenant, quand même ?

— C'est Carson qui gâche tout, s'obstina-t-elle.

Je dus serrer les lèvres pour que papa ne me voie pas sourire. Ma cadette pouvait être tellement entêtée, quand elle laissait parler son arrogance et son orgueil. Une vraie tête de cochon. Comme beaucoup de personnes de ma connaissance, à vrai dire... y compris papa.

Belinda monta se refaire une beauté. Peu de temps après, le carillon annonça l'arrivée de Carson, mais elle ne lui permit pas d'entrer. Elle alla elle-même lui ouvrir et lui ordonna de l'emmener immédiatement.

J'allai avec papa dans son bureau, pour lui soumettre mon travail et en discuter avec lui, mais il semblait préoccupé. Il monta voir comment allait

Mère et revint m'annoncer, très inquiet, qu'elle gémissait en dormant.

— Je n'aime pas ça, Olivia. Cela ne peut pas être une grippe intestinale, elle n'a pas de fièvre.

— Ne joue pas au médecin, papa. Emmène-la consulter dès demain matin.

— Oui, tu as raison, approuva-t-il. Tu as toujours raison. Si seulement ta sœur pouvait avoir ne fût-ce que le dixième de ton bon sens! Je crains qu'elle n'en ait pas le plus petit grain dans la cervelle, malheureusement.

Nous étions encore dans son bureau, environ une demi-heure plus tard, quand la porte d'entrée claqua violemment. Nous échangeâmes un regard plein d'appréhension, et presque aussitôt le pas de Belinda retentit dans l'escalier. Papa fronça les sourcils.

— Que se passe-t-il encore?

— Je vais voir, papa, proposai-je en me levant.

— C'est ça. Et reviens tout de suite me répéter tout ce qu'elle t'aura dit.

J'acquiesçai d'un signe et sortis, puis je suivis Belinda jusqu'à sa chambre. Quand j'y arrivai, elle avait déjà refermé la porte. Je frappai légèrement pour m'annoncer, sans recevoir de réponse, puis j'entrai. Je la trouvai couchée à plat ventre, la tête pendant sur le côté du lit et secouée de sanglots.

— Que s'est-il passé? m'enquis-je avec prudence.

Elle tourna vers moi un visage enfiévré, dont le rose virait au carmin. Le coin de ses lèvres avait blanchi et ses yeux brûlaient de rage.

— Il dit qu'il ne peut plus m'épouser, maintenant! Qu'il a passé toute la journée à réfléchir, qu'il a parlé à ses parents et qu'ils sont d'accord. C'est avec eux qu'il discutait pendant tout ce temps, au lieu d'être en train de me parler, à moi. Il veut que je dise à papa qu'il remboursera tous les frais que nous avons déjà pu faire. Et moi…

Elle se redressa en position assise et renifla bruyamment.

— … j'ai jeté ma bague de fiançailles par la fenêtre de la voiture, voilà !

— Tu as quoi ?

— J'ai ouvert la fenêtre pendant que nous roulions et j'ai lancé l'anneau dehors. C'est là que nous avons passé presque tout notre temps. Carson s'est arrêté au bord de la route pour fouiller dans l'herbe et dans la terre, à la lumière des phares. Il n'a pas trouvé la bague, précisa ma sœur avec satisfaction. Il a dit qu'il reviendrait demain matin. J'espère qu'il passera le reste de sa vie à chercher !

Elle eut un petit sourire triomphant.

— Si tu l'avais entendu glapir ! « Comment avez-vous pu jeter une bague qui valait des milliers de dollars ? » Je lui ai ri au nez, se rengorgea-t-elle. Et j'ai répliqué : « Comment pouvez-vous rejeter une femme comme moi sur la foi de quelques racontars ? » Tu aurais été fière de moi, Olivia. Je l'ai traité de poule mouillée, de chiffe molle, de petit toutou à sa maman. J'ai dit qu'il ne trouverait jamais de femme, à moins de s'adresser à une professionnelle, et encore. Même une prostituée pourrait bien l'envoyer promener.

Belinda marqua une pause, le temps de reprendre son souffle, et acheva sa tirade.

— Tu avais raison, Olivia. S'il est capable de me faire ça, il ne m'aime pas vraiment. Je lui ai dit qu'il me devait toujours une tournée de courses et un dîner à Boston, et que je lui enverrais la note.

— Donc le mariage est à l'eau, si je comprends bien.

— Papa va être fou furieux, mais ce n'est pas de ma faute, Olivia.

— Je le lui expliquerai, ne t'inquiète pas.

Belinda soupira de soulagement.

— Tu ferais ça ? Merci, Olivia ! J'ai de la chance d'avoir une grande sœur comme toi. Et merci aussi pour tes bons conseils. Bien, enchaîna-t-elle dans la foulée, si j'appelais quelques amis pour leur annoncer que j'ai repris ma liberté ? Je ne vais tout de même pas me laisser moisir sur place, conclut-elle en se levant.

Je la regardai marcher vers le téléphone et descendis rejoindre papa. D'autres femmes auraient eu le cœur brisé, mais pas Belinda. Elle se comportait comme si elle s'était brouillée avec un flirt de collège.

À peine avais-je atteint le seuil de son bureau que papa leva la tête de son travail.

— Eh bien ? s'enquit-il avidement.

Puis il retint sa respiration.

— Carson a rompu les fiançailles, papa. Le mariage ne tient plus.

Il laissa ses poumons se vider de leur souffle.

— C'est bien ce que je craignais. Ta mère ne va pas s'en remettre.

— Il a dit qu'il vous rembourserait tous les frais engagés. Elle a jeté sa bague de fiançailles par la fenêtre, m'empressai-je d'ajouter, avant que papa n'ait le temps de réfléchir à la moindre chance de réconciliation.

— Elle a fait quoi ? Jeté sa bague par la fenêtre ? L'ont-ils retrouvée ?

— Non.

— Mon Dieu ! Cette bague valait au moins vingt-cinq mille dollars, Olivia. M. McGil s'en vantait justement devant moi l'autre jour.

Je haussai les épaules avec résignation.

— Belinda est comme ça, que veux-tu. On ne la changera pas.

— Cette fille est folle, décidément. Nous ne trouverons plus jamais personne qui voudra d'elle, quand cette histoire s'ébruitera.

— Peut-être que non, papa. Il faudra en prendre notre parti et nous efforcer d'agir au mieux.

— Oui, approuva-t-il. Tu as sans doute raison.

Il resta un moment sans parler, les yeux fixés sur son bureau, puis leva sur moi un regard infiniment las.

— J'aurais mieux fait d'employer mes efforts et mon énergie à t'établir, Olivia. J'avais plus de chances de réussir.

— Tout ira bien pour moi, papa. Je m'en tirerai toujours.

— Je le sais, Olivia, et c'est ce qui me console. Mais je ne peux pas te négliger sous prétexte qu'elle fait échouer toutes mes tentatives pour l'aider, par tous les moyens possibles. Et maintenant…

Il se leva lourdement.

— Il faut que je monte annoncer la nouvelle à ta mère. À moins que j'attende jusqu'à demain, au cas où elle serait endormie ?

— Tu devrais attendre de toute façon, papa. Laisse-lui une chance de passer une bonne nuit, après sa crise. Il lui faut le temps de récupérer.

— Une fois de plus, c'est toi qui as raison, Olivia. Merci d'être mon petit général, ajouta-t-il en m'embrassant sur le front.

Il était si triste et si préoccupé que j'en aurais pleuré. Mais je ne pleurai pas, les larmes qui pointaient sous mes paupières restèrent où elles étaient. Je le regardai s'éloigner, la tête basse et les épaules affaissées. Pauvre papa ! Il avait de quoi être déprimé.

Mère était alitée, malade. Belinda papotait au téléphone, déjà remise de sa rupture dramatique avec Carson. Demain, elle n'y penserait plus. Ce serait comme s'il n'avait jamais existé.

Oui, méditai-je. Un jour prochain, ou dans quelques années peut-être, Carson McGil et moi nous rencontrerions. Il me saluerait d'un signe, ou en soulevant son chapeau, et me remercierait.

J'en étais aussi sûre que de voir le soleil se lever le lendemain, et les promesses de papa se réaliser.

7

Nouveau départ

Papa sut attendre le lendemain matin pour annoncer à Mère que le mariage était rompu. Elle le prit très mal, et fut même incapable de descendre pour le petit déjeuner. C'était une journée grise et morne, au ciel bas et cendreux, avec un petit vent froid qui soufflait vers la mer. Pressentant la tempête, papa sortit avec Jérôme pour s'assurer que tout ce qui ne pouvait pas être mis à l'abri était bien arrimé. L'hiver avait été si doux, cette année-là, que nous étions devenus un peu trop confiants. Il nous semblait qu'une éternité s'était écoulée depuis la dernière grosse tempête. À mesure que la journée s'avançait, toutefois, les prédictions de papa s'avérèrent de plus en plus fondées.

À l'instant où j'appris que Mère ne se sentait pas assez bien pour descendre, je me levai pour aller la voir.

— Elle n'a pas le moindre appétit, précisa papa. Je lui ferai monter du thé.

— Je le lui apporterai moi-même, papa.

Je me rendis aussitôt à la cuisine, pour faire préparer le plateau. Belinda était déjà en train d'organiser sa journée. Elle comptait la passer chez Kimberley Hugues, où j'étais sûre qu'elle retrouverait le club des Pois Chiches au grand complet. Ces demoiselles n'avaient rien d'autre à faire, apparemment, que d'écouter le récit palpitant de sa rupture avec Carson.

J'imaginais déjà la mise en scène que monterait ma cadette autour de l'épisode. Elle prenait un tel plaisir à être le centre de l'attention générale ! En fait, elle était tellement absorbée par ses projets que ce fut tout juste si elle demanda des nouvelles de Mère.

J'eus le cœur serré de la voir dans cet état, le teint cireux, les yeux larmoyants et cernés de rouge. Ses lèvres commencèrent à trembler dès que je m'approchai de son lit, et elle me tendit une main froide et sans force.

— Que s'est-il passé, Olivia ? Je n'ai rien compris à ce que m'a dit Winston. Pourquoi le mariage est-il rompu ? Après tous les plans que nous avons dressés, les invitations qui sont lancées, la décoration, les...

— Ne te tracasse pas pour ces choses-là, Mère, l'arrêtai-je avec fermeté. Bois un peu de thé. Il faut que tu aies quelque chose de chaud dans l'estomac.

— Entendu, je vais en boire. Mais viens t'asseoir là et raconte-moi tout ce que tu sais.

La tasse heurta la soucoupe lorsque Mère me la prit des mains. Elle la porta à ses lèvres et y but à peine, étudiant anxieusement mes traits pour y déceler des indices. Je m'assis prudemment au bord du lit.

— Ce qui arrive ne devrait pas nous surprendre, Mère, commençai-je tranquillement. Nous avons toujours essayé de protéger Belinda contre elle-même. Nous avons toujours dissimulé ses erreurs, et enterré ses péchés.

Mère tressaillit. L'allusion à l'enfant prématuré qui gisait sous un arbre, derrière notre maison, n'était que trop parlante. Après une brève pause, je repris calmement ce que j'avais à dire.

— Quand on triche avec la vérité, Mère, on prend le risque de la voir éclater au grand jour à tout moment, ce qui rend les choses encore plus terribles. C'est ce qui s'est produit pour Belinda. Carson a appris certaines de ses incartades passées, il en a été complètement bouleversé. Belinda n'a pas su comment se tirer de là. En fait, elle lui en a avoué plus qu'il n'en savait, et il est tombé de haut. Elle avait si bien joué les vierges effarouchées, depuis leurs fiançailles ! Le contraste entre l'illusion et la réalité a dû l'épouvanter.

Je baissai les yeux et attendis quelques secondes avant de demander :

— Est-ce que papa t'a dit, pour la bague de fiançailles ?

— Non. Que devrais-je savoir ?

— Cela m'ennuie de t'en parler alors que tu te sens si mal, Mère.

— Ne t'inquiète pas pour moi. Raconte.

— Bois d'abord un peu de thé, s'il te plaît.

Elle fit l'effort d'avaler quelques gorgées, mais je vis bien que même cela lui était pénible. Elle ne put s'empêcher de grimacer, j'en eus mal pour elle.

— Tu iras consulter un médecin aujourd'hui, Mère, insistai-je. Même si je dois t'y conduire moi-même.

— Très bien, Olivia, c'est entendu. Que disais-tu au sujet de cette bague ?

— Elle l'a jetée par la fenêtre de la voiture, quand Carson lui a reproché ses mensonges.

— Quoi ! Tu veux dire...

— Que la bague est perdue, il n'a pas pu la retrouver. Autant chercher une aiguille dans une meule de foin.

— Seigneur Dieu ! Qu'est-ce que les gens vont penser ?

— Bah ! Ce sera vite oublié, prophétisai-je.

Mais Mère ne fut pas de cet avis. Elle secoua la tête avec une lenteur délibérée.

— Non, ce sera comme l'affaire Potter, tu verras.

L'affaire en question avait soulevé de grands remous dans la communauté. Hélène Potter, fille d'un brasseur multimillionnaire de Hyannis Port, était fiancée au fils d'un riche promoteur de Boston quand on l'avait surprise au lit, nue, avec sa meilleure amie. Les deux jeunes filles eurent beau clamer leur innocence, le mal était fait. Le mariage n'eut pas lieu. Hélène fut envoyée à l'étranger où elle disparut, environnée d'une rumeur de scandale. Son amie alla exercer la médecine en Californie. Mais les Potter devinrent des indésirables pour la bonne société de Boston et ne s'en remirent jamais. M. Potter finit par mourir d'une crise cardiaque, entouré de sa famille et de ses domestiques. Aucun de ses anciens amis ne vint à son chevet.

L'histoire devint un sujet de commérages et de plaisanteries égrillardes, en même temps qu'un épouvantail. Les parents la brandissaient comme une menace pour maintenir leurs enfants dans le droit chemin.

— La situation est loin d'être aussi grave que ça, Mère, affirmai-je pour la rassurer. Tout le monde sait combien Belinda est impulsive et irréfléchie.

— Mais que va-t-elle devenir, maintenant ?

— En temps voulu, elle trouvera quelqu'un d'autre. J'en suis sûre, insistai-je, bien que sans grande conviction.

Mère acquiesça d'un battement de cils et me tendit sa tasse, encore à demi pleine.

— J'aimerais me reposer un peu, Olivia. Laisse-moi, s'il te plaît.

— Je descends dire à papa de te prendre un rendez-vous chez un médecin, m'obstinai-je. Ou bien d'en appeler un pour qu'il vienne ici.

— C'est tout simplement nerveux, protesta-t-elle.

— Non, Mère. Cela dure depuis trop longtemps, et de plus...

— J'ai négligé certains signes, c'est vrai, avoua-t-elle tout à trac. Cela commence même à m'inquiéter.

Mon cœur manqua un battement.

— Que dis-tu, Mère ? Négligé quoi ?

— Il y a quelque temps, j'ai remarqué une petite grosseur, mais si peu importante... à peine de la taille d'un petit pois, en fait.

— Une grosseur ? Où ça ?

Elle posa la main sur son sein gauche.

— Ici. J'en ai parlé incidemment au Dr Covington et il m'a conseillé de revenir pour un examen, mais je... j'ai cru que ça s'en irait tout seul.

— Mère !

— Ce n'est pas parti. Cela devient même plus gros, et j'avoue que je ne suis pas tranquille. C'est cela qui m'empêche de manger et qui me fatigue tellement.

— Tu verras un médecin demain, décrétai-je, presque sévèrement. Je descends dire à papa de s'en occuper.

Elle ne m'opposa aucune résistance.

— Comme tu voudras, mais ne l'inquiète pas. Ce n'est peut-être rien du tout.

— D'accord, mais seulement si tu vois un médecin.

— Je le ferai, s'engagea-t-elle.

Je m'empressai d'aller dire à papa que Mère acceptait de consulter, mais je ne tins pas ma promesse. Je lui dis également pourquoi elle se sentait si mal. Il blêmit et appela instantanément le Dr Covington.

En raccrochant, il était encore plus pâle, s'il était possible.

— Le Dr Covington m'apprend qu'il n'a pas cessé d'insister pour qu'elle se fasse examiner, Olivia. Mon Dieu, elle qui ne disait rien ! J'aurais dû prêter plus d'attention à sa santé.

— L'essentiel est qu'elle aille le voir maintenant, papa.

— En fait, il préfère que nous l'emmenions à l'hôpital immédiatement, m'informa-t-il d'une voix blanche. Il l'examinera et pratiquera les analyses là-bas.

— Je monte la préparer, papa.

Je me hâtai vers l'escalier, juste au moment où Belinda descendait les marches quatre à quatre.

— Nous emmenons Mère à l'hôpital, lui annonçai-je en la croisant.

Déjà presque au milieu du vestibule, elle se retourna.

— Ah bon ? Pourquoi ?

— Elle a une grosseur au sein. C'est ce qui la fatiguait tellement, ces derniers temps.

— Une grosseur ? Beurk ! D'où cela peut-il bien venir ?

— Ce n'est pas forcément grave, mais il se peut que ce soit un cancer.

Cette révélation fit réfléchir un instant Belinda.

— Un cancer ? Et que va-t-il se passer ?

— Elle doit subir un examen, après quoi il faudra faire des analyses.

— Ah ! Et que suis-je censée faire, moi ?

— Seulement ce que tu jugeras bon de faire, rétorquai-je avec sécheresse.

Sur quoi, je montai à l'étage pour aider Mère à s'habiller.

Ma sœur alla chez son amie, mais elle prévint papa qu'elle appellerait de temps en temps l'hôpital, pour savoir si sa présence était nécessaire. Le temps avait encore empiré, depuis le matin, et nous eûmes de la chance de pouvoir conduire Mère à l'hôpital. Des nappes de pluie se déversaient d'un ciel de plomb, et il pleuvait toujours quand Belinda finit par appeler. Papa lui dit de rester où elle était. Ce qui, à mon avis, ne dut pas la contrarier outre mesure.

Nous étions en pleine tempête, cette fois. Les rafales ployaient si rudement les arbres que des branches se brisaient. Le ciel s'assombrissait de plus en plus, on se serait cru pendant une éclipse. La circulation s'arrêta. Et la pluie s'acharnait toujours, s'abattant en gerbes glacées sur les fenêtres et sur les toits. Des éclairs zébraient l'obscurité ambiante, et partout, les gens couraient, affolés par la violence de l'orage.

Par bonheur, le Dr Covington avait pu rejoindre l'hôpital cinq minutes avant nous, et il supervisait l'admission de Mère.

C'était un homme d'une soixantaine d'années, qui avait conservé son épaisse chevelure châtain clair à peine striée de blanc. Il était notre médecin de famille depuis toujours, me semblait-il. De taille moyenne mais d'allure imposante, calme et courtois, il tirait de son diagnostic quasiment infaillible une assurance presque arrogante. Mais c'était également ce qui motivait la confiance de ses patients. Avec lui, on se sentait en bonnes mains.

Son fils unique avait suivi ses traces, il exerçait dans le Connecticut. Mère aimait bien son épouse, Ruth, une femme réservée qui fuyait les mondanités. Les Covington acceptaient peu d'invitations, recevaient rarement, et préservaient soigneusement leur vie de famille.

Papa et moi patientâmes dans la salle d'attente, lisant des magazines pour tuer le temps et tromper notre angoisse, échangeant parfois quelques mots avec un membre du personnel.

Finalement, le Dr Covington apparut.

— Eh bien, Winston, commença-t-il posément, il s'avère que le problème de Leonora n'a rien à voir avec les nerfs. Il s'agit d'une chose qu'elle a gardée trop longtemps pour elle, et j'avoue que j'en redoute les conséquences. Elle devait avoir peur, et c'est de là que viennent ses troubles de l'estomac. Je ferai faire quelques examens de ce côté-là, mais je suis certain de ce que j'avance. Quant à son problème majeur, hélas, tout le mal vient de son refus de croire à sa gravité. J'espère qu'elle avait raison. Nous devons pratiquer immédiatement une biopsie, et d'ici là je vais soigner ses crampes d'estomac. S'il n'y a vraiment rien de plus que cela...

— Quel est votre avis ? m'enquis-je abruptement.

Mon cœur cognait comme un fou contre mes côtes, mais papa semblait incapable d'articuler un son.

— Attendons les résultats du laboratoire, Olivia. Gardons-nous des conclusions hâtives.

— Mais il est possible qu'il s'agisse... d'une tumeur maligne ? trouva la force de demander papa.

Ce fut moi que le médecin regarda quand il répondit :

— Certainement. C'est pourquoi les femmes ne devraient jamais négliger ces symptômes.

Papa laissa échapper un gémissement sourd et le docteur se tourna vers lui.

— N'imaginons pas le pire, Winston. Laissez-moi faire le nécessaire, avant de poser un diagnostic sûr. J'ai déjà pris contact avec un spécialiste, le Dr Friedman, de Boston ; un confrère et un ami. Nous nous concerterons dès que nous aurons les résultats de la biopsie.

Papa hocha la tête en silence.

— Quel orage ! constata le praticien en jetant un coup d'œil par une fenêtre. Vous devriez rentrer chez vous, Winston. Leonora est très bien ici, je lui ai donné un sédatif pour l'aider à dormir. Vous reviendrez plus tard.

— Nous serons au bureau, si vous avez besoin de nous joindre.

— Bonne idée, Winston. Occupez-vous l'esprit, c'est ce qu'il y a de mieux à faire.

— On dirait que l'orage s'abat aussi sur la famille, marmonna papa quand nous fûmes seuls.

— Tu as entendu ce que le docteur a dit, papa : n'imaginons pas le pire.

— Tu as raison, acquiesça-t-il en se forçant à sourire.

Mais je ne vis pas la moindre étincelle d'optimisme dans ses yeux.

Le retour au bureau fut des plus pénibles, et la tempête ne s'apaisa pas avant la fin de l'après-midi. Nous travaillâmes sans relâche, papa et moi, sauf pendant les brèves pauses où il venait dans mon propre bureau. C'était toujours pour m'annoncer qu'il n'avait pas de nouvelles.

— Elle doit se reposer tranquillement, déclara-t-il à sa dernière apparition. Nous passerons la voir avant le dîner, puis nous irons au restaurant. Ta sœur a appelé ?

— Pas depuis la fin de la matinée, papa.

— C'est aussi bien comme ça, finalement. Au moins, nous ne l'avons pas dans les jambes.

À cinq heures, comme Belinda n'avait pas donné signe de vie, j'appelai chez Kimberley. Le téléphone sonna longtemps, et je commençais à croire qu'il n'y avait personne à la maison quand Kimberley décrocha. Mais je dus attendre encore une bonne minute avant d'avoir Belinda.

— J'allais justement t'appeler, prétendit-elle, plutôt essoufflée me sembla-t-il.

— Qu'étais-tu en train de faire ?

— Rien du tout. Comment va maman ? Est-ce qu'elle sera rentrée demain ?

— Sûrement pas. Elle doit subir une biopsie, et on la soigne pour ses maux d'estomac, expliquai-je.

Et comme Belinda gardait le silence, j'ajoutai :

— Papa veut que nous soyons tous les trois là-bas avant le dîner, puis nous irons manger quelque part en ville. Peux-tu être à l'hôpital d'ici à une heure ?

— Sans problème. Bruce m'y conduira.

— Bruce ? Quel Bruce ?

— Bruce Lester, le cousin de Kimberley. Il est encore en terminale, mais il est adorable.

Je préférai ne plus lui poser de questions, redoutant les réponses. Elle arriva trois quarts d'heure plus tard et nous allâmes tous voir Mère. Les sédatifs prescrits faisaient leur effet, elle somnolait et s'éveillait par intervalles. Elle était sous perfusion, et je m'aperçus que la vue du tuyau qui la reliait au flacon mettait Belinda mal à l'aise. Papa décida qu'il valait mieux partir. Une fois dehors, Belinda entreprit de raconter sa journée, ses retrouvailles avec ses amies, après une si longue parenthèse. Elle se répandait en détails oiseux, que papa et moi écoutions à peine, ce qui ne semblait pas du tout la déranger.

— Tout le monde pense que je me porterai bien mieux sans Carson, et que le mariage aurait été désastreux. Sa mère se serait mêlée de tout et j'aurais été très malheureuse. Les choses s'arrangent toutes seules, quelquefois, conclut-elle d'un petit air insouciant.

Papa, qui mangeait à peine, la fixa d'un regard absent. Le mien fut nettement plus acéré.

— Tu as raison, Belinda. Tu n'es inscrite dans aucune école. Tu n'as aucun talent particulier, ni aucun autre parti en vue. Les choses vont parfaitement bien, en effet.

Elle éclata de rire.

— Ne t'inquiète pas pour moi. J'aurai qui je voudrai quand je voudrai, se vanta-t-elle avec une arrogance exaspérante.

Papa haussa les sourcils.

— Pour le moment, c'est de votre mère que nous devons nous inquiéter, déclara-t-il, et de rien d'autre.

Du coup, Belinda cessa son babillage, à mon vif soulagement. Mais à peine étions nous rentrés qu'elle fila dans sa chambre, pour continuer son papotage téléphonique avec tous ceux qui voulaient bien l'écouter. Je me sentis navrée pour papa. Il avait l'air si vieux tout à coup, si fatigué. Toute ma vie, j'avais vu en lui un homme aux nerfs d'acier, l'image même de la force et de l'autorité. Personne à mes yeux n'inspirait davantage de respect. Le voir faible et abattu n'était pas seulement douloureux, mais effrayant.

Il se versa un verre de cognac et alla s'asseoir dans son bureau, tourné vers la fenêtre. Il resta ainsi, immobile et fixant le ciel qui se dégageait peu à peu, jusqu'à ce que la fatigue l'oblige à se coucher.

Le lendemain, Belinda ne nous accompagna pas à l'hôpital. Elle se leva trop tard, et nous jugeâmes préférable de ne pas l'avoir accrochée à nos basques pour attendre le Dr Covington. Pour le moment, Mère allait un peu mieux.

— Je suis parvenu à calmer ses crampes d'estomac, nous annonça-t-il, elle a pu manger un peu. Elle se repose.

— Dans combien de temps aurez-vous les résultats ? questionnai-je aussitôt.

— Pas avant demain, mais j'appellerai le Dr Friedman cet après-midi.

Il s'attendait au pire, je le sentis. Sinon, pourquoi aurait-il tenu à s'entretenir si vite avec un spécialiste ? Je gardai mes craintes pour moi et nous allâmes voir Mère, qui voulut aussitôt savoir où était Belinda.

— Elle n'était pas levée quand nous sommes partis, expliquai-je, et nous n'avons pas voulu attendre. Nous reviendrons avec elle plus tard, Mère.

Je lus sa souffrance sur son visage.

— Que va-t-elle devenir ? murmura-t-elle.

— Tout ira bien pour elle, ne t'inquiète pas.

— Mais bien sûr, appuya papa. Une jeune femme comme elle, issue d'une famille comme la nôtre ? Comment pourrait-elle ne pas réussir sa vie ?

Mère inclina la tête, sans grande confiance toutefois. Nos regards se croisèrent et elle déchiffra mes sentiments dans le mien. Je ne savais pas mentir, surtout à Mère, et encore moins à propos de Belinda.

Comme je m'y attendais, le pire arriva. Parfois on sent venir la tragédie, telle une bête immonde rôdant autour de vous. Immatérielle, insaisissable, elle s'insinue en vous et vous ronge l'âme, la vidant de toute joie et de tout espoir.

Le Dr Covington nous reçut dans son bureau le lendemain en fin de journée. Cette fois, Belinda vint avec nous. Elle s'assit sagement, retrouvant soudain le visage d'une enfant de cinq ans, à la fois innocente et terrifiée.

Les premières paroles du médecin justifièrent mes appréhensions.

— Je crains que la biopsie ne soit positive, Winston.

— C'est bon signe ? chuchota Belinda.

Le regard du Dr Covington se fixa sur elle.

— Je regrette, mais non. Ce n'est pas bon signe. Le Dr Friedman pense que nous devrions procéder à la mammectomie, et la faire suivre d'une chimiothérapie.

— Quand ? demandai-je, sans laisser à papa le temps de reprendre son souffle.

— Nous pourrions opérer Leonora mardi prochain, à Boston.

Les épaules de papa s'affaissèrent.

— Alors faites-le, acquiesça-t-il, les yeux assombris par l'angoisse.

— Nous la transporterons ce soir à Boston pour les soins préopératoires, dans ce cas.

— Est-ce qu'elle sait ? questionnai-je.

— Oui. Je ne suis pas partisan de cacher un diagnostic à la personne la plus directement intéressée.

— Vous le lui avez dit ? gémit Belinda. Mais elle va être si triste !

Le Dr Covington sourit.

— En fait, elle a plutôt bien pris la chose. « Alors vous allez tout arranger, m'a-t-elle dit en me regardant avec confiance. En un clin d'œil, tout sera terminé. »

J'en fus émue aux larmes. C'était tellement Mère, cette réaction ! Comme nous quittions le bureau du médecin, papa soupira.

— Cette tempête... murmura-t-il. Cette tempête n'était rien à côté de ce qui nous attend !

*
* *

Nous suivîmes l'ambulance qui emmenait Mère à Boston. Belinda, me semblait-il, était plus excitée à la perspective de descendre à l'hôtel, d'aller au restaurant et de faire des courses en ville, qu'elle n'était inquiète pour Mère. J'avais beau la rappeler à l'ordre, elle continuait à jacasser et à s'agiter comme un enfant qui part en vacances. À l'hôtel, quand je la réprimandai parce qu'elle aguichait le groom, elle fondit en larmes.

— Je suis aussi inquiète et effrayée que toi, Olivia, c'est juste que j'essaie de ne pas y penser. Tu es plus forte que moi, toi. Tu as la tête solide et tu supportes mieux le choc. Alors arrête de me crier dessus comme ça, implora-t-elle, les traits convulsés de chagrin.

Je l'observai un moment, sans mot dire, et fus bien forcée de conclure qu'elle avait raison.

— Pas de disputes en ce moment, je vous en prie, gémit papa. Tâchons de faire bon visage devant votre mère.

— Alors, qu'Olivia me laisse tranquille !

— Très bien, je ne dirai plus un mot. Fais ce que tu veux, rends-toi ridicule tant qu'il te plaira, rétorquai-je. Ça m'est bien égal.

Les pleurnicheries de Belinda cessèrent instantanément.

En définitive, papa dut se plier quand même à ses caprices. Quand nous n'étions pas à l'hôpital, il l'emmenait faire des courses ou lui donnait de l'argent, pour qu'elle puisse faire sa tournée des magasins. Les boîtes s'empilaient dans la chambre d'hôtel. À court d'idées, ma sœur fit même des achats pour moi.

L'opération de Mère se passa bien, mais quant aux suites, le chirurgien émit des réserves. Avant d'avancer un pronostic, il préférait attendre les résultats de la chimiothérapie. Celle-ci commencerait dès que Mère serait complètement remise de l'intervention, et pourrait avoir lieu dans un hôpital plus proche de chez nous.

Trois jours après l'opération, Mère était fraîche et dispose comme nous ne l'avions pas vue depuis longtemps.

— Vous voyez, plaisanta-t-elle, je vous avais bien dit que les médecins arrangeraient tout !

Belinda sauta sur l'occasion pour parler de ses promenades en ville et de ses achats, ce qui amusa Mère. Je commençais à me demander s'il ne valait pas mieux que ma sœur fût ce qu'elle était, finalement. Elles rirent beaucoup ensemble, et le moral de papa remonta d'autant.

Il engagea une infirmière spécialisée pour Mère, quand elle revint à la maison, et pendant quelque temps tout alla bien. Apparemment, nous avions traversé l'orage. Papa et moi retrouvâmes nos habitudes réglées, Belinda reprit sa vie mondaine au point où elle l'avait laissée. Chaque soir, nous discutions de ses perspectives d'avenir. Nous nous laissâmes griser par l'optimisme, je suppose, car nous allâmes jusqu'à envisager de l'inscrire dans une des meilleures universités. Papa promit de parler à l'un de ses associés, un homme influent, afin qu'il voie ce qu'il pourrait faire en ce sens.

Mère entama sa chimiothérapie, dont les débuts furent désastreux. Elle perdit rapidement ses cheveux, et redevint très vite aussi lasse et aussi faible qu'avant. La maison ressemblait à un service hospitalier, avec les allées et venues de l'infirmière, le matériel médical nécessaire aux besoins de Mère, et les visites fréquentes du Dr Covington.

Je remarquai à peine l'arrivée du printemps. Ce fut Mère qui me le rappela, en me demandant de l'emmener dehors pour voir le jardin revivre et entendre les oiseaux. Tout était en fleurs. Les marguerites et les pétunias s'épanouissaient, les crocus émaillaient les pelouses ensoleillées. Tulipes, narcisses et jonquilles sortaient de terre dans un jaillissement de couleurs. Nos arbres avaient reverdi et, une fois de plus, les genévriers ondoyaient sur les collines au souffle de la brise.

On commençait à voir plus de voiliers pendant les week-ends, à présent. C'était vraiment comme si le monde revenait à la vie, retrouvait l'espoir et le goût du bonheur. Un moment romantique entre tous, fait pour les surprises de l'amour, où l'on s'attendait à voir arriver quelque chose de merveilleux.

Cela ne m'empêcha pas d'être prise au dépourvu le jour où Samuel Logan, un jeune homme dont le père possédait une petite flottille de pêche et une compagnie commerciale, se présenta chez nous. Il venait voir papa, mais ce fut surtout avec moi qu'il parla. C'était un grand gaillard de plus d'un mètre quatre-vingts, à la silhouette athlétique. Il avait des cheveux châtain clair et des yeux verts pétillants de malice, dont l'éclat contrastait vivement avec son teint basané. Il était, de très loin, le plus beau garçon qui eût jamais montré de l'intérêt pour moi. Il me couvrit de compliments.

— Je trouve remarquable la façon dont vous secondez votre père, Olivia. D'après les quelques entretiens que j'ai eus avec lui, je sais à quel point il apprécie votre collaboration. La plupart des femmes que je connais ne sont que des mannequins de mode.

« N'allez pas croire que je condamne l'élégance, s'empressa-t-il d'ajouter. Bien au contraire. Vous êtes vraiment ravissante, mais on est bien content de trouver quelque chose de plus dans le paquet.

Je m'abstins de répondre, ce qui parut le troubler. Il éprouva le besoin de s'expliquer.

— Je ne parle pas de paquet... comme s'il s'agissait de marchandises, bien sûr. Je voulais dire... enfin, une personne plus... plus complète. Je ne suis pas très doué pour m'exprimer, conclut-il piteusement, comme je me taisais toujours.

— Je comprends, finis-je par dire.

Il sourit largement, et la joie rendit ses yeux verts encore plus éclatants.

— Tant mieux! s'exclama-t-il, soulagé. Alors, que diriez-vous de dîner avec moi ce soir?

— Je vous demande pardon?

— Je... hmm, je parlais d'aller dîner en ville. Vous choisiriez le restaurant, bien sûr.

— Vous m'invitez à dîner, c'est ça?

— En effet, confirma-t-il avec assurance. Ce serait un honneur pour moi de sortir avec vous en ville. Si vous êtes libre, bien sûr. Je ne voudrais pas m'imposer. Je veux dire, si vous voulez bien y réfléchir...

— J'ai pris des décisions plus graves, vous savez. Vous aurez envie de manger autre chose que des fruits de mer, je suppose?

J'eus droit à un nouveau sourire.

— Je ne m'en lasse pas, mais j'adore la cuisine italienne.

— Je connais une bonne adresse.

— J'en étais sûr. Dois-je réserver?

— Je m'en occuperai. Passez me prendre à sept heures.

— Entendu pour sept heures, confirma-t-il en se levant. Je voudrais déjà y être. Bon, je vais dire au revoir à votre père et je m'en vais.

Il revint tout content du bureau de papa et m'adressa un signe d'adieu en partant. J'étais toujours assise à la même place, encore sous le coup de la surprise. Combien de temps avais-je attendu qu'un homme séduisant, un homme que ma sœur aurait jugé séduisant, m'invite à sortir avec lui? J'aurais cru que cela n'arriverait jamais. Et voilà que c'était arrivé, si vite et si brusquement que j'en avais le vertige. J'allai annoncer la nouvelle à papa.

— Alors il s'est enfin décidé! s'exclama-t-il.

Je fus instantanément sur mes gardes.

— Que veux-tu dire? Tu as recommencé ta chasse au mari?

— Non, absolument pas! Il m'a parlé de sortir avec toi, et j'ai dit qu'un dîner était envisageable. C'est tout, je t'assure. Parole d'honneur, insista-t-il en levant la main droite.

— C'est lui qui as eu l'idée de sortir avec moi? Lui tout seul?

— Oui. Et ne me lance pas ces regards noirs, Olivia. Ne sois pas toujours si méfiante.

— Allons-nous absorber la compagnie de son père, papa? (Il remua quelques papiers sur son bureau.) Papa?

— Cela se pourrait, admit-il. Mais cela n'a rien à voir avec cette invitation à dîner de Samuel.

— Bien sûr que non. Comment ai-je pu avoir cette idée?

Papa haussa les épaules.

— Oublie-la. Tu es une charmante jeune femme et il était temps qu'un beau garçon s'intéresse à toi.

Je soutins fermement son regard, si longtemps qu'il finit par détourner les yeux. Je désirais le croire. Je souhaitais, ne fût-ce qu'un moment, ressembler davantage à ma mère et à Belinda. Donner une chance à mes rêves, et me laisser éblouir par la magie de l'arc-en-ciel.

Quand je montai annoncer à Mère, ce soir-là, qu'un garçon m'invitait à dîner, elle en fut ravie. Ses joues retrouvèrent un peu de couleur, et elle se redressa dans son lit pour réfléchir à ma toilette. Dès que Belinda revint et apprit la nouvelle, l'excitation la gagna, elle aussi. J'eus l'impression qu'à ses yeux, le fait que je sorte avec un homme justifiait tous ses actes passés, en me rendant semblable à elle. Assise au bord de mon lit, elle assista complaisamment à mes préparatifs.

— Pourquoi ne me laisses-tu pas te vernir les ongles, Olivia ? Je suis très douée pour ça.

— Je ne mets jamais de vernis, répliquai-je.

— Eh bien, tu devrais. Les hommes aiment ça. Il te faudra un rouge à lèvres plus foncé.

— Je ne mets pas de rouge à lèvres.

Ma cadette éclata de rire.

— Raison de plus, alors. Et il faudra aussi t'épiler les sourcils.

— Belinda ! Je ne vais pas me déguiser en ce que je ne suis pas uniquement parce qu'un homme m'invite à dîner.

— Il ne s'agit pas de devenir une autre, mais de paraître encore plus séduisante. Ce n'est pas un péché, tant qu'on n'exagère pas. Tu es en compétition avec les autres femmes, ne l'oublie pas.

Je me retournai brusquement pour lui faire face.

— Quoi ? Sûrement pas. Je ne lui ai pas demandé de m'inviter à dîner. Il l'a fait de son propre chef.

— De son quoi ? s'effara-t-elle. Aucune importance, d'ailleurs, revenons à l'essentiel. Quand on est avec un homme, on veut surpasser toutes les femmes qu'il pourrait voir. Qu'y a-t-il de mal à ça ? Relève tes cheveux, farde-toi un peu. Tiens, dit-elle en ouvrant son sac, essaie cette ombre à paupières. Nous avons le même teint, elle devrait t'aller.

Je fixai la petite boîte d'un œil indécis.

— Elle ne va pas te mordre, Olivia ! Si cette poudre ne te va pas, tu n'auras qu'à l'essuyer.

— D'accord, acquiesçai-je.

Ma sœur eut un sourire en coin, tel un démon séducteur qui m'eût entraînée à faire un premier pas vers le péché.

— Je vais te coiffer, annonça-t-elle, en se levant pour aller chercher ma brosse à la salle de bains.

— Attends, je n'ai jamais dit...

— Assieds-toi et laisse-moi faire, Olivia. Pour une fois, laisse-moi faire quelque chose pour toi.

Je la dévisageai un moment et décidai qu'elle avait l'air sincère.

— Entendu, capitulai-je. Pour ce que ça changera !

— Cela changera beaucoup, tu verras. Je te le promets.

Une heure plus tard, je contemplai ma nouvelle image. Quand je me vis avec les sourcils épilés, une touche de rose aux joues et de rouge aux lèvres, coiffée avec un art consommé, je me trouvai aussi jolie que Belinda.

— Tu n'as rien d'élégant à te mettre, décréta-t-elle. Prends une de mes robes. Celle qui est très ajustée ici, précisa-t-elle en plaquant les mains sur son torse. Et mets mon soutien-gorge à balconnet.

— Je n'ai pas besoin de ça. Et j'ai une robe qui sera très bien.

Je lui montrai celle que j'avais choisie avec Mère, une robe en soie bleu nuit avec un col de fine dentelle. Belinda fit la grimace.

— Pas très sexy, commenta-t-elle. Garde donc ça pour les thés de maman.

— Je ne cherche pas à paraître sexy. Je veux être décente et soignée, c'est tout.

— Tu seras sinistre, comme ça, gloussa-t-elle en courant vers sa chambre.

Elle en revint presque aussitôt, avec la robe noire décolletée qu'elle souhaitait me voir porter.

— Essaie-la, au moins. Avec le soutien-gorge, évidemment.

Elle brandit les vêtements jusqu'à ce que je les lui prenne des mains, et j'allai me changer dans la salle de bains. Il y avait longtemps que je ne m'étais pas déshabillée devant quelqu'un, même pas Belinda. Elle s'était développée plus vite que moi, et je ne voulais pas qu'elle fasse des comparaisons entre nous. Elles n'auraient pas été à mon avantage. Quand je sortis, pourtant, elle eut un sifflement admiratif.

— Est-ce bien Olivia Gordon ? Ma sœur ?

— Arrête ça, tu veux ? protestai-je, sans me priver pour autant de me regarder dans le miroir.

Une bouffée de joie me dilata le cœur : je n'avais jamais été aussi attirante.

— Je ne vais jamais oser sortir comme ça, Belinda ! Tu crois que je peux ?

— Fais-le, Olivia. Tu ne le regretteras pas. Va te montrer à maman, et à papa aussi.

— Tu crois vraiment ? hésitai-je encore.

Mais j'allai tout droit dans la chambre de Mère. Papa était assis près de son lit, et leva sur moi un regard plein de surprise. Mère sourit.

— Tu es absolument ravissante, ma chérie.

— Je savais que j'avais deux filles ravissantes, renchérit papa. Il faudrait qu'un homme soit aveugle pour ne pas te remarquer, Olivia.

— N'est-ce pas un peu trop provocant, Mère ?
— Non, je te trouve très jolie.

Entrée derrière moi, Belinda chanta victoire.

— Tu vois ? Qu'est-ce que je disais ? C'est moi qui l'ai habillée !

— C'est pourquoi j'avais des doutes, ripostai-je.

Mais Mère eut un signe de tête approbateur et je cédai.

— C'est bon, j'irai comme ça.
— Où allez-vous dîner ? voulut savoir papa.

Je sentis ma mâchoire s'affaisser.

— Oh, non ! J'ai oublié de réserver !

Devant mon air consterné, Mère rit de bon cœur. Je me précipitai hors de la chambre pour aller téléphoner, en espérant qu'il n'était pas trop tard. Je voulais que nous dînions chez Antonio, sur la Pointe. J'avais toujours eu un faible pour cet endroit. Par chance, j'obtins sans difficulté une réservation pour sept heures un quart. Il ne me restait plus qu'à attendre Samuel Logan.

*
* *

Il eut près d'un quart d'heure de retard, et avança comme excuse qu'il s'était perdu en cherchant la maison.

— Je me suis trompé de route, et j'ai demandé mon chemin à un vieux monsieur. Lui aussi m'a indiqué une mauvaise direction, expliqua-t-il en jetant de fréquents coups d'œil à Belinda, qui se tenait derrière moi.

De toute évidence, elle attendait que je fasse les présentations.

— Ma sœur, Belinda, finis-je par dire.

Elle bondit littéralement sur Samuel, le bras tendu très haut comme si elle espérait qu'il lui baise la main. Il se contenta de la serrer.

— Oh oui, je vois la ressemblance entre vous deux.

— Olivia se trouve trop sexy dans cette robe, lança ma sœur à brûle-pourpoint. C'est moi qui la lui ai prêtée.

— Belinda !

— Moi je la trouve ravissante, répondit Samuel avec un grand sourire.

Belinda battit des cils. Elle ne l'avait pas quitté du regard.

— Tu vois, Olivia. Qu'est-ce que je te disais ?

— Il est tard, répliquai-je avec humeur. Je ne voudrais pas perdre les réservations.

Samuel s'empressa d'acquiescer.

— Vous avez raison, allons-y. Très heureux d'avoir fait votre connaissance, Belinda.

— Je n'en doute pas, gloussa-t-elle, ce qui lui valut un nouveau sourire.

Je me hâtai d'entraîner Samuel au-dehors.

— J'ignorais que vous aviez une sœur, fit-il observer en m'ouvrant la porte de la voiture.

Je m'assis sans répondre, et il prit place derrière le volant.

— Où allons-nous ?

— Chez Antonio, sur la Pointe. Ce n'est pas très grand, mais la cuisine est excellente et on a une très jolie vue de chaque table.

— Cela me semble parfait. Que fait votre sœur, dans la vie ? Est-ce qu'elle travaille pour votre père, elle aussi ?

— Belinda ne fait rien, rétorquai-je sèchement.

— Rien ?

— Elle s'amuse.

— Oh! Agréable existence, quand on peut se l'offrir, commenta-t-il. Je comprends pourquoi votre père fait si grand cas de vous.

— Il semble que vous ayez beaucoup parlé de moi, mon père et vous.

Samuel eut un sourire bon enfant.

— Ma foi, puisque nous devons devenir associés, j'ai pensé que ce serait une bonne idée de vous connaître. Nous pourrions être appelés à diriger notre entreprise familiale, vous et moi. La vôtre est beaucoup plus importante que la nôtre, bien sûr, et vous pourriez même nous racheter. Mais si vous devez absolument dévorer une compagnie, je ne vois pas de meilleur morceau que Logan Entreprises.

— Vous n'avez pas de frères et sœurs?

— Non. Ma mère est morte quand j'étais enfant et mon père ne s'est jamais remarié.

— Parfois, je souhaiterais être fille unique, marmonnai-je à voix basse.

Mais Samuel l'entendit, et cela le fit rire.

Nous eûmes la chance d'avoir une table près de la fenêtre, avec une belle vue sur le phare. Au loin, les lumières scintillantes de ce qui semblait être un paquebot de croisière glissaient sur l'horizon bleu.

— Quel endroit merveilleux! s'extasia Samuel. Vous savez vraiment choisir, Olivia. Je vois que je pourrai m'en remettre à vous pour toutes les décisions importantes de ma vie.

— Votre vie? Je ne fais que dîner avec vous, Samuel. Je ne fais pas partie de votre vie.

Il eut un sourire de conspirateur.

— Voilà une omission qui sera bientôt réparée, j'espère.

Son audace me surprit à tel point que je faillis en rire. Je me mordis la lèvre et, sur sa requête, je passai commande pour nous deux.

La cuisine était savoureuse, comme toujours, et je dus boire un peu trop. Je le sentis à la chaleur qui gagnait mes joues et mon cou. Ce fut surtout Samuel qui parla, de sa famille, de lui-même, de ses projets. Sans pour autant perdre de vue l'idée qu'il avait en tête.

— J'ai beaucoup voyagé, dit-il enfin, mais je n'ai trouvé nulle part d'endroit aussi merveilleux que le Cap. Et vous ?

— Je n'ai pas tellement voyagé, pour ma part, mais j'aime beaucoup vivre ici.

— J'en étais sûr ! J'ai tout de suite su que nous avions des tas de choses en commun, vous et moi. Je veux dire... en dehors de nos intérêts en affaires, bien entendu.

Je haussai les sourcils. J'avais peut-être un peu trop bu, mais pas au point d'accueillir sa déclaration sans surprise. Qu'avions-nous donc en commun ? J'attendais toujours qu'il m'éclaire là-dessus. Mais pour lui, le croire et le dire semblait suffisant. Il le tenait pour acquis.

Je dus m'avouer qu'il était plutôt sympathique, bien fait de sa personne et assez mûr pour son âge. C'était quelqu'un qui savait ce qu'il voulait.

— Aimez-vous naviguer ? s'enquit-il tout à coup.

— J'aime ça, mais je ne suis pas très douée, comme matelot. Par contre, je suis une bonne passagère.

— Parfait. Je suis bon marin, mais je ne vaux rien comme passager. Quand je suis à bord, j'ai besoin d'être occupé. Même si c'est pour aider notre pêcheur à faire le gros travail, d'ailleurs. Mon père estime que c'est le seul moyen d'apprendre le métier. Savoir tout faire et avoir l'œil à tout. J'ai l'impression que c'est la même chose pour vous, Olivia. Je me trompe ?

Il se pencha en avant et me prit la main.

— J'aimerais vous emmener en mer, demain. Nous pourrions emporter de quoi déjeuner ? La journée promet d'être superbe.

— Je ne sais pas trop, hésitai-je. Ma mère est souffrante et on pourrait avoir besoin de moi.

— Je suis désolé, pour votre mère. J'espère qu'elle va se rétablir, mais j'espère aussi qu'on pourra vous accorder quelques heures de liberté. Je vous appelle demain dans la matinée, d'accord ?

— Eh bien… d'accord, alors.

— Parfait.

Il garda la main sur la mienne et je le laissai faire, jusqu'à ce qu'une voix familière résonne à mes oreilles. Cette voix pour moi unique entre toutes, dont une seule intonation suffisait à me faire chavirer le cœur.

Nelson Childs s'avançait dans l'allée aux côtés d'une élégante jeune femme brune, aux yeux bleu tendre et à la longue silhouette de sylphide. Il s'arrêta près de nous.

— Olivia, quel plaisir de vous voir ! J'aimerais vous présenter ma fiancée, Louise Branagan. Louise, Olivia Gordon, une vieille amie.

Louise me tendit la main.

— Ravie de vous connaître, énonça-t-elle avec un lumineux sourire.

— Moi de même. Voici Samuel Logan.

Les deux hommes échangèrent un regard complice.

— Je connais Samuel, dit vivement Nelson.

— Vraiment ?

— Nous avons été de redoutables concurrents, autrefois. Pas vrai, Samuel ?

— Au moins une fois de trop, répliqua Samuel. Bonjour, Louise. C'est une joie de vous revoir.

Incapable de cacher ma stupeur, je dévisageai Louise et Nelson.

— J'espère que vous viendrez à la réception de fiançailles, tous les deux, dit ce dernier avec son éblouissant sourire.

Puis, retrouvant son sérieux, il ajouta :

— Comment va votre mère, Olivia ?

— Aussi bien qu'on peut l'espérer, vu les circonstances.

Je me demandais s'il allait oser prendre des nouvelles de Belinda, mais non. Il hocha tristement la tête.

— Bon, nous ne voudrions pas nous imposer. Bonne soirée à tous deux et à bientôt, j'espère.

— Enchantée de vous connaître, lança aimablement Louise comme ils s'éloignaient vers leur table.

Samuel les suivit des yeux, franchement admiratif.

— Quel beau couple, vous ne trouvez pas ?

Je fis celle qui n'avait pas entendu.

— Je suis fatiguée, Samuel. La journée a été longue, et il faut que j'aille voir si ma mère va bien.

— Mais bien sûr. Le temps de régler l'addition et je vous ramène chez vous, dit-il en faisant signe au garçon.

Je le laissai parler pour deux pendant le trajet du retour. J'étais encore sous le choc de cette rencontre inopinée avec Nelson. Il avait mûri, et il était plus éblouissant que jamais. J'enrageais de voir que Louise Branagan et lui étaient si bien assortis. Comment aurais-je pu rivaliser avec une jeune femme aussi distinguée ?

— Alors je vous appelle vers dix heures ? demanda Samuel en franchissant la grille, laissée ouverte pour nous.

— Pardon ? Euh... Oui, c'est ça.

Samuel s'arrêta en douceur devant le perron.

— J'ai passé une excellente soirée, Olivia. Vraiment. Vous aussi, j'espère ?

— Oui, Samuel. Je vous remercie.

Il déposa sur ma joue un baiser hâtif.

— J'attends impatiemment demain. Et des milliers d'autres lendemains, Olivia.

Une fois de plus, sa hardiesse me prit par surprise. Je ne pus que hocher la tête. Il sauta vivement à terre, vint m'ouvrir la portière et m'escorta jusqu'à la maison. Devant la porte, il posa les mains sur mes épaules et me fit pivoter vers lui.

— Bonne nuit, Olivia chuchota-t-il en se penchant pour m'embrasser, sur la bouche cette fois. Je me sens comme un pirate qui a déterré un trésor.

Sur quoi, il regagna sa voiture, me laissant pétrifiée sur place.

Le cap Cod était connu pour son temps capricieux, pour ses orages soudains, s'apaisant aussi vite qu'ils avaient éclaté. Il ne fallait pas s'étonner si Samuel Logan aimait tellement la région, pensais-je en entrant dans le hall. J'étais encore tout émue et troublée par son énergie, sa détermination. Une telle fougue, pour un premier soir... Il fallait que quelque chose ait enflammé son ardeur, décidai-je. Quelque chose... ou quelqu'un.

J'espérais simplement que c'était moi.

8

Ultime aveu

Quelqu'un avait-il conseillé à Samuel, pour gagner mon cœur, de ne pas me laisser un instant de répit ? Je finissais par le croire. Depuis notre premier dîner, il ne se passait pas un jour sans qu'il m'appelle pour me proposer une activité quelconque. Et j'appréciais sa compagnie, la plupart du temps. Notre sortie en voilier avait été très réussie. C'était un excellent marin, qui semblait presque plus à l'aise en mer qu'à terre. Il le reconnaissait lui-même.

— J'ai la mer dans le sang, aimait-il à dire. Le mien doit être deux fois plus salé que celui des autres. Quand j'étais bébé, c'est dans un bateau que je me trouvais le mieux. Les vagues et le bruit du ressac me servaient de berceuse. Nous sommes deux enfants de la mer, Olivia. Elle fait partie de nos vies, nous ne pourrions jamais quitter cette côte.

Il me tenait ces discours à table, ou en voiture, ou pendant nos promenades en ville. Et je pensais, en l'écoutant, que s'il y avait une chose dont Samuel Logan pouvait être fier, c'était de ses qualités de marin. Je m'avouais que j'étais sensible aux égards qu'il avait pour moi. Il me plaisait d'être invitée au restaurant ou au cinéma, et qu'on m'ouvre la porte d'une voiture. J'aimais me montrer partout au bras d'un bel homme, jusqu'à ce que les gens finissent par nous considérer comme un couple. Je sais que maman se réjouissait pour moi. Belinda, de son côté, s'attribuait tout le mérite de la situation.

— Si je ne t'avais pas décidée à te mettre en valeur, il ne s'intéresserait déjà plus à toi, Olivia.

— S'il ne s'intéresse à moi que pour un peu de fard et de rouge à lèvres, c'est bien dommage pour lui, répliquai-je.

Ce qu'elle s'arrangea, évidemment, pour interpréter de travers.

— Alors tu as couché avec lui ? me demanda-t-elle un soir, où je me préparais une fois de plus à sortir avec Samuel. C'était comment ? Aussi bien que tu l'espérais ?

Son petit rire stupide et provocant m'exaspéra.

— Mais non je n'ai pas couché avec lui ! Bien sûr que non. Je ne saute pas dans le lit du premier homme qui me siffle, moi. Ou plutôt, de tous les hommes qui me sifflent, comme une certaine personne de ma connaissance.

— Il n'a pas essayé ? poursuivit-elle, le regard brillant d'excitation perverse. Tu n'aurais pas aimé qu'il essaie ?

Je fixai mon reflet dans le miroir.

— Ça suffit, Belinda. Tu peux tenir ce genre de propos avec tes Pois Chiches, mais pas avec moi.

— Je me demande ce que vous pouvez bien faire ensemble, alors ! grommela-t-elle en haussant les épaules.

Je me retournai brusquement pour lui faire face.

— Tu te demandes ce que nous faisons ensemble ? Ce que font des adultes matures, figure-toi. Nous dînons au restaurant. Nous parlons. Nous admirons le paysage. Nous allons à une exposition, au théâtre ou au cinéma, et nous en discutons après. Plus tard, quand nous aurons appris à mieux nous connaître, nous passerons à un autre type de relation.

Cette fois, elle éclata de rire.

— Qu'y a-t-il de si drôle, Belinda ?

— Tu risques d'avoir des cheveux blancs et un dentier, à ce moment-là !

— Mais je n'aurai pas à dissimuler une grossesse, ni à me faire éjecter d'un collège, renvoyai-je du tac au tac.

Le sourire de ma sœur fit place à une moue boudeuse.

— J'essayais seulement d'être drôle, moi ! Inutile d'être aussi odieuse.

— Je vais être en retard, observai-je, désireuse de couper court à ces inepties.

— Tu as raison. Au fait, Olivia...

Ma sœur alla ouvrir mon tiroir à lingerie.

— J'ai besoin de ça ce soir, annonça-t-elle en reprenant son soutien-gorge.

— Et où vas-tu ?

— En ville, lança-t-elle en quittant la pièce. Pour passer à un autre type de relation !

Ma première réaction fut la colère, puis je me surpris à sourire. D'aussi loin que je me souvienne, c'était bien la première fois que Belinda était jalouse de moi. Nos parents s'entretenaient de Samuel et de moi, ils m'interrogeaient sur notre vie mondaine, tandis qu'elle en était réduite à écouter. Des amis de la famille lui parlaient de mes histoires de cœur, et non des siennes. Mais, offense plus grave que tout pour elle, à ma connaissance et malgré toutes ses agaceries, Samuel ne lui prêtait aucune attention particulière. L'aiguillon de l'envie dégonflait le beau petit nuage rose sur lequel elle se prélassait. Ce fut par pur dépit, je pense, qu'elle annonça un soir, au dîner, qu'elle n'irait pas à la réception de fiançailles des Childs.

— Tu pourras y aller avec Olivia et Samuel, papa. Aucun de mes amis n'y sera, de toute façon.

— Tu devrais essayer de te faire d'autres amis, Belinda, observai-je.

— Et pourquoi ? Les miens sont très bien.

— Si tu comptes passer toute ta vie avec des lycéens, d'accord, ils sont très bien.

Elle fit sa mine d'enfant prêt à pleurer.

— Tu crois tout savoir des hommes, maintenant, parce que tu sors tout le temps avec le même. Arrête de t'occuper de mes affaires. Je ne suis pas toi.

— C'est un fait évident depuis toujours, persiflai-je.

— Et je ne veux pas être toi !

— Arrêtez de vous chamailler, ordonna papa. Immédiatement.

Heureusement, Mère dînait toujours en haut, maintenant. Elle n'avait plus à subir les récriminations de Belinda.

Elle fourra un morceau de pain dans sa bouche et me foudroya du regard, exprimant par là qu'elle ne dirait plus rien, mais n'en pensait pas moins.

— Si tu ne veux pas venir à la réception, tu n'y es pas obligée, Belinda, capitula papa.

Je le dévisageai sans cacher ma surprise. Il ne tenait pas à froisser son ami, le colonel Childs, je le savais. À la réflexion, je crus comprendre pourquoi il préférait que Belinda ne vienne pas. Il n'aurait pas à redouter ses sottises ni ses propos stupides. Il avait bien assez d'ennuis sans cela, ces jours-ci. Mère semblait s'affaiblir de plus en plus, et souffrait à nouveau de l'estomac. Lui et moi craignions que son prochain bilan ne nous apporte que des nouvelles désastreuses. L'angoisse rôdait autour de nous, tel un signe avant-coureur de tempête, une tempête qui menaçait de précipiter toute la famille à la mer.

Les traits de papa s'étaient creusés, son regard assombri, des rides marquaient les coins de sa bouche. Je ne l'avais jamais vu aussi lugubre. Même sa démarche avait changé, ses épaules s'étaient voûtées. Sa force avait succombé au poids des ombres qui suintaient de tous les coins de la maison, annonçant le malheur qui ne pouvait tarder à venir frapper à notre porte. Mais auparavant, quelque chose d'autre arriva.

Le jour de la fête de fiançailles chez les Childs, dans la matinée, Samuel appela pour demander à me voir d'urgence. Je m'en étonnai.

— Cela ne peut-il pas attendre que vous veniez me chercher, Samuel ?

— Non. Je désire un entretien particulier avec vous, Olivia. Très particulier, insista-t-il. S'il vous plaît.

Mère dormait de plus en plus chaque jour, à présent, et avec l'infirmière à demeure je n'avais pas grand-chose à faire. J'acceptai. Je me changeai pour mettre mon chemisier neuf et une jupe assortie, me donnai un coup de peigne et descendis attendre Samuel. Papa était allé terminer un travail au bureau. Il avait promis de rentrer à temps pour s'habiller, tout en précisant, cependant, qu'il se rendrait seul chez les Childs.

— Je serais la cinquième roue de la charrette, Olivia. Tu n'as vraiment pas besoin de moi en ce moment.

Il essayait d'être amusant, mais je savais qu'il ne tenait pas à venir sans Mère. Belinda, bien décidée à ne pas assister à la réception, avait fait exprès de se lever plus tôt qu'à l'ordinaire pour aller chez Kimberley. En prenant bien soin d'annoncer qu'elle y passerait la journée.

— Ces réunions snob m'ennuient à mourir, de toute façon, avait-elle ajouté. Mais souhaite bonne chance à Nelson de ma part. J'espère qu'il a trouvé chaussure à son pied.

Je choisis d'ignorer sa remarque et elle s'en alla, laissant flotter derrière elle son exaspérant petit rire.

J'étais seule quand Samuel sonna. Je laissai Carmelita lui ouvrir et le conduire au salon, où je l'attendais. Il était en complet de ville, comme pour aller au bureau.

— Votre sœur n'est pas là ? s'enquit-il en regardant nerveusement autour de lui.

— Par chance, non.

Il parut nettement soulagé.

— Parfait, murmura-t-il, tout en restant figé sur le seuil.

Son attitude commençait à m'agacer.

— Qu'y a-t-il de si important que cela n'ait pu attendre, Samuel ? Ce n'était jamais qu'une question d'heures.

Il sourit d'un air énigmatique, comme s'il brûlait de dévoiler un secret.

— Cela ne pouvait pas attendre une minute de plus, Olivia. Puis-je m'asseoir ?

— Bien sûr, je vous en prie.

Il prit le fauteuil placé en face du canapé, où je me tenais, tortura quelques instants son chapeau, puis je vis reparaître le mystérieux sourire.

— Belle journée pour la réception des Childs, observa-t-il.

— Certes. Mais je m'en étais aperçue avant votre arrivée, Samuel.

Sentant que ma patience s'épuisait, il se racla la gorge et redressa les épaules.

— Je me disais en venant ici que vous et moi ne nous connaissons pas depuis très longtemps, mais que nous avons passé ensemble des moments précieux, débita-t-il tout d'une traite.

Et, presque sans reprendre haleine, il enchaîna :
— Ce n'est pas le temps qui compte le plus entre les gens, c'est la qualité du temps passé en compagnie l'un de l'autre. Vous êtes d'accord ?
— Certainement.
— Alors vous admettez aussi que nous avons passé ensemble des moments de qualité ? poursuivit-il, encouragé.
— Je n'aurais pas passé ce temps avec vous si ce n'était pas le cas, Samuel.
— Bien sûr que non. En fait, c'est cela qui m'a convaincu que je n'allais pas trop loin, que je ne précipitais pas les choses.
— Les choses ? Quelles choses, Samuel ?
— Les choses... entre nous. Je suis venu vous dire que votre compagnie m'a beaucoup plu, tellement plu que je voudrais qu'elle dure. Et même, c'est le point important, qu'il n'y ait plus jamais d'interruptions.
— D'interruptions ?

Je ne pus m'empêcher de sourire. Il n'était pas brillant causeur, je le savais, mais où diable voulait-il en venir ?
— Les nuits, les matinées, des parties de l'après-midi... tout ce temps qui sépare nos rendez-vous, je veux dire.

Je secouai la tête, toujours aussi perplexe.
— Mais de quoi parlez-vous, Samuel ?
— Je vous ai déjà dit que je n'étais pas très fort, comme orateur. Il me faut du temps pour en venir au fait. Ce que j'essaie de dire... (il se raidit sur son siège)... c'est que j'aimerais me mettre au régime Olivia Gordon.
— Comment ça, au régime ?

Il fouilla dans sa poche et en tira une petite boîte. Puis, souriant d'une oreille à l'autre, il se leva et vint s'agenouiller devant moi.

— J'ai pensé que ce travail à l'ancienne vous plairait, commença-t-il en ouvrant la boîte.

Elle contenait une bague de fiançailles qui valait bien celle de Carson McGil, mais en plus élégant. Sa monture à griffes lui conférait un cachet spécial.

— J'ai pris la liberté de commander ceci, continua Samuel, dans l'espoir qu'une bague de fiançailles signifierait quelque chose pour vous.

Abasourdie, autant par le joyau que par la proposition, je restai pétrifiée sur mon siège. Samuel était toujours à genoux devant moi, tenant la boîte ouverte. Lentement, comme si je craignais de la voir disparaître en la touchant, je pris la bague et l'examinai de plus près. Elle était à couper le souffle.

— N'ayant pas de mère pour me conseiller, j'ai dû me fier à un expert pour la choisir, expliqua Samuel. J'espère qu'elle vous plaît.

L'éclat de la pierre m'hypnotisait.

— Elle est merveilleuse, Samuel.

— Alors essayez-la.

Je glissai l'anneau à mon doigt, où il s'ajusta parfaitement, et remuai la main pour contempler le diamant sous tous les angles. Cette main, que j'avais toujours trouvée maigre et sèche, me semblait à présent celle d'une princesse.

— Comment avez-vous deviné la taille exacte ? m'étonnai-je.

— Grâce à une petite conspiration, je l'avoue. Votre père m'a remis l'une de vos bagues comme modèle.

Je laissai tomber ma main sur mes genoux, comme si le bijou s'était subitement changé en plomb. Un gémissement désappointé m'échappa.

— Mon père est au courant de ceci ?

Samuel hocha la tête.

— Je ne voulais pas lui sembler trop entreprenant, s'empressa-t-il d'expliquer, tout penaud. Et j'ai pensé que s'il me donnait une de vos bagues... au moins l'anneau vous irait bien, acheva-t-il en bredouillant.

Je le toisai comme un professeur mécontent.

— Je n'aime pas les secrets, Samuel, surtout quand je suis la seule à en être exclue.

— Mais rien n'a été fait en cachette, je vous assure. Personne ne sait rien de tout ça. Je vous en prie, Olivia, ne le prenez pas mal.

Je jouai un instant avec l'anneau, tirai dessus comme si j'allais l'ôter, puis le remis à mon doigt. Samuel suivait anxieusement mon manège du regard.

— Je crois de tout mon cœur que nous pouvons avoir une vie merveilleuse ensemble, reprit-il, et je souhaite que vous le croyiez aussi. Nous avons les mêmes intérêts, les mêmes ambitions. J'espère que je ne vous ai pas froissée, ajouta-t-il comme je me taisais.

— C'est tellement soudain ! Je déteste être prise au dépourvu, Samuel. J'aime les préliminaires.

— Je sais, mais pourquoi les bonnes choses ne pourraient-elles arriver par surprise ? C'est souvent le cas des mauvaises, vous le savez comme moi. En tout cas, j'ai décidé qu'aujourd'hui, jour où Nelson fête ses fiançailles, serait le moment idéal pour annoncer les nôtres.

Je m'avouai que l'idée me souriait. Pourquoi pas, finalement ? J'essayai d'imaginer l'expression de Nelson, quand il verrait ma bague, et la mine de tous ces gens qui se plaisaient à croire que je ne me marierais jamais. Ils me voyaient déjà finir vieille fille, à la tête des entreprises paternelles. Tandis que ma sœur, ma ravissante sœur, épouserait un riche et beau jeune homme. Quel choc ils éprouveraient !

— Vous ne pensez pas que ce serait un bon jour pour annoncer nos fiançailles ? insista Samuel.

J'émergeai de ma rêverie et baissai les yeux sur lui : on aurait dit qu'il attendait le verdict d'un tribunal. Son regard trahissait l'appréhension d'un refus.

— Oui, lui accordai-je. Ce serait une bonne idée.

Ses traits s'illuminèrent. Il me baisa la main et se releva prestement.

— C'est merveilleux ! Je suis l'homme le plus heureux du monde. Plus heureux que Nelson Childs, car je suis certain que notre union sera plus réussie.

Je haussai les sourcils.

— Vraiment ?

— Oui, vraiment. Nous sommes faits l'un pour l'autre, Olivia. Dès que je vous ai vue dans ce bureau, absorbée par votre travail, j'ai su que nous formerions une équipe fantastique, vous et moi. Un jour, le cap nous appartiendra, je vous en donne ma parole.

« J'ai déjà quelque chose en vue pour notre futur foyer, poursuivit-il avec enthousiasme. Une grande maison, très imposante, dont la partie la plus ancienne remonte à la fin du XVIIIe. J'ai l'intention de la moderniser. Nous l'agrandirons. Demain, je vous y emmène et vous pourrez commencer les plans avec nos architectes. Je veux qu'elle soit prête pour notre lune de miel.

Un soupçon me traversa l'esprit ; je fronçai les sourcils.

— On dirait que vous prévoyez cela depuis longtemps, Samuel Logan. Vous y pensiez forcément avant que nous nous connaissions.

Il resta un moment sans voix, puis se mit à rire.

— Il y a longtemps que je cherche la femme parfaite, et j'ai fait des projets pour notre futur foyer, c'est vrai. La maison est très bien située, à mi-chemin de Provincetown et de North Truro. Elle a un accès privé à la plage, comme la vôtre. Il y a beaucoup de terrain et une très belle vue sur la mer. Vous ne perdrez rien en m'épousant, vous verrez. Dès demain matin je vous emmène là-bas. À quelle heure voulez-vous que je passe vous prendre ?

Cette fois, ce fut moi qui ne pus m'empêcher de rire.

— Laissez-moi le temps de souffler, Samuel ! Vous me donnez le vertige avec vos déclarations fracassantes et vos projets. J'en ai la tête qui tourne.

— Tant mieux si la tête vous tourne. Je veux vous étourdir de surprises et de bonheur, Olivia. Je cours annoncer la bonne nouvelle à mon père, et dans trois heures je reviens vous chercher. C'est nous qui aurons la vedette, à la réception, affirma-t-il en tapant dans ses mains.

Il s'éloignait déjà vers la porte quand il se retourna, pour revenir en hâte déposer un baiser sur ma joue.

— Merci, Olivia. Merci d'avoir fait de moi le plus heureux des hommes.

Après son départ, je restai quelques longues secondes en contemplation devant le diamant qui brillait à mon doigt, fascinée.

Quelle surprise merveilleuse ce sera pour Mère, pensai-je en me levant, le cœur battant. Je me sentis vaciller sur mes jambes en prenant pleinement conscience de ce qui venait d'arriver. J'étais fiancée, et à un homme aussi beau qu'on pouvait le souhaiter. En un clin d'œil, j'avais battu Belinda d'une longueur et les choses étaient rentrées dans l'ordre. La sœur aînée se marierait avant la cadette.

Cela ferait sûrement plaisir à Mère, et elle avait tellement besoin d'un peu de joie.

Comme je me dirigeais vers l'escalier, une voix intérieure me chuchota : *Mais est-ce que tu l'aimes, Olivia ?*

Je me figeai sur place.

— Il ne te l'a même pas demandé, murmurai-je pour moi-même.

Comme s'il savait que, pour moi, l'amour est une chose qui se développe entre les époux. Ceux qui prétendaient ressentir des transports célestes à chaque baiser n'étaient que des rêveurs, j'en étais convaincue. Ils s'imaginaient qu'ils vivaient dans un film. Mais quand la réalité reprenait ses droits, ce qui finit toujours par arriver, ils tombaient de haut. Les meilleurs mariages, comme celui où j'allais m'engager, étaient construits sur le bon sens et la raison, les plus solides fondations qui soient. Le plus important était le respect mutuel et la bonne entente. Il fallait commencer par là. Puis, un jour, nous nous regarderions dans les yeux et nous nous dirions : « Oui, il existe un lien plus fort entre nous à présent, assez fort pour que deux êtres indépendants demeurent fermement unis. Maintenant, nous pouvons nous dire : "Je t'aime", en sachant que cela signifie quelque chose. »

Je montai chez Mère et la trouvai en train de somnoler.

— Je vais rester un moment auprès d'elle, dis-je à l'infirmière, qui se leva aussitôt de son fauteuil.

De toute évidence, elle n'était pas fâchée de quitter un instant la chambre.

— Très bien, je descends juste prendre un café. Appelez-moi si vous avez besoin de moi, me recommanda-t-elle avant de sortir.

Je m'assis au chevet de Mère, attentive à sa respiration pénible, rapide, oppressée. Un foulard de soie lui enveloppait la tête, cachant les ravages de la chimiothérapie. Sa peau était d'une pâleur cendreuse, comme si elle n'avait plus de sang.

Au bout d'un moment elle émit une faible plainte, grimaça de douleur et ouvrit les yeux.

— Mon Dieu, Olivia ! Il y a longtemps que tu es là ?

— Seulement quelques minutes, Mère. Je suis venue t'annoncer quelque chose. Je voulais que tu sois la première à savoir, affirmai-je, tout en sachant moi-même que papa était au courant des projets de Samuel. (S'il ne les avait pas connus avant lui, ce qui ne m'aurait pas étonnée.)

Mère fit un effort pour se tourner vers moi.

— Je t'écoute, ma chérie.

Malgré le mal que je me donnais pour agiter la main devant son visage, elle n'avait pas remarqué la bague. C'était comme si elle était devenue partiellement aveugle.

— Samuel Logan vient juste de partir, Mère.

— Ah oui ? Quelle heure est-il ? Est-ce que ton père est prêt ?

— Il est encore tôt, et Samuel n'était pas venu me chercher pour la réception. Il est venu m'annoncer qu'il se fiançait, lui aussi.

— Vraiment ? J'ignorais qu'il…

— Avec moi, révélai-je en levant la main.

— Quoi !

Mère examina l'anneau, et le sourire que j'espérais, celui qu'elle arborait si souvent autrefois, ce lumineux sourire plein d'espoir et de joie, refleurit sur ses lèvres. Ses yeux retrouvèrent leur éclat perdu, ses joues reprirent même un peu de couleur.

— Mais c'est magnifique, Olivia ! Et quelle bague splendide... Tu es fiancée, quelle merveilleuse nouvelle !

— Alors il faut te dépêcher de guérir, Mère. Nous avons notre propre réception de fiançailles à préparer, j'ai une maison à construire. J'aurai besoin de toi pour diriger l'architecte, et il y a tellement à faire. Nous n'aurons pas de temps à perdre avec cette maladie stupide, Mère.

Elle se renversa sur ses oreillers et me sourit, mais son expression étrange me glaça le cœur.

— Pourquoi me regardes-tu ainsi, Mère ?

Elle soupira, ferma les yeux, et pendant quelques interminables secondes, je la crus morte. Elle ne bougeait absolument plus, ses paupières restaient obstinément fermées.

— Mère !

Elle rouvrit les yeux.

— Tu ne m'as jamais autant ressemblé qu'à l'instant, Olivia. Toi, tu ne t'es jamais voilé la face devant les réalités. Pendant toutes ces années, chaque fois que je refusais d'affronter les ennuis, les déceptions ou les échecs, tu me le reprochais. « Cesse de faire semblant, me disais-tu. Ignorer le problème ne le fera pas disparaître. » Tu te souviens ?

— Oui, mais...

— Eh bien, j'en suis à un moment de ma vie où je dois suivre tes conseils, Olivia.

Elle tourna la tête en direction de ses lunettes roses, posées sur la table de nuit, et libéra un soupir.

— Je n'en ai plus besoin, maintenant. Cela ne changerait rien. Vivre dans mon univers imaginaire était bien agréable, mais ce n'était pas la bonne solution. Je l'ai toujours su, Olivia, seulement...

j'étais égoïste. Sous ce rapport, Belinda me ressemble beaucoup plus qu'à son père. C'est drôle...

Elle eut un petit rire éteint et son regard changea, comme s'il s'attachait à une image qu'elle seule pouvait voir.

— C'est toi qui as fini par lui ressembler le plus. Cela lui plaisait, je le sais. Cela le rendait fier de ce qu'il avait fait pour toi, il y a des années et des années.

— Que veux-tu dire, Mère ? Qu'a-t-il donc fait, il y a des années et des années ?

Ses paupières battirent et elle inclina légèrement la tête, pour attacher sur moi un regard plein de résignation.

— Je vais mourir, Olivia. Le Dr Covington est passé tout à l'heure, et tu sais combien sa franchise peut être brutale. Il estime qu'il doit être direct avec ses patients.

— Mère...

— Non, le dernier bilan n'est pas bon, Olivia. Le mal se répand de façon foudroyante. Je peux presque le sentir s'infiltrer dans mes os, ajouta-t-elle, avec ce petit rire si navrant à entendre.

— Papa n'a jamais dit...

— Ne fais pas comme si tu ignorais que je n'allais pas guérir, Olivia. Tu mens mal, tu es trop honnête pour ça. Pour toi, la fin ne justifie jamais les moyens, ma chère fille. Et je ne suis pas assez sotte pour me présenter devant mon Créateur en espérant qu'il tolère la moindre fausseté. J'ai imaginé ce jour, je l'ai redouté, mais pas seulement parce qu'il me faut affronter ma fin. C'est le jour où toutes les illusions doivent mourir, les masques tomber, les faux-semblants disparaître. C'est un jour de vérité.

— Je t'en prie, Mère. Ne te tourmente pas ainsi. Nous ferons venir un autre médecin, nous...

Elle leva faiblement la main.

— Ce n'est pas aussi pénible que je l'avais craint, Olivia. Après une vie bâtie sur tant de mensonges, on s'attend à éprouver de la terreur quand ces fondations fragiles s'effondreront. Mais tu sais quoi ? Je me sens soulagée, Olivia. Et curieusement, je me sens aussi… plus forte. Tu disais toujours que faire face aux réalités rend plus fort. Eh bien c'est vrai.

Les rôles étaient inversés, maintenant. C'est moi qui ne voulais plus voir ce que j'avais sous les yeux.

— Ce que tu dis ne tient pas debout. Mère. Je m'entretiendrai moi-même avec le Dr Covington et ses confrères, je…

— Cela n'a rien à voir avec eux, m'interrompit-elle. Il s'agit de nous deux, Olivia. De toi et moi, d'abord, et ensuite de ton père.

À nouveau, elle ferma les yeux, et garda si longtemps le silence que, cette fois encore, je craignis le pire. Finalement, elle saisit ma main et me regarda bien en face.

— Je veux que tu comprennes, et que tu croies, que ton père et moi nous sommes aimés autant que deux époux peuvent s'aimer. Il ronchonne et se fâche facilement, c'est vrai. Il me reproche mes dépenses, la façon dont je dirige mes domestiques, dont j'élève mes filles, n'importe quoi. Mais quand il a fini de faire ses discours et de s'agiter comme un fou furieux, il se jette dans mes bras. Et dans ce lit où tu me vois, nous nous serrons l'un contre l'autre avant de nous endormir, et nous nous réconfortons l'un l'autre en vue de la journée qui nous attend. Ni toi ni Belinda ne connaissez cet aspect de lui-même, mais il existe, crois-moi. Et j'aime profondément ton père, Olivia.

— Je sais tout cela, Mère.

— Vraiment ? (Elle eut un sourire enjoué.) Tu as toujours cru que j'étais un poids pour lui, avoue-le. Tu as toujours pensé que s'il tempêtait comme un ours en cage, c'est parce qu'il se sentait piégé. Sois franche avec moi, Olivia. Ne me traite pas avec pitié aujourd'hui à cause de ce qui arrivera demain.

— C'est vrai, dus-je admettre. J'ai souvent pensé cela, mais son mécontentement ne durait jamais. Il semblait toujours passer outre.

Le sourire de Mère gagna ses yeux.

— C'est la force que nous devons à notre amour, Olivia. J'espère que tu connaîtras le même avec Samuel. Cela ne vient pas tout de suite, bien sûr. Il faut du temps, du respect, avant d'arriver à comprendre que finalement, on ne fait qu'un.

— Je sais, Mère. Je n'en attends pas davantage, murmurai-je en baissant la tête.

— Tu mérites davantage, ma chérie. Tu as été une fille parfaite, autant pour moi que pour ton père. Il est très, très fier de toi, Olivia. Aussi fier... que si tu étais sa propre fille.

Je me redressai brusquement. Mère ne devait plus avoir toute sa raison, maintenant.

— Quoi ? Mais je suis sa propre fille.

Elle secoua très lentement la tête.

— Le jour de ta naissance, Winston et moi avons fait un serment. Ce fut surtout lui qui voulut le faire.

— Quel serment ?

— Celui de ne jamais te révéler la vérité. Il jura qu'il pourrait garder le secret toute sa vie. Je n'étais pas encore amoureuse de lui, à cette époque. Mais je crois ne l'avoir jamais autant aimé qu'en cet instant.

Je doutais encore d'avoir bien compris.

— Qu'es-tu en train de me dire, Mère ?

— Tu sais que nous avons grandi ensemble, ton père et moi. Nos parents nous destinaient l'un à l'autre et nous n'avons pas vraiment choisi nos vies. Je ne pensais pas pouvoir vivre avec ton père, et encore moins l'aimer. J'en aimais un autre, que mes parents ne voyaient pas d'un aussi bon œil. C'était un jeune pêcheur, qui travaillait pour ton grand-père et pour ton père. À présent...

Son regard se perdit dans le vague et elle poursuivit d'une voix lointaine :

—... Il me semble qu'il n'a été qu'un rêve pour moi, rien de plus.

Un grand vide se creusa dans ma poitrine, et la pièce parut tournoyer autour de moi. Je m'obligeai à respirer lentement, profondément.

— Essaie de ne pas m'en vouloir, Olivia. De n'en vouloir à personne, insista Mère, d'une voix si lasse qu'elle en était presque inaudible.

— Je ne comprends pas de quoi tu parles, Mère.

— Tu ne veux pas comprendre, Olivia. Tu recommences à te conduire comme moi. Pendant mes fiançailles avec ton père, je voyais toujours ce jeune homme. Nous étions amants, et je tombai enceinte juste avant mon mariage. Ton père le savait. Mon beau pêcheur me quitta et j'épousai Winston. Ce jeune homme n'était pas quelqu'un sur qui on pouvait compter. C'était une sorte de vagabond, beau, séduisant, insouciant. Son rire était une musique pour moi. Quelquefois, il m'arrive de croire qu'il n'était pas réel, que je l'ai simplement imaginé. Je savais si bien faire semblant, n'est-ce pas ? Mais cela, c'était l'ancien moi, Olivia. Le nouveau doit se dépouiller de ses mensonges et affronter sa vérité.

Elle se tut un instant, reprit son souffle et trouva la force de poursuivre.

— J'aurais pu mourir sans rien te dire, Olivia. Je l'ai envisagé, je redoutais ta réaction. Je me suis dit que tu pourrais me haïr, aimer moins ton père, en vouloir à ta sœur. Mais je ne supporte pas l'idée de paraître devant le grand Juge sans avoir libéré ma conscience de ce fardeau. C'est peut-être encore de l'égoïsme, alors pardonne-moi, Olivia. Ne me déteste pas, implora-t-elle. J'ai peur, et j'essaie seulement de rassembler assez de forces pour l'épreuve qui m'attend.

Je la regardai sans mot dire. C'était donc pour cela que mon père pardonnait si facilement à Belinda, se préoccupait davantage de son avenir que du mien. Voilà pourquoi il avait essayé de la marier avant moi. Cela expliquait cette impression de distance, de formalisme, cette sorte de faille que j'avais toujours perçue entre lui et moi.

En quelques instants, je passai de l'état de choc à la colère et à la révolte, puis à la simple résignation. Que pouvais-je changer à quoi que ce soit, maintenant ? Pouvais-je en vouloir à Mère quand elle était aux portes de la mort ? J'eus un accès de ressentiment envers Belinda, une jalousie que je n'aurais pas crue possible, mais je n'avais pas le temps de m'attarder là-dessus. Pas le temps de pleurer sur moi-même, de laisser éclater ma rage, d'affronter Père et Mère et de leur reprocher leur vie de mensonge, leur trahison envers moi. Ni de m'avoir forcée à vivre moi aussi ce mensonge.

— Winston ne t'a pas moins aimée pour cela, Olivia. Il t'a toujours considérée comme sa fille et n'a plus jamais évoqué ce sujet devant moi, je te le jure. Ton père, l'homme que tu respectes pour son réalisme et sa force, a maintenu cette illusion sa vie durant. Il en a fait sa réalité, la sienne comme la mienne, et je l'aime encore plus pour cela. Je t'en prie, Olivia...

La voix de Mère se fit suppliante.

— Aime-le davantage, toi aussi. Dis quelque chose, au moins, Olivia. S'il te plaît.

— Que pourrais-je dire, Mère ? Tout cela, d'un seul coup... c'est trop pour moi.

— Je sais. Mais sur mon lit de mort je vais te demander de me faire une promesse, Olivia. Promets-moi de ne jamais révéler, ni à Belinda ni à ton père, ce que je viens de te dire. Ce sera la dernière chose que je te demanderai. Veux-tu me le promettre ?

Je fermai les yeux. Ce fut comme si j'engloutissais la vérité pour l'ensevelir au fond de moi.

— Je te le promets, Mère.

— Et tu ne mens jamais, me rappela-t-elle en souriant.

Puis, rassemblant ses dernières forces, elle parvint à s'asseoir et à se pencher vers moi. Je la serrai dans mes bras, et elle noua les siens autour de moi pour m'étreindre, autant que le lui permettait sa faiblesse. Je la gardai ainsi plus longtemps que je n'avais pensé le faire, comme si je voulais retenir sa vie. Elle m'embrassa sur la joue, ferma les yeux, et je la recouchai sur l'oreiller. Une fois encore, elle sourit. Puis elle posa la main sur la mienne et je sentis la pression légère de ses doigts.

— Je me suis un peu fatiguée, murmura-t-elle, je vais me reposer un peu. Éveille-moi quand ton père rentrera, surtout. Je veux célébrer tes fiançailles avec lui.

Sa main lâcha prise et retomba sur le lit, tel un moineau perdant la force de voler.

J'arrangeai sa couverture pour qu'elle soit à l'aise et restai debout à son chevet, à la dévorer du regard. Elle semblait rapetisser sous mes yeux, redevenir petite fille. Je la laissai endormie, paisible, certaine que son esprit voguait dans un rêve doré.

Je ne me souvins pas d'être sortie dans le couloir pour gagner ma chambre. Je gardai l'impression d'avoir traversé un nuage noir. Brusquement, je me retrouvai devant le miroir de ma coiffeuse, fixant mon image avec une ironie féroce. Moi qui me plaisais à discerner dans mes traits une ressemblance avec ceux de mon père ! Mensonges et désillusions étaient vraiment comme deux frères, décidément, nés du besoin désespéré de survivre en un monde rempli de pièges. Quelle sotte tu as pu être, Olivia Gordon ! me raillai-je sans complaisance. En tout cas, la leçon était claire. La survie était plus importante que l'honnêteté.

L'honnêteté ! Le plus grand luxe qui soit, sans doute, et ceux qui pouvaient se le permettre étaient vraiment les privilégiés de ce monde. Ils n'avaient jamais peur de s'exprimer, de se faire entendre. Quant au reste d'entre nous...

Le reste d'entre nous n'avait que le droit de se taire.

9

De mal en pis

Papa fit une démonstration éclatante de ses talents de comédien, à son retour, en feignant la surprise devant la bague. Je fus tentée de révéler que je n'étais pas dupe, mais j'y renonçai. Mère était là-haut, en train de mourir, et elle avait tellement besoin de bonnes nouvelles! Je choisis d'entrer dans son univers d'illusions. Nous étions une famille en perdition, dérivant au grand large, et cherchant désespérément un espoir à quoi nous raccrocher. Quant aux révélations de Mère, j'étais bien décidée à tenir ma promesse. Papa ne lirait jamais sur mon visage que je savais.

— Je suis très heureux pour toi, ma chérie, déclara-t-il, pour toi et pour nous tous. C'est une union parfaite. Vous construirez quelque chose de précieux et de profitable. L'important, c'est que le mariage puisse aussi devenir un bon partenariat.

— Je sais, papa. J'ai déjà parlé à Mère et elle est très emballée. Mais elle est aussi très faible, et vraiment fatiguée. Ce traitement l'achève, dans l'état où elle est.

La joie qui éclairait le visage de papa s'effaça, remplacée par une indicible tristesse.

— C'est juste. Je ne sais pas si je vais aller à cette réception, finalement. Je ne suis vraiment pas d'humeur à faire la fête.

— Vas-y au moins pour un moment, lui conseillai-je. Montre-toi et va-t'en.

— Tu as encore raison, Olivia. Tu trouves toujours la bonne solution.

Il déposa un baiser sur mon front, et je ne pus me retenir de penser qu'il m'embrassait toujours avec une certaine réserve. Une certaine froideur, même. Malgré lui, et malgré sa promesse à Mère, quelque chose en lui l'empêchait d'être tout à fait mon père.

Il me renouvela ses félicitations, puis me quitta pour monter voir Mère.

En vue de la réception chez les Childs, je m'étais acheté une toilette sans demander l'avis de personne, cette fois-ci. Un ensemble en tricot bleu marine et une blouse de soie. Comme bijoux, je choisis un rang de perles avec les boucles d'oreilles assorties. Après quoi, et contre mon habitude, je m'autorisai une certaine liberté quant au maquillage. Parmi les fards de Belinda, je choisis le rouge le plus éclatant pour mes lèvres. Campée devant le miroir, je fis quelques mouvements de bras, en vue de m'assurer que ma manche ne cachait jamais la bague. Après quoi, satisfaite, je sortis pour aller me montrer à Mère.

Mais elle était toujours endormie. L'infirmière leva les yeux de son livre, regarda Mère, puis moi, sans chercher à dissimuler son inquiétude. Je me retirai sans mot dire. « Je viendrai la voir en rentrant », pensai-je en descendant, pour aller attendre Samuel au salon.

Il était si heureux et si excité, en me décrivant la joie de son père à l'annonce de nos fiançailles, qu'il en bondissait sur son siège.

— La nouvelle a-t-elle fait plaisir à votre mère ? s'enquit-il comme nous roulions vers la maison des Childs.

— Oui, mais elle ne va pas bien, Samuel. Je suis très inquiète. Chaque jour elle s'affaiblit et s'amenuise un peu plus. On dirait qu'elle fond dans son lit.

— Je suis vraiment désolé, dit-il d'une voix navrée.

Après cela, nous restâmes silencieux, plongés tous deux dans des pensées lugubres.

Ce moment de tristesse ne dura pas longtemps, cependant. La vue de la propriété des Childs, de la foule élégante évoluant dans ce décor luxueux, l'orchestre, la musique... tout cela dissipa promptement nos idées noires.

Tout ce qui comptait au cap Cod était là, politiciens, grands brasseurs d'affaires, couples célèbres et autres notables. Ainsi que les journalistes mondains, flanqués de leurs photographes qui mitraillaient d'instantanés toutes ces personnalités.

Le temps convenait à merveille à une garden-party : ensoleillé, avec juste ce qu'il fallait de nuages et une légère brise de sud-ouest. Les invités s'étaient répandus partout : sur la terrasse, autour des tables dressées devant l'orchestre, sur les pelouses ou dans les jardins. Derrière la maison, à travers la rangée d'érables, on pouvait voir miroiter le bleu profond de l'océan.

J'avais un trac fou en descendant de la voiture, quand le valet m'ouvrit la porte. Samuel et moi demeurâmes un instant immobiles, contemplant tout ce qui se présentait à nos yeux. Naturellement, toute nouvelle arrivée suscitait l'intérêt des témoins, et nous fûmes pendant un moment le centre de l'attention générale. Je vis des gens se pencher pour se parler à l'oreille, j'entendis rire tout près de moi, puis j'aperçus Nelson et sa fiancée. Ils se tenaient près du bar extérieur, dans un cercle de quelques couples, et je sais que Nelson me vit, lui aussi. Tout en continuant à bavarder, il regarda dans ma direction.

— Si nous prenions un peu de champagne? suggéra Samuel, en m'entraînant vers une des serveuses qui circulaient avec leur plateau.

Nos verres en main, nous allâmes saluer les parents de Nelson. Ma bague attira instantanément l'attention de sa mère, qui me posa les questions d'usage.

— Nous avons décidé de nous joindre aux couples heureux de ce monde, se fit une joie d'expliquer Samuel.

La nouvelle fit le tour de l'assemblée à la vitesse du vent. Des têtes se retournèrent, on nous félicita, certains haussèrent leurs verres en un toast muet. Quand papa arriva, ses amis et associés l'entourèrent aussitôt pour le féliciter à son tour.

La fiancée de Nelson me prit par les épaules pour me souhaiter bonne chance, et s'extasia sur ma bague. La sienne était un peu plus grosse, mais je trouvai la mienne plus élégante, avec sa délicate monture à l'ancienne. Je me réjouis que le bijoutier eût si bien conseillé Samuel, qui fut tout heureux de me l'entendre dire.

À part quelques brèves paroles d'accueil, et un signe de tête en guise de félicitations, Nelson ne consacra pas beaucoup de temps à nous parler. En toute justice, il faut reconnaître qu'il était assailli de toutes parts. On se l'arrachait. Il ne lui était pas facile de se partager entre tous les couples présents.

Juste avant que nous prenions place aux tables, papa m'annonça qu'il jugeait le moment venu de se retirer. Il était trop inquiet pour Mère, avoua-t-il.

— Elle ne sait même pas que j'ai quitté la maison, Olivia. Elle n'était pas réveillée.

— Elle dort vraiment beaucoup depuis quelque temps, papa.

— Je sais, soupira-t-il d'un air malheureux.

Il garda un moment son air soucieux, puis son visage s'éclaira.

— Tu fais sensation, Olivia, tout le monde t'admire. Je crois que tu as volé la vedette aux fiancés Childs.

— J'en doute fort, répliquai-je. Cette réception est une vraie cérémonie de fiançailles.

La table, en tout cas, était prestigieuse. Caviar, hors-d'œuvre, entrées, viandes rôties, salades variées à l'infini et pâtisserie viennoise en abondance, rien n'avait été épargné pour faire de cette réunion mondaine une des plus mémorables de la saison.

Les gens qui trouvaient le temps de nous parler demandaient des nouvelles de Mère, mais ils n'avaient pas vraiment envie de les entendre. On sentait que rien d'attristant, pas même une allusion à quoi que ce fût de pénible, n'était autorisé ce jour-là.

Ne posez donc pas la question! étais-je tentée de répondre à chacun de ces importuns.

Samuel connaissait beaucoup des hommes d'affaires présents, et se trouva engagé dans des conversations pendant une grande partie de l'après-midi. De temps à autre, je croisais le regard de Nelson et il me souriait, ou levait son verre comme pour boire à ma santé, lui aussi.

Puis les danses commencèrent. Et je fus tout étonnée quand Nelson vint m'inviter, juste après avoir dansé avec sa fiancée.

— Je me dois de danser avec toutes les fiancées, aujourd'hui, dit-il en s'inclinant devant moi. Ai-je ta permission, Samuel?

— Certainement, mais c'est à Olivia que tu devrais poser la question. C'est à elle de décider.

— En effet. Mademoiselle Gordon ?

Je me levai de mon siège et nous nous dirigeâmes vers la piste de danse. Quand il prit ma main dans la sienne et posa l'autre sur ma taille, je sentis tous les regards féminins converger sur moi.

— Vous êtes en beauté, observa-t-il galamment. Je me réjouis pour vous, Olivia. J'espère que vous serez aussi heureux que je vais l'être, tous les deux.

— J'ignore à quel point vous le serez, Nelson. Aussi, permettez-moi d'attendre avant d'accepter vos vœux.

Il eut un rire un peu contraint.

— Je vois que vous êtes toujours aussi directe et sincère, Olivia. Avec vous, je suis obligé de l'être aussi.

— Tant mieux, rétorquai-je en le fixant droit dans les yeux. Faisons un serment, voulez-vous ? Celui de ne jamais nous mentir.

— Entendu. Entre nous, ce sera la vérité, toujours et à tout prix. Aux risques et périls du tricheur, Olivia.

— À ses risques et périls, Nelson.

Il frôla ma joue de la sienne et chuchota :

— Êtes-vous amoureuse, Olivia ?

— Et vous ?

— Je crois que oui.

— Et moi j'espère l'être, fut ma réponse.

Il s'écarta lentement de moi et mon regard plongea dans ses yeux. Ils souriaient, tout pétillants de petites flammes de gaieté. La panique s'empara de moi. J'avais si peur qu'il ne devine à quel point il m'était cher ! S'il continuait à me dévisager ainsi, ce serait comme si j'étais nue devant lui, incapable de lui cacher une pensée, un sentiment, ou même un seul de mes rêves.

— Vous et moi nous ressemblons plus que je ne l'aurais cru, observa-t-il, retrouvant son sérieux. J'espère que nous serons toujours amis.

— Je l'espère aussi, Nelson.

Quand il m'attira de nouveau contre lui, j'eus la certitude qu'il sentait mon cœur battre contre sa poitrine. Après quelques instants, il demanda :

— Auriez-vous défendu à votre sœur de venir, Olivia ?

— Certainement pas. Elle a eu peur de s'ennuyer à mourir, en fait.

Nelson éclata de rire.

— C'est cela qui me plaît, chez elle aussi. Elle dit toujours ce qu'elle pense et ce qu'elle ressent. C'est rafraîchissant, quand on passe la majeure partie de sa vie parmi des gens qui dissimulent.

— Rafraîchissant ? relevai-je, en songeant soudain aux révélations de Mère. Parfois, garder la vérité pour soi vaut mieux pour le bonheur des autres.

Il haussa les épaules.

— Comment savoir qui sera le plus heureux de nous tous ? Si seulement j'avais une boule de cristal !

— Cela n'empêcherait pas certains d'entre nous de refaire les mêmes erreurs, observai-je.

Il rit encore, mais sur un autre ton cette fois. Je discernai dans son rire une note plus grave.

Quand la danse prit fin, il me reconduisit à ma table.

— Je commençais à devenir jaloux, plaisanta Samuel. Vous aviez l'air de vous sentir tellement bien ensemble, vous deux !

— Laisse-toi un peu plus aller, Samuel. Relaxe-toi, et tu te sentiras bien, toi aussi.

Sur ce conseil, assorti d'un clin d'œil, Nelson me remercia pour la danse et alla rejoindre sa fiancée.

Mon humeur avait changé. Nous étions venus à la réception dans un état d'excitation joyeuse et optimiste. Nous nous figurions que nous allions capter les feux de la rampe, briller devant un parterre d'invités choisis… Mais maintenant, je me sentais sombrer. Une tristesse irrépressible me pénétrait jusqu'au fond de l'être. Le ciel était toujours aussi bleu, à peine moutonné de nuages; mais le froid qui me glaçait les os m'annonçait qu'un orage allait surgir à l'horizon.

— J'aimerais mieux rentrer, maintenant, Samuel. Je suis inquiète pour Mère.

— Certainement, acquiesça-t-il. Ça ne va plus durer très longtemps, de toute façon.

Pendant tout le trajet du retour, il se glorifia des compliments que ses amis et relations lui avaient prodigués, au sujet de nos fiançailles.

— Tout le monde pense que nous sommes très bien assortis, Olivia. Nous allons faire de grandes choses ensemble.

Il s'étendit à loisir sur le sujet, mais je n'écoutais que d'une oreille. J'étais tout occupée de Nelson, de nos instants d'intimité sur cette piste de danse. Qu'avait-il lu dans mes yeux? De quelle façon l'avait-il ressenti? Resterions-nous toujours des amis proches?

— Eh bien? s'enquit soudain Samuel.

— Eh bien quoi?

— Je vous demandais à quelle heure je pouvais passer vous prendre, demain matin, pour vous emmener voir la maison. Je peux donner rendez-vous à l'architecte, si vous voulez.

Je n'avais même pas entendu la question, et je m'en excusai.

— Je suis désolée, Samuel. Je pensais à Mère. Vous pourriez appeler vers dix heures, et je vous dirai où en sont les choses.

— Parfait. J'ai hâte que vous voyiez la propriété, Olivia. Votre père l'a déjà vue, vous savez ? Il la trouve exceptionnelle.

— Mon père ? Vous l'avez déjà emmené voir le terrain et la maison ?

— Eh bien... je ne lui ai pas exactement montré *notre* maison. Je l'ai emmené voir la demeure historique dont j'envisageais l'achat, s'empressa-t-il d'expliquer. J'ai une grande confiance en son jugement.

Sur ce point, je conservais mes doutes, mais je n'eus pas le temps de les exprimer. Nous arrivions à la maison et la première chose que je vis fut l'ambulance devant le perron. Un cri désolé m'échappa.

— Oh, non ! Je savais que quelque chose n'allait pas.

À peine Samuel s'était-il garé dans l'allée que je sautai à terre, pour courir d'une traite jusqu'à la porte. Dans l'entrée, je m'arrêtai net. Des brancardiers descendaient l'escalier, portant Mère sur une civière, suivis de papa et de l'infirmière. Mère paraissait inconsciente.

— Qu'est-il arrivé ? m'écriai-je.

Ce fut l'infirmière qui me répondit.

— Je crois que votre mère est tombée dans le coma. Nous la transportons à l'hôpital.

— Le Dr Covington nous y rejoindra, précisa papa.

Samuel proposa aussitôt de nous y emmener dans sa voiture, mais papa refusa son offre, préférant conduire lui-même.

— Par contre, Samuel, vous pouvez me rendre un service, ajouta-t-il.

— Lequel, monsieur ?

— Belinda. J'ai appelé pour la prévenir que nous viendrions la prendre chez son amie, mais c'est dans la direction opposée. Vous connaissez la maison de Thomas Hugues ?

— Je trouverai, affirma Samuel. Comptez sur moi pour vous la ramener. Je… je suis vraiment navré, acheva-t-il en voyant les brancardiers installer Mère dans l'ambulance.

Papa et moi partîmes directement pour l'hôpital, et Samuel pour aller chez les Hugues. Belinda et lui arrivèrent juste avant que le Dr Covington ne s'avance dans le couloir pour venir nous parler. Ma sœur tint constamment les yeux fixés sur moi ou sur papa, ne jetant que de brefs regards aux membres du personnel qui passaient près de nous. Comme si leur vue, celle des médecins, ou de tout ce qui faisait partie de l'hôpital risquait de la contaminer.

— Samuel m'a dit que vous avez fait sensation, à la réception, commença-t-elle, sans même demander de nouvelles de Mère.

— J'ai autre chose en tête que la réception, Belinda. Nous venons juste d'amener Mère ici en ambulance. Ne peux-tu donc penser qu'à ces futilités ?

— J'essayais seulement d'être aimable, pleurnicha-t-elle. Moi aussi, j'ai peur.

La mine boudeuse, elle s'assit entre Samuel et papa. Je me mis à faire les cent pas devant la fenêtre, et ne m'arrêtai qu'à l'arrivée du Dr Covington. Son expression n'annonçait rien de bon.

— C'est bien un coma, et j'ai peur que ce ne soit préférable pour elle. Son cancer s'est étendu.

— Ne pouvez-vous pas l'opérer, comme la dernière fois ? s'écria plaintivement Belinda.

— Je crains bien que non, répondit le docteur avec ménagement. À ce stade, une intervention n'est plus possible.

Belinda éclata en sanglots. Samuel l'entoura de son bras et elle posa la tête sur son épaule, puis elle laissa couler ses larmes. Papa n'avait pas dit un mot. Il ne quittait pas le médecin du regard.

Ce fut moi qui demandai :

— Combien de temps cela va-t-il durer, docteur ?

— Quelques jours, peut-être une semaine. C'est difficile à dire. Nous ferons tout ce qu'il sera possible de faire pour lui éviter de souffrir, Olivia. (Il se tourna vers papa pour ajouter avec douceur :) Je suis désolé, Winston.

— Merci, murmura papa, les yeux brillant d'un éclat inhabituel.

Il n'aurait pas pu retenir ses larmes s'il avait dû parler. Ce fut encore moi qui décidai :

— Nous allons la voir un instant et nous rentrons, docteur.

— Très bien, approuva-t-il, comme si rien de ce que nous pourrions faire n'avait plus la moindre importance, désormais.

Belinda, qui ne pouvait pas réprimer ses sanglots, resta dans le hall avec Samuel. J'entrai dans la chambre avec papa. L'infirmière s'éloigna aussitôt du lit, et le regard qu'elle nous adressa fut éloquent. Elle avait vu bien des patients à l'article de la mort, et son visage ne nous laissait aucun faux espoir. Il n'exprimait que la sympathie.

— Je ne m'éloigne pas, nous chuchota-t-elle en sortant. Je serai dans le couloir.

Je vis papa se raidir en regardant Mère. Il serra les poings. Pendant quelques instants, la colère l'emporta sur son chagrin.

— Elle n'a pas l'air de souffrir, papa, observai-je.

— Non, c'est vrai. (Il se détendit sensiblement.) En fait, elle paraît plus jeune.

— Telle que je la connais, elle doit déjà rêver d'un endroit plus agréable.

Un sourire éclaira les yeux embués de papa. Il prit la main de Mère entre les siennes et resta là, immobile, à la regarder. Et pour la première fois de ma vie, je compris mon erreur. Malgré l'opinion que je lui prêtais sur Mère en tant qu'épouse, malgré la façon dont j'imaginais qu'il la voyait, il l'aimait réellement, autant qu'un homme peut aimer une femme. Mère avait raison sur ce point.

Cela me rendit songeuse.

Un homme m'aimerait-il jamais ainsi ? Samuel en était-il capable ? Et surtout, désirais-je réellement que son amour pour moi fût aussi fort ?

Ou bien étais-je pareille à Mère, fermant les yeux et rêvant d'un endroit plus agréable, un endroit où l'homme que j'aimais vraiment serait près de moi ?

*
* *

Mère mourut quatre jours plus tard, au milieu de la nuit. Une heure avant qu'on nous appelle, une petite pluie s'était mise à tomber, pianotant tristement sur ma fenêtre. Les gouttes rayaient les vitres en zigzaguant, telles des larmes. De temps en temps, un éclair sillonnait l'horizon.

J'entendis le téléphone sonner. Puis, moins de cinq minutes plus tard, on frappa légèrement à la porte de ma chambre. Mon cœur bondit dans ma poitrine. S'attendre à une mauvaise nouvelle était une chose, mais la recevoir en était une autre. Je me levai, enfilai ma robe de chambre et allai ouvrir, pour trouver papa en pyjama, pieds nus et les cheveux en bataille. Et d'une pâleur de craie. Même ses lèvres n'avaient plus de couleur.

— C'était l'hôpital, Olivia. Ta mère nous a quittés.

Il ne m'en dit pas plus et, tel un messager de la mort, il alla frapper à la porte de Belinda. Il lui fallut plus de temps qu'à moi pour répondre. Du seuil de ma chambre, j'entendis papa lui transmettre son message, puis ses sanglots. Papa se retourna vers moi.

— Il faut que j'aille là-bas, Olivia. Il y a des papiers à signer.

— Je viens avec toi, papa.

— Non, reste avec ta sœur, répliqua-t-il fermement.

Et il regagna sa chambre, en tirant soigneusement la porte sur lui.

Pendant quelques instants, je restai immobile où j'étais, à écouter Belinda gémir et hoqueter. Je n'avais toujours pas versé une larme. Puis j'allai jusqu'à la chambre de ma sœur et entrai. Elle était assise par terre à côté de son lit, la tête sur son bras posé sur la couverture, le corps secoué de petits spasmes brefs.

— Maman, maman, psalmodiait-elle en pleurant, maman, maman, maman…

Finalement, elle releva la tête, reprit son souffle et se retourna.

— Olivia, geignit-elle, la bouche déformée par le chagrin. Qu'allons-nous faire ?

— Faire ? Il n'y a rien que nous puissions faire. Je vais aider papa dans ses démarches et toutes les dispositions à prendre.

Je reconnus à peine le son de ma voix. On aurait dit qu'elle se répercutait sur les parois d'un long tunnel, aussi mécanique et monocorde qu'une voix enregistrée.

— Et moi, je ne peux pas l'aider ?

— Tu peux éviter de lui faire encore plus de peine, en tout cas.

— Comment ça, de la peine ? protesta-t-elle. Je ne lui en fais jamais !

— Je n'ai ni la force, ni l'envie de dérouler la liste de tes méfaits, Belinda. Mais dispense-toi de faire des bêtises pendant quelques jours, je t'en supplie.

Là-dessus, je rentrai dans ma chambre. J'entendis encore Belinda pleurer, puis papa sortir dans le couloir et descendre l'escalier. Je rouvris ma porte pour l'appeler.

— Tu ne veux vraiment pas que je vienne avec toi, papa ?

— Comment ? Oh... non, Olivia. Je ne serai pas long. Repose-toi un peu, et dis à ta sœur d'en faire autant. Que tout le monde se repose, insista-t-il, c'est ce qu'il y a de mieux à faire.

Le bruit de son pas décrut dans l'escalier, la porte d'entrée s'ouvrit, se referma, et ce fut le silence. Puis Belinda se remit à pleurer, encore plus fort qu'avant.

Je retournai me coucher, mais il n'était pas question pour moi de dormir. Les yeux grands ouverts, je fixai l'obscurité en songeant au dernier sourire de Mère, ce radieux sourire que je ne reverrais plus. Plusieurs minutes passèrent ainsi puis Belinda entra. Elle resta un moment debout au pied de mon lit, les bras croisés, la poitrine soulevée par sa respiration précipitée.

— Elle est morte sans que j'aie pu lui parler, dit-elle enfin.

— Que souhaitais-tu lui dire ?

Ma sœur parut réfléchir, puis elle prit une longue inspiration et hasarda :

— Je ne sais pas. Il y avait des choses à dire, non ?

— De ta part ? Seulement pardon, et elle n'avait pas envie d'entendre ça.

Dans la faible lumière qui venait du couloir, je vis briller les larmes dans les yeux de ma sœur et ses traits se crisper de colère.

— Je ne lui aurais pas seulement dit pardon, Olivia ! Je lui aurais dit à quel point je l'aimais. Comment peux-tu être si méchante avec moi dans un moment pareil ?

— Je ne suis pas méchante, répondis-je calmement.

— Si, tu l'es. Tu l'as été plus que jamais, tout simplement à cause…

— À cause de quoi ?

Mon cœur manqua un battement. Je savais déjà ce que j'allais entendre.

— À cause de ce que j'ai fait avec Nelson Childs. Je sais que tu sais.

— Quoi ? Qu'est-ce que tu vas…

— Nelson me l'a dit, Olivia. C'est pour ça que tu as été encore plus méchante avec moi, affirma Belinda. Et tu le sais très bien.

Je la dévisageai fixement. D'où lui venait cette pénétration ? Elle n'en était pas capable. Elle me portait simplement des coups au hasard, parce qu'elle avait trop de peine.

— J'ai désapprouvé ta conduite pour d'autres raisons, Belinda, mais je n'ai jamais rien dit à personne.

— Si, à lui, et c'était bien assez. Tu as Samuel, maintenant. Tu n'as aucune raison de me détester.

— Je ne te déteste pas, protestai-je. Ne sois pas ridicule. Je t'ai dit de t'abstenir de faire de la peine à qui que ce soit pour le moment, non ? Alors n'en fais pas.

— Tu crois que je suis jalouse de toi, peut-être ? Tu te trompes, Olivia. Je ne l'ai jamais été.

— Moi non plus, alors arrête ces inepties, tu m'entends ? Arrête ça tout de suite !

Elle resta un instant silencieuse.

— Bon, peut-être bien que je suis jalouse de toi, finit-elle par admettre.

— Ah oui ? Et pourquoi le serais-tu, Belinda ? Qu'est-ce que je peux bien avoir, ou avoir fait, que tu puisses m'envier ?

— Tu as parlé à maman la dernière, voilà. C'est de ça que je suis jalouse, lança-t-elle avec emportement.

Puis elle se détourna de moi et regagna sa chambre. À travers les murs, je l'entendis sangloter tout bas, jusqu'à ce qu'elle s'endorme. Et je m'aperçus, non sans surprise, que j'avais plus de peine pour elle que pour moi. Finirais-je par en éprouver, seulement ? Je finissais par en douter.

*
* *

Mère eut des funérailles impressionnantes. Il y avait tellement de monde qu'un grand nombre de gens ne purent pas trouver place dans l'église, ils durent rester dehors. Le cercueil fut exposé fermé, recouvert des fleurs préférées de Mère : des jonquilles. Dans son éloge, le pasteur rendit hommage à sa fidélité d'épouse aimante, sa qualité de chrétienne exemplaire, habitée par l'esprit d'amour et de pardon, qui répandait la lumière et la joie dans son foyer. À un moment donné, Belinda éclata en sanglots si bruyants que je dus lui jeter un regard sévère, pour lui intimer de se reprendre. Papa était comme assommé, il regarda droit devant lui pendant tout le service. Et quand les assistants défilèrent devant lui pour lui présenter leurs condoléances, il serra les mains d'un geste machinal, en remerciant les gens d'un air absent.

Ce fut seulement au cimetière, devant la tombe ouverte qui allait engloutir Mère, que je fis enfin face à l'irréparable : elle était partie. L'intensité de mon chagrin m'étonna moi-même. Elle allait terriblement me manquer.

Ironie du sort, elle s'avérait être la personne la plus honnête que j'aie connue, dans toute ma vie. Je ne serais jamais pareille à elle. Mais je m'avouais que j'avais eu besoin d'elle, que j'avais toujours besoin d'elle, que je n'avais jamais été plus seule.

Samuel se tenait à mes côtés. Il ébaucha un geste pour m'entourer les épaules de son bras, mais je l'esquivai. Je me tins seule à l'écart, droite et ferme. Jamais je ne compterais sur un homme comme Mère avait compté sur papa. Aucun homme ne pourrait prétendre être ma force et mon appui.

Nelson assista au service et vint au cimetière avec sa famille, mais sans sa fiancée. Louise Branagan était restée à Boston. J'entendis vaguement énoncer une excuse pour son absence, mais je n'y prêtai pas grande attention. Puis, quand tout fut terminé, les Childs vinrent chez nous avec le reste des assistants, pour nous manifester leur sympathie et nous réconforter.

La maison était pleine de monde, et tout d'abord on parla presque tout bas, d'une voix grave et contenue. Puis, à mesure que la journée s'avançait, le ton changea. Les voix devinrent plus sonores, puis plus gaies, jusqu'à ce qu'on finisse par entendre des rires. Et ce qui avait commencé comme une réunion de deuil se mua en une sorte de réception mondaine, où les gens souriaient et plaisantaient, comme si c'était un moyen de laisser la mort à la porte. Pour la plupart, le remède fut efficace. Comme pour Belinda, naturellement.

Au bout d'une heure à peine, elle était entourée par son club de Pois Chiches et par un essaim de jeunes gens. Elle les attirait par ses sourires navrés, ses étreintes interminables, sa façon de tendre les lèvres et non la joue à certains d'entre eux, venus l'embrasser pour la réconforter. Je la regardai jouer les Scarlett O'Hara, puis j'éprouvai le besoin de sortir. J'allai derrière la maison, dans le seul but d'être seule dans l'ombre. De gros nuages accouraient de l'horizon, lourds de menaces. Il ne leur faudrait pas longtemps pour arriver sur nous, et déverser leurs larmes sur la maison et les jardins. L'air avait fraîchi, j'étreignis frileusement mes épaules. Une nuit pluvieuse serait parfaitement appropriée aux circonstances, me dis-je en frissonnant.

— Il fait froid dehors ?

Je me retournai pour apercevoir Nelson, debout derrière moi. Il tenait un verre de bourbon en main.

— Dedans aussi, lui répondis-je.

— Oui, je peux comprendre ce que vous ressentez. J'aimais beaucoup votre mère. Elle avait le don du bonheur, et savait communiquer sa joie de vivre. On se sentait bien en sa compagnie. Mes parents l'appréciaient énormément.

J'inclinai la tête en silence, et Nelson fit tournoyer le whisky dans son verre.

— Avez-vous fixé une date pour votre mariage, Samuel et vous ?

— Samuel aimerait que la maison soit terminée d'abord. Ce sera environ vers la fin des travaux. Et vous, Nelson ? Quand vous mariez-vous ?

— Dans un peu moins d'un an. Vous pourriez bien nous devancer, tel que je connais Samuel. Il se mettra sur la paille pour doubler les équipes et activer la construction.

J'estimai le moment favorable pour observer :

— Vous avez fait connaissance bien rapidement, vous et votre fiancée. Mais peut-être la fréquentiez-vous déjà quand vous êtes venu ici ? ajoutai-je, le regard braqué sur le hangar à bateaux.

Nelson éclata de rire.

— La délicatesse n'est pas votre fort, n'est-ce pas, Olivia ? Vous tapez droit là où ça fait mal.

— Si vous voulez dire que je vais droit au but, oui. C'est vrai.

— Louise et moi nous connaissions déjà, en fait. C'est juste après cela que j'ai pris la décision de l'épouser.

— En somme, vous vous tâtiez avant de décider si c'était bien la chose à faire ?

Il haussa les épaules.

— Quelque chose comme ça, oui.

Nous échangeâmes un long regard.

— Je me demande comment ce serait d'être marié avec vous, finit par dire Nelson. Samuel se rend-il vraiment compte de votre force, comprend-il quelle femme compétente et résolue vous êtes ? Les autres femmes qu'il a connues étaient toutes comme... comme...

— Belinda ?

Il eut une grimace désabusée.

— Oui.

— Je n'ai pas cherché à lui donner une fausse impression de moi-même, Nelson. Je me suis montrée telle que je suis.

— Alors c'est qu'il l'a accepté, ou qu'il s'imagine pouvoir vous changer.

Le visage tourné vers la mer, je souris comme pour moi-même.

— D'après vous, je ne changerai jamais, Nelson ?

— Non. En fait, je ne sais pas si j'aimerais que vous changiez.

Je me retournai vers lui et nos regards se soudèrent. J'aurais voulu lui dire ce qui s'était passé en moi, ce fameux soir où il était venu en famille pour dîner à la maison. Lui dire ce que j'avais cru et espéré ; qu'il venait pour moi, et non pour avoir cet intermède sordide avec Belinda dans notre hangar à bateaux. Lui dire qu'à mes yeux, il valait mieux que cela. Mais je n'en fis rien. Je me mordis la lèvre et ravalai ma désillusion et mes regrets, comme un poison. Ce fut lui qui parla.

— Votre père a de la chance d'avoir une fille comme vous, Olivia, surtout en ce moment. Vous allez être le ciment de la famille. Vous êtes une femme forte.

— Trop forte pour vous ? osai-je demander.

— Non. C'est moi qui suis bien trop frivole pour vous. Nous finirons par nous entre-tuer, plaisanta-t-il.

Je masquai ma déception sous un sourire.

— Oui, sans doute. Je crois que je vais rentrer, maintenant, Nelson. J'avais seulement besoin d'une bouffée d'air frais. Tous ces gens…

— Je sais, dit-il comme s'il comprenait, comme s'il pouvait toujours tout comprendre. Je rentre aussi, ajouta-t-il en tendant la main vers la mienne.

Il l'effleura légèrement et retourna dans la maison.

J'eus du mal à avaler ma salive. C'était comme si l'air s'était soudain changé en glace autour de moi. À une centaine de mètres sur ma droite, l'enfant mort de Belinda était enterré comme une semence corrompue, un péché enfoui dans les ténèbres dans une vaine tentative pour l'oublier. Belinda était capable d'oubli, c'était sa force. Elle pouvait balayer ses errances passées comme on efface un tableau noir, et repartir à zéro.

Pas moi. Tout ce qui m'arrivait, tout ce que j'avais fait et pensé restait gravé dans mon cœur. Il portait déjà bien des blessures, bien des traces de larmes, et je venais de verser la plus amère. Celle que me coûtait la prise de conscience, désormais certitude, que Nelson Childs ne serait jamais pour moi.

Le désir est cruel, méditai-je âprement. Nous ne devrions vouloir que ce que nous pouvons avoir. Sinon, le désir devient souffrance, et la souffrance nous change en créatures insatisfaites, malveillantes et désenchantées.

— Vous voilà! s'écria Samuel. Nelson m'a dit que je vous trouverais dehors. Ma pauvre Olivia, murmura-t-il en me prenant dans ses bras. Vous ne devriez pas rester seule à un moment pareil!

Son haleine empestait le whisky et l'oignon, mon estomac se révulsa.

— On est toujours seul dans ces moments-là, Samuel.

— Vous ne le serez plus, Olivia. Je travaillerai comme un forcené pour que vous soyez à nouveau heureuse. Je m'y mettrai dès demain. Je vais donner le premier coup de pelle aux fondations de notre maison. Je...

— Rentrons, Samuel, l'interrompis-je avec sécheresse. Il commence à faire froid.

— Pardon? Oh, oui... Bien sûr.

Il me serra plus fort contre lui et me ramena vers la maison. Puis, en arrivant devant la porte, je m'avançai d'un pas et son bras glissa, me libérant de son étreinte.

Exactement comme la main de Mère, me laissant seule affronter l'avenir.

10

La mariée qu'on n'attendait pas

Pendant les jours qui suivirent l'enterrement de Mère, papa s'emmura de plus en plus dans son désespoir. Son regard était vide et sombre, comme hanté. Je n'avais jamais compris à quel point il aimait ce que j'appelais le babillage de Mère, à quel point il en avait besoin. Sans lui, la maison devenait un grand music-hall vide, où chaque son éveillait un écho. Je comprenais soudain que tout ce qui avait été musique, autour de nous, c'était Mère qui l'avait créé. Son rire, ses bavardages, ses commentaires apparemment futiles sur ceci ou cela, toutes ces choses avaient été précieuses pour papa. Elles étaient sa distraction et son répit, sa diversion, le contraste nécessaire avec son austère besogne de bureau. Elle avait toujours été là pour l'accueillir, papillonner autour de lui dans sa nouvelle robe, ou, d'un geste léger du bout des doigts, l'inviter à respirer les effluves de son dernier parfum.

Il avait pu supporter sa maladie, car elle autorisait de faux espoirs, dressait un rempart entre lui et sa terreur. Il pouvait encore croire que quelque chose de miraculeux se produirait, une découverte scientifique, une de ces interventions célestes que les Anciens nommaient *deus ex machina*. Un dernier coup de théâtre, sauvant la situation in extremis et rendant au monde familier son équilibre et son intégrité.

Mais tous ces espoirs moururent avec le dernier souffle de Mère. Au début, juste après ses funérailles en fait, nous eûmes encore du mal à croire qu'elle n'était plus là. Tel un orage qui couve interminablement, la vérité rôdait autour de nous, étouffante, insinuante, et nous pénétrait un peu plus profondément chaque jour. Mère nous avait bel et bien quittés. Jamais plus nous ne la reverrions.

Belinda elle-même avait du mal à s'en remettre. Elle errait partout avec de grands yeux humides, faisait souvent la sieste, ou restait simplement dans son lit, ramassée en position fœtale, le pouce à la bouche et fixant le mur. Ses amis téléphonaient, mais elle abrégeait les conversations et aucun d'eux ne vint la voir. Elle les décourageait avec ses larmes et son chagrin. Aucun de nous n'avait grand appétit. Les repas étaient brefs et silencieux, le cauchemar continuait de peser sur nos vies. Jusqu'au jour où j'annonçai que je reprenais le travail. Depuis la mort de Mère, papa n'avait fait que de brèves apparitions dans les bureaux, s'informant des affaires les plus importantes par téléphone. Les transactions piétinaient. Plus aucune décision n'était prise. Tout était au point mort.

— Il faut que nous reprenions le travail à plein temps, papa, me décidai-je à lui dire un soir à table. Mère ne voudrait pas voir durer notre deuil aussi longtemps. Tu sais combien elle détestait les mines lugubres et la tristesse.

Il hocha la tête en silence, et Belinda déclara aussitôt :

— Olivia a raison. Je vais recommencer à répondre aux invitations.

— Ce n'est pas exactement ce que je voulais dire, la rabrouai-je.

Mais elle fit celle qui n'avait pas entendu.

Le lendemain, elle alla retrouver ses amies du club des Pois Chiches et leurs activités frivoles.

Jusque-là, papa n'avait jamais vraiment voulu voir à quel point elle était gaspilleuse.

Maintenant, il ne s'en rendait même plus compte. C'était comme s'il n'avait plus conscience de son existence. Elle avait besoin d'argent ? Il signait un chèque pour ne plus l'entendre réclamer. Elle voulait passer la nuit chez une amie, se rendre à une fête nocturne, aller à Boston pour un week-end ? Il approuvait, d'un geste de la main, sans même comprendre ce qu'il faisait ou ce qu'il lui permettait de faire.

Il lui arrivait de ne pas se montrer au bureau, ou de partir avant l'heure, et j'avais alors fort à faire pour le remplacer. C'était à moi qu'il incombait de remettre les choses en route, de prendre des décisions, de signer des accords et des chèques. Je lui soumettais des rapports détaillés, mais il écoutait à peine et ne posait presque jamais de questions.

Samuel nous rendait visite chaque jour. Il essayait de nous rendre le goût de la vie, en amenant l'architecte pour discuter des transformations. Papa assistait quelquefois à ces réunions, mais il était rare qu'il émette un avis ou un commentaire. Pour moi, c'était une agréable distraction, et ce le fut davantage encore lorsque je m'avisai d'une chose. Cette maison allait être la mienne, mon foyer, mon petit univers pour de longues, très longues années.

Les travaux commencèrent presque aussitôt, et avec eux les comptes rendus fréquents de Samuel, faisant état des progrès. Une fois par semaine, je me rendais sur le site avec lui pour inspecter la construction. Nelson Childs avait vu juste à propos de Samuel. Il engagea davantage d'ouvriers, la modernisation et les agrandissements avancèrent à une vitesse record. On pouvait compter qu'ils seraient terminés deux fois plus tôt que prévu.

Je protestai hautement contre ces dépenses.

— C'est du gaspillage de payer les gens deux fois plus cher, simplement pour être chez soi un mois plus tôt.

— Le gaspillage n'est qu'un point de vue, rétorqua Samuel sans se soucier de me contredire, ce qui ne lui ressemblait pas. Il est en rapport direct avec ce qui vous plaît ou vous déplaît. Pour moi, aucun centime ne sera gaspillé, Olivia, s'il me permet d'avancer d'une minute le moment où vous aurez votre maison.

Je le dévisageai avec une surprise perplexe. Comme j'aurais voulu posséder cette intensité, cette ardeur, ce désir ! L'ironie de la chose, c'est que je lui enviais l'amour qu'il semblait éprouver pour moi.

D'habitude, c'étaient les femmes qui se montraient impatientes de monter à l'autel. Elles attendaient le mariage avec deux fois moins d'angoisse et de nervosité que leurs futurs maris. Les hommes, même quand l'idée de se marier venait d'eux, se conduisaient comme si c'étaient eux qui avaient été pris à l'hameçon, et non l'inverse. On avait l'impression que, pour eux, le mariage était l'inévitable verdict, la condamnation à la prison qui les attendait tous.

Nelson se conduisait ainsi. Quand je le voyais et l'interrogeais sur ses projets, il me répondait que rien ne pressait. Pourquoi se ruer tête baissée, vers l'inévitable ? Cette union était décidée, elle n'allait pas lui échapper. Ce qui lui échappait, me disait clairement son sourire insolent, c'était sa liberté. Bientôt, bien assez tôt, il allait devoir se ranger. Pourquoi précipiter les choses ? D'ailleurs, m'expliqua-t-il, les Branagan avaient insisté pour que la réception eût lieu à High Point House, endroit prestigieux qu'il fallait retenir au moins dix mois à l'avance. On n'avait toujours pas fixé de date. Les deux familles avaient besoin de temps pour mieux se connaître, et ces quelques mois seraient bien remplis. Le colonel et Mme Childs seraient reçus chez les Branagan à Boston, et les Branagan comptaient se rendre souvent à Provincetown.

Une seconde réception avait déjà eu lieu à Boston, pour les amis des Branagan. Mais le mariage exigeait d'autres préparatifs. Nelson en parlait comme s'il s'agissait de la campagne pour l'élection présidentielle. Le trousseau de la mariée, par exemple, était une chose que Mme Branagan prenait très au sérieux.

— Les mères ne commencent plus le trousseau de leur fille dès leur naissance, plaisanta Nelson. Maintenant les femmes achètent tout. Entre courir les magasins, choisir, acheter, et faire les préparatifs pour la réception... c'est tout un cérémonial. On tient de véritables conseils de cabinet, comme à la Maison-Blanche. Quelquefois, nos parents respectifs se rencontrent en terrain neutre, railla-t-il. Les robes des demoiselles d'honneur, mon smoking, la liste des invités, le menu, les cartons d'invitation, la décoration... on discute de tout dans le moindre détail. Il faut déployer autant de diplomatie que pour un traité de paix !

« Croyez-moi, Olivia, conclut Nelson. À ce train-là, dix mois seront tout juste suffisants.

Je me gardai bien de lui dire que je m'occupais de tout cela moi-même.

— Vous n'êtes pas impatient, alors ?

— Ma foi... beaucoup moins que votre fiancé, reconnut-il avec franchise.

Il était venu nous rejoindre sur le chantier, pendant un week-end, environ six semaines après le début des travaux. La détermination de Samuel semblait l'impressionner.

— Vous l'avez ensorcelé, Olivia. Il est si pressé qu'il est toujours sur le dos de ses ouvriers. Pour un peu, il les fouetterait ! Les invitations sont déjà prêtes, paraît-il ? Samuel m'a dit que vous les enverriez dès qu'on aurait branché l'électricité.

— Vous n'êtes pas ensorcelé, vous, Nelson ?

J'avais l'impression d'être un pêcheur de homards jetant ses casiers à l'eau, mais c'était plus fort que moi. J'étais curieuse de connaître les sentiments de Nelson pour sa fiancée.

Il s'en tira par une plaisanterie.

— Je suis tombé en la possession de quelqu'un, c'est vrai. Mais je ne suis pas... possédé, s'égaya-t-il.

Ses yeux s'illuminèrent, de ce merveilleux sourire qui me faisait battre le cœur. Il eut la sagesse de changer de sujet.

— Comment va votre père, ces temps-ci, Olivia ?

— Il n'est pas encore tout à fait lui-même, et je crains qu'il ne le redevienne jamais.

— J'en suis navré. Sans doute, avec le temps...

— Contrairement à ce que les gens croient, le temps ne guérit pas les blessures. Il ne fait que durcir les cicatrices, répliquai-je. Il faut l'accepter, au lieu d'espérer revenir en arrière, et redevenir ce qu'on a été.

— C'est une leçon bien dure et bien froide, cela, Olivia.

— C'est ainsi qu'est la vérité, la plupart du temps. Dure et froide.

Nelson chercha mon regard, et je ne détournai pas le mien.

— Un jour, vous dirigerez cette ville, prédit-il. Vous êtes née pour commander. Vous auriez dû être...

— Un homme ? achevai-je à sa place.

Il haussa les épaules.

— Désolé. Je sais que nous sommes censés traiter les femmes d'égal à égale, de nos jours, mais je n'y peux rien. Je crains d'être resté un peu vieux jeu, sous ce rapport.

— Vous n'êtes qu'un pur spécimen de mâle chauvin, rétorquai-je, ce qui l'amusa.

Il leva les deux mains en riant et déclara :

— Coupable.

— De quoi ? s'enquit Samuel en s'approchant.

— De conformisme.

Samuel nous dévisagea l'un après l'autre, secoua la tête, et repartit superviser les changements que j'avais proposés pour la vieille maison. De dimensions imposantes, c'était une authentique construction du XVIIIe siècle, toute en bardeaux et à double pignon. J'avais suggéré de coiffer la porte d'entrée d'une couronne décorative ; et aussi de placer, sous cette couronne, une rangée de petits vitraux rectangulaires de couleurs vives. Pour chacune de mes suggestions, Samuel me complimentait. Elles ne sortaient pas de mon imagination, pourtant. J'avais fait des recherches sur l'époque. Et j'en savais assez pour que l'architecte lui-même trouve ces suggestions valables. En conséquence, notre mariage fut annoncé si rapidement que les gens s'étonnèrent. Certains eurent même l'audace de laisser entendre que je pourrais être enceinte. Belinda, bien entendu, savourait tous ces ragots. Je fis l'impossible pour mettre fin à ces rumeurs, mais je ne changeai pas la date fixée pour le mariage. J'espérais qu'il ferait du bien à papa et l'aiderait à remonter la pente. Sans Mère, il fallait qu'il prenne mes intérêts en charge. J'essayais de le pousser à s'investir, à prendre des décisions. Mais il répondait invariablement : « Fais ce que tu jugeras préférable, Olivia, et ne regarde pas à la dépense. L'argent n'est pas un problème. »

Il suggéra même que je prenne l'avis de Belinda pour l'organisation, ce que je refusai, naturellement. Belinda n'avait aucun goût, aucun sens du décorum. Elle aurait fait de mon mariage un vrai cauchemar, si elle l'avait pu. Elle tenta de m'amener à inviter quelques-unes de ses amies Pois Chiches, mais je résistai.

— S'il te plaît, implora-t-elle. Je n'aurai personne à qui parler, ni avec qui danser. Invite au moins Kimberley et Bruce, et peut-être Arnold.

— Ce n'est pas une surprise-partie, Belinda. C'est un mariage.

— Mais ta réception, ce sera bien une fête, quand même ?

— Pas le genre de fête que donnent tes amis, rétorquai-je.

À la fin, pourtant, je me laissai fléchir, et j'acceptai d'inviter Kimberley et Arnold. Belinda trouva encore le moyen de se plaindre.

— Seulement Arnold ? Alors il faudra qu'on se le partage, Kimberley et moi. Je suis sûre qu'aucun de vos amis, ni de ceux de papa, ne m'invitera à danser. Je vais m'ennuyer à mourir, je te préviens.

— C'est supposé être mon grand jour, Belinda, pas le tien. Tu pourrais au moins penser à ça, la sermonnai-je. Quand tu te marieras…

— J'aurai un vrai mariage, moi. Je demanderai à papa de louer un yacht pour cent cinquante personnes, et la fête aura lieu en mer. Il y aura des feux d'artifice, et l'orchestre sera dans un bateau à côté du yacht. Il jouera très fort.

— Ah oui ? Je voudrais déjà y être, persiflai-je.

Belinda éclata de rire.

— Eh bien, pas moi ! Je ne suis pas encore prête. Je ne supporte pas l'idée de passer toute ma vie avec le même homme, d'embrasser les mêmes vieilles lèvres chaque soir... beurk, fit-elle en frissonnant. Je trouve qu'une femme ne devrait pas se marier avant d'avoir quarante ans.

— C'est ridicule, surtout si tu veux fonder une famille.

— Je ne crois pas que je serais une bonne mère, de toute façon, déclara-t-elle tranquillement.

Sa façon de reconnaître ses faiblesses et de les accepter m'avait toujours confondue. Elle était loin d'en souffrir et je la méprisais pour cela, tout en l'enviant pour la même raison. J'avais honte en pensant que nous étions nées de la même mère, mais elle... je doutais que son front soit jamais ridé par les soucis ou les remords. Elle traversait la vie comme ces têtes de linotte qu'elle appelait ses amies, en s'amusant et en riant.

Elle en donna la preuve par sa promptitude à se remettre de la mort de Mère, et à reprendre avec entrain sa vie de grande coquette. Son visage décoloré par le chagrin retrouva sa fraîcheur lumineuse, cet éclat de rose épanouie qui faisait paraître les autres femmes si ternes à côté d'elle. Samuel lui-même en fit la remarque. La maison résonnait de ses rires, de son pas vif dans l'escalier, de ses appels téléphoniques. Papa s'en montrait parfois choqué, ou peiné. Mais elle seule pourtant pouvait ramener un sourire sur ses lèvres serrées, ou éclaircir son front morose. J'en vins à me dire qu'à ses yeux, elle commençait à remplacer Mère, qu'elle lui rendait la musique et la lumière. Et j'en fus jalouse.

Elle, par contre, ne semblait plus du tout jalouse des attentions que me valaient mon mariage tout proche. Elle débordait à nouveau de bonheur. Tellement, même, que j'en devins inquiète et soupçonneuse. Elle allait sûrement trouver le moyen de nous jouer un de ses tours, quelque chose qui éclabousserait la famille, et cela juste avant mon mariage. C'était toujours la même vieille histoire. Au moment où l'on va s'endormir, le voisin du dessus laisse tomber bruyamment sa chaussure. Et comme toujours, je ne pouvais m'empêcher de contempler le plafond, en guettant le bruit de la deuxième chaussure.

*
* *

Notre mariage n'aurait pas lieu sur un yacht, comme celui dont Belinda rêvait, mais Samuel réussit à m'étonner avec ses projets pour notre lune de miel.

— J'ai loué un yacht pour nous, m'annonça-t-il un jour. Nous ferons voile vers Hilton Head. Où pourrions-nous être mieux qu'en mer après notre mariage, Olivia ? Vous n'êtes pas de mon avis ?

Samuel était venu me voir au bureau, ce qu'il faisait de plus en plus souvent à mesure que la date du mariage approchait. En fait, c'était moi qui avais réalisé la fusion de notre compagnie avec celle de son père. Une fusion qui évoquait plutôt l'image d'une baleine avalant un vairon, à vrai dire. Nos experts avaient fixé la valeur de la compagnie Logan à un million de dollars, investi en presque totalité dans leurs bateaux. J'avais négocié directement avec le père de Samuel, et ramené cette somme à trois quarts de million. Un capital dont je lui avais fait placer la plus grande part dans notre compagnie.

— De toute façon, avait-il conclu avec philosophie, cela ne sort pas de la famille, n'est-ce pas ?

Mariage ou pas, je n'avais fait établir aucun document limitant mes droits. Nos intérêts financiers demeuraient clairement séparés. Mais je fus d'accord pour donner à Samuel un emploi de cadre dans la compagnie, et un bureau lui fut assigné. Il se plaignit de ne pas travailler dans la même pièce que moi, mais se résigna vite.

— De toute façon, le mur qui nous sépare finira par être abattu, Olivia. C'est ce que votre père souhaiterait, je le sais.

— Nous verrons, me bornai-je à répondre.

L'arrière-pensée de papa, je l'avais toujours su, était que je finirais par épouser quelqu'un qui, un jour ou l'autre, dirigerait notre compagnie. Malgré la somme de travail que j'accomplissais, l'ampleur des décisions que je prenais, il lui était difficile d'imaginer une femme à la tête de ses affaires. Pour lui, je n'étais qu'une solution provisoire, une suppléante destinée à être reléguée à la maison, pour y remplir son rôle de mère de famille.

Ce fut durant ces jours si sombres pour lui, ceux de sa dépression et de son désespoir, que j'eus des inquiétudes sur ses capacités à diriger la compagnie. En conséquence, je fis établir par nos avocats des documents qui me donnaient des pouvoirs de mandataire. Et une fois ce droit acquis, je rédigeai moi-même des actes me donnant le contrôle de nos affaires. Aucun homme, pas même mon père – dont je savais à présent qu'il était mon beau-père –, ne m'enverrait à la maison essuyer des bouches baveuses ou changer des couches. Et plus vite Samuel comprendrait cela, mieux ce serait pour nous deux.

— D'accord pour le yacht, approuvai-je, à condition d'avoir du beau temps.

Samuel sourit jusqu'aux oreilles.

— Bien entendu ! Je savais que l'idée vous plairait, elle est unique. Nous n'allons pas nous contenter d'aborder sur une île quelconque, pour nous prélasser au soleil. Nous naviguerons, pêcherons et explorerons ensemble. Je suis plus emballé par ce projet que par la cérémonie du mariage, avoua-t-il.

Je l'étais aussi, mais je n'en dis rien. Belinda était ma première demoiselle d'honneur, et quelques-unes de nos cousines devaient participer au cortège. L'aspect bénéfique de l'événement, c'est qu'il rendit à papa un peu de vie et d'entrain. Sa plus grande décision, en ce qui me concernait, fut de louer le Club du Pêcheur pour la réception.

La semaine du mariage, notre nouvelle maison était fin prête. J'avais commencé à y faire porter une partie de mes effets personnels, puisque nous devions emménager en rentrant de notre voyage de noces. Et au cours des derniers mois, j'avais commandé les meubles ; la plupart d'entre eux étaient déjà livrés et installés. De l'avis unanime, la propriété méritait de devenir une attraction touristique. Nelson la surnommait « le château du cap Cod ». Et il me plaisantait souvent à son sujet, en affirmant que j'étais bien capable de la faire entourer de douves.

— Pour éloigner la racaille, précisait-il.

— Alors nous n'aurons plus le plaisir de te voir, déplorait Samuel, ce qui les faisait rire de bon cœur.

Je commençais à me demander si Nelson m'avait crue trop imbue de ma personne pour le considérer comme un parti possible. Non que Samuel fût plus remarquable, ni que Nelson lui-même eût fait preuve d'un intérêt spécial envers moi. Simplement, je cherchais toujours une raison au fait que lui, l'homme que j'aurais pu aimer aussi passionnément que peut aimer une femme, ne m'avait pas donné la moindre chance. Pas même celle qu'il avait donnée à Belinda. Pour comble d'ironie, c'est lui qui allait être le garçon d'honneur de mon futur époux. À l'autel, il serait à mes côtés. Mais seulement, hélas, pour tendre à Samuel Logan l'anneau que j'aurais voulu lui voir passer lui-même à mon doigt.

Nous eûmes un temps splendide le jour du mariage, et les prévisions météo pour la semaine à venir s'avérèrent excellentes pour naviguer. Pour la première fois de ma vie, tout semblait aller le mieux du monde. Belinda dut avouer qu'elle était jalouse de ma chance.

— J'espère qu'il fera aussi beau quand je me marierai, répétait-elle en papillonnant dans toute la maison.

Tout en s'habillant, elle entrait dans ma chambre à chaque instant pour faire des suggestions à propos de ma coiffure, ou de mon maquillage, puis ressortait aussitôt pour aller changer un détail de sa toilette. N'importe qui, en la voyant, aurait pensé que ce jour était celui de son mariage, et non du mien. Elle était beaucoup plus nerveuse que moi et finit par s'en apercevoir.

— Tu n'es même pas émue ? questionna-t-elle, comme j'ajustais tranquillement le bustier de ma robe.

Je répondis tout aussi tranquillement :
— Bien sûr que si.
— Eh bien ça ne se voit pas. On dirait que tu te prépares pour un dîner d'affaires. Tu te maries aujourd'hui, Olivia. Tu te maries !

— Des gens se marient tous les jours, rétorquai-je froidement. Il y a peut-être cinquante mariages en cours en ce moment même.

— C'est idiot, comme réflexion. Tu es la seule à te marier aujourd'hui, c'est ce que tu devrais te dire. Qui se soucie des autres ? Quand je me marierai, le monde entier le saura.

— J'en suis convaincue, renvoyai-je, mais le sarcasme lui échappa.

Elle continua de tournoyer autour de moi comme un oiseau-mouche, jusqu'à ce que je perde patience. Je lui dis d'aller s'occuper un peu de papa et de cesser de m'ennuyer.

— Je te jure, Olivia, lança-t-elle en quittant ma chambre, ce n'est pas du sang que tu as dans les veines, c'est de la glace !

Je me campai devant mon miroir, toute songeuse. Avais-je réellement de la glace dans les veines ? Était-ce une anomalie de n'être pas toujours en train de glousser, ou de respirer à fond pour éviter une crise de nerfs ? Même l'idée de quitter cette maison ne m'affectait pas autant que je l'aurais cru.

C'est là que j'avais grandi, c'est dans cette chambre que j'avais passé mes moments les plus intimes, rêvé, fait des projets, parlé cœur à cœur avec Mère. Et maintenant, juste comme ça, j'allais franchir cette porte et monter dans une limousine pour me rendre dans une église, où je prononcerais les vœux qui m'éloigneraient à jamais de ces quatre murs. J'aurais dû verser quelques larmes, au moins. Mais où étaient ces larmes ?

Je me penchai vers le miroir et scrutai mes yeux de plus près. Ils étaient secs, brillants et vifs.

Pas vraiment les yeux d'une jeune femme suffoquée par l'émotion.

— Prête ?

Je me retournai pour voir papa dans l'encadrement de la porte, en smoking. Il se racla bruyamment la gorge.

— Aujourd'hui, je donne ma fille en mariage. Tu es ravissante, Olivia. Ta mère aurait dû vivre pour voir ça.

— Merci, papa. Tu es très beau toi aussi, et tu as grande allure.

— C'est pour toi seule, soupira-t-il. Bon, je crois que nous sommes tous prêts. Il est temps de partir.

J'accordai un dernier coup d'œil à mon miroir et quittai la pièce, ne m'arrêtant qu'un instant sur le seuil. Le temps d'embrasser, d'un regard, le décor que j'allais quitter.

— La maison sera bien vide quand tu n'y seras plus, observa papa, à qui ce regard n'avait pas échappé.

— Je reviendrai souvent, papa, tu le sais bien. Et tu viendras souvent chez nous, toi aussi.

— Oui, mais je n'aime pas m'immiscer dans la vie des autres, objecta-t-il, surtout celle de mes filles.

— Tu ne nous dérangeras jamais, papa.

Il hocha la tête, au moment où la voix fébrile de Belinda résonnait dans le couloir :

— On part déjà ? Je n'ai même pas fini de me maquiller !

— Tu finiras dans la voiture, ripostai-je. Tu seras encore en train de te pomponner quand je descendrai la nef, de toute façon.

Papa sourit, et Belinda gémit et protesta, mais elle ne nous suivit pas moins en bas des marches et sur le perron. Carmelita et Jérôme nous attendaient dehors, et m'adressèrent leurs compliments. Ils félicitèrent papa et nous nous installâmes dans la limousine.

En partant, je ne me retournai qu'une fois, pour lever les yeux vers les fenêtres de la chambre de Mère. En imagination, je crus voir s'écarter les rideaux, et Mère m'envoyer un baiser en souriant à travers ses larmes. C'étaient des larmes de joie. Je cherchai mon souffle, réprimai un gémissement et me tournai vers la vitre, mais sans rien voir du paysage qui défilait. Enfin, je prenais conscience de ce que j'étais en train de faire. J'étais tellement abasourdie que j'entendais à peine l'incessant bavardage de Belinda, ses plaintes à propos de tout, la plus vive étant de ne pas être à son avantage sur les photos. Elle harcela tant et si bien papa qu'il finit par la couvrir de compliments, et nous eûmes enfin la paix. Pour un moment. Comme nous approchions de l'église, ma sœur s'écria :

— Quelle foule ! Vous avez vu ça ? Je suis aussi énervée que si c'était mon mariage, et je n'ai même pas de flirt régulier, en ce moment !

— Tu voudrais changer de place avec moi, peut-être ?

Elle haussa comiquement les sourcils.

— Sûrement pas. J'épouserai une star de cinéma ou un musicien, moi. Pas un homme d'affaires ennuyeux comme la pluie !

— Ton père est un homme d'affaires, je te rappelle.

— Lui, c'est différent, répliqua-t-elle avec son petit sourire provocant. C'est mon père.

Elle dit cela d'un ton ferme et décisif, presque comme si elle savait, par je ne sais quelle intuition, qu'il n'était pas le mien.

*
* *

Tandis que je descendais la nef au bras de papa, quelques personnes levaient sur moi des regards encore pleins de surprise. Ils entendaient jouer les orgues, ils me voyaient en robe de mariée. Tout comme ils voyaient le pasteur attendant à l'autel, près de Samuel et de Nelson en tenue de cérémonie ; les montagnes de fleurs, les demoiselles d'honneur... Et rien de tout cela ne pouvait effacer le scepticisme incrédule inscrit sur leurs visages. J'y lisais leurs questions, j'entendais les cancans. Comment Olivia Gordon a-t-elle gagné le cœur d'un homme aussi beau que Samuel Logan ? Son père lui aurait-il acheté un mari ? Les yeux envieux des jeunes personnes attendant toujours le prince charmant me fusillaient au passage. Intraitable et pleine d'assurance, je regardais droit devant moi.

Nelson avait son malicieux sourire aux lèvres quand je m'avançai vers l'autel. Samuel rayonnait, tête haute et bombant le torse. Un murmure parcourut l'assistance quand le pasteur commença la cérémonie, la récitation des paroles, des prières et des promesses qui me lieraient pour toujours à cet homme, et le lieraient à moi.

En formulant mes vœux, je détournai légèrement les yeux de façon à voir Nelson, et me permis un instant d'imaginer que c'était lui et non Samuel que j'épousais. Quand il tendit l'anneau à Samuel, il se pencha pour m'embrasser sur la joue. Ce geste ne faisait pas partie de la répétition. J'entendis quelques hoquets de surprise derrière moi, et mon cœur bondit comme un fou dans ma poitrine, en même temps que mes joues s'embrasaient. Samuel ne parut rien voir. Ou, s'il remarqua quelque chose, il dut penser qu'il était la raison de mon trouble.

L'échange des anneaux eut lieu, les engagements furent prononcés. Quand le pasteur nous déclara mari et femme, l'organiste attaqua la marche nuptiale et des vivats éclatèrent. Samuel m'embrassa et je gardai les yeux clos, afin de pouvoir me figurer que c'étaient les lèvres de Nelson. Puis nous remontâmes la nef en hâte jusqu'au parvis, sous une pluie de grains de riz. Dans la voiture, Samuel laissa éclater sa joie.

— Eh bien, madame Logan, commença-t-il, les yeux brillants comme deux petites lampes. Je parie que tout cela vous semble un rêve ?

Ce fut la dernière fois qu'il me dit «vous». Lorsque j'avouai qu'en effet je croyais rêver, il demanda :

— Veux-tu que je te pince ?

Je souris pour cacher ma gêne.

— Non, Samuel, c'est inutile. Je me pincerai moi-même si j'en sens le besoin.

Il rit et jeta un bras autour de mes épaules, m'attirant tout contre lui. Je fermai les yeux. Et pour la toute première fois, je me demandai si j'étais vraiment faite pour le mariage.

La réception fut élégante et animée. Je voyais mal comment les dix mois mentionnés par Nelson, nécessaires aux deux familles pour leurs préparatifs, auraient pu améliorer les miens. Nous n'avions pas regardé à la dépense, et les traiteurs s'étaient surpassés. On servit des rôtis de premier choix, du homard, des crevettes, de la dinde, des palourdes, des légumes savoureux, des fruits superbes et une abondance de desserts, tous plus exquis les uns que les autres. Les décorateurs avaient changé la salle en une véritable serre, éclatante de fleurs et de lumières. L'orchestre était excellent, et aucun des invités de marque ne manquait.

La réception n'avait rien à envier à celle des fiançailles de Nelson. Samuel, qui recevait des compliments de tous côtés pour ce succès, à chaque fois se tournait vers moi et m'en attribuait tout le mérite.

— C'est elle qui a tout organisé, j'étais bien trop occupé avec les travaux de la maison. Il n'y a pas de femme plus compétente dans toute la Nouvelle-Angleterre, affirmait-il.

Nelson entendit plusieurs fois cet éloge et ne put s'empêcher de me taquiner.

— Vous n'auriez pas pu souhaiter un plus loyal sujet, Olivia.

— Si, vous ! ripostai-je du tac au tac.

Il écarquilla les yeux, puis sourit et plongea dans une révérence à l'européenne.

— Inutile de souhaiter, madame. Je serai toujours votre loyal sujet, déclama-t-il.

Puis, une fois de plus, il m'invita à danser. Mais aussitôt après, il se tourna vers Samuel pour ajouter :

— Cette fois, pourtant, je dois demander la permission à Samuel, Olivia. Vous êtes sa femme, désormais.

— Je suis peut-être sa femme, mais je n'en reste pas moins une personne indépendante, rétorquai-je.

Nelson regarda Samuel, déjà plongé dans une autre conversation, eut un geste d'insouciance et me tendit les bras. Je m'y glissai avec bonheur. Pour moi, nous ne dansions pas : nous flottions sur la piste. Toutefois, quand j'ouvris les yeux et regardai sur ma droite, j'aperçus Belinda qui nous observait d'un air narquois. Instantanément, je me raidis.

Plus tard, quand Samuel et moi partîmes pour nous embarquer, Belinda vint me parler à l'oreille.

— Peut-être que tu t'es mariée trop vite, Olivia. Peut-être qu'il restait encore une chance.

Je feignis d'avoir mal entendu.

— De quoi parles-tu, Belinda ? Je n'ai rien compris. Mais je suis sûre que c'était idiot, m'empressai-je d'ajouter, pour l'empêcher d'en dire plus. Occupe-toi bien de papa en mon absence. Tu as davantage de responsabilités à la maison, maintenant.

— Quoi ! Nous avons toujours Carmelita et Jérôme, il me semble.

— Je ne parle pas des travaux domestiques. Je parle de prendre soin de papa.

— C'est aux papas de prendre soin de leurs filles, décréta-t-elle, et non le contraire. Amuse-toi bien sur ton yacht, Olivia, et raconte-moi tout en revenant.

Sur quoi, elle me serra dans ses bras et s'échappa en coup de vent, pour retourner danser avec Arnold.

— Prête ? demanda Samuel.

— Oui. Je veux juste dire au revoir à mon père, ajoutai-je en observant Belinda.

Elle faisait les yeux doux à Nelson, à présent, et je le vis réprimer un sourire. J'arrachai papa à sa conversation et lui dis que je m'en allais. Il m'enveloppa d'un regard affectueux.

— Tu étais éblouissante à l'église, Olivia. Ta mère aurait été très fière.

— Merci, papa.

— Bon voyage de noces, et ne te tracasse pas pour ce qui se passe ici. Tout ira bien pour moi, et tout ira bien au bureau.

— Je l'espère, papa, répondis-je en regardant à nouveau Belinda.

Elle buvait trop de champagne, et je le fis remarquer à papa.

— Tout se passera bien, me rassura-t-il. J'aurai l'œil sur elle.

Nous échangeâmes une brève étreinte et je pris le bras de Samuel. Puis, en distribuant des signes d'adieu à tout un chacun, nous quittâmes la réception. Dix minutes plus tard, nous étions à bord.

— Je suis de plus en plus content de mon idée, Olivia, se félicita Samuel comme nous nous dirigions vers notre cabine. Après une journée pareille, c'est bon de se retrouver seuls avec la mer, non ?

— Oui, Samuel, approuvai-je avec conviction.

— Dépêchons-nous de nous changer, nous irons sur le pont voir s'éloigner la côte.

Il commençait à se déshabiller devant moi, et attendait visiblement que j'en fasse autant, mais je n'étais pas prête. Je rassemblai les vêtements dont j'avais besoin et passai dans la salle de bains pour me changer.

— J'aime cette pudeur, commenta-t-il quand je revins. Notre intimité n'en aura que plus de prix. À partir de maintenant, ma chère Olivia, nous n'aurons plus rien à nous cacher l'un à l'autre. Et encore moins nos corps, ajouta-t-il en souriant.

J'essayai de sourire à mon tour, mais mon cœur battait trop vite et trop fort. Peut-être était-ce Belinda qui avait raison, me surpris-je à penser. Peut-être valait-il mieux se préparer à ce jour spécial. Samuel prit ma main et me conduisit sur le pont, où un membre de l'équipage se tenait prêt à nous servir. Nous nous assîmes dans des chaises longues, pour regarder la côte glisser rapidement derrière nous, tandis que nous voguions vers le large et une vie nouvelle. Nous bûmes un peu de vin, assistâmes au coucher du soleil, et peu à peu je me sentis m'alanguir.

— Fatiguée ? s'enquit tendrement Samuel.

— Oui. La journée a été bien remplie.

— Une journée fabuleuse, non ? Je suis très, très heureux, Olivia. Je te promets d'être un bon mari et un bon père. Si jamais je m'écartais du droit chemin, si peu que ce fût…

Il eut un petit rire étouffé.

— Je compte sur toi pour me rappeler à l'ordre.

— Quoi que tu fasses, fais-le parce que tu en auras envie, Samuel, et non parce que je pourrais me fâcher.

— Naturellement, approuva-t-il en se penchant pour m'embrasser sur la joue. Et maintenant, si nous allions nous coucher, ma chère madame Logan ?

Je respirai à fond, levai les yeux sur la première étoile visible et fis signe que oui. Nous descendîmes dans notre cabine. À peine étions-nous entrés que Samuel me fit pivoter vers lui et m'embrassa sur la bouche, les bras noués autour de ma taille. Le baiser dura longtemps, si longtemps que je dus me plaindre de ne plus pouvoir respirer.

— Désolé, s'excusa-t-il. C'est l'excès d'émotion. Il y a si longtemps que j'attends ce jour !

— Si longtemps ? Pas si longtemps que cela, Samuel. Quand je pense au temps que va devoir attendre Nelson Childs, jusqu'à sa lune de miel.

Il eut un sourire amusé.

— Nelson ? Il a déjà eu sa lune de miel, crois-moi. Tu voulais toujours attendre, eh bien c'est fait, nous avons attendu. Veux-tu que je t'aide ? offrit-il en posant les doigts sur les boutons de ma blouse.

— Non merci, je peux le faire moi-même. Éteignons la lumière, d'abord.

Samuel sourit encore et éteignit avant même d'ôter son sweater. Même dans l'obscurité, je me retournai pour commencer à me déshabiller, les doigts si tremblants que je regrettai d'avoir refusé son aide. Cela aurait-il rendu les choses plus faciles ? Je décidai que oui, soulevai la couverture et m'allongeai, toujours habillée. Samuel était déjà en sous-vêtements. Il se coula près de moi, et s'aperçut avec stupeur que j'avais gardé mes vêtements.

— Mais... qu'est-ce que tu fais ?
— J'attends. J'ai changé d'avis. Déshabille-moi, lui ordonnai-je, comme si je m'adressais à un valet.
— Avec plaisir.

Je fermai les yeux tandis qu'il abaissait la fermeture à glissière de ma jupe, qu'il fit lentement descendre le long de mes jambes. Je ne les rouvris que lorsque je fus nue et qu'il se pressa contre moi, le souffle court, taquinant mes seins de ses lèvres. Il gémit et poursuivit son manège, me dévorant de baisers gourmands. Quand sa bouche descendit jusqu'à mon ventre, je retins mon souffle. Un frémissement d'excitation me parcourut, dont je n'avais jamais fait l'expérience. Et infiniment plus troublant que tout ce que j'avais pu imaginer.

— Olivia, chuchota Samuel. Ma petite madame Logan à moi...

Il était sur moi, s'insinuait entre mes jambes, entrait en moi, bougeait en moi. Je m'efforçai d'étouffer mes plaintes. Cela faisait mal, vraiment mal, mais je n'osais pas le lui dire. Je n'eus pas à le faire. Il le savait.

— Comme je m'y attendais, tu es vierge, murmura-t-il. Merci de t'être gardée pour moi, dit-il encore, comme si je l'avais connu toute ma vie, et m'étais vouée à lui par quelque ridicule serment.

Il sourit et s'agita plus fort, plus vite, secouant si rudement le lit que le chevet cognait la cloison.

— Samuel ! m'écriai-je. L'équipage.
— Ils n'ont pas l'oreille collée aux murs, ne t'inquiète pas. Et ce n'est sûrement pas leur premier voyage à bord. Ils savent ce que c'est qu'une nuit de noces.

Les hommes ! pensai-je avec dégoût. Ils peuvent être si grossiers, même en un pareil moment ; même à propos de ce qui est censé être une des choses les plus précieuses de toute une vie. La douleur n'avait pas cessé, surpassant de loin mon plaisir, mais je me maîtrisai, les yeux étroitement fermés. Tout mon corps était comme un poing serré.

— Détends-toi, ma petite madame Logan, psalmodiait Samuel. Détends-toi et tout ira de mieux en mieux, je te le promets.

Quand il eut pris son plaisir, il roula sur le côté, tout contre moi, la poitrine soulevée par son souffle précipité.

Je me blottis en chien de fusil et remontai la couverture sous mon menton. Puis je sentis la main de Samuel effleurer mon dos.

— Tout va bien, madame Logan ?
— Oui. Je suis très fatiguée, c'est tout.
— Moi aussi. Le mariage, commença-t-il avec un petit rire, le mariage est plus épuisant que je ne le croyais.

Pendant un instant, le silence régna, puis Samuel me toucha l'épaule.

— Écoute ce clapotis contre la coque. N'est-ce pas la plus douce des berceuses, Olivia ?
— Si.

La proue fendait l'eau, me coupant du monde ancien que j'avais connu et révélant le nouveau.

Quelle sorte de voyage avais-je entamé là ? me demandais-je entre veille et sommeil.

Je m'endormis en rêvant que j'avais pris la barre et pilotais le bateau dans la nuit violette. J'étais seule à bord. Je crus entendre le rire niais de Belinda résonner dans l'obscurité, puis la voix de maman chanter au loin. Je mis le cap sur le point d'où provenait le chant, mais il n'y avait personne là-bas. Il faisait de plus en plus sombre, le yacht dansait sur la houle. Il y avait une petite lumière devant moi. À mesure que j'en approchais elle grandissait, de plus en plus brillante, et devint bientôt le sourire de Nelson Childs. Je le traversai, comme s'il n'eût été qu'un spectre, et virai brusquement pour repartir d'où je venais, laissant le sourire fantôme s'évanouir et disparaître.

Devant moi, les ténèbres étaient plus épaisses que jamais.

11

Je prends la barre

Quand j'étais toute petite – avant l'âge de sept ans, je suppose –, je croyais que mes parents vivaient ensemble depuis toujours. J'avais vu des photographies d'eux quand ils étaient enfants, bien sûr, et d'autres où ils étaient avec leurs parents. Mais rien de tout cela ne me semblait réel. Je pensais que les albums de famille et les vieilles photos étaient comme les livres pour enfants, les légendes et les contes de fées. Comment mes parents auraient-ils pu avoir une autre vie, avant celle que je leur connaissais ? Ils étaient toujours là, immortels, figés dans le temps, jeunes à jamais. Papa, ferme et fort, sentant le cigare, avec son pas lourd dans l'escalier, son rire sonore. Viril. Mère délicate, souriante et douce, vêtue de couleurs fraîches et toujours parfumée, le pas aussi léger que son rire. Féminine.

Bien plus tard seulement, je commençai à me poser des questions sur le premier jour de la nouvelle vie de Mère, sa vie avec papa. En revenant de son voyage de noces, était-elle entrée dans sa nouvelle maison avec enthousiasme, impatiente d'explorer chaque facette de sa nouvelle identité ? Ou était-elle terrifiée à l'idée qu'elle avait pris la plus désastreuse des décisions ?

Papa ne l'avait pas portée dans ses bras pour franchir le seuil, je le savais. Elle le taquinait souvent pour ne pas l'avoir fait. Belinda et moi l'avions souvent entendue raconter qu'il était trop occupé pour cela, donnant des ordres aux domestiques et surveillant le déchargement des bagages. J'étais certaine que Mère était entrée la première et s'était arrêtée dans le hall en se disant : « Ceci est mon nouvel univers, pour le meilleur ou pour le pire. C'est ma place. » Et je me demandais si elle avait éprouvé le besoin de faire volte-face et de s'enfuir. Samuel offrit de me porter pour franchir le seuil, mais je refusai.

— C'est une tradition stupide. Elle n'a aucun sens pour moi, répondis-je en le repoussant.

Il s'écarta pour me laisser entrer.

— Ne viens jamais me dire que je ne te l'ai pas proposé, Olivia.

Le fait est qu'un peu d'aide m'aurait été utile, à ce moment-là. Le temps avait tenu ses promesses, et nous avions beaucoup navigué. Nous avions également rempli le programme de Samuel, sans oublier les escales dans les ports, ni les repas dans les bons restaurants. Mais au lieu de rentrer détendue et pleine d'entrain, j'étais tout simplement harassée. Nous avions souvent fait l'amour, et cela me devenait de plus en plus agréable. Mais Samuel semblait y prendre plus de plaisir que moi, et cela m'ennuyait. L'avant-dernier jour de notre croisière, je fus indisposée. Ce n'était pas censé être la date, mais je n'avais jamais eu un cycle très régulier. Quand j'en parlai à Samuel, il me dit tout de suite qu'il ne fallait pas me sentir gênée, ni me fatiguer. Ce n'était pas le cas. J'étais soulagée, au contraire, mais puisqu'il tenait à m'entourer de prévenances, je ne fis rien pour l'en empêcher.

J'avais activement pris part aux aménagements de la maison, bien sûr. Samuel ne fit objection à aucune de mes suggestions, même quand j'insistai pour que nous fassions chambre à part. Le fait qu'il y eût une porte de communication entre nous suffit à le contenter. Il avait trouvé cela plutôt romantique, et à notre retour il n'avait pas changé d'avis.

— Venir chez toi sera une petite aventure à chaque fois, Olivia. Je frapperai discrètement, tu chuchoteras : « Qui est là ? », et nous ferons semblant de nous rencontrer en secret.

— Nous sommes un peu vieux pour jouer à ces petits jeux là, tu ne crois pas ?

— On n'est jamais trop vieux pour ce genre de choses, Olivia. Tu pourras éteindre la lumière, si tu préfères, et je ferai semblant d'être un bel étranger qui t'a vue en passant rêver à ta fenêtre.

— C'est ridicule ! m'écriai-je, ignorant son sourire charmeur.

Mais mon cœur battit plus vite, toutes sortes d'images me passèrent par la tête, et surtout un certain fantasme où figurait Nelson Childs. Dans ce rêve éveillé, Samuel lui avait parlé de nos petits jeux, et il venait à la maison en son absence. Il frappait à la porte de communication et j'éteignais la lumière, ignorant jusqu'à ce qu'il fût dans mon lit que c'était Nelson. L'illusion fut si forte que j'en rougis jusqu'aux cheveux. Le rire de Samuel me ramena sur terre.

— Es-tu en train de me taquiner, Samuel ?

— Non. Enfin... peut-être juste un petit peu, mais tous les maris aimants le font, Olivia.

— Pas dans notre mariage ni dans cette maison, décrétai-je, ce qui le fit rire de plus belle.

Mais devant mon air grave et résolu, il reprit très vite son sérieux.

— Très bien, nous nous conduirons comme tu le souhaites. Nous serons respectables jusqu'à la moelle des os. Même... en faisant l'amour, ajouta-t-il après une brève hésitation.

Il savait que cette expression me déplaisait. Faire l'amour, quelle ridicule façon de parler !

Comme si l'amour était une chose qui naissait du plaisir physique.

Je veillai à ce qu'un verrou fût posé sur la porte de communication. Et bien que cela ne fût jamais mentionné, il fut tacitement admis que, lorsque le verrou serait mis, c'est que je ne souhaiterais pas la présence de Samuel. J'avais déjà décidé qu'il serait mis très souvent.

— Tu peux être sûre que je ne le tirerai jamais de mon côté, Olivia, railla-t-il gentiment.

— Et tu peux être sûr qu'à mon tour, je ne viendrai jamais dans ta chambre à moins d'avoir à discuter avec toi, Samuel. Sur ce plan-là, je ne suis pas très agressive.

— Ce n'est pas comme ta sœur, s'égaya-t-il.

— Que sais-tu de Belinda, toi ?

— Simplement ce que m'en a dit ton père. Tout à fait entre nous, se hâta-t-il de préciser. Maintenant, je comprends pourquoi les hommes se réjouissent quand leurs femmes leur donnent des fils.

— Belinda inciterait n'importe qui à penser la même chose, fus-je obligée de reconnaître.

Dès que nous fûmes installés, je décidai d'aller rendre visite à mon père pour voir comment il se débrouillait sans moi. Au fond de moi, j'espérais plus ou moins découvrir que plus rien n'allait à la maison, depuis mon départ. Cela eût flatté mon ego. Mais ce que je découvris fut plus de nature à me briser le cœur qu'à m'apporter du réconfort.

Nous étions au milieu de l'après-midi, mais la maison était sombre, tous les rideaux étaient encore tirés. J'avais toujours ma clé, aussi n'eus-je pas besoin de sonner. Ni le hall ni aucune des pièces n'étaient éclairés. Il régnait un tel silence que j'eus vraiment l'impression, tout d'abord, qu'il n'y avait personne, pas même Carmelita. Je tendis l'oreille, guettant le son d'une voix, mais je n'entendis rien, même pas le bavardage insouciant de Belinda au téléphone. Après un bref regard en direction de l'escalier obscur, je m'approchai du cabinet de papa.

Il semblait désert, et là aussi tout était sombre : rideaux tirés, aucune lampe allumée. J'allais m'en retourner pour monter à l'étage, au cas où Belinda serait dans sa chambre, quand un gémissement attira mon attention. Je m'avançai dans la pièce. Affalé dans le grand fauteuil de cuir, papa dormait lourdement, la tête inclinée sur l'épaule et les bras ballants. Sur le plancher, non loin de sa main droite, je vis une bouteille de bourbon vide et un verre, où restaient environ deux doigts d'alcool. J'allumai la lampe de bureau. Le faisceau lumineux éclaira papa, révélant sa tenue débraillée. Il avait une barbe de deux jours, les cheveux en broussaille, et sa chemise ouverte était tachée de nourriture et de liquide. Il grogna, se passa la langue sur les lèvres et changea de position. J'appelai doucement :

— Papa ?

Il gémit, comme si le mot lui avait fait mal, mais n'ouvrit pas les yeux.

— Papa ? insistai-je en lui secouant le bras.

Cette fois ses paupières battirent, puis s'ouvrirent, et son regard se focalisa sur moi.

— Qu'est-ce que... Quoi ?

Il voulut se redresser mais s'arrêta en plein élan, comme si ce simple mouvement lui causait une vive souffrance. C'est alors que je remarquai la déchirure de sa manche gauche, au niveau du coude, et le sang séché sur sa peau. Son pantalon était maculé de boue, et je crus voir un accroc à son genou droit.

Il réussit à se redresser.

— Olivia ? Tu es là ? Je veux dire... tu es revenue ? Quel jour sommes-nous ?

Je répondis à sa kyrielle de questions par une autre.

— Que t'est-il arrivé, papa ?

— Arrivé ? répéta-t-il en se frottant vigoureusement les joues.

— Tu t'es fait mal, et tes vêtements sont tout déchirés.

— Oh, ça ? (Il battit des paupières, rassemblant ses esprits.) J'ai eu un petit accident, là-dehors. Ce n'est rien. Beaucoup moins grave qu'il n'y paraît, en tout cas.

— Quel genre d'accident, papa ?

— J'ai trébuché sur une souche, dans le noir.

— Que faisais-tu dehors dans le noir, papa ? Que se passe-t-il, ici ? Où est Belinda ? débitai-je, si rapidement qu'il n'entendit qu'un mot.

Il se passa la main dans les cheveux.

— Belinda ? Elle n'est pas à la maison ?

— Je n'en sais rien, je viens juste d'arriver. Je ne suis pas montée vérifier. Que faisais-tu dehors dans le noir ? insistai-je.

L'effort qu'il fit pour sourire manqua son but. Il rendit seulement plus apparentes les minuscules rides qui sillonnaient son visage figé.

— Ce que je faisais ? Heu... juste un petit tour, pour prendre l'air. Nous faisions souvent ça, ta mère et moi. Nous aimions nous asseoir dehors et regarder l'océan sous les étoiles. Mais le ciel était couvert, cette nuit, et je ne voyais pas où je mettais les pieds.

— Ce n'est pas une petite chute que tu as faite là, en tout cas. Tu devais courir, et non marcher.

Il perçut ma méfiance, mais ne détourna pas son regard du mien.

— Que s'est-il vraiment passé, papa ?

Entre nous, les mensonges ne faisaient pas long feu, et il le savait. Son menton trembla et son visage hagard parut se friper.

— Je ne peux pas te donner le change longtemps, n'est-ce pas, Olivia ? Je n'ai jamais pu te tromper.

— Qu'est-il arrivé, papa ? Est-ce que cela a quelque chose à voir avec Belinda ?

Il tourna vers la fenêtre un regard fou de terreur et je vis remuer ses lèvres, mais aucun son n'en sortit. Puis il se pencha pour saisir la bouteille de bourbon et en avala une gorgée.

— J'ai entendu sa voix, chuchota-t-il. Je l'ai entendue pleurer, Olivia.

— Quoi ? (Malgré moi, je portai la main à ma gorge et reculai d'un pas.) Quelle voix ?

Papa jeta un coup d'œil furtif en direction de la porte.

— Chut ! Elle ne sait rien.

— Qui ça ?

— Carmelita. Mais quelquefois, elle me regarde d'un air accusateur, Olivia. Je crois qu'elle aussi l'entend, mais qu'elle ne tient pas à en savoir plus. L'autre jour, elle m'a dit qu'elle songeait à nous quitter, pour aller vivre chez sa sœur à New Haven. Jérôme m'a déjà donné ses huit jours, il part mardi prochain. Pour la Floride, à ce qu'il prétend. Il dit que c'est à cause du temps, mais je sais bien que non. C'est parce qu'ils savent, ajouta papa en hochant la tête avec insistance.

Puis il engloutit une autre lampée de bourbon et ferma les yeux. Je m'obligeai à respirer longuement, profondément. Je savais à quoi il pensait, mais je voulais l'entendre de sa bouche.

— Quelle voix as-tu entendue dehors, papa ? Qui pleurait ?

Il rouvrit les yeux, mais seulement pour fixer le plafond.

— Son petit, l'enfant sans nom. Je l'ai enterré là-bas comme une simple graine, Olivia, et cela a toujours tracassé ta mère. Elle restait souvent immobile devant la fenêtre, à regarder dehors en pensant à lui. Elle ne vous en a jamais parlé, ni à toi ni à Belinda. Mais quelquefois, la nuit, elle s'éveillait en sursaut et elle pleurait tout bas. Je n'avais pas besoin de lui demander pourquoi. J'entendais les mêmes plaintes, et je les ignorais.

— Tu n'entendais rien de tel, papa. C'était ton imagination, sans doute parce que tu bois trop.

— Non, s'obstina-t-il.

Je ne jugeai pas utile de lui tenir tête.

— Très bien, papa, d'accord. Tu devrais monter dormir un peu, maintenant. Je vais voir si Belinda est là. Es-tu allé au bureau, en mon absence ?

— Ma foi... je n'en sais rien. J'ai dû y passer une fois, je pense. Le temps a passé si vite ! Ton voyage de noces est déjà fini ?

— Oui, papa.

Il fronça les sourcils, l'air désorienté.

— Hmm... Où est Samuel ?

— Chez son père. J'espérais vous avoir à dîner ce soir, papa. Belinda et toi.

— Oh, comme c'est gentil ! Je prends le temps de faire un brin de toilette et une petite sieste, d'abord, puis nous vous rejoignons chez toi, décida-t-il.

— C'est vraiment une mauvaise chute que tu as faite là, papa.

— Pardon ? Oh, ça ! J'ai dû buter contre une pierre et dégringoler quelques mètres en contrebas, je suppose.

— En contrebas ? Tu veux dire que tu aurais pu tomber sur les rochers ?

— Mais non, ce n'est rien, dit-il en commençant à se lever.

Mais sa blessure au genou devait être plus sérieuse qu'il ne le croyait, car il eut du mal à s'extraire de son fauteuil, et encore plus à prendre appui sur sa jambe.

— Tu ne crois pas qu'il vaudrait mieux appeler le docteur, papa ?

— Non, refusa-t-il précipitamment. Je vais me laver un peu et me reposer, ça ira très bien.

— Est-ce que Belinda sait que tu as fait une chute ?

— Belinda ? (Il fit un effort manifeste pour rassembler ses souvenirs.) Ah, je me souviens, maintenant. Je crois qu'elle est allée... chez une de ses amies, je ne sais plus où.

— Quand cela, papa ?

Il se gratta la tête.

— Je crois bien qu'elle est partie juste après ton mariage.

— Et elle n'est pas rentrée depuis ?

— Ma foi... je n'en sais trop rien, avoua-t-il.

— Oh, papa ! Et toi qui devais la surveiller de plus près. Tu me l'avais promis.

Je le pris par le bras, pour le guider vers la porte. Apparemment, sa jambe blessée le faisait sérieusement souffrir.

— Tu ne veux pas voir le docteur aujourd'hui, papa ? C'est certain ?

— Tout va bien, Olivia, je t'assure. Tu n'as pas besoin de t'inquiéter pour moi.

— Très bien, comme tu voudras. Je vais voir si Belinda est rentrée, annonçai-je en passant devant lui.

La porte de Belinda était ouverte, et un regard me suffit pour comprendre que sa chambre était inoccupée depuis longtemps. Je retournai sur le palier en entendant la voix de papa. Carmelita l'avait rejoint et ils parlaient en bas de l'escalier. Carmelita leva la tête.

— C'est vous, mademoiselle Olivia ? Je ne savais pas que vous étiez rentrée.

— Je viens juste d'arriver. Savez-vous où se trouve ma sœur, Carmelita ?

— Cela fait des jours que je ne l'ai pas vue, déclara-t-elle.

Puis elle se précipita dans l'escalier, pour aider papa qui se hissait péniblement d'une marche à l'autre, accroché à la rampe. La main plaquée contre ses reins, pour le soutenir, elle me jeta un regard affligé en secouant la tête. Je vins à son secours et, à nous deux, nous parvînmes à conduire papa jusqu'à sa chambre. Il passa aussitôt dans la salle de bains, et je me retournai vers la bonne.

— Depuis combien de temps est-il comme ça, Carmelita ?

— Depuis le lendemain de votre mariage. Mlle Belinda est partie et il est resté seul. Au milieu de la nuit, je l'ai entendu sortir, et j'ai envoyé Jérôme jeter un coup d'œil. Votre père avait trop bu. Jérôme l'a ramené deux fois dans la maison, et à chaque fois il s'est démené comme un beau diable en poussant des cris. Mais la troisième fois, ça s'est mal terminé. Ils ont eu des mots et c'est là que Jérôme lui a donné son congé.

— Vous aussi vous comptez partir, si je comprends bien ?

— Oui, confirma-t-elle. J'ai droit à la retraite de la Sécurité sociale, maintenant, et j'aimerais bien profiter de mes vieux jours. Ma sœur a perdu son mari l'année dernière, et elle voudrait que j'aille vivre avec elle.

Je la dévisageai avec insistance et elle secoua la tête.

— Je suis désolée, mademoiselle Olivia, mais maintenant que votre mère est partie... ce n'est plus pareil. C'est comme s'il n'y avait plus de soleil, dans cette maison. Je suis certaine que vous trouverez très vite quelqu'un d'autre, mais je resterai aussi longtemps que je pourrai.

— Merci, Carmelita. Où est Jérôme ?

— Il va en ville dès qu'il a fini son ouvrage, maintenant, mademoiselle Olivia. C'est là qu'il est. Votre père ne lui donne plus de travail de jardinage, de toute façon. Il ne veut plus qu'il touche à rien, même pas pour tailler ou bêcher. Comme vous pouvez le voir...

Carmelita pointa le menton vers la salle de bains.

— Votre père est sur une mauvaise pente, il boit beaucoup trop. Je suis contente que vous soyez à la maison, conclut-elle avec soulagement.

— Je vais m'occuper de lui, maintenant.

— Tant mieux. Si vous avez besoin de moi, je serai en bas.

— Merci, Carmelita.

Elle se retira, et j'allai frapper à la porte de la salle de bains.

— Tout va bien, papa ?

— Oui, se contenta-t-il de répondre.

J'envisageai de me rendre au bureau pour voir ce qui n'allait pas, et surtout ce qui n'avait pas été fait. Juste au moment où je m'engageais dans l'escalier, la porte de la rue s'ouvrit et le rire de Belinda s'engouffra dans la maison. Puis ma sœur entra, accompagnée par un jeune homme inconnu. Il avait un bras passé autour de sa taille et ils s'embrassèrent dans le hall. Les mains du jeune homme glissèrent vers le bas, jusqu'à se plaquer sur les fesses de ma sœur en la soulevant pratiquement au-dessus du sol, ce qui lui arracha un glapissement ravi.

— Belinda !

Elle se sépara aussitôt de lui, leva les yeux sur moi et porta la main à sa bouche, mais je vis bien qu'elle souriait toujours. Brusquement, elle émit un hoquet bruyant et son compagnon recula d'un pas.

Il avait de longs cheveux gras et portait une salopette délavée, avec une chemise jaune à rayures blanches. Je constatai, non sans surprise, qu'il avait les pieds nus. Quant à Belinda, sa blouse était suffisamment ouverte pour laisser voir qu'elle ne portait pas de soutien-gorge.

— Salut, Olivia ! Ma sœur Olivia, déclara-t-elle avec emphase. Olivia, je te présente Bryan.

— Ryan, rectifia le jeune homme.

— C'est vrai, Ryan. Ryan, ma sœur aînée vient juste de se marier. Alors, et cette lune de miel, Olivia ? Ça s'est bien passé ? Ça ne secouait pas trop, en mer ? gloussa Belinda, hilare.

Je la toisai d'un œil sévère. Elle tituba, s'efforça de garder le sourire et se raccrocha au chambranle pour ne pas tomber. Je me tournai vers le jeune homme.

— Je crois que vous feriez mieux de partir, déclarai-je.

Instantanément, il parut dégrisé.

— Oui, bien sûr. J'allais justement... je ne peux pas rester, de toute façon. Il faut que je...

— Vos motifs pour ne pas rester ne m'intéressent aucunement. Veuillez partir, ordonnai-je.

Il acquiesça d'un signe de tête.

— Eh, une minute ! intervint Belinda. J'ai invité Bryan à dîner.

— Ryan, corrigea-t-il une fois de plus en retournant sur ses pas. C'est très bien comme ça, d'ailleurs je n'ai pas faim. Heureux de vous avoir rencontrée, ajouta-t-il à mon adresse en s'esquivant.

— Hé, Ryan! le rappela Belinda, en pure perte. Puis elle pivota vers moi, furibonde.

— Ce n'est pas très chic de ta part, Olivia. Il m'a raccompagnée jusqu'ici depuis... enfin peu importe, mais c'était loin. Le moins que nous puissions faire...

— Tu es saoule, Belinda, et tu n'as pas mis les pieds à la maison depuis mon départ. Où étais-tu?

— Chez des amis, riposta-t-elle, les mains aux hanches. Écoute, tu es mariée maintenant, et tu as ta maison. Alors ne viens pas te mêler de mes affaires, tu veux? Et je ne suis pas saoule, figure-toi.

Là-dessus, elle émit un hoquet sonore et partit en chancelant vers l'escalier.

— Il faut que j'aille au bureau, dis-je en passant devant elle. Je n'ai pas de temps à perdre à te dessaouler et à m'occuper de toi, alors que tu aurais dû, toi, t'occuper de papa. Tu es une égoïste, Belinda, tu n'as aucun égard pour personne. Un beau jour tu te retrouveras toute seule, en pleine démence, et ce ne sera pas la peine de m'appeler à ton secours. Je ne viendrai pas, conclus-je en ouvrant la porte.

Belinda voulut parler, mais je claquai bruyamment le battant derrière moi, sans lui laisser le temps d'articuler un mot. Ma conscience me souffla qu'elle risquait de tomber en essayant de gagner sa chambre, mais cela m'était bien égal. Si cela lui arrivait, elle ne l'aurait pas volé. J'étais dans une telle rage en montant dans ma voiture que je me sentais littéralement bouillir. De façon incongrue, je pensai soudain à l'expression populaire : avoir de la fumée qui vous sort par les oreilles. Je ne devais pas en être bien loin.

Ce que je trouvai au bureau confirma mes suppositions les plus pessimistes. Non seulement papa ne s'était occupé de rien, pas même de donner suite aux appels téléphoniques, mais il avait laissé passer quelques échéances. Je m'attelai instantanément à la besogne en vue de rétablir l'ordre, autant que faire se pouvait en quelques heures. Samuel appela pour savoir ce que je devenais.

— J'étais sûr de te trouver là quand Carmelita m'a parlé de ta visite, Olivia. Je croyais que nous ne devions pas reprendre le travail avant demain, se plaignit-il.

— Je ne peux pas m'offrir ce luxe, Samuel. Mon père a laissé trop de choses à l'abandon. Je rentrerai très tard.

— Mais… et notre dîner ? J'ai réservé une table au club, nous avons des gens à voir.

— Je n'ai pas très faim. Vas-y sans moi, si tu veux ?

Cette fois, il protesta ouvertement.

— Mais c'est ridicule, Olivia ! Ce travail peut sûrement attendre à demain.

— Je ne remets jamais les choses au lendemain, Samuel, autant que tu le saches tout de suite. S'il y a quelque chose à faire, je le fais, déclarai-je, sur un ton propre à bien lui faire entrer cette idée en tête.

— Bien sûr, bien sûr… Peut-être devrais-je venir t'aider ?

Son manque d'enthousiasme était plus qu'évident.

— Il n'y a rien que tu puisses faire, ici. T'expliquer les problèmes prendrait trop de temps. Je suis très contrariée, Samuel. Belinda s'est très mal conduite en notre absence.

En quelques phrases succinctes, je lui décrivis la situation, et je conclus en ajoutant :

— Il vaut mieux que je travaille, cela me distraira de ma colère.

— Très bien, j'irai au club et je t'attendrai là-bas. Si jamais tu finis plus tôt que prévu...

— Ne m'attendez pas pour dîner. Si je peux venir, je viendrai, je te le promets.

La promesse ne me coûtait rien, je savais que je ne pourrais pas la tenir. Samuel s'empressa d'accepter cette offre. Comme bien des gens de ma connaissance, il savait fermer les yeux sur ce qu'il préférait ignorer. Il lui suffisait de pouvoir sauver la face pour être satisfait.

C'était à un vrai travail de Romains que je m'attaquais, et je m'y plongeai si bien que j'en oubliai l'heure. Quand Samuel rappela, il était déjà rentré à la maison.

— J'espérais te trouver chez nous à mon retour, Olivia. Je n'arrive pas à croire que tu sois toujours au bureau.

Quand je vis l'heure, j'en fus tout étonnée moi-même.

— Je rentre immédiatement, Samuel.

— Tout le monde se demandait où tu pouvais bien être, ce soir. Quand j'ai dit à nos amis que tu étais allée tout droit au bureau, ils ont été très... impressionnés.

Il avait hésité sur le dernier mot, et le ton de sa voix me renseigna. Le terme « impressionnés » ne devait pas traduire exactement le genre de réaction qu'avait provoquée mon absence. Je songeai brusquement que j'avais même oublié de prendre des nouvelles de papa.

— Je passe d'abord un coup de fil pour savoir si mon père va bien, Samuel. Je crois que c'est préférable. À tout de suite.

Quand j'appelai papa, le téléphone sonna longtemps avant que Carmelita ne vienne décrocher.

— Ah, mademoiselle Olivia. Votre père ? Je ne l'ai pas vu depuis que nous l'avons aidé à monter, en fait. Il s'est endormi et n'est pas descendu pour le dîner.

— Et Belinda ?

— Un peu après votre départ, je l'ai entendue descendre à la cuisine. Je suis venue l'aider à se préparer quelque chose à manger, ensuite elle est remontée dans sa chambre. Je croyais qu'elle dormait, quand j'ai à nouveau entendu du bruit en bas. C'était elle qui sortait.

— Merci, Carmelita. Si vous avez besoin de moi pour quoi que ce soit, n'hésitez pas à m'appeler.

Je lui donnai mon numéro à la maison et quittai le bureau. Samuel regardait la télévision dans notre petit salon quand j'arrivai chez nous. Il voulut savoir à quoi j'avais travaillé, mais je répondis que j'étais trop fatiguée pour en parler.

— Tout ce que je peux en dire, c'est que cela représente un travail énorme, Samuel. Mais il reste encore beaucoup à faire.

— Eh bien, commença-t-il en se frottant les mains, tu peux compter sur moi pour t'aider, Olivia. Je vais tout remettre en route. Je m'y attaque dès demain, je te le promets. Nous allons réaliser de grandes choses, ici.

— Nous avons déjà construit quelque chose, Samuel. Il nous reste à consolider notre œuvre.

— Oui, bien sûr. Absolument, s'empressa-t-il d'approuver.

Je pris un peu de thé avec des toasts et montai me coucher, tandis que Samuel s'attardait devant la télévision. J'avais du pain sur la planche, pour le lendemain. Je devais recevoir les nouveaux domestiques et les mettre au courant, d'abord ; puis tâcher d'obtenir de papa qu'il reprenne le travail. J'aurais besoin de toute ma force, et j'étais lasse à mourir. Ce fut seulement quand je fus au lit, lumière éteinte, que je m'avisai d'une chose : c'était la première nuit que j'allais passer dans ma nouvelle maison.

*
* *

Les jours suivants, je devins de plus en plus inquiète au sujet de papa. Il reprit le travail, mais il continuait à boire beaucoup trop, et l'effet s'en faisait sentir. Il ne prenait plus grand soin de lui-même, à tel point qu'il donnait parfois l'impression d'avoir dormi tout habillé. En outre, je notai qu'il avait souvent du mal à se concentrer. Il lui fallait une heure pour relire et rectifier des documents dont la révision, d'habitude, ne lui demandait que quelques minutes. Et surtout, il me paraissait vieilli. Ses cheveux étaient plus gris, les rides plus marquées sur son visage. Et lui qui se tenait si droit et si ferme, autrefois, marchait maintenant la tête penchée, la poitrine creuse, comme si sa tristesse était une chape de plomb qui lui pesait sur les épaules.

Il ne servait à rien de l'interroger sur la conduite de Belinda. Maintenant que j'avais quitté la maison, et qu'il ne s'intéressait plus à rien, ma sœur était comme un ballon qu'on aurait lâché dans le vent. Totalement incontrôlable, elle allait où elle voulait, au gré de son caprice. Elle m'évitait le plus possible. Et quand je la trouvais par hasard à la maison, au cours d'une de mes visites, elle était toujours sur le point de sortir. Papa était tout simplement dépassé par la situation, et je m'efforçai de lui ouvrir les yeux.

— Elle a toujours été assez instable, papa, alors que nous étions deux pour la surveiller. Maintenant que je ne suis plus là, il faut que tu t'intéresses davantage à ce qu'elle fait. Que tu saches où elle va, qui elle voit. Ne lui donne pas tant d'argent. Apprends-lui à s'occuper de son avenir.

— Je sais, répondait-il invariablement. Je vais le faire, je te le promets.

Mais son esprit était comme un aimant qui aurait perdu son magnétisme. Ses propres capacités semblaient lui échapper, se détacher de lui, partir à la dérive, le vidant de sa mémoire et de ses pensées.

Samuel se rendait compte de ce qui lui arrivait, et je dois dire à son crédit qu'il s'efforçait de l'aider. Il lui rendait visite aussi souvent que moi, quand papa ne se montrait pas au bureau ou que j'étais trop occupée pour m'en absenter moi-même. S'il voyait Belinda dans un bar ou au restaurant, il essayait de la ramener à la maison, ou de l'empêcher de trop boire. Il savait à quel point il m'était pénible que ses frasques me soient racontées par d'autres. Aussi essayait-il d'amortir le choc en me les apprenant lui-même, le premier.

Il était toujours heureux de quitter les bureaux, malgré ses serments solennels d'être à mes côtés pour bâtir notre empire commercial. Il en vint très vite à se considérer, avec satisfaction, comme notre expert en relations publiques.

— Nous avons besoin de fréquenter le monde des affaires, Olivia, et les mondanités ne sont pas ton fort. Tu as toujours trouvé cela futile. Alors laisse-moi m'en occuper, veux-tu ? Je me charge de tout, affirma-t-il.

Et de fait, son budget atteignit le quadruple du montant prévu à cet effet, ce qu'il justifiait toujours par les mêmes arguments. Selon lui, ces frais de représentation nous vaudraient une réduction d'impôts, et ces contacts nous attireraient de nouveaux clients. Ce qui fut très rarement le cas. À vrai dire, certaines de ses « relations utiles » n'avaient que peu, si ce n'est rien, à voir avec les affaires que nous traitions. Mais quand je le lui faisais remarquer, il répondait : « Sans doute, mais ces gens-là connaissent des gros bonnets, dans notre partie. Cela peut toujours servir. »

Papa ne désapprouvait pas les activités de Samuel. Il lui arrivait même de l'accompagner dans ses rendez-vous, et il paraissait y prendre plaisir. Comme il n'avait plus beaucoup d'occasions de se détendre, depuis quelque temps, je gardais mes réflexions pour moi. De son côté, Samuel semblait comprendre et accepter ses limites, en matière de capacités commerciales, et ne tentait pas d'usurper les responsabilités que j'assumais.

— Ceci est plus du ressort d'Olivia que du mien, disait-il souvent.

Et il s'avéra bientôt que toute tâche un peu ardue se trouvait être « du ressort d'Olivia ».

Cependant, au début tout au moins, je reconnus volontiers une certaine valeur au rôle de Samuel. Nous devînmes bientôt les grands favoris des cercles charitables et mondains de la ville, figurant à la place d'honneur sur les listes d'invitations. Samuel insista pour que j'améliore ma garde-robe et m'achète des bijoux, qu'il choisissait souvent pour moi, d'ailleurs. Il les faisait passer comme frais professionnels, y compris ses propres achats, sur lesquels il ne lésinait pas non plus, il faut bien le dire. Surtout quand il s'agissait de s'habiller.

Nous commençâmes à recevoir, et grâce aux relations de Samuel nous connûmes des personnalités influentes, dont le pouvoir s'étendait à notre sphère d'activités.

L'événement mondain que j'attendais le plus, naturellement, était le mariage de Nelson Childs. Il y avait des mois que je ne l'avais pas vu, à présent. Il avait terminé ses études, été reçu au barreau, et il était entré dans le cabinet de son père. Son nom était déjà gravé sur la plaque extérieure, et chaque fois que je l'apercevais en passant devant l'immeuble en voiture, mon cœur manquait un battement. Il m'arrivait même de rallonger mon trajet, dans le seul but de passer devant cette plaque. Après coup, bien sûr, je me reprochais cet enfantillage. Nelson n'était pas mon soupirant. Il allait en épouser une autre, et j'étais la femme d'un autre. À quoi pensais-je en m'oubliant ainsi ?

Tous ceux qui étaient invités au mariage savaient quels soins avaient été apportés aux préparatifs, et l'impatience allait grandissant. Pourtant, bien qu'invitée elle aussi, Belinda me dit qu'elle n'irait pas et je n'en fus pas spécialement fâchée. C'était l'une des très rares fois où je l'avais trouvée à la maison. Elle était dans sa chambre et préparait un sac, en vue d'un petit voyage qu'elle comptait faire avec de nouveaux amis. J'eus la curiosité de lui demander :

— Qui sont ces gens, Belinda ?

— Des gens que j'ai rencontrés, sans plus. Ils ne te plairaient pas, s'empressa-t-elle d'ajouter.

— Pourquoi ? Parce qu'ils ne font rien et qu'ils boivent trop ?

Elle se campa devant moi, les poings aux hanches.

— Non. Parce qu'ils aiment mieux s'amuser que travailler.

— Ils n'ont pas besoin de travailler ? Ce sont des enfants gâtés comme toi, alors, ou des voleurs.

— Je ne veux pas parler d'eux avec toi, Olivia, répliqua-t-elle, les larmes aux yeux.

— Alors vraiment, tu ne viens pas au mariage de Nelson ?

Elle ne put s'empêcher de sourire.

— Non, Olivia. Tu pourras l'avoir pour toi toute seule.

Je sentis un flot de chaleur monter de mon cou jusqu'à mon front.

— Tu n'es plus drôle, Belinda. C'est toi qui étais dans le hangar à bateaux. Pas moi.

— Non, mais tu aurais bien voulu y être ! riposta-t-elle.

Et cette fois, j'eus l'impression que l'air ambiant s'embrasait.

— Ton mari sait ce que tu ressens pour Nelson, poursuivit Belinda.

— Aurais-tu été raconter des inepties à Samuel, par hasard ?

— Non, mais il le sait. J'en suis certaine, insista-t-elle en reprenant ses préparatifs. Vous ne vivez pas exactement comme des tourtereaux, tous les deux, avec vos chambres séparées.

— Ce n'est pas ton affaire, Belinda !

Elle éclata de rire.

— En effet, et tant mieux pour moi. Mais tu ne laisses peut-être pas à Samuel assez de chances de s'affirmer, osa-t-elle ajouter, défiant ma colère. Peut-être que si tu le faisais, tu rêverais un peu moins de Nelson Childs.

— Ça suffit !

— Tout ce que je disais, c'est qu'à mon avis Samuel est… pourrait être un amant merveilleux. Ce n'est pas le cas ?

Cette fois, elle allait un peu loin.

— Je refuse de poursuivre cette conversation stupide, Belinda, mais je te préviens : si tu dis un mot à qui que ce soit de ces sottises, et si je l'apprends…

— … tu me feras exclure de la famille, je sais. Ne t'inquiète pas, ça ne m'intéresse pas assez pour que je prenne la peine d'en parler. Je suis bien trop occupée à m'amuser.

— Tant pis pour toi. Tu n'éprouves donc jamais le désir de faire quelque chose de ta vie ?

— Mais c'est ce que je fais, il me semble. Je m'arrange pour qu'elle soit agréable, rétorqua-t-elle sans se démonter.

À court d'arguments, je la laissai pour aller me plaindre à papa de sa conduite. Il secoua la tête en marmonnant :

— Elle finira par se calmer, Olivia. Tu verras.

— Tu te mens à toi-même, papa. C'est pire que de mentir aux autres.

Il ne me répondit que par un regard vide. Il avait perdu beaucoup de poids, ces temps-ci, et paraissait plus fatigué que jamais. Je n'eus pas le cœur de l'ennuyer davantage au sujet de Belinda. Qu'elle se détruise toute seule, si c'est ce qu'elle veut, me dis-je avec humeur.

Je la chassai de mes pensées, j'avais mieux à faire. Comme réfléchir à ce que je porterais le jour du mariage de Nelson, par exemple. Rien de ce que j'avais dans ma penderie ne me satisfaisait, il me fallait quelque chose de spécial. Sans trop me l'avouer, j'espérais qu'en me voyant Nelson se dirait qu'il avait peut-être manqué sa chance. Qu'il aurait pu avoir une femme à la fois belle et intelligente. Une partenaire idéale. Quelqu'un qui l'aurait aidé à exprimer son potentiel, à se révéler à lui-même, et ne se contenterait pas d'appartenir à l'élite de la société.

Je me souvins de la couturière que Mère était allée voir, quand il s'était agi d'habiller ma sœur pour la remise des diplômes. Elle me montra quelques-uns des tout derniers modèles sortis et dessina une robe pour moi. Je ne pus m'empêcher de penser que Belinda serait jalouse à en pleurer, quand elle la verrait. Elle était en soie sauvage vert émeraude, avec des sequins d'or pour souligner le décolleté en V, ainsi que le bord des manches. Mon collier de diamants taillés en gouttes, et les boucles d'oreilles assorties, la compléteraient de façon merveilleuse.

Je courus les boutiques jusqu'à ce que je trouve des escarpins de la même nuance. Et, pour une fois dans ma vie, j'allai dans un institut de beauté pour me faire coiffer et manucurer.

— Tu ne t'es pas donné autant de mal pour notre propre mariage, me taquina Samuel.

Il souriait, mais je me demandai ce que pouvait cacher ce sourire. On dit souvent la vérité en plaisantant, et comment savoir ce qu'avait bien pu lui raconter Belinda ?

— Tu voulais être fier de moi, me défendis-je en évitant son regard.

— Oh, mais je le suis. Une fois de plus, nous allons éclipser Nelson et Louise. Cette femme finira par t'en vouloir à mort, Olivia.

— Cela m'étonnerait beaucoup, répliquai-je un peu trop vite.

Mais dans le secret de mon cœur, j'espérais qu'il avait raison. Pourtant ce n'était pas l'éclat de la mariée le jour des noces que je souhaitais dérober à Louise et capter à mon profit. Ce que j'aurais voulu lui ravir, c'était l'amour de Nelson.

12

Le mariage de ses rêves

La cérémonie religieuse des Childs fut beaucoup plus élégante que la mienne, me sembla-t-il. Mais ce fut sans doute parce que je n'y vis aucun visage étonné, ni dédaigneux, comme ceux qui m'avaient accueillie. L'atmosphère était très différente, tout à fait de celles qui conviennent dans une église. Et qui plus est, tout le monde considérait ce mariage comme une noce royale, ou presque. Sauf moi, naturellement.

On s'extasiait à tout propos, aussi bien sur le tapis rouge que sur l'arche de roses dressée devant l'autel. Quand Nelson gagna sa place, avec Samuel comme garçon d'honneur à ses côtés, les femmes de tous âges le suivirent des yeux avec une véritable expression d'adoration. Toute l'assistance féminine laissa échapper un soupir admiratif quand il se tourna vers ses invités, pour leur offrir son étincelant sourire.

Puis un frisson parcourut l'assistance, les premiers accords de musique résonnèrent. Louise Branagan, au bras de son père, entama sa marche vers l'autel. Il était impossible de nier qu'elle était très belle. Sa coiffure impeccable lui allait à ravir, sa robe avait une allure princière. Deux adorables jumelles de sept ans, les filles de sa sœur aînée, portaient la traîne. Louise avançait avec une grâce altière, un délicieux sourire aux lèvres et les yeux rivés à ceux de Nelson. Je pouvais presque sentir l'émotion vibrante qui passait entre eux. Un murmure monta comme une houle quand Louise et son père s'immobilisèrent.

Le pasteur commença son office.

C'est Nelson et moi qui aurions dû nous tenir là, pensai-je alors. Si seulement je m'étais montrée plus entreprenante, ce soir-là, quand mes parents avaient invité les Childs en vue de rapprocher Nelson et Belinda. Si j'avais su me mettre en valeur, briller pour le charmer, me montrer sensuelle pour le séduire ! Quelques semaines plus tard, c'est Nelson et moi qui nous serions retrouvés dans le hangar à bateaux, et non Nelson et Belinda. Au lieu de cette incartade stupide, qui n'avait conduit à rien, nous aurions entamé une grande histoire d'amour. Une de ces passions qui vous dévorent, un feu que rien ne peut éteindre, un désir que rien ne peut apaiser, sauf la promesse d'être unis pour la vie.

Mais ce destin n'était pas pour moi. Un esprit malin et capricieux avait détourné Nelson de moi, pour faire miroiter devant lui les charmes de Belinda, jusqu'à ce qu'il succombe. Il n'avait même pas eu un regret pour moi. Et, pour retourner le fer dans la plaie, il avait fallu que ce soit moi qui lui fasse la morale, jusqu'à le mettre dans l'embarras et l'effrayer. Je serais toujours pour lui la voix de sa conscience, une sorte de juge sévère et sermonneur, et non une femme aimante et douce. De toute ma vie, jamais je n'avais détesté être ce que j'étais autant que ce jour-là. Cet après-midi radieux où, dans la chapelle, j'avais regardé et écouté Nelson prononcer son serment d'amour et de fidélité envers une autre. Quand ce fut le tour de Louise, je formulai silencieusement les mêmes vœux, en même temps qu'elle, fermai les yeux et m'abandonnai à mes rêves.

À nouveau, les orgues retentirent et chacun se leva. Nelson et celle qui était maintenant Mme Nelson Childs remontaient la nef, souriant aux caméras, clignant des yeux devant les flashes, agitant la main en passant devant leurs loyaux et dévoués sujets, leurs invités subjugués.

— Quelle cérémonie merveilleuse, s'enthousiasma Samuel en venant me rejoindre. Tu ne trouves pas ?

— Si.

— Quel beau couple ils font, tous les deux ! Ils vont être la coqueluche de Provincetown.

— Je n'irais pas jusque-là, Samuel, marmonnai-je de mauvaise grâce. Ne t'emballe pas si vite.

Il rit et se tourna vers papa.

— Qu'en pensez-vous, Winston ?

— C'est un mariage très réussi, marmonna distraitement papa, qui fut presque aussitôt happé par un groupe de ses associés.

Nelson, Louise et les deux familles sortirent poser pour les photographes, tandis que les invités gagnaient le lieu de la réception. À cause du rôle prépondérant de Samuel, nous eûmes droit à une place sous le dais d'honneur, juste en face de la piste de danse. Deux des plus jeunes partenaires du cabinet Childs, Ron Baer et Carl Stevens, se trouvaient également sous le dais, avec leurs épouses. Nous venions de nous installer quand l'orchestre se mit à jouer, annonçant l'arrivée prochaine de nos hôtes.

— J'adore la façon dont vous avez transformé votre maison, déclara Janet Baer en se tournant vers Samuel.

Elle dit cela en attachant sur lui un regard appuyé, comme si c'était lui qui avait tout fait. Il se hâta de la détromper.

— C'est entièrement l'œuvre d'Olivia, vous savez.

— Ah bon ? Vous semblez experte en toutes choses, Olivia, observa-t-elle avec un sourire sucré.

Elle échangea un bref regard avec Tami Stevens, qui prit aussitôt le relais.

— Que fait votre sœur ces temps-ci ? s'enquit-elle en se pourléchant les babines.

Si elle croyait m'atteindre avec son coup bas, elle allait déchanter.

— Elle attend, répliquai-je sèchement.

Le visage des deux amies exprima une perplexité sans bornes.

— Elle attend ? s'effara Janet. Elle attend quoi ?

— De se décider à choisir entre ses prétendants.

Aucune des deux ne sourit, mais Samuel éclata de rire et se leva.

— Aimerais-tu danser, Olivia ?

— Volontiers, acceptai-je en me levant à mon tour.

Raides comme des piquets sur leurs sièges, les deux maris n'avaient pas pipé mot.

— Nous sommes à un mariage, vous savez, leur jeta Samuel d'un ton jovial. Pas à un enterrement !

Jamais je n'avais autant apprécié son humour. Je pressai mon visage sur son épaule, pour cacher mon fou rire, et le laissai m'entraîner sur la piste.

— Ou ils ont avalé un parapluie, tous les deux, ou ils sont collés sur leur chaise, plaisanta-t-il, et je ris de plus belle.

Après cette danse-là, je bus du champagne, dansai encore, jusqu'au moment où la musique s'interrompit. La chanteuse de l'orchestre annonça l'arrivée de M. et de Mme Nelson Childs, chacun fit face à la porte. Sous un tonnerre d'applaudissements, Nelson et Louise firent une entrée triomphale et allèrent s'asseoir au centre de la table d'honneur.

Immédiatement, Samuel se leva et fit tinter sa fourchette contre son verre.

— Mesdames, messieurs, je voudrais porter un toast. Le premier toast de la soirée.

Tout le monde se leva, flûte à champagne en main, et Samuel se tourna vers Nelson et Louise.

— À M. et Mme Nelson Childs. Puissent-ils être aussi heureux que nous le sommes, Olivia et moi.

J'entendis quelqu'un ricaner dans mon dos, mais les vivats éclatèrent et chacun porta son verre à ses lèvres. Puis la musique reprit et la réception suivit son cours.

— Où allez-vous pour votre lune de miel? demanda Janet à Nelson.

Ce fut Samuel et moi qu'il regarda pour répondre.

— Contrairement à l'heureux couple Logan, nous ne prendrons pas la mer. Nous irons dans les montagnes, à Aspen. Louise adore la randonnée, elle a bien l'intention de me faire voir du pays.

Il m'adressa un clin d'œil, et nous commençâmes tous à manger. Un peu plus tard, quand Samuel se fut levé pour aller parler à quelqu'un à l'autre bout de la table, il se pencha vers moi et chuchota :

— Disait-il vrai, Olivia? Dois-je espérer être aussi heureux que vous deux?

— Personnellement, j'espère que vous vous efforcerez toujours de faire mieux, Nelson.

Il étouffa un rire et se tourna vers un groupe d'amis, qui se préparaient à porter un toast.

— Attendez! dit-il en se détournant pour remplir à nouveau mon verre. Joignez-vous à nous, Olivia.

Je le fis, après quoi je vidai un autre verre. En fait, je bus plus au mariage de Nelson Childs que je ne l'avais jamais fait nulle part, de toute ma vie. Et brusquement, je commençai à me sentir étourdie.

Bientôt, j'en arrivai à vaciller sur mes jambes et cessai de danser. Samuel trouva cela très drôle, mais pas moi. J'avais l'impression que j'allais basculer dans le vide et je détestais ça.

— Je crois que nous devrions rentrer, murmurai-je, plus fort que je ne l'aurais voulu.

Nelson m'entendit, lui aussi.

— Pas avant d'avoir dansé avec le marié, dit-il en repoussant sa chaise. La femme du garçon d'honneur doit le faire, c'est la coutume. N'est-ce pas, Samuel ?

— Absolument.

— Je ne crois pas en être capable, protestai-je.

Mais Nelson était déjà debout et prenait ma main. Toutes les femmes assises sous le dais nous suivirent des yeux, quand il me pilota vers la piste. Je sentais leurs regards sur moi.

— Je suis désolée de m'accrocher à vous comme ça, Nelson. Mais si vous me lâchez, je risque de me replier comme un vieux parapluie.

— Accrochez-vous aussi fort qu'il vous plaira, dit-il en me serrant tout contre lui.

Je fermai les yeux et appuyai ma tempe sur son épaule.

— Nous voilà tous mariés à présent, et heureux, observa-t-il après un court silence.

— Pas tous, Nelson.

— Belinda se rangera, un de ces jours, vous verrez. Elle finira par se caser.

— Mais comment et avec qui, c'est ça qui m'inquiète, répliquai-je.

Il rit, et je me sentis merveilleusement bien. C'était si bon d'être dans ses bras, les yeux fermés, de n'entendre que la musique alors que tous les autres sons semblaient s'évanouir. Si bon que je pouvais réellement me croire à mon propre mariage. Comment se passerait la nuit de noces des jeunes époux ? À en croire Samuel, ils avaient déjà souvent dormi ensemble. Était-ce vrai ? me demandai-je, toute songeuse.

Je fus déçue quand la musique prit fin. Trébuchant presque quand nous revînmes vers le dais, je me retins à l'épaule de Carl Stevens, ce qui provoqua quelques rires. Je me sentis virer au cramoisi.

— Je crois vraiment que nous devrions rentrer, Samuel, insistai-je avec embarras.

Il en convint, se leva, et nous prîmes congé de Nelson et de Louise.

— J'espère que nous deviendrons grandes amies, déclara-t-elle en me donnant l'accolade.

— Moi aussi, Louise.

Apparemment, papa se trouvait très bien en compagnie du colonel Childs et de ses amis. Je m'en réjouis pour lui. Déjà un peu trop gaie, je le devins plus encore et gloussai pendant tout le trajet du retour, au grand amusement de Samuel.

Il dut m'aider à monter à l'étage.

— Il est rare que tu aies besoin d'aide, Olivia. Je devrais marquer ce moment béni d'une pierre blanche, observa-t-il.

Cela me fit rire, et d'ailleurs tout me faisait rire. La mine étonnée de Samuel, ma chambre, la porte de communication, mon reflet vacillant dans le miroir. Je tentai d'atteindre le dos de ma robe pour abaisser la fermeture à glissière, mais ce fut peine perdue. Mes doigts refusaient de m'obéir, et cela aussi me parut prodigieusement drôle.

— Permettez-moi de continuer à vous servir, madame, plaisanta Samuel.

Je m'affalai sur mon lit et le laissai me déshabiller en pleine lumière. Pendant tout le temps que cela dura, je gardai les yeux fermés, en chantonnant la dernière mélodie que j'avais entendue au mariage. L'air sur lequel nous avions dansé, Nelson et moi. Le rire de Samuel me semblait de plus en plus lointain.

— Je n'aurais jamais cru voir ça, s'égaya-t-il. Olivia Gordon, dans un état pareil !

Quand je fus nue, il s'éloigna du lit pendant quelques instants, puis revint s'agenouiller près de moi. Il embrassa mes seins, ses lèvres descendirent doucement jusqu'à mon ventre. Je me souviens d'avoir pensé que cela aurait pu être ma nuit de noces avec Nelson ; et que si cela n'avait pas été un rêve mais s'était vraiment passé, la réalité n'aurait pas été très différente.

Quand Samuel toucha et caressa les parties les plus intimes, les plus secrètes et les plus sensibles de mon corps, je m'abandonnai à mes fantasmes. Oui, dis-je en silence à ce Nelson absent, prends-moi, comme je n'ai encore jamais été prise. Laisse-moi oublier toute prudence, être aussi folle, audacieuse et insouciante que Belinda.

Ma soumission porta Samuel à un état d'excitation qu'il n'avait encore jamais connu avec moi.

Cette nuit-là, j'eus l'impression qu'il me violait. Selon sa propre expression, nous fîmes l'amour jusqu'à épuisement de nos forces. Pour la première fois depuis notre mariage, il s'endormit dans mon lit et y resta jusqu'au matin.

Je sursautai quand, en ouvrant les yeux, je le vis blotti tout contre moi. Je me redressai brusquement.

— Mais qu'est-ce que tu fais là ? m'étonnai-je.
— Quoi ?
— Pourquoi n'es-tu pas dans ton lit ?
— Quoi ?
— Arrête de répéter ça ! m'écriai-je en fourrageant dans mes cheveux, dans un effort désespéré pour rappeler mes souvenirs.

M'étais-je rendue ridicule à la réception, la veille ? Et nos ébats amoureux, dans quelle proportion étaient-ils réels ou seulement rêvés ? Il me semblait que des billes métalliques s'entrechoquaient bruyamment sous mon crâne. Je poussai un gémissement de détresse, me haïssant moi-même pour avoir permis qu'une telle chose arrivât.

Samuel s'étira longuement et bâilla.

— Tu étais dans un bel état, hier soir, Olivia.

— Arrête avec ça !

— Que j'arrête ? C'est vrai, je t'assure. J'ai dû te ramener à la maison. Mais ne t'en fais pas pour ça, personne ne l'a mal pris. Nelson a trouvé ça très drôle, en fait.

— Ah oui ? Eh bien, je suis heureuse que tout le monde ait eu l'occasion de s'amuser à mes dépens, ripostai-je, exaspérée.

Je passai dans la salle de bains et pris une douche, aussi froide que je pus le supporter. Quand je revins dans ma chambre, Samuel avait regagné la sienne et s'était rendormi dans son lit. Je fermai la porte de communication et m'assis à ma coiffeuse, contemplant mon lit bouleversé par une nuit de passion frénétique.

J'y avais pris plaisir, je l'admettais, mais seulement parce que je m'étais imaginée dans les bras d'un autre homme.

Il en serait toujours ainsi, pensai-je, les yeux brûlants de larmes. L'amour était vraiment cruel. La douleur qu'il causait surpassait de très loin le bonheur qu'il pouvait donner.

Mieux valait être incapable d'aimer, décidai-je. Ainsi, je serais à l'abri et personne, aucun homme ne pourrait jamais me blesser.

*
* *

Au cours des jours suivants, il circula quelques rumeurs au sujet de ma conduite au mariage, mais rien de comparable à celles que soulevait la conduite de ma sœur. À deux reprises, la police de Provincetown m'appela parce qu'on l'avait trouvée en état d'ébriété dans un pub, avec des amis, faisant du scandale parce que le patron ne voulait plus les servir. Une autre fois, je dus aller la chercher au commissariat. Elle prétendait toujours qu'elle était innocente, ou qu'on la harcelait parce que son père était un homme riche et important.

J'essayai de cacher la plupart de ces ennuis à papa, du moins au début. Mais après un certain temps, j'estimai préférable de le mettre au courant. Cela le déciderait peut-être à se montrer plus ferme avec elle, espérais-je. Nous eûmes à nouveau notre sempiternelle conversation, si souvent répétée que j'aurais pu l'enregistrer sur bande et passer la cassette.

— Si tu ne l'inscris pas dans une école ou ne lui trouves pas un emploi sérieux, papa, les choses iront de mal en pis. Tu ne devrais plus lui donner d'argent.

— Je vais m'en occuper, promit-il. Je vais passer quelques coups de fil et voir si je peux l'inscrire quelque part.

Il appela quelques personnes, en effet. Mais si la solution rêvée ne se présentait pas tout de suite, il abandonnait. Et s'il ne trouvait rien d'intéressant au premier essai, Belinda faisait une scène et le poussait à renoncer. Elle lui promettait sans cesse de s'améliorer, s'engageait à trouver bientôt quelque chose, ou quelqu'un. Pendant quelques mois, elle sortit avec le fils du propriétaire d'un grand restaurant de Provincetown. Il semblait que cette liaison était assez solide pour aboutir à un mariage, mais là encore il en fut comme il en avait toujours été.

Belinda se lassa, trompa ouvertement le garçon qui rompit net, et l'affaire en resta là.

Je souhaitais agir plus énergiquement, prendre moi-même les choses en main, mais la négligence croissante de papa envers nos affaires m'en empêcha. Il ne pouvait plus s'endormir sans avoir bu, maintenant, et il se négligeait de plus en plus. Mes responsabilités s'alourdirent, ce qui me laissa encore moins de temps pour la famille et pour moi-même.

Raymond, qui était à la fois mon chauffeur et l'homme à tout faire de la maison, me trouva quelqu'un pour remplacer Jérôme chez papa. De mon côté, je dénichai une remplaçante pour Carmelita. Mais cette femme eut une querelle avec Belinda, quitta la maison, et il me fallut en trouver une autre. Tout allait si vite pour moi, ces temps-ci, que je n'avais pas une seconde pour penser à moi-même. Jusqu'à ce qu'un matin, en m'éveillant, je me sente nauséeuse au point de vomir. Alerté par ce remue-ménage inhabituel, Samuel vint frapper à ma porte.

— Tout va bien, Olivia ?

Je repris mon souffle et m'assis sur le bord de la baignoire, sourcils froncés.

— Olivia ?

— Oui, oui, lançai-je en hâte, émergeant de mes pensées. Tout va bien, Samuel.

— Tu es sûre ?

— Absolument, affirmai-je.

Mais un frisson de crainte me glaça soudain. J'avais toujours eu un cycle si irrégulier que je ne faisais pas très attention aux dates, et ces jours-ci moins que jamais. Absorbée par mes problèmes, j'avais complètement perdu la notion du temps. Mais il ne s'agissait pas d'une simple irrégularité, cette fois-ci. J'avais trop de retard pour cela, beaucoup trop.

Sans en avertir Samuel, je pris rendez-vous avec le Dr Covington pour un examen.

— Mes félicitations, Olivia. Vous êtes enceinte, annonça-t-il d'une voix triomphante.

J'eus l'impression qu'on me versait un seau d'eau sur la tête. Depuis cette nuit où j'avais ouvert la porte de ma sœur, pour découvrir son fœtus clandestin recroquevillé sur le sol, la naissance et les bébés représentaient un sombre mystère à mes yeux. Comment se passerait mon accouchement ? Je ne prévins pas immédiatement Samuel. Il me semblait qu'en gardant la chose secrète vis-à-vis de lui, je pouvais l'empêcher de devenir vraie. Et puis, il y avait ce rêve que je fis la première nuit, juste après la révélation du Dr Covington. Dans mon rêve, le bébé que je mettais au monde ressemblait si étrangement à Nelson que Samuel se croyait trahi. J'avais tellement fantasmé quand nous avions fait l'amour que mon corps avait donné au bébé les traits de Nelson, et non ceux de Samuel. C'était un rêve stupide, bien sûr, mais il m'effraya. Plus tard, après la naissance, il s'avéra que le bébé ressemblait terriblement à Samuel, encore plus qu'à moi. Et je trouvai ces idées plus ridicules que jamais.

Le lendemain de ma visite chez le Dr Covington, au petit déjeuner, je me décidai enfin à annoncer la nouvelle à Samuel.

— Il semblerait que mes petits malaises du réveil, ces temps derniers, soient liés à mon état, commençai-je.

— Ton état ? Quel état ?

— Le Dr Covington m'apprend que je suis enceinte.

— Non ? Mais c'est merveilleux ! Enceinte ! cria-t-il en bondissant sur ses pieds. De combien de mois ?

— Un peu plus de trois mois.

Sans remarquer la sécheresse de ma réponse, il tapa dans ses mains.

— Il va falloir prévenir mon père, et le tien. Préparer la nursery. Faire des plans pour te ménager plus de temps libre, réduire tes heures de présence au bureau. Envisager comment et en quoi je pourrai te remplacer, prévoir…

— Certainement pas, l'interrompis-je. Il n'est pas question que je réduise mon temps de travail.

— Mais… tu vas avoir un bébé. Je supposais simplement que…

— Ne suppose rien. La grossesse n'est pas une maladie, que je sache.

Un instant désarçonné, Samuel reprit très vite son aplomb.

— Non, bien sûr. Mais ton père et moi espérions… nous avons toujours pensé que lorsque ton premier enfant s'annoncerait, tu abandonnerais certaines charges pour me les confier.

— N'y compte pas, Samuel, rétorquai-je en le fixant droit dans les yeux, si intensément qu'il détourna les siens. J'ai bâti cette compagnie avec mon père. Et depuis la mort de ma mère, comme tu le sais, j'ai dû prendre une part de plus en plus grande à la direction de notre entreprise. J'ai étendu nos affaires dans tous les secteurs. Et je n'ai pas l'intention de perdre le fruit de mes efforts, tout simplement parce que je me trouve être enceinte.

Samuel eut une mimique offensée.

— Je ne ferai rien qui puisse nuire à nos affaires, Olivia. J'en ai pris ma part, il me semble, en amenant de nouveaux clients. Comment peux-tu…

— Alors continue ton travail, répondis-je avec indulgence, et je ferai de même. Il y aura une courte période où je serai un peu moins présente, mais nous aurons une nurse et je veillerai à tout. C'est l'unique façon pour moi d'être mère de famille, Samuel. Je n'en accepterai pas d'autre.

Il n'insista pas. Mon expression lui fit comprendre que sur ce point, tout compromis était impossible.

— Très bien, capitula-t-il en se rasseyant. (Il me fit penser à un voilier brusquement privé de vent.) Si tu crois que c'est mieux… Ce sera comme tu voudras, bien sûr. Ce sont… de merveilleuses nouvelles. Mon père sera fou de joie, et le tien aussi. Comment te sens-tu ? songea-t-il subitement à demander. Et le docteur, qu'en pense-t-il ? Est-ce que tout va bien ?

— Tout à fait.

— Tant mieux. Je me demande si ce sera un fils. Un autre pêcheur, pour sûr ! ajouta-t-il, retrouvant le sourire. Je vais marcher en bombant le torse, aujourd'hui, tu peux me croire.

— N'en fais pas trop, Samuel, s'il te plaît. Je ne tiens pas à voir tous les curieux de la ville venir fourrer leur nez dans mes affaires. Inutile de plastronner.

— Tu me demandes de ne pas être fier d'attendre un bébé ? On n'en fait jamais trop dans ces cas-là, Olivia. C'est toi même qui m'as dit… ou plutôt, ton père t'a toujours dit…

Il s'empêtrait dans ses phrases, comme toujours, et il acheva tant bien que mal :

— Enfin, l'important c'est la famille, non ?

— C'est vrai, Samuel. C'est juste que je ne tiens pas à en faire toute une histoire au bureau.

— Bon, j'appelle mon père. Tu parleras au tien ?

— Oui, lui promis-je. Tout à l'heure, au bureau.

Sauf que ce jour-là papa ne vint pas travailler. Il appela pour dire qu'il ne se sentait pas bien et préférait se reposer. À la première occasion qui se présenta, je m'esquivai pour aller à la maison.

Depuis le matin, le brouillard avait déroulé ses volutes grises sur la ville et les alentours, donnant à toutes choses un air étrange et glacé. Ce ciel brumeux pesait toujours sur le paysage quand j'arrivai à la maison.

Ce fut Effie Thornton, la nouvelle bonne, qui vint m'ouvrir. C'était une petite femme robuste et replète, qui ne devait pas être très loin de la cinquantaine. Elle avait plutôt l'allure d'une fille de ferme que d'une femme de chambre, certes; mais elle était dure à l'ouvrage et prenait ses responsabilités à cœur. Je savais qu'elle ne mettrait pas longtemps à voir les défauts de Belinda. Mais, contrairement aux autres domestiques, elle n'était pas de ceux qui abandonnent facilement la partie. De surcroît, elle savait garder ses sentiments pour elle. Ni les réflexions vexantes de Belinda, ni ses écarts de conduite ne parvenaient à entamer son apparente indifférence. Ma sœur ne cessait de se plaindre d'elle, en nous suppliant de la renvoyer. Mais plus quelqu'un déplaisait à Belinda, plus j'étais encline à apprécier cette personne.

— Oh, madame Logan, je suis contente que vous passiez aujourd'hui, m'accueillit Effie. Vous pourrez voir le genre de choses que je suis obligée de supporter.

— De quoi s'agit-il, cette fois ?

— Suivez-moi, répondit Effie en m'entraînant vers le salon.

Je m'arrêtai net à l'entrée de la pièce : on aurait juré qu'elle venait d'être dévastée par un cyclone. Des bouteilles de bière et des verres traînaient un peu partout, voisinant avec des assiettes sales, dont certaines étaient renversées. Je vis des traces de nourriture sur les fauteuils et les canapés dont Mère avait pris tant de soin. Un lampadaire était tombé, brisant en mille éclats son précieux abat-jour de style Tiffany.

— Que s'est-il passé ? murmurai-je quand j'eus retrouvé mon souffle.

— Votre sœur a donné une soirée. Elle a reçu au moins une douzaine de personnes, et la fête a duré jusqu'au petit matin.

— Et mon père a laissé faire ça !

Effie eut une moue réprobatrice.

— Votre père dormait comme une masse dans son bureau, une bouteille de whisky sur les genoux. Je crains que vous ne soyez obligée d'engager des professionnels pour nettoyer les meubles et les tapis, madame Logan. Je ferai de mon mieux, mais...

— C'est entendu, Effie. Je les appellerai moi-même d'ici peu.

— Je vais m'attaquer au salon, maintenant. Je voulais d'abord que votre père ou vous puissiez voir ça.

— Où est ma sœur ? m'informai-je. Est-elle à la maison ?

Effie haussa les sourcils.

— Oui, madame. Mais... elle n'est pas seule.

— Et mon père ?

— Il est monté dans sa chambre très tôt ce matin, sans même jeter un coup d'œil au salon, et il n'est pas redescendu. J'ai insisté pour qu'il prenne un petit déjeuner, mais il n'a voulu qu'une tasse de café.

— C'est bien. Je vous remercie, Effie.

Je pris le chemin de l'escalier d'un pas raide, bouillonnant de rage intérieure. J'avais l'impression qu'un ouragan se déchaînait en moi. Parvenue devant la chambre de Belinda, je fis halte, le temps de respirer à fond. Puis j'ouvris la porte à la volée, avec une telle violence qu'elle rebondit contre le mur.

Belinda et son amant étaient au lit, nus et dans les bras l'un de l'autre. Ils ouvrirent les yeux en même temps. Ma sœur s'assit lentement, laissant glisser la couverture plus bas que ses seins.

— Olivia ? fit-elle en se frottant les yeux, espérant sans doute que j'étais une vision susceptible de disparaître.

Mais c'était bien moi, en chair et en os, campée dans l'embrasure et douée de parole.

— Tu es encore plus répugnante que je ne l'imaginais, Belinda.

L'homme se retourna et se cacha vivement les yeux de la main, comme si la lumière le blessait.

J'eus tout juste le temps de voir qu'il m'était parfaitement inconnu.

— Tu pourrais frapper avant d'entrer dans ma chambre ! glapit ma sœur.

— Je ne parle pas de ce que je vois en ce moment, Belinda. Je parle de la bacchanale ignoble qui a eu lieu en bas. Comment oses-tu introduire de pareils dégénérés dans cette maison ? Si tu n'as aucun respect pour toi-même, c'est ton affaire. Mais tu pourrais en avoir au moins pour la famille !

Elle commença à pleurer, puis s'arrêta net. Son compagnon ramena la couverture sur sa tête et se mit à rire. Visible ou pas, je lui fis savoir ce que je pensais de lui.

— Ce n'est pas drôle. Je ne sais pas qui vous êtes, mais je vous conseille de déguerpir.

Il rabaissa la couverture et me sourit.

— D'accord, d'accord, acquiesça-t-il en commençant à s'extraire du lit, nu comme un ver.

— Arrêtez !

— Très bien, s'amusa-t-il en s'empressant de se recoucher.

Belinda me jeta un regard noir.

— Tu n'as pas le droit de faire ça, Olivia. Tu n'habites plus ici, tu as ta maison.

— Tant que papa est en vie, c'est toujours ma maison, Belinda. Autant que la tienne. Il n'y a donc aucune limite à ta dépravation ?

Son compagnon pouffa de rire, mais je l'ignorai.

— On devrait t'enfermer, déclarai-je, et je suis sûre que ça finira par arriver.

Là-dessus, je claquai la porte et dus m'appuyer au mur, tellement je tremblais. Il me fallut quelques secondes pour me remettre, avant de traverser le couloir pour me rendre chez papa. Je frappai, n'obtins pas de réponse et recommençai. Toujours pas de réponse. J'ouvris la porte et risquai un coup d'œil dans la chambre.

Papa n'était pas dans son lit, mais il n'avait allumé aucune lampe, et les rideaux étaient toujours tirés. Je tendis l'oreille, guettant un bruit d'eau, puis je m'avisai que la porte de la salle de bains était ouverte. Je m'avançai dans la pièce.

Peut-être était-il descendu pendant que j'étais chez Belinda ? Non, décidai-je, il aurait forcément entendu les éclats de voix et se serait montré. Intriguée, je réfléchissais à la question quand j'aperçus, dépassant du coin du lit... un pied. Je m'en approchai lentement, le cœur étreint par une horrible angoisse.

Papa gisait à plat ventre sur le tapis, le bras droit coincé sous le corps et le gauche étendu, la main crispée comme une serre. Il était en pyjama.

— *Papa !* hurlai-je en m'élançant vers lui.

Je m'agenouillai près de lui, pris sa main crispée dans la mienne. Elle était chaude. Je me penchai sur son visage et pus voir ses yeux étroitement fermés, comme s'il s'efforçait d'arracher de son esprit une vision déplaisante.

— Papa ? criai-je encore en secouant sa main.

Ses paupières s'entrouvrirent, telles deux portes massives tournant lourdement sur leurs gonds rouillés. Il leva les yeux sur moi, mais ses lèvres – tordues par un affreux rictus – n'émirent qu'un grognement incompréhensible. Sa langue tirée paraissait tout enflée.

Sans hésiter, je saisis le téléphone et demandai une ambulance. Puis je courus jusqu'au palier pour appeler Effie. Elle sortit en trombe du salon bouleversé, une serpillière à la main.

— Mon père! lançai-je du haut de l'escalier. Il est évanoui par terre. Venez m'aider, s'il vous plaît.

Pendant qu'elle montait, je revins sur mes pas et vis Belinda entrebâiller sa porte, enroulée dans un drap.

— Qu'est-ce que c'est encore que tout ce bruit, Olivia?

— Ton père, grinçai-je. Tu y es arrivée, finalement.

— Arrivée à quoi?

Dans le regard que je lui jetai, je mis toute la colère et la fureur qui m'habitaient.

— Je n'ai pas de temps à perdre avec toi, la rabrouai-je en retournant auprès de papa.

En unissant nos efforts, Effie et moi parvînmes à le retourner sur le dos. Il semblait incapable de bouger la jambe droite, et sa main droite pendait mollement à son côté. Le temps que nous l'installions sur son lit, Belinda entrait dans la chambre, habillée cette fois-ci.

— Qu'est-ce qu'il a? s'enquit-elle, d'une voix où perçaient maintenant le remords et l'effroi.

Je baissai les yeux sur papa.

— Je ne suis pas médecin, mais on dirait qu'il a eu une attaque, répondis-je avec sécheresse.

Et bien sûr, c'était le cas. Les ambulanciers vinrent le chercher pour le conduire à l'hôpital, où nous nous rendîmes tous les trois dès que j'eus prévenu Samuel. Nous attendîmes dans le couloir que le Dr Covington eût fini de l'examiner.

— Il est trop tôt pour établir un diagnostic complet, nous expliqua-t-il, mais pour l'instant il a perdu l'usage du côté droit de son corps, et son élocution est atteinte.

— Comment est-ce arrivé ? s'informa précipitamment Belinda.

— Eh bien... depuis déjà quelque temps, votre père souffrait d'hypertension.

Ma sœur plissa le front dans un effort pour comprendre.

— Et... ça signifie quoi, au juste ?

— Que sa pression sanguine était trop élevée. Je lui recommandais sans arrêt de prendre soin de lui, de cesser de boire et de fumer, de supprimer le sel. Mais trop de stress et de soucis ont parfois le même résultat, en fait.

Je lançai un tel regard à Belinda qu'elle ne put le soutenir. Elle fixa le Dr Covington, qui reprenait déjà :

— Nous pensons qu'un vaisseau sanguin s'est rompu dans le cerveau. Privées de sang, certaines parties du tissu cérébral se détériorent ou meurent, ce qui entraîne une paralysie des membres contrôlés par la zone endommagée. Dans le cas présent, la parole a été affectée, elle aussi.

— Il ne va pas guérir, alors ? pleurnicha ma sœur.

— Son état va s'améliorer grâce à la thérapie, je suppose. Mais il ne sera plus jamais ce qu'il était, déclara le médecin avec son honnêteté coutumière.

Puis, se tournant vers moi, il ajouta :

— J'ai appelé un confrère neurologue, qui passera le voir en fin de journée. La plus grande partie des progrès qu'on peut attendre se fera dans les six mois qui viennent. Nous devrons prendre grand soin de lui, et il faudra qu'il coopère, à présent. Plus question d'alcool, ni de cigares, et nous devrons surveiller son régime, précisa-t-il en souriant.

Belinda se laissa tomber sur une chaise, comme hébétée par le choc.

— Voyons comment il va récupérer dans la semaine qui vient, Olivia. Ensuite, nous commencerons la thérapie, conclut le Dr Covington.

— Je comprends. Comment va-t-il, à présent ? Pouvons-nous le voir ?

— Vous pouvez, mais ne lui montrez pas votre inquiétude, surtout. Encouragez-le, donnez-lui des raisons d'espérer, recommanda le médecin, en s'adressant plus à Belinda qu'à nous, cette fois-ci.

Belinda resta au fond de la chambre à gémir tout bas, quand nous montâmes voir papa. Je lui pris la main, et il leva sur moi un regard impuissant, s'efforçant vainement de parler.

— Pas maintenant, papa, murmurai-je. Tu dois d'abord te reposer, reprendre des forces et guérir.

Il ferma les yeux, et je crus presque l'entendre penser : « Le problème, c'est que je ne veux pas. »

Ce ne fut pas avant d'avoir quitté l'hôpital que la question me vint à l'esprit : qu'allais-je faire de Belinda ? Papa n'avait pas beaucoup d'autorité sur elle, mais c'était toujours ça. Lui absent, qu'allait-elle faire de la maison et jusqu'où irait-elle ? me demandai-je : Quant à l'accueillir dans ma propre maison... l'idée ne m'emballait pas spécialement, il faut bien le dire.

Samuel fut le premier à aborder le sujet, pendant le trajet du retour. Sa voix calme rompit soudain le silence étouffant qui régnait dans la voiture.

— Et Belinda ?

— J'ai si peur, se lamenta-t-elle.

Son ton pleurnichard m'exaspéra, et ma riposte fut un reproche.

— Il y a de quoi! C'est grâce à toi qu'il en est là. Tu as entendu ce qu'il a dit, le médecin, à propos du stress.

— Olivia, intervint doucement Samuel, pas maintenant. Cela ne peut lui faire aucun bien, tu ne crois pas?

Je sentis fondre ma colère.

— Non, tu as raison. Cela ne servirait à rien, admis-je en me tournant vers ma sœur. Tu viendras chez nous pour le moment, Belinda. Le temps qu'Effie remette la maison en ordre. Il vaut mieux que tu ne sois pas là-bas, de toute façon.

— Je suis désolée, Olivia. Je regrette.

— C'est un peu tard. Il y a longtemps que c'est trop tard, ajoutai-je à voix basse, si basse que je fus seule à l'entendre.

La réflexion ne s'adressait qu'à moi-même, de toute façon.

— Cet accident ne pouvait pas tomber plus mal, observa Samuel. As-tu eu le temps d'annoncer la nouvelle à ton père, Olivia?

— Non.

— Quelle nouvelle? s'enquit ma sœur, à travers ses larmes d'apitoiement sur elle-même.

— Olivia est enceinte, répondit Samuel à ma place. Tu vas bientôt être tante.

— Vraiment?

Pendant un moment, ma pensée se projeta dans l'avenir, et j'imaginai la mauvaise influence qu'aurait Belinda sur l'enfant. Apprendre à se méfier de Belinda serait la première leçon à lui donner, décidai-je. Dès qu'il ou elle serait en âge de comprendre. D'une manière ou d'une autre, ma sœur serait toujours un fardeau.

— Je me rendrai utile, déclara-t-elle dans un élan de bonne volonté. Je changerai, Olivia, tu verras. Je reprendrai un travail et je vous aiderai.

Il me fut impossible de ne pas sourire.

— En faisant quoi, Belinda ? En mélangeant les dossiers, en bloquant le téléphone, en flirtant avec les coursiers ?

— Je changerai, je te dis ! (Je me raclai la gorge.) J'en suis capable, je t'assure.

Je dirigeai mon regard vers la mer. Les vagues s'enflaient, le vent avait forci.

— Je suis fatiguée, soupirai-je. Ramène-moi à la maison, Samuel, et emmène Belinda chercher ce qu'il lui faut.

— Entendu.

Je lançai un bref coup d'œil à ma sœur. Elle contemplait l'océan, elle aussi. Elle avait de nouveau l'air d'une petite fille, perdue et perplexe, et j'essayai de trouver en mon cœur un peu de compassion pour elle.

Mais tout ce qui me vint à l'esprit fut le souvenir de cette nuit-là, dans le hangar à bateaux. Et de la façon dont elle s'accrochait à Nelson Childs.

13

La dernière chance de Belinda

Quand Samuel m'eut déposée à la maison, pour repartir aussitôt avec Belinda, je téléphonai à Effie. Je lui dis où en étaient les choses, quelle décision nous avions prise, et lui donnai mes instructions pour le nettoyage. Rien qu'au ton de sa voix, je devinai son inquiétude au sujet de papa, et aussi son soulagement de voir s'absenter Belinda pour quelques jours. Elle mettait un point d'honneur à bien faire son travail. Et elle était aussi outrée que moi par les dégâts qu'avaient commis Belinda et ses invités.

Dès que j'eus raccroché, j'appelai ma femme de chambre pour qu'elle me prépare du thé. Loretta m'avait été envoyée par une agence de Boston, et je la trouvais moralement assez proche d'Effie : sérieuse, honnête, efficace. J'allai m'asseoir dans mon cabinet de travail, que j'aimais appeler mon studio, et laissai mon regard dériver au-dehors. De ma place, j'avais une vue peu étendue mais très nette de l'océan, et je saisis du coin de l'œil l'image d'un chalutier faisant route au nord. Cette vue réveilla en moi un souvenir d'enfance. Nous aimions nous asseoir dans le kiosque de jardin vers la fin du jour, papa et moi, et contempler la mer. Belinda, qui s'ennuyait dès qu'il lui fallait se tenir tranquille, rentrait toujours très vite à la maison pour aller bavarder au téléphone, ou recevoir des visites. La vue du large rendait toujours papa rêveur.

— Nous avons de la chance de vivre ici, Olivia, me disait-il. Je ne peux même pas me figurer ce que doit être la vie dans ces grandes villes, où l'on n'a rien à voir que du béton, de la brique et de l'acier. Ici, nous voyons passer des bateaux nuit et jour. Nous pouvons imaginer que nous partons pour de grands voyages, à la découverte de ports exotiques et de pays merveilleux. Je suis certain que tu deviendras une grande voyageuse, Olivia. Tu connaîtras bien mieux le monde que moi.

— Pourquoi, papa ? Pourquoi n'as-tu pas voyagé davantage ?

— J'étais trop pris par mon travail, je suppose. J'étais littéralement cloué au plancher de mon bureau. Ne sois pas comme moi, Olivia. Pars, fais des choses, explore, me conseilla-t-il. Va voir le monde. Offre-toi une grande croisière à la première occasion.

Ironie du sort, ce rêve semblait à présent plus chimérique pour moi qu'il ne l'avait jamais été pour lui. Nos affaires avaient pratiquement quadruplé de volume, depuis le temps où nous regardions tous deux passer les navires. Les responsabilités s'étaient accrues d'autant. Et avec une sœur qui était plus enfant que femme, un mari pas très doué pour le commerce, et maintenant un père qui risquait de devenir invalide, l'aventure devrait attendre, méditai-je. Le bateau de mes grands voyages n'était pas près de lever l'ancre.

Mais que voyait du monde un marin au long cours, la plupart du temps, sinon la mer ? Je la voyais aussi bien de mon petit coin de littoral, et d'ailleurs elle ne m'attirait pas spécialement. Mon véritable père était sans doute un marin, mais s'il ressentait l'appel du large, il ne me l'avait pas transmis. Naviguer de temps à autre me suffisait amplement. Et je me contentais fort bien de vivre ici, en sécurité dans mon petit univers, où je pouvais exercer un certain contrôle sur ma destinée.

Pour le moment, assise à ma fenêtre, je me rappelai une certaine conversation que nous avions eue un soir, papa et moi. Nous étions restés dehors plus longtemps que d'habitude. Les étoiles brillaient déjà, les premiers paquebots illuminés apparaissaient à l'horizon, et nous étions toujours assis là, en silence. Finalement, il déclara qu'il était temps de rentrer. Mère était déjà couchée. Belinda jacassait au téléphone, avec ce petit rire niais qui me tapait sur les nerfs. Papa se retira dans son cabinet de travail et m'envoya au lit, mais je ne m'endormis pas tout de suite. Un peu plus tard, je l'entendis monter, puis frapper à ma porte.

— Tu es couchée, Olivia ?

— Oui, chuchotai-je en me blottissant sous les draps.

Il entra malgré tout et vint m'embrasser pour me souhaiter le bonsoir, en me serrant contre sa poitrine.

Ce n'était pas quelque chose qu'il faisait souvent, et je me souviens d'en avoir eu conscience.

— Nous avons souvent des conversations d'adultes, toi et moi, Olivia. Je crois que tu grandiras plus vite que les autres filles de ton âge. J'en suis heureux et triste en même temps, car quelque chose de l'enfance t'aura manqué.

— Ne sois pas triste pour ça, papa. Cela m'est complètement égal.

— Alors tant mieux, acquiesça-t-il en souriant. Bonne nuit, mon petit général.

— Bonne nuit, papa.

Ces moments d'intimité entre nous ne s'étaient pas présentés souvent dans ma vie, et m'étaient d'autant plus précieux. Ce soir surtout, avec papa dans cet état précaire et misérable, ces souvenirs si rares s'imposaient à moi. Certains sous forme d'images floues, d'autres encore très vivaces, et mon esprit s'y attardait. J'y rêvai si longuement que je ne vis pas les heures passer. Mais apparemment, il fallut un temps fou à Belinda pour rassembler ses affaires. Le ciel couvert avait viré au gris de plomb, et l'on ne distinguait presque plus la ligne d'horizon quand je les entendis rentrer, Samuel et elle. Ma sœur se plaignait, pour changer, si haut et si fort que je me levai pour aller aux nouvelles.

— Effie n'a pas levé le petit doigt pour m'aider, Olivia. Elle nous a tout juste accordé un regard et elle est repartie, pour aller faire du nettoyage ou je ne sais quoi. Je veux que tu la renvoies !

— C'est la meilleure bonne que nous ayons eue depuis Carmelita, répliquai-je, et ce n'est vraiment pas le moment de se priver d'elle. Il faudrait lui chercher une remplaçante, et j'ai des choses autrement plus importantes à faire. Monte t'installer dans la chambre d'amis, Loretta t'aidera. Nous allons bientôt dîner, ajoutai-je en voyant entrer Loretta. Ensuite, nous essaierons de nous reposer, de retrouver notre calme et de rassembler nos forces. Nous allons en avoir besoin.

Belinda se renfrogna.

— Alors là, c'est le bouquet ! Me voilà prisonnière dans la maison de ma sœur, maintenant.

— Pas du tout, rétorquai-je. Mais tu vas devoir te conduire convenablement tant que papa est à l'hôpital, et encore plus quand il sortira. Il aura besoin de ton aide.

Sa riposte fut celle d'un enfant boudeur menaçant de faire un caprice.

— Je ferais peut-être mieux d'aller faire un petit voyage, comme ça je vous débarrasserais le plancher.

— Pourquoi pas ? renvoyai-je sans m'émouvoir.

Cela lui rabattit le caquet. Elle voulut répliquer, balbutia quelques mots confus, et prit le parti de monter dans la chambre d'amis.

Elle ne partit pas en voyage, du moins pas avant que papa eût commencé sa thérapie à domicile. Son neurologue estimait qu'il pourrait recouvrer environ 60 % de sa motricité, pendant les six premiers mois du traitement, et qu'il parviendrait à se faire comprendre. Mais qu'après ce délai, ses progrès – s'il en faisait encore – seraient lents et difficiles. Ce qui signifiait, pour lui, des heures de rééducation quotidienne avec un orthophoniste et un kinésithérapeute. Un équipement médical fut amené à la maison, la chambre de maître prit des allures de salle de soins. Et il fallut engager une infirmière à plein temps.

Toute cette activité, autant que la présence du personnel médical, exaspérait Belinda. Pour comble d'ironie, elle, la véritable fille de papa, ne supportait pas de le voir dans son fauteuil roulant, affligé et diminué. Pendant les quelques mois de sa thérapie à domicile, elle l'évita autant qu'il lui fut possible. Elle se montrait au bureau bien plus souvent qu'avant, à seule fin de fuir la maison, et elle finit pas décider d'aller voir des amis en Floride. J'étais dans mon dernier trimestre de grossesse, et même si je me portais mieux que jamais, je ne fus pas fâchée de ne plus l'avoir dans les jambes.

Papa était désespéré par sa situation, il se reprochait d'être un fardeau pour nous. À chacune de mes visites, il insistait pour que je renvoie tout le monde et le laisse à son triste sort. Et il pleurait beaucoup, ce qui était normal dans son état, nous expliqua le Dr Covington.

J'essayais de lui remonter le moral en le tenant au courant de nos affaires. Chaque après-midi, je lui faisais un rapport détaillé, mais la plupart du temps il était trop fatigué pour écouter ou pour comprendre. Et bien souvent, au beau milieu d'un de mes exposés, il s'endormait. Je m'attardais un moment, pour voir s'il allait s'éveiller, puis je m'en allais en le confiant à l'infirmière.

Samuel était très assidu auprès de lui, et passait le voir presque chaque jour. Il détestait être enfermé dans un bureau, et toute excuse pour en sortir lui était bonne; même s'il lui fallait rester près de papa pendant ses longues heures de traitement. Il obtint la permission de l'emmener faire quelques promenades en voiture. Et il s'arrangea même pour lui offrir, au cours d'une belle journée de week-end ensoleillée, une sortie en canot à moteur.

Avant que Belinda ne rentre de Floride, Nelson et Louise Childs rendirent visite à papa. Je l'appris par Samuel, et regrettai de ne pas avoir été présente, même si je commençais à me trouver énorme. Je n'avais vu que très rarement Nelson et Louise, depuis leur mariage. Mais c'était avant que je ne commence à ressembler à un ballon dirigeable, et me dandine au lieu de marcher. Ils consacraient beaucoup de temps à l'installation de leur maison, et Nelson prenait une part de plus en plus grande aux activités de son père. Il avait déjà remporté quelques succès au barreau, et le bruit courait qu'on songeait à lui pour un poste de magistrat. Six mois après leur mariage, Louise fut enceinte, elle aussi.

— Il a voulu me rattraper, c'est tout ! s'égaya Samuel.

Cette façon de voir les choses me hérissa.

— Je ne vois pas en quoi être père est un exploit, Samuel. Ce n'est pas une preuve de virilité, en tout cas pour moi.

Il secoua la tête en riant, ce qu'il faisait toujours quand il n'était pas d'accord avec moi.

Pendant le dernier mois de ma grossesse, je passai moins de temps au bureau. Samuel m'apportait à la maison les documents les plus importants, afin que j'en prenne connaissance. Un soir, j'eus une hémorragie et il fallut m'hospitaliser. En fait, ce n'était rien de bien grave, mais je me sentis irritable et mal à l'aise, pendant mes dernières semaines. Et un dimanche, juste avant le dîner, je perdis les eaux et Samuel m'emmena en catastrophe à l'hôpital où je mis au monde mon premier-né. Un fils, que nous appelâmes Jacob en l'honneur du père de mon père.

Quand on me mit mon bébé dans les bras, je levai les yeux sur le visage rayonnant de Samuel.

— C'est vraiment notre chef-d'œuvre, Olivia ! s'exclama-t-il avec orgueil. C'est la plus belle chose que nous ayons faite ensemble.

— Nous ?

— Eh bien... j'y suis quand même pour quelque chose, non ?

— Oui, c'est vrai. Un tout petit peu. C'est à cela que se borne la participation des hommes : juste un peu. Tu n'as pas eu mal aux reins, tu n'as pas eu de nausées, tu n'as pas eu de mal à te lever de ta chaise, et tu n'as pas enduré le martyre dans une salle de travail, lui rappelai-je.

Il éclata de rire.

— Je ne dis pas le contraire, mais il me ressemble, pas vrai ?

— Cela lui passera peut-être en grandissant, ripostai-je, ce qui le fit rire encore plus fort.
— À t'entendre, Olivia, on pourrait vraiment penser que...
— Que quoi ?
— Que si tu avais pu être à la fois son père et sa mère, tu l'aurais été, affirma-t-il. Et que tu aurais aimé ça, en plus !

Peut-être avait-il raison. En tout cas, pensai-je en regardant le visage et les mains minuscules de Jacob, j'avais réussi quelque chose. Je venais de fonder ma propre famille.

*
* *

Nous engageâmes sur-le-champ une nurse pour Jacob. Elle s'appelait Thelma Stuart. Veuve depuis deux ans, elle avait eu cinq enfants, à présent tous adultes et indépendants, et cherchait un travail pour s'occuper. Pendant dix-huit mois, elle avait été nurse chez un couple de ma connaissance, parti récemment pour la Californie. Elle était douce et dévouée, j'étais contente de l'avoir. Surtout pendant les premiers jours, car Jacob souffrait de la colique des nourrissons.

Quoi qu'il en soit, Samuel était fou de joie que notre premier-né fût un garçon, et la vue de Jacob semblait faire beaucoup de bien à papa. Il appréciait sincèrement nos visites, et paraissait plus animé quand nous venions avec le bébé. Il adorait le porter. À cette époque, il avait déjà recouvré l'usage de son bras, et il était assez fort pour bercer Jacob pendant quelques minutes, sous la surveillance discrète de Thelma. Je n'eus jamais à lui demander d'agir ainsi. Depuis son arrivée dans la maison, elle veilla sur Jacob aussi bien que j'aurais pu le faire moi-même.

Belinda eut une étrange réaction devant son neveu nouveau-né. Elle m'en fit compliment, bien sûr, mais ne montra aucun désir de le prendre dans ses bras, de le nourrir ou même de rester près de lui. Elle dit à Thelma que les bébés la mettaient mal à l'aise. Chaque fois qu'elle regardait Jacob et levait ensuite les yeux sur moi, ses traits se crispaient. Et nous savions toutes les deux d'où venait sa nervosité.

— Qui aurait pensé que tu deviendrais mère un jour ? observait-elle avec un petit rire.

C'était pour me taquiner, mais je fronçais les sourcils. Et il m'arriva de lui répondre :

— Pourquoi pas ? J'ai été la tienne pendant pas mal de temps, il me semble.

— Très drôle, Olivia. Vous voyez, Thelma ? C'est plus fort qu'elle, il faut qu'elle me rabaisse. Je vais finir par avoir des complexes.

Thelma sourit, mais elle était assez fine pour comprendre que ma sœur avait été un rude fardeau pour nous, et l'était toujours.

Quand Louise Childs accoucha, Samuel se réjouit encore. Il jubilait en venant m'annoncer la nouvelle au bureau.

— Devine quoi ? claironna-t-il en entrant dans la pièce. Louise a accouché ce matin, mais c'est une fille !

— Il n'y a rien de mal à avoir une fille, Samuel. Est-ce qu'elles vont bien, toutes les deux ?

— Oui, mais pas Nelson. Il n'ose plus se montrer !

— Il n'y a rien de plus bête qu'un mâle sexiste, si ce n'est une palourde, déclarai-je, ce qui le fit rugir de rire.

Sur quoi, il conclut d'un air triomphant :

— En tout cas, moi j'ai un garçon.

Le premier anniversaire de Jacob arriva si vite que je n'en revins pas moi-même. L'état de papa s'était amélioré, il pouvait soutenir une petite conversation et marcher avec un déambulateur. Son bras n'avait pas repris toute sa vigueur, et sa main restait crispée. Il mangeait très lentement, et pas vraiment très proprement. Belinda supportait de plus en plus mal de dîner avec lui, et finit par s'en abstenir.

— Inutile de me crier dessus, Olivia ! se rebiffait-elle quand je le lui reprochais. Ça me dégoûte de voir sa soupe lui couler sur le menton ! Je ne peux pas manger devant lui, et ça le déprime encore plus.

Sa réaction ne m'étonnait pas outre mesure, d'ailleurs. Elle n'avait jamais eu de cran pour quoi que ce soit. Elle s'affolait à la moindre coupure, la vue du sang la faisait blêmir. Je n'avais jamais oublié sa pâleur ni son air terrifié, la nuit où elle avait mis au monde son enfant prématuré.

Je m'efforçais de la raisonner.

— Essaie de ne pas lui donner l'impression qu'il n'est qu'un légume, au moins. Imagine ce qu'il endure, et souviens-toi des mauvais pas dont il t'a tirée.

— J'essaierai, promettait-elle.

Mais il était bien rare qu'elle vienne dîner avec papa.

Peut-être valait-il mieux pour lui qu'il ne la voie pas trop, d'ailleurs. Elle ne faisait toujours rien de sa vie. Elle s'inscrivit à un cours du soir de secrétariat, et promit d'acquérir assez de compétences pour se rendre utile au bureau. En fait, papa fondait toujours de grands espoirs sur elle. Et il fut très déçu en apprenant, quelques mois plus tard, qu'elle avait cessé d'assister aux cours. Elle prétendait s'y rendre, mais elle allait simplement retrouver les dégénérés qu'elle fréquentait, ou traîner dans les bars. Ou bien encore, s'il faisait beau, elle allait à une partie de plaisir sur la plage ou sur un yacht. À la fin, il me fut impossible de savoir où et avec qui elle pouvait bien se trouver. Il y avait tout simplement trop de garçons nouveaux dans son existence. Les racontars à son sujet me parvenaient de tous côtés, naturellement. Les femmes de nos partenaires commerciaux, en particulier, se faisaient un plaisir de me les rapporter, aussi bien qu'à Samuel. Finalement, je pris le taureau par les cornes et un jour, en début d'après-midi, j'allai trouver papa. J'étais bien décidée à empêcher ma sœur de déconsidérer complètement la famille. Je ne pouvais pas aller dans un restaurant ou un dîner mondain sans redouter que quelqu'un ne vienne à prononcer son nom. Ce qui me gâchait la soirée, bien sûr. Pourquoi aurais-je dû supporter cela plus longtemps ?

Je dus réveiller papa, qui somnolait dans le salon, et lui dis ce qui m'amenait. Quand je mentionnai le nom de Belinda, son regard s'assombrit. Mais j'étais venue dans le seul but de parler d'elle et ne lui laissai pas le temps de protester. Je débitai ma tirade.

— Nous ne pouvons pas ignorer plus longtemps ses incartades, papa. J'ai écrit à une école commerciale de Boston, le Collier College, et l'ai inscrite pour une année de cours. Hier, j'ai téléphoné à Cousine Paula et elle veut bien lui louer une chambre. C'est assez près de l'école pour faire le chemin à pied, papa. Il faut que tu insistes pour qu'elle y aille. Et que tu la menaces de lui couper les vivres, non seulement si elle n'y va pas mais si elle ne réussit pas aux examens. Si tu ne te montres pas très ferme avec elle maintenant, papa, je ne sais pas ce qu'elle va devenir. Personnellement, c'est la dernière fois que j'essaie de l'aider.

Il leva sur moi ses yeux humides, hocha la tête et promit d'agir. Mais je m'arrangeai pour être là quand Belinda, comme prévu, fit ses inévitables objections.

— Je ne veux pas habiter chez Cousine Paula, pleurnicha-t-elle. C'est une vieille toquée, elle me fera une vie d'enfer. Je veux mon appartement privé sinon je n'irai pas, exigea-t-elle en tapant du pied.

— Ce serait une dépense énorme et franchement, dans ton cas, ce serait trop risqué. Nous avons déjà perdu assez d'argent par ta faute, Belinda. Tu as coûté une fortune à la famille.

Renonçant à la menace, ma sœur changea de tactique.

— Cousine Paula ne m'a jamais aimée, papa, et je ne l'ai jamais aimée non plus. En plus, elle a le menton poilu. Comment une femme ose-t-elle se regarder dans un miroir et se laisser pousser du poil au menton ?

— Il n'est pas nécessaire qu'elle t'adore, Belinda, et tu n'es pas censée en tomber amoureuse non plus. Contente-toi de respecter ses habitudes et de suivre tes cours. C'est ta dernière chance de faire quelque chose dans la vie.

— Et pourquoi ? Je vais me marier, de toute façon. Je m'arrangerai pour épouser un homme riche.

— Quand ?

— Bientôt, affirma-t-elle.

— En attendant, apprends quelque chose d'utile, et tu pourras revenir travailler au bureau.

— Quelle chance, alors ! gémit-elle d'un ton lugubre.

Puis son regard dériva sur papa et elle ajouta vivement :

— Je ne peux pas aller à Boston pour un an, papa a besoin de moi.

— Belinda! éclatai-je. Tu n'es presque jamais là, et tu ne l'aides en rien, de toute façon. Maintenant, voilà ce que nous avons décidé ensemble, papa et moi. Ou tu suis ces cours à Boston, ou tu te trouves un job. Un vrai, pas un passe-temps dans nos bureaux, où franchement tu ne nous sers à rien. Mais tu pourrais peut-être trouver un emploi de serveuse, ou quelque chose de ce genre.

— Serveuse, moi? Pas question.

Je la toisai d'un œil sévère.

— Papa ne te versera plus de pension, je te préviens.

— Papa... implora-t-elle d'une voix lamentable.

Il releva la tête et m'adressa un regard désolé. J'y répondis par un froncement de sourcils appuyé, pour l'encourager à se montrer ferme.

— Olivia... a raison, commença-t-il péniblement. J'ai eu tort de ne pas... t'obliger plus tôt à travailler.

— Génial. Vous vous mettez à deux contre moi, maintenant!

Les bras croisés sous les seins, ma sœur arbora une mine boudeuse, tout en réfléchissant à toute allure. Je croyais voir ses pensées tortueuses s'agiter sous son petit front buté, tels des serpents dans un panier. Subitement, ses yeux brillèrent.

— J'aurai une pension si je vais à Boston, alors?

— Tu recevras la somme correspondant à tes besoins, Belinda. Tes besoins raisonnables, bien entendu.

— C'est papa qui décidera combien je recevrai, riposta-t-elle avec colère. Et alors j'irai.

Je consultai papa du regard. Il ferma les yeux, les rouvrit et hocha la tête à mon intention.

Sa reddition me révolta.

— Tu n'es qu'une sale petite enfant gâtée, Belinda ! Tu ne sais que soutirer de l'argent à ta famille, sans jamais rien donner.

— Je fais ce que je peux, geignit-elle. N'est-ce pas que c'est vrai, papa ?

Il ne répondit que par une pauvre grimace.

— Finissons-en, Belinda, décrétai-je. Papa ne peut pas en supporter plus. Je prendrai des dispositions pour ton départ et j'appellerai Cousine Paula ce soir.

— Tu ne penses qu'à te débarrasser de moi, c'est ça ? Je me demande bien pourquoi. Je n'essaie pas de te souffler quelqu'un, pourtant !

— Il n'y a aucun risque, Belinda. Si je tenais à quelqu'un et qu'il s'intéresse à toi, il ne m'intéresserait plus.

Elle ouvrit des yeux effarés.

— Quoi ?

— Aucune importance, mettons que je n'aie rien dit. J'espère que tu vas réellement essayer de faire quelque chose, cette fois, sinon…

— Sinon ?

— Je te vendrai au plus offrant, ripostai-je.

Sur quoi, je sortis pour aller m'occuper de son départ.

Malgré ses protestations, Belinda était ravie de quitter la maison. Elle avait toujours adoré Boston. En dépit de mes objections, elle persuada papa de renouveler entièrement sa garde-robe, et je savais qu'elle ne comptait pas rester chez Cousine Paula. Elle avait l'intention de la quitter dès qu'elle aurait trouvé le moyen de louer un appartement. Ce qui lui permettrait d'inviter le club des Pois Chiches à Boston, et tous ces efforts pour la tirer d'affaire seraient un nouveau fiasco, j'en étais sûre. En tout cas, j'aurais essayé, comme je l'avais promis à Mère. Je pourrais me considérer comme libérée de ma dette.

Mais en fait de dette, j'étais encore loin du compte. Je ne pouvais même pas imaginer ce que j'allais avoir à payer. Il fallait que je sois bien sotte pour croire que j'avais enfin trouvé la bonne solution pour Belinda. Elle suivit ses cours sans rechigner, parvint à s'entendre avec Cousine Paula, du moins au début. Et au bout de quelques semaines, elle nous fit parvenir des relevés de notes plutôt satisfaisants.

À Provincetown, tout alla mieux pour nous. Les rumeurs qui couraient sur le compte de Belinda moururent d'elles-mêmes, je pus me concentrer sur mon travail et ma famille. Nos affaires prirent encore plus d'expansion, et Nelson voyait déjà notre compagnie cotée en Bourse. Il offrit même à Samuel de se charger des démarches nécessaires.

— Qu'il vienne en discuter avec moi lui-même, répondis-je à Samuel, quand il me transmit sa proposition.

Mais Nelson ne vint jamais. Son père se retira des affaires, et il devint le partenaire principal de la firme. Il gagna brillamment quelques procès notoires, fut salué par la presse locale, et promu peu après à la fonction de juge de paix. De l'avis général, il ne pouvait manquer d'occuper, dans un proche avenir, un poste important dans la politique.

Je me souviens d'avoir pensé que nous avions connu quelques moments difficiles, tous les deux, et qu'à présent nous étions arrivés à bon port, plus ou moins satisfaits et heureux. Jacob courait comme un lapin, maintenant. Il passait une grande partie de ses après-midi avec papa, qui se sentait beaucoup mieux. Et même tellement mieux qu'il commençait à transgresser les consignes médicales, en matière de tabac et de régime. Quand je le grondais, il m'implorait de lui permettre au moins ces quelques petits plaisirs. C'était tout ce qui lui restait, alléguait-il.

Absorbée comme je l'étais par mon propre travail, je prêtais peu d'attention à Samuel, et je ne voyais pas qu'il était malheureux. Mais un soir, pendant le dîner, il posa sa fourchette et planta les coudes sur la table. Ses prunelles étincelaient comme des flammes de chalumeau.

— Je crois qu'il est temps que nous ayons une petite conversation, Olivia.

Cela ne lui ressemblait pas du tout de s'adresser à moi sur ce ton, surtout en présence du personnel. Je haussai les sourcils et regardai Thelma, qui achevait tout juste de faire manger Jacob.

— Vous pouvez l'emmener dans sa chambre, maintenant, Thelma.

Elle se leva aussitôt, et dès qu'elle fut partie je me retournai vers Samuel.

— Eh bien ? questionnai-je. Qu'est-ce qui peut te tracasser au point que tu me parles de cette façon devant Thelma ?

Il ouvrit des yeux effarés.

— Tu n'en as vraiment aucune idée ?

— Non, pas la moindre. Excuse-moi, mais j'ai été tellement occupée ces temps-ci que je ne suis pas d'humeur à jouer aux devinettes. Si quelque chose te tracasse, dis-le-moi carrément. La mise en scène est inutile.

Il secoua la tête et laissa passer quelques secondes avant d'en venir au fait.

— Ta porte est restée fermée pendant des mois, voilà ce qu'il y a. J'ai respecté la consigne, je ne me suis pas imposé. Mais ce n'est pas naturel pour un couple marié de vivre de cette façon, Olivia. Sais-tu que Louise Childs est à nouveau enceinte ? Ils ne connaissent pas l'usage du verrou, ces deux-là.

— Ah, c'est donc ça ? Tu as peur que Nelson Childs te batte d'une longueur dans la course aux bébés ? accusai-je.

— Non, ce n'est pas ça. Mais je suis un homme, que diable, avec des besoins d'homme. Et je ne comprends pas comment tu n'as pas toi-même ceux d'une femme, Olivia. Pendant tous ces mois, tu ne t'es jamais sentie… attirée vers moi ?

Son air stupéfait, et même blessé, me radoucit. Je m'appuyai au dossier de ma chaise pour siroter mon café.

— J'ai simplement été très occupée, Samuel. Cela n'a rien à voir avec toi.

— Comment ça, rien à voir avec moi ? Comment crois-tu que je me sentais, moi, pendant tout ce temps-là ? Quand tu vas te coucher, le soir, tu laisses ton travail et tes soucis de côté pour un moment, quand même ? Eh bien, réponds !

Son regard furibond m'impressionna.

— Je suis désolée, Samuel. Ce genre de choses ne m'est pas venu à l'esprit.

— À l'esprit ? répéta-t-il avec un rire teinté de sarcasme.

Puis il se pencha en avant, les bras sur la table et les mains croisées.

— J'espère que cette porte ne sera pas fermée cette nuit, Olivia.

C'était une menace, ou ce qui s'en approchait le plus. Le sang me monta au visage et mon cœur s'accéléra.

— Ne prends pas ce ton avec moi, Samuel. Je ne suis pas un objet de plaisir.

— Un objet de plaisir, toi ? (Il émit un ricanement méprisant.) Tu en es aussi loin que pourrait l'être une nonne !

— Ça suffit, maintenant. Parlons d'autre chose, ordonnai-je en me détournant de lui.

Je sentis son regard furieux se poser sur moi, puis il se leva et quitta la pièce. Je tremblais de colère. Comment avait-il osé me parler ainsi ? Où en avait-il trouvé le courage ?

Miss Tison et Miss Glaçon... Je croyais entendre les voix d'enfants nous narguer. Était-ce toujours vrai pour moi ? Samuel était loin d'être laid, et bien des femmes de ma connaissance flirtaient avec lui, ou fantasmaient sans doute à son sujet. Pourquoi me laissait-il aussi indifférente ? Je n'en savais rien, mais c'était ainsi, et je n'y pouvais rien non plus. Je ne serais sans doute jamais devenue comme ça si j'avais épousé Nelson, méditai-je. Ou peut-être que si, comment savoir ?

Ce soir-là, dans ma chambre, je jouai un instant avec le loquet du verrou, mais finalement je ne l'ouvris pas. Il était toujours en place quand je me mis au lit.

Peu de temps après avoir éteint, j'entendis Samuel essayer d'ouvrir, puis jurer tout bas. Il s'était retiré dans son bureau après le dîner, pour finir la soirée à boire du cognac. Quand j'étais passée devant sa porte ouverte, avant de monter, il me tournait le dos et n'avait pas bougé.

Je commençais à m'endormir quand un bruit léger me fit dresser l'oreille : celui d'une clé tournant dans ma serrure. J'ouvris les yeux et vis la porte de ma chambre s'ouvrir. La lumière du couloir pénétra dans la pièce, et je me soulevai sur un coude.

— Qui est là ?

— Seulement ton mari, répondit Samuel avec un rire bref. Tu te souviens de moi ?

— Tu as une clé de ma chambre ? Qu'est-ce que tu fabriques ?

Il s'approchait du lit, dénouant la ceinture de sa robe de chambre. Quand il fut tout près, il laissa glisser le vêtement à terre : il était nu.

— Samuel, ça suffit ! Va-t'en tout de suite.

— Je viens réclamer mes droits, dit-il en se coulant à mes côtés.

Je tentai de m'écarter vers l'autre bord du lit, mais il me saisit par la taille et m'attira tout contre lui, me soufflant son haleine au visage. L'odeur de cognac me souleva le cœur.

— Samuel !

— Tu as oublié comme c'était bon, Olivia ! gloussa-t-il d'une voix épaisse. Je suis venu te rafraîchir la mémoire.

J'essayai de le repousser, mais il était trop fort et trop déterminé.

— Je te jure que si tu n'y mets pas de bonne volonté, je le dis à tout le monde. À ton père, à ta sœur, et tu sais qu'elle a la langue bien pendue. Je le dirai même à Nelson, tiens !

Mon souffle se bloqua dans ma gorge.

Il n'était plus question de résister, il ne me restait plus qu'à me laisser faire. Quand je fus docilement étendue sur le dos, Samuel se rua sur moi, comme un naufragé sur un verre d'eau fraîche après des semaines d'errance en pleine mer.

— Ah, ça fait du bien ! soupira-t-il après avoir joui en moi. Tu ne regrettes pas de ne pas en avoir mieux profité ?

Pour toute réponse, je lui tournai le dos.

— Ne me remercie pas, surtout, bougonna-t-il entre ses dents.

Le lendemain, je tentai de me montrer fâchée, mais il se conduisit comme si tout allait à merveille entre nous. Il riait, plaisantait, se montrait d'une humeur charmante avec tout le monde. En rentrant à la maison, ce soir-là, je découvris avec horreur que le verrou de la porte de communication avait été enlevé.

Quand je m'en plaignis à Samuel, il m'arrêta d'un geste.

— Nelson Childs m'a dit que c'était un motif de divorce, figure-toi.

— Quoi ! Tu as mis Nelson au courant ? Tu n'as pas le droit de parler de notre vie privée, à qui que ce soit. Comment as-tu osé ?

— Qu'est-ce que ça peut faire à présent, Olivia ? C'est de l'histoire ancienne. Nous sommes à nouveau mari et femme. Plus de murs ni de portes entre nous, d'accord ? D'accord, conclut-il, répondant à sa propre question.

Il vint encore me retrouver deux fois au cours de ce mois-là, et beaucoup plus souvent ensuite, jusqu'à ce que je me découvre à nouveau enceinte. Apparemment, c'était ce qu'il souhaitait le plus.

— Ce sera un autre garçon, déclara-t-il quand il apprit la nouvelle. J'en suis sûr.

Je pris prétexte de ma grossesse pour l'éloigner de ma chambre, et cette fois il ne protesta pas quand je remis le verrou en place. Pour rien au monde il n'eût voulu mettre en danger la vie du bébé.

Un mois plus tard, Louise Childs mit au monde un garçon, qui fut appelé Kenneth. Nelson et Samuel célébrèrent l'événement jusqu'aux petites heures du jour. Je l'entendis rentrer, puis tomber lourdement sur son lit. Je me levai sans bruit pour aller déverrouiller la porte et l'entrouvris. Samuel était vautré sur son lit, tout habillé, empestant le whisky et le cigare.

— D'où viens-tu, dans cet état ?

— Quoi ? fit-il, éberlué, avant d'afficher un sourire béat. Est-ce bien ma petite femme qui vient à moi ?

C'est une chose qu'elle ne fait jamais, au grand jamais! C'est un succès, ma parole. Elle a envie de moi.

— Ça suffit, Samuel. Tu es répugnant. Et tu ne me feras pas croire que Nelson était saoul à ce point-là.

— Nelson? Il a fallu le ramener chez lui, s'amusa-t-il. Voilà jusqu'à quel point il était saoul, l'irréprochable Nelson Childs, ton trésor adoré!

— Il n'est pas mon trésor adoré, tu dis n'importe quoi.

Samuel gloussa de plus belle et tendit le bras vers moi.

— Viens un peu ici, toi.
— Arrête!

Je reculai avec effroi et il tenta de se lever, mais il titubait. Il retomba sur son lit.

— Approche, Olivia Gordon Logan. Ton mari te désire.

— Mon mari n'est qu'un pauvre idiot plein d'alcool, ripostai-je d'une voix cinglante.

— Hein?

— Dors! Et ne viens pas te plaindre à moi demain matin si tu ne te sens pas bien, répliquai-je en battant en retraite, pour tirer aussitôt le verrou entre nous.

Je l'entendis pouffer de rire, puis s'écrouler sur le plancher. Quelques instants plus tard il cognait à la porte.

— Samuel, tu vas réveiller tout le monde. Arrête ça!

Il continua de cogner, tant et si bien que je dus me lever pour aller lui ouvrir. Il entra en vacillant dans ma chambre.

— Je viens exercer mon droit conjugal, bafouilla-t-il en levant l'index droit devant lui.

Et, toujours chancelant, il vint s'abattre à plat ventre en travers de mon lit. Je le déchaussai, remontai ses jambes et les posai sur le lit. Puis je passai ma robe de chambre et sortis pour aller dans la chambre d'amis, le laissant cuver son whisky en ronflant.

Il était mort de honte et ne savait plus comment s'excuser, le lendemain matin. Je le laissai mariner dans ses remords, et lui infligeai le traitement du silence. De toutes les choses qu'il avait pu faire et dire, une surtout m'effrayait : son allusion à Nelson comme « mon trésor adoré ». De mon côté, je n'avais jamais rien fait ou dit qui puisse lui laisser deviner mes sentiments pour Nelson. D'où pouvait-il tirer cette surprenante révélation ?

Je ne devais pas tarder à remonter la piste jusqu'à Belinda. Ma chère sœur, avec ses petits airs candides, adorait semer dans mon univers personnel les graines de la dissension, pour le plaisir de voir quelle récolte amère elles me vaudraient. Apparemment, et malgré ma colère, la moisson commençait tout juste à lever.

14

Une vie, une mort

Ma seconde grossesse fut beaucoup plus pénible que la première, parce qu'elle la suivait de trop près à mon gré, je suppose ; et aussi parce que je m'étais trouvée contrainte et forcée de porter un autre enfant. Je me sentais impuissante, incapable de contrôler ma destinée. Samuel avait obtenu ce qu'il voulait de moi, malgré moi. Il était même arrivé qu'il me force à subir ses ardeurs, mais une femme ne peut pas dire non à son époux. Il ne saurait être question de l'accuser de viol.

À mon avis, Samuel croyait qu'un second enfant me détournerait de mon travail, et lui offrirait une chance de prendre une place plus importante à la compagnie. Il devait espérer que je me borne à diriger la maison et à élever nos enfants, comme le faisait Louise Childs. Je savais que, sans en rien montrer, il était contrarié de me voir tellement plus efficace et responsable que lui. Ses amis, et Nelson tout le premier, sans doute, le raillaient à ce sujet. Ils aimaient dire qu'il était plus M. Gordon que je n'étais Mme Logan, je le savais. Mais je n'entendais pas mettre en danger les intérêts de nos entreprises pour flatter l'ego masculin de Samuel.

Après mon troisième mois, j'eus des lombalgies très pénibles et beaucoup d'ennuis digestifs. Je devins énorme et bouffie, non parce que je prenais trop de poids, mais parce que je faisais de la rétention d'eau. Bientôt, je dus rentrer chaque jour un peu plus tôt à la maison pour me reposer. Et durant mon sixième mois, j'eus une hémorragie accompagnée de terribles douleurs abdominales, qui ressemblaient à des contractions. Ce fut au point que je pouvais à peine respirer.

Samuel, qui déjeunait en ville avec des clients, fut rappelé au bureau et s'occupa de mon transport à l'hôpital. Je ne fis pas de fausse couche, comme je l'avais supposé. Toutefois, le Dr Covington me soumit à des règles de vie très strictes.

— Si vous voulez cet enfant, Olivia, me sermonna-t-il avec sévérité, il faudra passer beaucoup plus de temps allongée. Il n'est plus question de rester assise pendant des heures derrière un bureau. C'est votre grossesse qui est en jeu.

Je me retrouvai dans le rôle d'une invalide, promenée en fauteuil roulant, aidée pour la moindre chose comme si je ne tenais plus sur mes jambes. Circuler dans les escaliers me fut rigoureusement interdit. Pour mes trois derniers mois de grossesse, je fus confinée dans ma chambre.

Samuel semblait apprécier cette impuissance, toute nouvelle pour moi. Désormais, c'était lui qui partait pour le bureau le matin, prenait mes appels, rencontrait nos clients. À plusieurs reprises, je dus modifier des dispositions qu'il avait prises. Cela lui déplut et il s'en plaignit à moi.

— Personne ne me traite avec respect, Olivia. Les employés s'attendent à ce que tu changes tout ce que j'aurai fait.

— Je change ce qui doit être changé, Samuel, répliquai-je avec fermeté.

— Ça ne me simplifie pas les choses, en tout cas. Les gens ne savent plus qui est responsable.

— Tant que je suis capable de penser, je suis responsable de ce que mon père et moi avons créé ensemble, Samuel. Je ne m'en suis pas trop mal tirée jusqu'ici, que je sache ?

À contrecœur, il dut admettre que j'avais raison, mais je vis bien ce qui le tracassait. Il ne supportait pas que, même clouée au lit, je garde la mainmise sur tout ce que nous faisions et possédions. Pour commencer, je n'avais pas délégué mes pouvoirs. Autrement dit, rien n'était officiel sans ma signature.

Je regrettai de ne plus pouvoir rendre visite à papa aussi souvent que je le voulais. Samuel me l'amena une fois, mais j'eus le sentiment qu'ils conspiraient contre moi, tous les deux. Qu'ils espéraient me forcer à relâcher la poigne de fer avec laquelle je dirigeais nos affaires. Quand papa prit le parti de Samuel, je les menaçai de retourner au bureau si l'un d'entre eux remettait la question sur le tapis.

— En fait, déclarai-je en balançant mes jambes sur le côté du lit, je crois bien que je vais aller y faire un tour maintenant.

Je tâtonnais pour enfiler mes mules quand papa protesta :

— Non, Olivia. Tu ne risqueras pas la vie de mon nouveau petit-fils. Ou plutôt de ma petite-fille, du moins je l'espère. Samuel et toi comptez lui donner le prénom de ta mère, si j'ai bien compris ?

Quand papa s'y prenait ainsi, je ne pouvais pas lutter. Je me recouchai, mais j'eus l'impression que d'invisibles chaînes m'entravaient les mains et les pieds. Le Dr Covington venait m'examiner une fois par semaine, et même quand je lui dis que je me sentais mieux, il insista pour que je reste inactive.

Aussi inactive que possible.

— C'est parce que vous suivez mes conseils que vous allez mieux, Olivia. Vous n'avez plus longtemps à attendre. Ne compromettez pas votre santé, ni celle de l'enfant, alors que vous êtes si près du terme.

À ses côtés, Samuel se rengorgeait. Je n'avais jamais réalisé à quel point il était malheureux que je sois la plus forte de nous deux.

Quand Belinda sut ce qui se passait, elle téléphona pour exprimer sa « sympathie fraternelle ».

— Je devrais rentrer pour t'aider, offrit-elle d'une voix dégoulinante d'affection mielleuse, et fort peu convaincante à vrai dire.

La mienne fut nettement plus réservée.

— Il n'y a rien que tu puisses faire ici, Belinda, si ce n'est passer le plus de temps possible avec papa. Loretta s'occupe très bien de moi, et Thelma est parfaite avec Jacob. C'est surtout papa qui a besoin de présence et de tendresse.

— Ah bon... Alors je ferais peut-être mieux de ne pas manquer de cours, en effet. J'ai presque terminé le programme, mais si tu as besoin de moi...

— Ne t'inquiète pas, je t'appellerai. Est-ce que tout va vraiment bien, de ton côté ? me sentis-je obligée d'ajouter. Ou faut-il nous attendre à une de tes surprises, papa et moi ?

— Qu'est-ce que tu veux dire, Olivia ? Tu as reçu mes bulletins et tu as téléphoné à Cousine Paula tous les quinze jours, non ? Ne dis pas le contraire, ajouta-t-elle avant que j'aie pu répondre, je sais que tu m'as surveillée sans arrêt. Pour être franche, je ne serais pas étonnée que tu aies engagé un détective privé pour m'espionner.

— Certainement pas !

— Ah non ? Ravie de l'apprendre, rétorqua-t-elle avec un petit rire moqueur, un peu forcé me sembla-t-il.

Je dressai l'oreille. Aucun doute, je discernais une fausse note dans sa voix. Elle me cachait quelque chose. Une chose qu'elle avait faite, et dont elle savait que je ne l'aurais pas approuvée. Du coup, je regrettai de n'avoir pas eu l'idée qu'elle m'avait prêtée. Engager un détective pour la surveiller, maintenant qu'elle m'y faisait penser, aurait été une excellente initiative.

Mais dans mon état, et avec mes soucis présents, ce n'était vraiment pas le moment de me mettre martel en tête. Quoi qu'elle ait pu faire, c'était fait, me raisonnai-je. Quelles qu'en soient les conséquences. Peut-être s'était-elle fait enlever pour se marier? Je le souhaitais presque. Pour papa et moi, c'eût été la solution rêvée.

J'entamais la troisième semaine de mon huitième mois quand, un mardi, Loretta monta m'annoncer que j'avais un visiteur. Il était un peu plus de onze heures du matin, et je venais de raccrocher le téléphone, après une longue conversation avec Samuel. Nous avions passé en revue et discuté les problèmes qu'il aurait à traiter dans la journée, du moins les principaux. Il détestait ces entretiens, je le savais. Je pouvais facilement l'imaginer assis à mon bureau, les traits grimaçants et le front dans la main, comme s'il souffrait d'une épouvantable migraine.

— Un visiteur? m'étonnai-je. Qui donc?
— M. Childs. Je lui ai dit que j'allais voir si vous pouviez recevoir ce matin. Il attend au salon.
— *Nelson* Childs?
— Je ne lui ai pas demandé son prénom, madame.
— Ce n'est pas un vieux monsieur, je suppose?

L'ignorance de Loretta m'exaspérait. Comment pouvait-elle habiter Provincetown et ne pas savoir qui était Nelson!

— Non, madame.

— Très bien, faites-le monter. Non, attendez ! Donnez-moi ce miroir, ordonnai-je, en désignant la petite glace à main posée sur ma coiffeuse.

Recluse comme je l'étais, je ne m'occupais pratiquement pas de mon apparence. Je me contentais d'un coup de peigne de temps en temps, je me dispensais de maquillage, mon visage s'était rempli et j'avais les lèvres boursouflées. Mon dernier shampooing remontait à la semaine précédente, et j'avais l'air d'un balai à franges avec mes mèches qui pendouillaient. Je demandai à Loretta de m'apporter un foulard, pour dissimuler le plus gros des dégâts. Puis je mis rapidement un peu de rouge à lèvres et lui dis de m'envoyer Nelson.

J'étais encore sous le coup de la surprise. Samuel était-il au courant de cette visite ? Il ne l'avait pas mentionnée au téléphone, en tout cas. Et pourquoi Nelson venait-il sans sa femme ?

J'entendis son pas dans l'escalier, me redressai en hâte et remontai ma couverture. Il y avait un certain temps que nous ne nous étions pas trouvés seuls, lui et moi. J'étais aussi nerveuse qu'une collégienne, et même à tel point que mes mains tremblaient.

Reprends-toi, Olivia Logan, m'admonestai-je. Pas de panique, ce n'est jamais qu'un homme.

— Olivia ! s'exclama Nelson en entrant.

Il portait un complet croisé bleu marine, et le mouvement souple de ses cheveux châtains était d'une nonchalance étudiée. Son teint hâlé avivait l'éclat de ses yeux noisette, qui semblaient plus lumineux que jamais.

Il s'approcha du lit et se pencha pour m'embrasser sur la joue.

— Désolé de n'avoir pas pu venir vous voir avant, s'excusa-t-il. Une affaire assez compliquée m'a obligé à passer quelques semaines aux Bahamas.

— J'ignorais que vous étiez absent, Nelson. Les Bahamas, dites-vous ? Je ne m'étonne plus que vous ayez si bonne mine.

Il sourit et attacha sur moi un regard appuyé, presque amusé, qui finit par m'intriguer.

— Qu'y a-t-il, Nelson ?

— C'est tellement surprenant de vous voir alitée, vous, la Dame de Fer du Cap. Vous êtes en meilleure santé que je ne le croyais, je dois dire.

— Je n'ai rien d'une Dame de Fer, Nelson. Je suis faite de chair et de sang, protestai-je. Comme la plupart des femmes que vous connaissez.

— Allons donc ! Elles n'ont pas la moitié de vos capacités, Olivia, et vous le savez très bien. Vous permettez que je m'assoie un moment ?

— Je vous en prie, acquiesçai-je en lui désignant une chaise, qu'il s'empressa de rapprocher du lit.

J'attendis qu'il y eût pris place pour demander :

— Comment va Louise ?

— Le mieux du monde. Elle m'aurait volontiers accompagné, mais les enfants l'accaparent. Un bébé après l'autre, observa-t-il en haussant les épaules. C'est ce qu'elle voulait.

— C'est vrai ? Je n'arrive pas à le croire ! Alors vous aviez tout programmé ?

— Oh oui, dit-il en se renversant sur le dossier de son siège.

Un silence plana. Nelson croisa tranquillement les jambes, mais resta muet. Qu'attendait-il ?

— Eh bien, commençai-je après quelques longues secondes, votre visite me fait grand plaisir, Nelson, mais voyez-vous…

Je le dévisageai avec insistance avant de poursuivre :

— J'ai l'impression bizarre que vous n'êtes pas simplement venu pour prendre de mes nouvelles. Pourriez-vous m'expliquer cela ?

Il secoua la tête en souriant.

— Vous m'étonnerez toujours, Olivia. Je suis venu discuter avec vous, c'est vrai, mais votre impression est fausse quand même. Je m'inquiétais de votre santé à tous les deux, l'enfant et vous, et je désirais vraiment prendre de vos nouvelles. Alors cessez de me regarder avec cet air soupçonneux, ajouta-t-il avec un petit rire nerveux. Je me sens comme un collégien surpris en train de fumer dans les toilettes.

— Très bien, alors allez-y. Dites ce que vous avez à dire. Posez vos questions, faites vos propositions ou quoi que ce soit d'autre. Je vous écoute.

Il se redressa sur son siège.

— Vous n'ignorez pas que j'ai représenté votre compagnie dans ses négociations avec la firme Bennington, Olivia. Ces transactions avaient été commencées par votre père et le mien, et je viens de les terminer.

Ce n'était donc pas uniquement pour une raison personnelle, qu'il était venu me voir ? J'étais affreusement déçue.

— Oui, je suis au courant, répliquai-je d'une voix brève. Continuez.

— Je suis passé au bureau ce matin dire bonjour à Samuel, et il m'a confié des documents à vous apporter. Vous ne lui laissez rien signer, Olivia.

— Je ne lui ai pas confié cette responsabilité, c'est vrai. Où sont ces papiers ?

Nelson se racla la gorge.

— Oh, ce n'est rien d'urgent. Je ne suis pas ici pour discuter affaires, Olivia, mais pour des raisons personnelles. Je suis venu en ami. Nous nous sommes juré de rester toujours amis, vous vous souvenez ?

— Je me souviens, Nelson, acquiesçai-je en plissant les paupières. Poursuivez, montrez-moi votre amitié.

— Je vous jure… je ne suis là que parce que je me fais du souci pour Samuel, Olivia.

— Samuel ? Et pourquoi ?

— Eh bien… il n'est plus le même, ces temps-ci, et je crois que…

Il marqua une pause avant d'achever d'une traite :

— … je crois que vous lui tenez la bride un peu trop courte.

— Quoi ! (Pendant une seconde, je me demandai s'il fallait rire ou me fâcher.) La bride un peu trop courte, vraiment ! Et qui est l'auteur de cette belle trouvaille ?

— Moi. Moi tout seul. Il faut lui donner plus de responsabilités, Olivia. Lui laisser prendre un peu d'autorité. Certains de nos amis communs l'appellent votre garçon de courses, et c'est très blessant pour lui. La fierté d'un homme ne peut pas endurer cela, Olivia. Sinon, c'est toute sa personnalité qui en souffre.

Je le regardai droit dans les yeux, si longuement qu'il finit par se troubler.

— J'espère que vous n'êtes pas froissée par…

— Est-ce lui qui vous a demandé de venir plaider sa cause ? l'interrompis-je abruptement.

Il leva la main comme s'il prêtait serment devant la Cour.

— Absolument pas. J'ai agi de mon propre chef. Je tenais à vous faire savoir à quel point j'ai confiance en Samuel. Et j'ai pensé que votre mariage se porterait mieux si seulement…

— Nelson, dis-je d'une voix lente, que penseriez-vous si j'allais voir Louise, et lui donnais mon avis sur la manière dont elle vous traite ?

— Il n'y a pas entre Louise et vous... la même relation qu'entre nous, Olivia.

— Quelle relation, Nelson ?

— Notre amitié. Je ne voudrais vous froisser pour rien au monde, ajouta-t-il en se penchant pour prendre ma main. Je vous supplie de le croire.

Je baissai les yeux sur la main qu'il tenait, et sentis mon cœur s'affoler.

— Je ne suis pas froissée, Nelson. Je suis seulement... surprise, achevai-je en levant le regard sur lui.

Il semblait si sincère, si plein de sollicitude. N'était-il venu plaider la cause de Samuel que pour se rapprocher de moi ?

— Peut-être ne devrais-je pas être surprise, murmurai-je dans un souffle. Peut-être y a-t-il quelque chose de plus entre vous et moi. Peut-être l'avons-nous toujours su.

— Oui, c'est vrai. Vous êtes très intelligente, et vous avez toujours été honnête avec moi, même... quand il s'est agi de me faire la leçon.

Il sourit à ce souvenir et reprit avec gravité :

— J'ai cru préférable de vous dire le fond de ma pensée, Olivia. Je vous aime beaucoup, tous les deux, croyez-moi. Vous êtes sans doute la femme que je respecte le plus dans toute cette ville, à part la mienne, évidemment. Vous m'avez toujours impressionné.

Mon cœur s'emballait, agité comme un oiseau qui s'enhardit à voler. Oserais-je dire enfin ce que j'avais si longtemps caché au plus secret de moi-même ?

— C'est dommage que nous ne nous soyons pas rencontrés plus tôt, Nelson. Nous aurions pu fonder une famille étonnante, comme on n'en n'aurait jamais vu au Cap. Pensez au pouvoir que nous aurions pu conquérir ensemble, aux grandes choses que nous aurions pu accomplir. Nous serions à la tête d'un empire, à présent, déclarai-je avec émotion.

— Les gens ne se marient pas seulement pour lancer une affaire, Olivia. Il faut qu'il y ait quelque chose de plus entre eux, répondit-il avec un rien de condescendance.

Je dégageai ma main de la sienne. Je me sentais si exposée, si nue d'avoir si clairement dévoilé mes sentiments.

— Oui, vous avez raison, approuvai-je en me détournant avec gêne. Eh bien, merci d'avoir attiré mon attention sur les problèmes de Samuel, je verrai ce que je peux faire. Mais je ne ferai rien de déraisonnable dans le seul but de plaire à vos amis communs, comme vous les appelez. D'ailleurs, tout cela ne va pas plus loin qu'un bavardage entre hommes au club, j'en suis sûre.

— Je crains de vous avoir offensée, Olivia.

Je me retournai vers lui, le regard farouche.

— Non, vous ne m'avez pas offensée. Vous m'avez simplement rappelé ce que cela représente, pour une femme, d'assumer un soi-disant rôle d'homme. Oui, je dirige ma compagnie avec une poigne de fer, je le reconnais. Mais je le fais parce que c'est dans mes cordes, et parce que j'ai construit ce que je dirige aujourd'hui, expliquai-je. Il n'y a aucune raison pour que je cesse de le faire, sous prétexte que je me trouve être une femme. Peut-être devriez-vous réviser votre opinion des femmes, Nelson. Vous n'êtes dans doute pas aussi libéral et impartial que vous l'imaginez.

Il eut le bon goût de sourire.

— J'espère seulement ne jamais me trouver contraint de négocier avec vous, Olivia. Enfin, je vois que vous allez bien, et je n'abuserai pas davantage de votre temps. S'il vous plaît, ne parlez pas de ma visite à Samuel. Il ignore que je suis ici, ajouta-t-il en se levant.

— Entendu, je n'en dirai rien.

Nos regards se croisèrent, et le sien s'attarda sur moi avec un peu trop d'insistance.

— J'ai cru comprendre que votre sœur se conduisait très bien, à Boston, finit-il par dire.

— D'où tenez-vous cela ?

— Oh, dans les petites villes... tout le monde adore parler de tout le monde, vous savez.

— Je ne m'avance jamais quant à ce que fait Belinda, déclarai-je. J'attends de le voir pour y croire. Pourquoi ?

— Elle... en fait elle m'a...

— Oui ?

— Elle m'a demandé du travail pour le mois prochain, révéla-t-il. Quand elle aura passé son examen commercial.

— Quoi ! m'écriai-je, toute prête à rire.

— Elle a dit qu'elle aimait mieux ne pas travailler pour vous.

— Et j'aimerais mieux qu'elle ne travaille pas pour moi, rétorquai-je.

— J'ai cru devoir vous en avertir, Olivia.

— Et que comptez-vous faire ?

— Je n'en sais rien. Que devrais-je faire ?

Il semblait attendre une décision, ou plutôt une permission de ma part. Il n'eut qu'une question.

— À la lumière du passé, vous ne croyez pas que la situation serait plutôt indélicate ?

— Il pourrait être indélicat de la rebuter, répondit-il en regardant par la fenêtre.

Mon cœur s'arrêta, puis repartit, à un rythme si précipité que j'en perdis le souffle.

— Dois-je comprendre que Belinda vous a menacé ? Qu'elle vous fait du chantage ?

— Je n'irais pas jusque-là. Mais elle a changé, affirma-t-il. Peut-être devrais-je lui offrir une chance.

— Faites ce que vous voudrez, Nelson. Les hommes ne font jamais autre chose, de toute façon.

Il rit de bon cœur, mais il reprit très vite son sérieux.

— Nous verrons, dit-il avec une soudaine gravité. Je vous rappelle et j'envoie chercher ces papiers demain, si cela vous convient.

— Tout à fait.

Je me détournai à nouveau de lui, et cette fois pour de bon. Comment pouvait-il envisager d'avoir Belinda dans son entourage ? Cela me rendait furieuse.

— Au revoir, Olivia, dit-il en marchant vers la porte. Bonne journée.

J'étais dans une telle rage que j'aurais tout cassé dans la pièce, si j'avais pu. Je ne supportais plus d'être confinée entre ces quatre murs. Je détestais être alitée. Je détestais être enceinte. C'était comme si Samuel m'avait enfermée dans des oubliettes et en avait jeté la clé.

— Loretta ! vociférai-je. Loretta !

Elle arriva au pas de charge et s'arrêta sur le seuil de la pièce, la main sur la poitrine et le souffle court.

— Oui, madame. Qu'est-ce qui ne va pas ?

— Mais rien, Loretta, tout va bien. Aidez-moi à me lever et à m'habiller, ordonnai-je.

— Mais...

— Immédiatement, Loretta ! Tout le monde va-t-il contester mon autorité, à présent, y compris mes domestiques ?

345

— Bien, madame, capitula-t-elle aussitôt.
Et elle s'empressa d'aller ouvrir la penderie.

*
* *

Cet alitement prolongé m'avait affaiblie plus que je ne le croyais. À deux reprises, en m'habillant, je dus lutter contre une sensation de vertige. Quand je fus prête, j'envoyai chercher Raymond qui m'aida à quitter la maison, puis à monter dans la voiture. Je me fis conduire directement au bureau.

Une fois là, il voulut m'aider à descendre et me prit par le bras, mais je me dégageai aussitôt.

— Non, merci, Raymond. C'est inutile.

Je voulais entrer dans les locaux par mes propres moyens, afin que nul ne mette en doute ma capacité à diriger mon entreprise. Ma résolution devait être bien claire pour tout le monde.

Les secrétaires et les agents commerciaux éprouvèrent un choc en me voyant apparaître à l'entrée, précédée de mon ventre proéminent. Je m'étais fardée avec soin, afin de ne pas paraître pâle. Chacun accourut pour m'offrir ses services, avec une sollicitude empressée, mais je renvoyai tout le monde à sa tâche et me dirigeai vers mon bureau. Un regard me suffit pour voir que Samuel en avait fait son domaine. Ma table de travail était un véritable fouillis, les papiers en désordre voisinant avec une tasse à café vide, des cendriers pleins, et même un verre où stagnait un fond de cognac. La pièce empestait littéralement le cigare.

Samuel n'était nulle part en vue.

— Ouvrez une fenêtre, Dolorès, ordonnai-je à la secrétaire, qui se hâta de les ouvrir toutes. Personne n'a donc nettoyé depuis mon absence, ici ?

— M. Logan ne veut voir personne dans cette pièce, madame.

— Je n'en suis pas surprise. Où est-il ?

— Au Club de la Baleine. Il avait rendez-vous avec M. Brofman et M. Condé pour déjeuner.

— Pour déjeuner ? Il est presque trois heures et demie !

— M. Logan ne rentre jamais avant quatre heures, expliqua Dolorès.

Mais je la vis aussitôt se mordre la lèvre, comme si elle en avait dit plus qu'elle n'aurait voulu.

— Aucune importance, Dolorès, dis-je en m'asseyant dans le fauteuil du bureau. Laissez-moi, je vais jeter un coup d'œil à tout ça.

Je commençai à parcourir les documents, stupéfaite par le nombre de choses que Samuel n'avait jamais mentionnées. Certaines démarches auraient dû être réglées depuis longtemps, et des clients importants avaient laissé des messages auxquels on n'avait pas répondu. Je me mis à l'ouvrage, signant autant de papiers qu'il me fut possible, et appelant toutes les personnes que je pus joindre. Une entreprise m'informa qu'elle avait dû s'adresser à quelqu'un d'autre, et tout ce que je pus faire fut de présenter nos excuses. Le temps que Samuel revienne, j'avais rattrapé plus de la moitié du retard.

À la vue de son visage congestionné, je sus tout de suite qu'il avait trop bu pendant le repas. Il avait le regard si brumeux qu'il ne me vit pas avant de s'être avancé dans la pièce. À quelques pas du bureau, il s'arrêta net et sa mâchoire s'affaissa.

— Que diable... mais comment... qu'est-ce que tu fais là, Olivia ? bafouilla-t-il.

— Je travaille, Samuel. Je grignote cette montagne de courrier en retard ; je m'excuse auprès des clients dont tu as laissé les appels sans réponse, et dont certains sont à bout de patience. Nous avons déjà perdu la clientèle de Farmingdale, et je n'ai rien pu faire d'autre que m'excuser.

— J'allais m'en occuper, justement. Nous avons eu beaucoup plus de travail que tu ne le crois. Je ne voulais pas t'en parler pour ne pas t'inquiéter dans ton état, allégua-t-il en guise d'explication.

— Parce que tu crois que c'est bon pour moi de voir notre entreprise péricliter ?

— Je ne l'ai pas laissée péricliter, voyons ! En ton absence, j'ai fait beaucoup de choses que tu ignores.

— C'est bien ce qui me fait peur, rétorquai-je sèchement.

Il se hâta de changer de tactique.

— Tu ne devrais pas être ici, Olivia, me reprocha-t-il d'un ton plaintif. Le docteur sera très mécontent, il m'en voudra de t'avoir laissée venir.

— Tu ne m'as rien laissé faire du tout, Samuel. Je fais ce que je veux et dois faire. Tu as vu dans quel état est cette pièce ? C'est une vraie porcherie. Quel exemple donnes-tu à nos employés ? Tu t'imaginais que je ne reviendrais jamais dans mon bureau ?

— Mais non, voyons ! J'allais le faire nettoyer et ranger. J'ai convoqué les services d'entretien pour demain et après-demain. C'est noté sur mon agenda, insista-t-il. Je peux même te le montrer.

Il commença à farfouiller parmi les papiers à la recherche de l'agenda, qui demeura introuvable.

— C'est ça que tu cherches ? demandai-je en brandissant le carnet. C'était par terre, sous le fauteuil.

— Ah oui ? Sans doute qu'il vient juste de tomber. Maintenant écoute-moi, Olivia. Ce n'est pas en débarquant ici par surprise, pour me crier dessus comme tu le fais, que tu vas m'aider à conserver le respect de nos employés.

— Le conserver, Samuel ? Qui prétend que tu l'as jamais eu ? Retourne dans ton bureau et laisse-moi essayer de réparer les dégâts, le rabrouai-je.

Mais l'alcool lui avait donné du courage et, de toute évidence, il n'avait pas l'intention de me céder la place.

— J'insiste pour que tu rentres à la maison, Olivia. Fais appeler Raymond, tout de suite.

— Je te jure, Samuel, que si tu ne sors pas de cette pièce à l'instant, j'appelle la police, ripostai-je en le foudroyant du regard.

Il fut obligé de détourner le sien.

— Tu as tort, Olivia, se plaignit-il. Je m'inquiète simplement de toi et du bébé.

Je ne fis pas un geste, je ne détournai pas les yeux. Samuel s'attarda un moment, ouvrit des tiroirs, remua des papiers d'un air affairé. Puis il tourna les talons et sortit brusquement du bureau, manquant de renverser Dolorès au passage.

— Entrez, Dolorès, ordonnai-je à la secrétaire. Je vais vous dicter ce qui doit être fait demain. Et avant de vous asseoir, fermez cette porte, je vous prie. Je ne veux pas qu'on nous dérange.

Elle se hâta d'obéir et nous nous attelâmes à la besogne.

Malgré ma détermination et l'ardeur qui m'animait, l'effet de ma colère et de l'effort accompli se fit lourdement sentir. Au bout d'une heure à peine, la fatigue me terrassa. Ce fut comme une vague déferlant sur mon corps tout entier. J'éprouvai d'abord une faiblesse dans les jambes, puis une pesanteur qui monta dans la région lombaire et se mua en douleur. Cette douleur devint bientôt si vive que j'en perdis le souffle. Je dus respirer longuement et profondément, avant de dire à Dolorès :

— Déblayez le canapé, s'il vous plaît.

En un clin d'œil, elle eut ôté les piles de dossiers posées là par Samuel, et je m'extirpai de mon fauteuil. Voyant ma difficulté à me mouvoir, Dolorès accourut à mes côtés.

— Laissez-moi vous aider, madame Logan.

Elle passa un bras autour de ma taille et me conduisit jusqu'au canapé.

— J'ai seulement besoin de m'allonger un instant, affirmai-je. Ce n'est rien.

— Bien sûr, madame Logan. Vous n'avez pas arrêté depuis une heure et demie, ou peu s'en faut.

Je m'assis avec précaution, puis me renversai lentement en arrière. Dolorès tapota un coussin et le glissa sous ma tête.

— Allez me chercher un verre d'eau fraîche, murmurai-je.

— Tout de suite, madame Logan.

Le temps qu'elle revienne, la douleur avait gagné mon ventre. J'avais l'impression qu'un fil métallique très fin, de plus en plus tendu, me tailladait la chair. Une fois de plus, je dus chercher mon souffle.

— Vous ne vous sentez pas bien, madame Logan?

Je laissai échapper un gémissement sourd.

— J'ai besoin de repos, c'est tout.

— Dois-je prévenir monsieur Logan?

— Non, refusai-je avec fermeté. C'est inutile.

Je fermai les yeux, et m'endormis bel et bien. Quand je les rouvris, Samuel était affalé dans le fauteuil proche du canapé, la tête renversée en arrière. Il ronflait.

— Samuel! m'écriai-je, le faisant littéralement sauter en l'air.

— Quoi? Qu'est-ce que c'est?

Il se frotta rapidement les joues de ses paumes, puis cessa brusquement et me jeta un regard furibond.

— Alors, tu es contente de toi ?

— Oui, répondis-je sans m'émouvoir. Nous rentrons, maintenant. Appelle Raymond.

— C'est fait. Voilà presque une heure qu'il attend dehors. Tout le monde est parti. Les employés voulaient rester, mais je les ai renvoyés.

— Parfait.

— Heureux de savoir que tu m'approuves, pour une fois, bougonna-t-il.

Mais il ne m'aida pas moins à me lever.

— Tu as mal ?

— Non.

C'était vrai. La douleur aiguë avait disparu, il ne me restait qu'une sensation de lourdeur pénible dans les reins. Nous nous dirigeâmes lentement vers la porte, mais juste au moment où nous allions sortir, le téléphone sonna.

Comme j'esquissais un geste pour revenir sur mes pas, Samuel me retint.

— Non, laisse. Les bureaux sont fermés à cette heure-ci.

— Justement, Samuel. Si on appelle maintenant ce doit être important. Va voir qui c'est, s'il te plaît.

Comme il hésitait encore, j'ajoutai plus sèchement :

— Je ne tiens pas à perdre un client de plus à cause d'un appel laissé sans réponse. Va décrocher !

Je le suivis des yeux tandis qu'il retournait vers le bureau, grommelant des protestations, et j'attendis.

Il prononça : « allô » puis se tut longuement, et je vis son visage se décolorer.

— Non, vous avez bien fait. Nous allons directement à l'hôpital, Effie, dit-il d'une voix changée. Puis, sans un mot de plus, il raccrocha. J'avalai péniblement ma salive.

— Qu'y a-t-il, Samuel ?

— Ton père... il a perdu connaissance et il est tombé de son fauteuil. On le conduit aux urgences.

— Allons-y, décidai-je en marchant vers la porte.

— Peut-être ne devrais-tu pas y aller, Olivia. Tu en as déjà fait plus que tu n'aurais dû.

— Ce ne sera pas la première fois que je devrai en faire plus que mon dû, Samuel, et sûrement pas la dernière non plus. Ne perdons pas une seconde de plus à en discuter, tu veux bien ?

Il se renfrogna, mais reprit mon bras. Un quart d'heure plus tard, nous nous garions devant l'entrée des urgences, et Samuel m'aida à descendre. Nous apprîmes à l'accueil que papa avait été admis en cardiologie, et se trouvait en salle de soins intensifs. Pour le médecin qui nous renseigna, il s'agissait sans aucun doute d'une crise cardiaque.

— Et comment jugez-vous son état ? m'informai-je sans détour.

— Critique. Nous avons prévenu votre médecin de famille.

On nous permit l'accès à l'unité de cardiologie. Mais tout ce qu'il nous fut possible de faire fut de rester près du lit et regarder papa, branché à un moniteur et à un masque à oxygène. Le Dr Covington arriva peu de temps après, s'entretint avec le spécialiste qui avait examiné papa, et nous le rejoignîmes dans la petite salle d'attente des visiteurs. Selon son habitude, il n'y alla pas par quatre chemins.

— J'ai peur que ce ne soit très sérieux, Olivia. Il se pourrait qu'il ne reprenne pas conscience. Mais vous ne devriez pas être ici, ajouta-t-il sévèrement. Vous pourriez vous retrouver en salle de travail.

Samuel ne put s'empêcher d'intervenir.

— Et encore, ça ce n'est rien ! Elle est venue au bureau cet après-midi et a travaillé pendant des heures. Je n'ai pas pu l'en empêcher.

Le Dr Covington secoua la tête d'un air de reproche.

— Est-ce vrai, Olivia ? Je vous aurais crue plus raisonnable. Je vous conseille de rentrer chez vous.

Je lançai un regard meurtrier à Samuel qui grommela entre ses dents :

— Elle est plus têtue qu'une mule, docteur !

— Je vais rester un moment, décidai-je, au cas où mon père s'éveillerait. J'aimerais être à ses côtés s'il reprend conscience. D'ailleurs si quelque chose m'arrivait, où pourrais-je être mieux qu'ici, docteur Covington ?

— Vous avez raison, convint-il en riant, mais tâchez de vous reposer. Je resterai en contact avec l'infirmière en chef du service. Je vais de ce pas les prévenir que vous attendez ici.

Je le remerciai pour sa compréhension et il nous laissa seuls.

— Jacob doit déjà nous attendre, observa Samuel. J'appelle Thelma pour lui dire où tu es.

— Tu devrais appeler aussi Belinda, pendant que tu y es. Elle cherchait un prétexte pour quitter son école, maintenant elle l'a.

— Tu ne crois pas que tu es un peu dure avec elle, Olivia ? Je veux dire... C'est quand même son père, à elle aussi.

Je haussai les sourcils. En d'autres circonstances, j'aurais peut-être ri.

— Oui, Samuel, c'est son père. C'est l'homme en face de qui elle était incapable de s'asseoir à table. L'homme à qui elle ne supportait pas de parler, dont la présence lui était odieuse, qu'elle se refusait à aider. L'homme dont elle a empoisonné l'existence.

Oui, Samuel, c'est son père qui est ici, en train de mourir.

— Je voulais seulement dire... avec ce qui arrive... ce n'est pas le moment d'écouter ta rancune envers elle, hasarda-t-il timidement.

— Je n'écoute rien du tout. Je fais ce qui doit être fait, je dis ce qui doit être dit, sans plus. Ne t'inquiète pas, je ne lui ferai pas de scène. Téléphone-lui, c'est tout. Et en revenant, apporte-moi une boisson fraîche, s'il te plaît.

— J'y vais tout de suite.

Restée seule, je m'assis et contemplai la porte par où Samuel venait de sortir, tout en songeant à papa. Il n'était pas vraiment mon père, mais ne lui avais-je pas donné de bonnes raisons d'être fier de moi, plus que sa véritable fille ? Il m'aimait plus qu'elle, décidai-je. Il ne pouvait pas ne pas m'aimer davantage. C'était moi, et pas elle, qui avais voulu venir ici, pour être là quand il reprendrait conscience. Et quand il s'éveillerait, s'il s'éveillait, ce serait moi qu'il verrait en dernier.

Samuel revint dix minutes plus tard avec un soda glacé.

— Belinda n'était pas là, m'informa-t-il. J'ai laissé un message. Tu as faim ?

— Non, mais va manger quelque chose à la cafétéria, si tu veux.

— Tu vas simplement rester là, à attendre ?

— Oui.

— Cela pourrait durer des heures, ou même des jours. Il faut que tu penses au bébé, Olivia, dit-il avec une douceur teintée de reproche.

— J'attendrai aussi longtemps que je pourrai, ensuite nous rentrerons. Je te le promets.

— Bien. Je vais chercher un sandwich et je reviens. Tu ne veux rien, tu es sûre ?

— Non, insistai-je. Merci, Samuel.

Lui parti, je sirotai distraitement mon soda. J'étais trop fatiguée pour sentir la fatigue, j'éprouvais plutôt une sorte de torpeur. Je me renversai sur le dossier de mon siège, fermai les yeux et glissai dans une sorte de rêve éveillé. Je me revis petite fille, errant derrière la maison en observant les plantes et les oiseaux, captivée par la façon dont les mouettes fondaient brusquement sur les palourdes. J'ignorais que papa s'était approché de moi. Et tout à coup, je l'avais entendu dire :

— La mer peut nous apprendre énormément de choses, tu sais ? Quelquefois, quand on est pris par le courant, il vaut mieux ne pas lutter contre lui. Dans la vie, c'est pareil. Il est parfois plus sage de suivre le fil de l'eau, tout en gardant son contrôle et en conservant le respect de soi-même. Tu me comprends, Olivia ?

J'avais réfléchi un moment et hoché la tête.

— Oui, papa. Cela m'est arrivé une fois, en nageant. Une vague s'est abattue sur moi et m'a entraînée au fond, mais je n'ai pas résisté. J'ai suivi le flot et j'ai refait surface. J'ai eu très peur, mais j'ai réussi à regagner la plage.

— C'est tout à fait ça, m'avait-il approuvée. Tire la leçon de chaque expérience et tu ne cesseras pas de grandir, Olivia.

Là-dessus, il m'avait tapoté l'épaule et s'était éloigné.

— Excusez-moi, madame Logan.

La voix de l'infirmière me tira de mes rêveries. Je me redressai brusquement.

— Pardon ?

— Votre père semble reprendre conscience par à-coups, et j'ai pensé que vous voudriez...

— Oui, dis-je en me levant pour la suivre. Merci beaucoup.

Papa semblait dormir quand je m'approchai de son lit. Je lui pris la main et attendis. Un moment plus tard, ses paupières battirent et il leva les yeux sur moi. Je vis bouger ses lèvres.

— Oui, papa, chuchotai-je en me penchant pour écouter. Je suis là.

— S'il te plaît, Olivia...

— Qu'y a-t-il, papa ? Que veux-tu que je fasse ?

— Prends soin... de Belinda, gémit-il. Tu... veux bien ?

Ma gorge se noua, mais je parvins quand même à prononcer le mot qu'il désirait entendre.

— Oui.

— Promets... moi, dit-il encore, si faiblement que ce fut à peine si j'entendis, cette fois.

— Je te le promets, papa.

L'espace d'un instant, une lueur de tendresse adoucit ses traits, puis il ferma les yeux.

J'attendis qu'il les rouvre à nouveau, mais il ne s'éveilla pas. Une demi-heure plus tard, il expira. J'étais assise à son chevet quand le moniteur émit son signal d'alarme et que les infirmières accoururent. On me demanda de sortir.

— Il se passe quelque chose, annonçai-je à Samuel qui m'attendait dehors. Toute l'équipe médicale est autour de lui.

Il eut l'air terrifié, ce qui le fit ressembler tout à coup à un petit garçon, et nous attendîmes en silence. Quand l'infirmière apparut, quelques minutes plus tard, elle n'eut pas besoin de parler. Je savais déjà ce qu'elle allait dire.

Elle serra doucement ma main dans la sienne.

— Je suis désolée, madame Logan.

Samuel se leva et m'entoura les épaules de son bras.

— Merci, proférai-je d'une voix ferme. Avez-vous appelé le Dr Covington ?

— Oui, madame. Il m'a dit d'insister pour que vous rentriez chez vous.

— Vous n'aurez pas à insister. Je m'en vais.

Je n'allai pas loin. Nous approchions de l'ascenseur quand j'eus soudain la bizarre impression que mes jambes devenaient toutes molles. Je me sentis défaillir. Samuel s'en aperçut et resserra son étreinte.

— Un fauteuil roulant, vite ! cria-t-il à l'infirmière.

Elle se hâta d'aller en chercher un. On me véhicula jusqu'à la voiture où Samuel m'installa, me portant pratiquement jusqu'à mon siège.

— Peut-être ferions-nous mieux de rester ici, réfléchit-il à voix haute.

— Non, rentrons à la maison, Samuel. Une fois que je serai couchée, tout ira bien.

— Comme tu voudras.

Il démarra et roula quelque temps en silence avant d'ajouter :

— Comment te sens-tu ?

— Mieux.

— Quand tu étais là-bas, tout à l'heure… est-ce qu'il a repris conscience ? voulut-il savoir. Est-ce que tu as pu lui parler ?

Je demeurai un moment songeuse. C'était moi que papa avait vue la dernière. J'étais venue pour lui. Mais qui occupait ses pensées, dans ses tout derniers instants ? Pas moi. C'était Belinda. C'était toujours Belinda.

— Olivia ?

Je réprimai un soupir.

— Non, Samuel. Je n'ai pas pu lui dire au revoir.

15

La vie continue

Belinda ne répondit jamais au message de Samuel. Dès notre retour à la maison, il essaya encore de la joindre, et monta m'annoncer qu'elle n'était toujours pas là. Il laissa un second message, la priant de téléphoner d'urgence. Mais elle n'appela pas avant le lendemain matin, en expliquant qu'elle était rentrée trop tard. Samuel me prévint qu'elle était au bout du fil, mais je ne pris pas la communication. Je le priai simplement de dire à ma sœur, de ma part, de rentrer immédiatement à Provincetown.

Je compris alors, à la façon dont elle réagit ce jour-là et les jours suivants, que pour elle papa était mort depuis longtemps. Elle ne voulait se souvenir de lui que dans toute sa vigueur et sa vitalité. Pour elle, l'homme qui s'était retrouvé prisonnier de son propre corps n'était pas son père. Sa déchéance physique avait fait de lui un étranger à ses yeux, et elle ne pouvait pas pleurer un étranger comme un père. Peut-être, à sa façon, l'avait-elle pleuré après son attaque ? Je voulais le croire. Mais ma générosité envers elle n'allait pas au-delà.

Naturellement, elle joua la grande scène du désespoir, exprimant avec des sanglots son chagrin de n'avoir pas revu papa, et de ne pas lui avoir dit adieu. En fait, elle ne téléphonait jamais, ne supportant pas son élocution difficile. Et elle ne lui avait plus jamais parlé depuis son départ pour Boston.

Jacob était encore trop jeune pour comprendre vraiment ce qui se passait, et Thelma s'en tira très bien avec lui. Elle lui expliqua que son grand-père était au Paradis, où il pourrait vivre avec les anges et veiller sur lui du haut du ciel. Jacob était très éveillé, je l'entendis poser à Thelma des questions très sensées. Je décidai de ne pas l'emmener à l'enterrement.

Les funérailles de papa rassemblèrent une foule encore plus importante que celles de Mère. Il avait beaucoup étendu le cercle de ses relations dans le monde des affaires, depuis la mort de Mère, et toutes les compagnies se firent représenter. D'après la rumeur publique, on n'avait jamais vu un pareil cortège funèbre à Provincetown.

À cause de mon état, nous préférâmes nous dispenser de recevoir du monde, après l'enterrement. Les gens nous exprimèrent leurs condoléances à la sortie de l'église et au cimetière, puis se dispersèrent. Belinda revint à la maison avec nous, bien sûr. Quant à moi, selon les instructions du Dr Covington, je montai directement me coucher. Après avoir fait la sieste, je dînai légèrement au lit, après quoi Samuel vint voir comment j'allais. Je lui annonçai que je voulais réunir un conseil de famille, le soir même.

— Ça ne peut pas attendre demain ? se plaignit-il. Tout est encore si récent !

— C'est justement pour cela qu'il vaut mieux le faire maintenant, Samuel. D'ailleurs le moment importe peu, eu égard à ce qui doit être fait. Va chercher Belinda, s'il te plaît.

À voir sa mimique, je sus instantanément pourquoi il avait tenté de repousser cette réunion. Je lisais en lui à livre ouvert.

— Elle n'est pas là, c'est ça? Où est-elle allée? ajoutai-je aussitôt, sans lui laisser le temps de nier le fait.

— Elle est sortie avec des amis, avoua-t-il.

— Ce soir? Elle a enterré son père tout à l'heure et elle s'amuse avec des amis ce soir? Pourquoi l'as-tu laissée partir?

Il eut un geste d'impuissance.

— Je ne crois pas que j'aurais pu la retenir, Olivia. Elle ne m'écoute jamais.

— Bien, mais pourquoi n'es-tu pas monté m'avertir qu'elle comptait sortir?

— Je ne voulais pas ajouter encore à tes soucis, Olivia. Tu n'es plus qu'à dix jours de ton terme.

Je libérai un soupir excédé.

— Elle n'a pas le moindre respect pour cette famille. Elle se moque totalement de ce que les gens peuvent penser de nous.

— Elle est peut-être allée dîner quelque part, tout tranquillement, suggéra Samuel avec un sourire plein d'espoir.

Le regard que je lui jetai transforma ce sourire en grimace.

— Veux-tu que j'aille à sa recherche, Olivia?

— Bien sûr que non! De quoi aurions-nous l'air? Elle n'accepterait pas de te suivre, de toute façon. Cela confirme ce que je croyais devoir faire, marmonnai-je après un instant de réflexion.

— Quoi donc?

— C'est sans importance, répliquai-je en faisant basculer mes jambes hors du lit.

— Mais qu'est-ce que tu fais, Olivia? Où vas-tu?

— Jeter un coup d'œil à quelques documents. Des papiers de famille, précisai-je. Ils sont dans mon studio.

— Dis-moi ce que tu veux et j'irai te le chercher, Olivia.

— Tu ne sais pas où ils sont, et ce serait trop long de t'expliquer. J'y arriverai toute seule, m'impatientai-je. Donne-moi ma robe de chambre, Samuel, s'il te plaît. Il faut que ce soit fait tout de suite, sinon je ne pourrai pas dormir.

Avec une répugnance manifeste, il m'aida à enfiler robe de chambre et pantoufles et m'escorta jusqu'au studio. Je m'assis à mon bureau, ouvris le tiroir supérieur et y pris la clé de mon coffre-fort. Samuel épiait chacun de mes mouvements.

— Tu peux me laisser, maintenant, Samuel. Je n'ai pas besoin d'ange gardien, je me sens très bien.

— Je pourrai t'aider, si tu as besoin de moi.

— Il n'y a rien que tu puisses faire, affirmai-je. Regarde la télévision, lis, détends-toi, je ne sais pas, moi !

Il eut un pauvre sourire éteint.

— Entendu. Si c'est ce que tu veux... Du moment que tu te sens bien, ajouta-t-il en s'en allant.

À peine sorti, je l'oubliai, pour me plonger dans mes réflexions.

Juste après que papa eut son attaque, j'avais retiré de ses classeurs tous ses documents personnels. J'avais pris son testament, ses titres de propriété, ses actions, tous les papiers concernant ses biens et avoirs, pour les transporter dans mon propre coffre. J'avais eu l'intention de les lire en présence de Belinda, mais je venais de changer d'idée. Je préférais en prendre connaissance d'abord, et décider seule de ce qu'il convenait de faire ou de ne pas faire.

Papa nous laissait à chacune la moitié de ses biens, mais il avait institué un fidéicommis à l'intention de nos enfants. Une grande partie de ces fonds était ainsi administrée en vue de leur revenir plus tard. Cela représentait une fortune considérable. Belinda recevrait beaucoup plus d'argent qu'il ne lui en fallait, et il lui en resterait beaucoup trop à gaspiller.

La seule restriction qui me laissait quelque espoir était une clause introduite par papa. Elle stipulait que si l'une de nous était atteinte d'incapacité mentale ou physique, l'autre deviendrait l'unique exécutrice testamentaire. Papa s'était montré singulièrement prévoyant, méditai-je.

Belinda ne savait rien du fidéicommis, ni de la façon dont était géré ce compte. Elle n'avait pas non plus la moindre idée du montant de notre fortune. L'argent et les détails matériels l'avaient toujours ennuyée. Avoir ce qu'elle voulait quand elle voulait lui suffisait. Le reste ne la concernait pas.

Je triai soigneusement toute cette paperasse et mis au point une stratégie pour les jours qui allaient suivre.

Belinda ne rentra qu'au petit jour. Je dormais profondément, par chance pour elle et pour moi. Car si j'avais été réveillée par son pas titubant dans l'escalier, je n'aurais pas pu contrôler ma rage. Elle se leva très tard, en fin de matinée. J'avais monté les documents dans ma chambre, et tout préparé en vue de la réunion. J'avais également prié Samuel de m'envoyer Belinda dès qu'elle aurait pris son petit déjeuner. Elle ne voulut qu'un peu de café noir et monta en chemise de nuit, hirsute et les yeux gonflés.

Je l'accueillis sans enthousiasme.

— Tu as l'air d'une épave, Belinda. Où étais-tu ?

— Avec des amis, qui voulaient me réconforter. J'ai dû boire un peu trop, forcément. Tout le monde a tenu à m'offrir un verre pour me remonter le moral.

Elle s'interrompit, comme si elle venait brusquement de se souvenir que, moi aussi, j'avais perdu un père.

— Au fait... comment vas-tu ?
— Bien. Assieds-toi.

Une lueur de panique traversa son regard.

— Pour quoi faire ? Il est trop tôt et je suis fatiguée. J'ai besoin de repos, moi ! Je n'ai pas envie de subir des sermons ou des reproches.

— Assieds-toi, répétai-je d'un ton péremptoire.

Et je gardai les yeux braqués sur elle, jusqu'à ce qu'elle eût pris place à ma gauche. Samuel resta debout, les mains dans le dos et se balançant sur ses talons.

— Elle est exactement comme papa, avec sa manie des réunions, bougonna ma sœur à son intention.

J'ignorai sa remarque et ouvris les dossiers.

— Ces documents se rapportent à la succession de papa, commençai-je. Il y a certains biens qu'il faudra liquider tout de suite, en vue de placer les fonds. En tant qu'exécutrice testamentaire, je m'en chargerai moi-même.

En fait, je n'étais pas la seule exécutrice, mais je savais que Belinda ne me contesterait pas cette responsabilité. Il me serait facile de réaliser mes plans, en ajoutant sa signature partout où elle serait nécessaire, ou en l'amenant à signer certains papiers. Elle ne les lisait jamais avant.

— Très bien, approuva-t-elle, visiblement soulagée de voir qu'il s'agissait seulement d'affaires.

Elle esquissait déjà un geste pour se lever, mais je la rappelai à l'ordre.

— Je n'ai pas terminé, Belinda. Cela ne t'intéresse donc pas ?

— Oh moi, tu sais... je n'ai jamais compris grand-chose aux affaires. C'est toi l'experte en ce domaine, Olivia. Je suis sûre que tu feras pour le mieux.

— Merci pour ta confiance, rétorquai-je avec brusquerie. J'ai l'intention de vendre la maison.

Cette fois, l'intérêt de ma sœur s'éveilla.

— La maison ? (Elle chercha le regard de Samuel, puis le mien.) Vendre la maison de papa ?

— Mais oui. Que ferions-nous de cette maison immense, à présent ? Pourquoi dépenser tant d'argent à entretenir des domestiques ? Le produit de la vente sera bien mieux employé s'il est réinvesti dans la compagnie. Papa a également veillé à l'avenir de nos enfants. Certaines procédures demandent à être exécutées correctement, pour ne pas perdre trop d'argent en taxes. Il faut transférer les fonds, approvisionner les comptes en activité...

Belinda plaqua brusquement la main sur son front.

— J'ai une migraine atroce, Olivia. Je suis certaine que tu sauras tout régler. Seulement...

Elle abaissa la main, et une pensée se fraya lentement un chemin jusqu'à son cerveau brumeux.

— Seulement quoi, Belinda ?

— Si nous vendons la maison, où est-ce que je vais vivre ?

Elle consulta Samuel du regard, quêtant une réponse de sa part, mais il garda les lèvres obstinément serrées.

— Tu pourras vivre ici jusqu'à ce que tu trouves une solution raisonnable, ou...

— ... que je me marie ? m'interrompit-elle en riant. Pourquoi teniez-vous tellement à me marier, papa et toi ?

— Je ne connais pas les raisons de papa, mais les miennes étaient claires. Je voulais me venger du sexe masculin.

Samuel ne put s'empêcher de sourire, cette fois. Je vis pétiller ses yeux. Mais Belinda, elle, ne riait plus du tout.

— Tu n'es pas drôle, Olivia. Toi tu es casée. Tu as mari, un beau petit garçon, un autre enfant sur le point de naître. Mais moi... moi je n'ai personne.

— À qui la faute ? ripostai-je du tac au tac.

Brusquement reprise par sa migraine, elle grimaça et se massa les tempes du bout des doigts.

— J'ai un mal de tête épouvantable, il faut que je me couche, annonça-t-elle en se levant. Mais si tu vends la maison et que je dois vivre ici, je ne te laisserai pas me traiter comme une petite fille, Olivia. Je te préviens.

— Ne te conduis pas comme telle, alors. Et que deviennent tes études, au fait ?

Presque arrivée à la porte, elle se retourna, l'air triomphant.

— Oh, je les ai avertis que je ne retournerais pas dans leur collège, à présent. D'ailleurs je n'ai plus besoin de travailler, tu viens de me le dire toi-même. Je suis une héritière, maintenant !

Elle quitta la pièce dans un éclat de rire, et Samuel haussa les épaules en soupirant.

— Et voilà, c'est fait. Fin de la réunion.

— Je veux aller à la maison de mon père, décidai-je. Tout de suite.

— Maintenant ? Olivia, protesta-t-il, tu défies toutes les règles de la prudence, et tu ne tiens aucun compte des consignes du Dr Covington.

Je repoussai les dossiers à côté de moi.

— Tu peux venir avec moi ou pas, Samuel, déclarai-je en soutenant fermement son regard. Quand quelque chose doit être fait, je le fais.

Il secoua la tête avec résignation.

— Je sais, Olivia. Je sais. J'irai avec toi. Veux-tu que nous emmenions Jacob ?

— Non. Il se demandera ce qu'est devenu mon père, et je n'ai pas de temps à lui consacrer.

Ce n'était pas exactement une question de temps, d'ailleurs, mais de réaction émotionnelle. Ce que je voulais dire, c'est que la situation serait sans doute trop dure pour moi, même avec l'assistance de Thelma.

Je ne m'étais pas trompée, toute cette visite fut très pénible sur ce plan-là. Depuis la mort de maman et la maladie de papa, la maison était devenue pour moi un lieu sombre et menaçant. Une coquille vide, l'enveloppe de ce qu'elle avait été. Ce fut douloureux, en y pénétrant, d'imaginer les grands dîners si animés, la musique et les rires, et même celui de Belinda. Non que l'endroit fût sale ou en désordre : Effie avait fait des merveilles. C'était d'ailleurs pour cela que je tenais à la voir, afin de lui faire part de mes intentions.

— J'aimerais que vous restiez encore un moment, pour que la maison soit impeccable quand l'agent immobilier viendra, Effie. Quand vous partirez, je vous donnerai six mois de salaire. Et bien sûr je ferai de mon mieux pour vous procurer un autre emploi dans les environs, si vous le désirez. J'ai toujours été entièrement satisfaite de votre travail.

— Merci, madame Logan. Cela me conviendra parfaitement, affirma-t-elle.

Je fis la même proposition à l'homme de peine, qui se montra tout aussi content.

Je ne me sentais pas la force de circuler dans toute la maison et de tout examiner, en décidant de ce qu'il faudrait donner, vendre ou garder. Mais je parcourus le rez-de-chaussée, où je m'attardai dans le cabinet de travail de papa, tandis que Samuel allait inspecter l'étage et le hangar à bateaux. Assise là, dans cette pièce où nous avions eu de si nombreux entretiens, lui et moi, je cédai à la mélancolie du souvenir. Papa me traitait toujours en adulte, et je savais qu'il avait une haute opinion de mes capacités. Avait-il souhaité parfois, ou même souvent, que je sois sa véritable fille, que le même sang coule dans nos veines ? La famille était si importante pour lui ! Elle l'était même à un tel point qu'il pouvait passer sur ce qui aurait certainement choqué la plupart des gens.

J'aimais l'atmosphère masculine de son cabinet de travail, ses lambris sombres, son odeur de cigare, ses tableaux où des hommes de mer luttaient contre les éléments. Il était fier de cet endroit, fier de sa maison, fier de ce qu'il avait accompli. Comme il allait me manquer…

Je me levai, quittai la pièce et sortis derrière la maison. Debout sur la jetée, le dos tourné vers moi, Samuel contemplait l'océan. Plus loin sur ma droite, un bouquet d'arbres abritait la petite tombe sans nom. Personne, à part moi, ne savait ce qui était enterré là. Je frissonnai en me rappelant le regard terrifié de papa, quand il avait enveloppé l'enfant mort et son placenta pour les placer dans cette boîte. Puis il était sorti dans la nuit pour enterrer les péchés de Belinda, des péchés qui nous hantaient toujours.

— Samuel ! m'écriai-je, et il se retourna vivement. Ramène-moi à la maison, je me sens mal.

Il me rejoignit en courant. Au moment de partir, je lançai un dernier regard en direction de ce coin d'ombre, sous les arbres. Bientôt, pensai-je alors, bientôt je vendrai cet endroit et je n'y reviendrai jamais.

Moins d'une semaine plus tard, je fus prise de terribles contractions et emmenée d'urgence à l'hôpital, où je mis au monde notre deuxième enfant. Un fils, que nous appelâmes Chester, du nom du grand-père de Samuel. Je savais qu'il était déçu. Il avait espéré une fille, et papa aussi.

*
* *

Je restai trois jours à l'hôpital après la naissance de Chester, et le second jour Belinda vint me voir. Elle portait un ravissant chemisier couleur feuille morte, et une jupe bleu marine. Avec ses cheveux bien tirés, soyeux et lustrés, elle paraissait très jeune et pleine de vie. Moi, par contre, ainsi allongée dans mon lit et si peu de temps après l'accouchement, je ne me sentais pas spécialement en beauté. Jamais le contraste entre nous deux n'avait été aussi flagrant.

— Ne t'inquiète pas pour Samuel, déclara Belinda, je m'occupe de lui. Jacob est très excité par la naissance de son petit frère. Cet après-midi, je l'ai emmené se promener.

— Dois-je comprendre que tu te conduis comme une tante ?

— Mais oui. Enfin... comme une *jeune* tante. Il est si sérieux, cet enfant, et si curieux de tout ! J'ai peur qu'il ne tienne de toi, Olivia. Chaque fois qu'il rit, on dirait qu'il se sent coupable.

— C'est ridicule, protestai-je.

Mais je savais qu'elle avait raison au sujet de Jacob. C'était un petit garçon très réfléchi et très intelligent, je n'avais aucun doute là-dessus.

— Nelson Childs m'a appris que tu lui as demandé du travail ? fis-je observer tout à coup.

Belinda haussa les sourcils.

— Il a dit ça ?

— Mais oui, pourquoi ?

— C'est le contraire qui s'est passé, Olivia. Quand il a su que j'étudiais dans une école commerciale, il m'a proposé un emploi. J'ai répondu que je ne travaillerais pour personne d'autre que mon père.

— Où l'as-tu rencontré ? m'enquis-je avec méfiance.

— À Boston. Il est passé me voir en rentrant des Bahamas, expliqua-t-elle, d'une voix parfaitement naturelle qui ne laissait pas place au doute.

— Pourquoi est-il venu te voir ?

— Ça, tu lui demanderas. J'ai été aussi surprise que toi, rétorqua-t-elle, sur un ton un peu trop dégagé, cette fois.

Elle ouvrit son sac, en tira son poudrier et reprit sur le même ton, en s'examinant dans le miroir.

— C'est la vérité, Olivia. Inutile de me regarder comme ça !

— Très bien, concédai-je, l'estomac contracté par une soudaine appréhension.

Si elle disait la vérité, Nelson m'avait donc menti ? Cherchait-il à se protéger au cas où ma sœur m'aurait parlé ? Y avait-il un seul homme auquel je puisse me fier ?

— Tu as l'air bien pensive, tout à coup, fit remarquer Belinda.

— Effectivement, je réfléchis. Il n'y a aucun mal à cela, figure-toi. C'est ne pas réfléchir qui est un tort.

Le sujet n'étant pas du tout dans ses cordes, Belinda se hâta d'en changer.

— Chester est vraiment adorable, je crois qu'il ressemble surtout à Samuel. C'est aussi l'avis de Samuel, ajouta-t-elle, croyant m'être désagréable.

Je ne lui offris pas cette satisfaction.

— Ah oui ? Je n'en serais pas fâchée, répliquai-je. Samuel est plutôt beau garçon.

— C'est vrai. Peut-être pas aussi beau que Nelson Childs, mais pas trop mal quand même.

Elle eut son petit rire moqueur, et je fronçai les sourcils. Comme il lui était facile de me vexer, pour peu qu'elle s'en donne la peine !

Le lendemain, Nelson vint me rendre visite avec Samuel.

— C'est vraiment un bébé superbe, Olivia. Votre père en aurait été très fier.

— Il voulait une petite-fille à gâter, comme il a gâté ma sœur. Tout le monde ne pense qu'à la dorloter, ajoutai-je en fixant Nelson droit dans les yeux.

Il les détourna, d'un air coupable qui me fit mal. Je me sentis trahie. N'y avait-il donc que mensonges et faux-semblants autour de moi, et devrais-je toujours veiller à ne pas tomber dans un piège ?

— Je suis certain que nous aurons bientôt une fille, fanfaronna Samuel.

— Pas si tôt que ça !

Ma riposte avait été si spontanée que les deux hommes, qui ne savaient rien des douleurs de l'enfantement, sinon par ouï-dire, éclatèrent de rire avec un bel ensemble.

Thelma déclara qu'elle n'aurait aucune difficulté à s'occuper de Chester en même temps que de Jacob. Elle adorait les enfants et ne supportait pas l'oisiveté. Je la considérais comme ma meilleure trouvaille, et je m'estimais très heureuse de l'avoir. Pour moi, cela signifiait qu'une fois debout, je pourrais retourner travailler l'esprit tranquille. Je saurais que nos enfants étaient en bonnes mains.

Les événements se précipitèrent, une fois que je fus revenue de l'hôpital. Moins d'un mois après avoir mis en vente la maison de papa, nous reçûmes une offre intéressante. Je conclus le marché de façon satisfaisante et m'employai à trier, vendre, ou donner les possessions familiales, en ramenant chez nous celles que je voulais conserver. Je proposai à Belinda de retourner à la maison, pour y prendre éventuellement quelques souvenirs. Mais dès qu'elle eut emporté ses objets personnels, en particulier ses toilettes, elle n'y remit plus les pieds. Rien ne semblait avoir de valeur sentimentale, à ses yeux, et je n'en fus pas surprise. Elle avait passé la majeure partie de sa jeunesse à trouver des prétextes pour quitter la maison. Selon moi, elle la considérait comme un hôtel, et le reste d'entre nous, y compris nos parents, comme ses domestiques.

Ma sœur ne s'assagit pas après la mort de papa. Je sus qu'elle avait honorablement réussi, à l'école de commerce, et qu'elle aurait pu passer son diplôme si elle l'avait voulu. Mais trouver un emploi sérieux n'était pas une perspective qui la remplissait d'enthousiasme. Ses activités frivoles suffisaient à remplir ses journées, elle voyageait avec ses amis, et elle parlait sans cesse de faire quelque chose d'extraordinaire.

— Je devrais peut-être devenir actrice, finalement, déclara-t-elle un soir à table. Je pourrais même décrocher un rôle au théâtre de Provincetown. J'ai rencontré un jeune metteur en scène, récemment. Il monte une pièce et il trouve que je conviens tout à fait à l'un des personnages. Je le vois cette semaine.

En audition privée, ajouta-t-elle, en battant des cils à l'intention de Samuel.

— La comédie pourrait te réussir, opinai-je. C'est un don inné, chez toi.

Elle prit cela pour un compliment.

— C'est ce que je pense aussi, mais on verra bien. Je ne suis pas très emballée à l'idée d'apprendre un texte par cœur, ni de rester plantée tous les soirs au même endroit pendant des semaines.

Le théâtre était chez elle une de ces marottes passagères dont elle s'amusait, sans jamais songer à en faire quelque chose de sérieux. Elle ne redoutait rien autant que l'ennui. Son attention papillonnait sans cesse, s'arrêtant un instant sur un projet, pour passer aussitôt à un autre. Elle n'avait pas plus de cervelle qu'un colibri. La seule façon de la marier, m'arrivait-il de penser, serait de la traîner à l'autel dans une camisole de force.

Quand il devint bien clair que Belinda était désormais une riche héritière, elle attira une cour de tout nouveaux admirateurs, en leur faisant miroiter la promesse d'un engagement sérieux. Ils mordirent tous à l'hameçon, et j'eus bientôt l'impression qu'ils faisaient la queue à sa porte. Elle jouait avec eux, se distrayait un moment à leurs dépens, et subitement les laissait choir comme s'ils avaient contracté la peste. Ce qui ne les empêchait pas de rôder autour d'elle, d'être pendus au téléphone et de mendier la plus infime chance de gagner ses faveurs. Plus que jamais, je m'émerveillais de la crédulité des hommes.

Les choses continuèrent ainsi pendant presque un an, et d'un seul coup, tout changea. Une semaine s'écoula sans qu'il vînt personne. Belinda restait à la maison, regardait la télévision, feuilletait des magazines, ou répondait aux rares appels de ses amies. Elle passait plus souvent à nos bureaux et manifestait un certain intérêt pour les affaires en cours. Samuel l'emmenait déjeuner en ville et répondait à toutes ses questions, sous prétexte de me débarrasser d'elle et de la distraire.

Peu de temps après ce changement, elle recommença à sortir, mais à ma connaissance elle sortait toujours seule. Elle avait sa propre voiture, naturellement, et pouvait se rendre où elle voulait. Ses allées et venues se firent de plus en plus imprévisibles. Quand je l'interrogeais sur ses activités, je n'obtenais qu'une réponse laconique et des plus obscures. Et surtout, elle ne se vantait plus à propos des hommes qu'elle menait par le bout du nez, des endroits chics où ils l'emmenaient, ni de l'argent qu'ils dépensaient pour elle.

Un jour, au bureau, j'allai trouver Samuel pour lui parler d'elle. Il semblait en savoir plus que moi à son sujet, depuis quelque temps. Il m'écouta, réfléchit un moment et se carra sur son siège.

— Je crois qu'elle a quelqu'un, Olivia. Quelqu'un d'un peu plus sérieux que son type d'homme habituel.

— Mais qui ? Quelqu'un dont nous devrions avoir honte ? Est-ce pour cela qu'elle devient si cachottière ?

— Je n'en sais rien, c'est juste une supposition. Je n'en sais vraiment pas plus, insista-t-il. Pourquoi ne le lui demandes-tu pas ?

— Je l'ai déjà fait, mais elle évite toujours de me répondre.

— Fais-la suivre, suggéra-t-il en souriant.

Je me souvins que Belinda m'avait accusée de l'avoir fait suivre, justement, et que j'avais regretté de n'y avoir pas pensé toute seule.

— C'est peut-être ce que je vais faire, en effet.

Samuel ouvrit des yeux ronds.

— Je plaisantais, Olivia. Tu ne ferais pas ça ?

— En tant que membres de la communauté, nous avons beaucoup de choses à préserver, Samuel, à commencer par notre réputation. Des magistrats, des hommes politiques, de brillants hommes d'affaires ont été reçus chez nous, ainsi que leur famille. On est jugé selon ses fréquentations, déclarai-je, citant l'un des adages si chers à mon père.

Il parut ébranlé.

— Oui, évidemment… Si tu estimais cela nécessaire…

— Je ne veux plus de mauvaises surprises, affirmai-je.

Sur quoi, il secoua la tête d'un air accablé, mais sans émettre d'objections.

J'attendis encore toute une semaine avant de me décider à passer à l'action. Certains soirs, Belinda ne rentra même pas dormir à la maison. Elle prétendait qu'elle allait chez une amie à l'autre bout du Cap, ou qu'elle était invitée sur un yacht, et se fâchait à la moindre question de ma part.

— Je ne suis plus une enfant, Olivia. Je t'ai laissée vendre la maison de papa et j'ai accepté de vivre ici, à condition que tu ne me traites plus comme une petite fille. Est-ce que je te demande ou tu vas quand tu sors, moi ?

— Ce n'est pas la même chose. Je ne sors qu'avec mon mari, ou pour des rendez-vous d'affaires.

— Aucune importance, ripostait-elle avec aplomb. Je te laisse vivre ta vie, laisse-moi vivre la mienne.

— Mais tu jettes l'argent par les fenêtres, Belinda. La pile de factures que j'ai sur mon bureau donnerait la migraine à un comptable.

— J'achète ce dont j'ai besoin, d'ailleurs c'est mon argent. Je peux en faire ce que je veux.

— À ce train-là, en quelques années tu auras dilapidé ton héritage, m'obstinais-je.

Mais elle se contentait de hausser les épaules.

— Je trouverai quelqu'un pour s'occuper de moi, j'en suis sûre, répliquait-elle, avec cette confiance arrogante qui me faisait bouillir.

La frustration s'infiltrait en moi comme un virus mais c'était plus fort que moi : il fallait toujours que je me tracasse pour elle. Je me jurais de la chasser de mes pensées, mais je ne pouvais pas ne pas m'inquiéter. Notre réputation était en jeu, et nous étions devenus des personnages en vue désormais, Samuel et moi. Aucune manifestation mondaine de quelque importance n'aurait pu avoir lieu sans nous. Cela ne signifiait pas que les gens m'adoraient, mais au moins ils me respectaient. Je n'allais pas risquer de perdre tout cela pour les beaux yeux d'une sœur frivole, égoïste et sans cervelle.

Finalement, je décrochai le téléphone et appelai quelqu'un qui m'avait été recommandé par une de nos relations d'affaires. Pas exactement un détective privé, mais un spécialiste des enquêtes pour les compagnies d'assurances. Un certain Nicolas Korson. Je ne le reçus pas dans mon bureau, pour ne pas révéler ma démarche à Samuel. J'allai le voir et lui expliquai ce que j'attendais de lui. En conclusion, j'ajoutai :

— Je n'ai pas besoin d'insister sur la nécessité d'observer la plus grande discrétion, monsieur Korson.

— Bien entendu, affirma-t-il.

Après quoi je lui remis son avance, ainsi que plusieurs photos de Belinda.

J'aurais pu m'épargner ces frais. Moins de dix jours plus tard, Belinda vint me trouver d'elle-même et me révéla toute la vérité. La sourde menace qui n'avait cessé de me hanter, pesant sur mon cœur tel un sinistre halo d'ombre, fondit sur moi comme un raz-de-marée. J'avais raison.

J'avais toujours eu raison.

*
* *

Certains soirs, quand il faisait doux et que les enfants étaient couchés, j'allais m'asseoir dans le belvédère. Samuel aimait lire son journal au salon, ou suivre une émission sportive à la télévision. Depuis quelque temps, il descendait de plus en plus souvent sur les docks, pour bavarder avec les pêcheurs. Je ne redoutais pas la solitude, au contraire. Mes journées étaient si débordantes au bureau, et j'avais affaire à tellement de monde, que ces moments de calme étaient les bienvenus. Je pouvais réfléchir tranquillement à mon travail, ou aux projets que je formais pour la famille. Je pensais déjà aux perspectives d'avenir de Jacob et de Chester. J'imaginais quel genre d'hommes ils deviendraient, quelles femmes ils épouseraient. Et j'espérais que mon influence sur eux l'emporterait sur celle de Samuel.

Ce soir-là, le disque rond et brillant de la lune évoquait pour moi un visage changeant, triste quand des nuages le voilaient un instant, et de nouveau heureux quand ils s'en éloignaient. Cela correspondait tout à fait à mon humeur.

— Ah, c'est là que tu es !

Je me retournai à la voix de Belinda et la vis qui s'avançait vers moi. Elle portait une robe sans manches en cotonnade claire, et ses bras luisaient au clair de lune. Malgré sa vie désordonnée, ses beuveries et son habitude de se coucher tard, elle conservait une silhouette incroyablement séduisante et un teint éclatant. Pourquoi avait-elle reçu toutes ces bénédictions du ciel, je me le demandais encore. Tout ce que je savais, c'est qu'elle les considérait comme un dû et n'en remerciait jamais sa bonne étoile.

Les cheveux agités par la brise, elle s'arrêta au bas des marches du belvédère.

— Tu daignes nous honorer de ta présence, ce soir ? persiflai-je. Ou est-ce trop indiscret de poser la question ?

Je m'attendais à une riposte cinglante, mais elle se détourna vers l'océan.

— Tu vas me détester, Olivia.

Mon cœur s'arrêta, puis se remit à battre.

— Tu ne pensais donc pas que c'était déjà le cas ? J'aurais pourtant cru.

— Ne te moque pas de moi, Olivia. J'ai des problèmes.

J'aspirai une grande bouffée d'air. Cette voix d'enfant, craintive et apeurée, m'attendrissait malgré moi. Je croyais presque entendre papa, dans son dernier soupir, m'arracher la promesse de veiller sur Belinda.

— Qu'est-ce que tu as encore fait ? finis-je par demander.

— Je ne sais pas comment c'est arrivé. J'ai toujours été très prudente, depuis... depuis cette fois-là.

Elle s'assit sur la dernière marche, le dos tourné vers moi. Je ne fis pas le moindre mouvement.

Un paquebot de luxe apparut en glissant à l'horizon, éclatant de lumières. Et bien qu'il fût trop loin de la côte pour cela, je crus entendre de la musique, et les rires de tous ces gens qui avaient laissé leurs soucis derrière eux. Toutes leurs responsabilités, tous leurs ennuis et leurs problèmes étaient restés à terre. Comme j'aurais voulu pouvoir m'envoler, traverser l'eau et me laisser tomber sur le pont de ce bateau fortuné !

— Autrement dit, tu es encore enceinte ?
— Oui.
— Tu en es sûre ?
— Oui, j'ai été voir un médecin. Ne t'inquiète pas, s'empressa-t-elle de préciser, il est de Boston. Il m'a appelée aujourd'hui pour m'annoncer le résultat des tests.

— Et comme la dernière fois, il y a tellement de candidats possibles que tu ignores l'identité du père, c'est ça ?

Elle pivota brusquement, et même dans l'obscurité je vis étinceler ses yeux.

— Non. Je sais qui est le père. C'est le seul homme que j'aie fréquenté depuis un peu plus d'un mois, affirma-t-elle sans hésiter.

— Vraiment ? Eh bien, c'est déjà ça ! Avez-vous l'intention de vous marier ?

— Nous ne pouvons pas nous marier, Olivia.
— Et pourquoi pas ?
— Il est déjà marié.

Je retins mon souffle. Ce fut comme si de la glace m'entrait dans les poumons, et qu'ils se contractaient de douleur. Cela ne se pouvait pas. Non, cela ne se pouvait pas.

— Qui est-ce ? trouvai-je enfin la force et le courage de demander.

À nouveau, elle se tourna vers l'océan.

— Ne te mets pas en colère contre moi, implora-t-elle.

Allait-elle nommer Samuel ? Ainsi, mon propre mari m'avait trahie. Était-ce pour cela qu'il la défendait toujours, et qu'il voulait m'empêcher d'engager un détective ? Je les avais laissés trop souvent seuls ensemble. J'aurais dû savoir. Quelle situation déplorable et embarrassante !

Comment avais-je pu être aussi stupide ?

Je ne laissai rien paraître de mes craintes.

— Pourquoi serais-je en colère contre toi ? Ce n'est pas comme si la nouvelle me prenait au dépourvu, Belinda. Je pouvais m'y attendre, avec la vie que tu mènes.

— Tu promets, alors ? insista-t-elle.

— Cesse tes enfantillages, veux-tu ? Parle et finissons-en.

— C'est Nelson, dit-elle en se retournant. Nelson Childs.

Combien de fois peut-on mourir ? Combien de fois un cœur peut-il se briser, les choses qui vous sont les plus chères vous être volées, tout ce qui fait votre force vive vous être arraché ? Quand m'étais-je endormie sans inventer toutes sortes de fantasmes autour de Nelson ? Pouvais-je empêcher mon cœur de s'affoler quand il s'approchait de moi, qu'il me touchait, ou que nous dansions ensemble ? L'écho de son rire résonnait à mes oreilles, son souffle frôlait ma joue... Et comme j'aimais sa façon de me dévorer des yeux, ces yeux rieurs tout pétillants de lumière. J'étais d'un optimisme délirant, dès qu'il s'agissait de Nelson Childs. C'était certainement les seules fois où il m'arrivait de l'être.

— Tu mens, proférai-je sourdement.

— Non, je t'assure. Si seulement je pouvais mentir !

— Quand pouviez-vous... quand avez-vous... et lui, je veux dire...

— Nous nous retrouvions à Boston quand il y venait pour un procès, ou pour ses activités professionnelles. Je n'ai rien pu empêcher! s'écriat-elle d'une voix plaintive.

Je cherchai désespérément des raisons de la prendre en défaut.

— Pourquoi s'encombrerait-il de toi? Il est heureux en mariage.

— Sa femme est toujours enceinte. En ce moment, elle l'est encore. Je lui plais. Je lui ai toujours plu, mais pas assez pour qu'il m'épouse, gémit-elle.

— Alors il ne fallait pas t'approcher de lui. Comment as-tu pu laisser une chose pareille arriver?

— Je n'en sais rien, Olivia. Je m'ennuyais, et Nelson a toujours été si amusant!

Je restai immobile, ruminant ma colère, incapable de savoir auquel des deux j'en voulais le plus.

J'avais dit son fait à Nelson, après les avoir surpris dans le hangar à bateaux; et il m'avait promis que ce genre de chose ne se reproduirait plus. Les hommes ne devraient pas avoir le droit de faire des promesses, me dis-je avec amertume. Le seul fait d'énoncer les mots « je promets » devrait leur dessécher la langue dans la bouche.

— Je suppose que je vais devoir subir une IVG, murmura ma sœur à travers ses larmes.

Je réfléchis longuement.

— Non, décrétai-je.

— Quoi?

— Non, Belinda, tu n'interrompras pas ta grossesse. Il n'est pas question de te débarrasser de l'enfant comme ça. Pas cette fois-ci. Je te l'interdis.

— Mais qu'est-ce que je vais faire, alors? geignitelle d'une voix terrifiée. Je ne peux pas avoir de bébé! Qu'est-ce que j'en ferais?

— Ce n'est pas seulement ton bébé, lui rappelaije. C'est aussi celui de Nelson Childs.

Sans cesser de pleurnicher, elle me fixa d'un air perplexe.

— Qu'est-ce que tu veux dire, Olivia ? Tu vas lui demander de garder le bébé ? Sa femme n'aimera pas ça, tu sais ?

— Ce n'est pas à sa femme que je pense, pour l'instant. Est-ce qu'il pensait à elle, quand vous vous retrouviez à Boston ?

Elle secoua obstinément la tête.

— Je ne veux pas avoir un autre bébé. J'ai trop peur.

— C'est stupide, Belinda. J'en ai bien eu deux, moi. Si tu as un si mauvais souvenir de la première fois, c'est parce que tu n'avais rien dit à personne et que tu n'as pas su quoi faire. Ce sera différent, cette fois-ci. Tout à fait différent, affirmai-je, inflexible. Cette fois, je serai là.

— J'ai peur quand même, Olivia. Rien que d'y penser, j'en ai des frissons, et je fais des cauchemars toutes les nuits. Je ne peux pas m'endormir sans avoir bu jusqu'à perdre conscience. Tu m'entends, Olivia ? Je te parle !

Je m'arrachai à mes réflexions.

— J'ai dit que je serai avec toi, non ? Tu n'as plus aucune raison d'avoir peur, Belinda. Et maintenant, dis-moi : est-ce qu'il sait ? (Elle hésita, je dus insister.) Eh bien ? Réponds !

— Non, il ne sait pas encore. Je pensais me débrouiller pour faire ce qu'il y avait à faire. Je ne voulais pas lui parler. Je n'ose pas. J'avais peur qu'il me fasse des reproches, ou qu'il nie. C'est un homme très important, maintenant. Dois-je le mettre au courant, Olivia ?

— Non, ce n'est pas nécessaire. Je le lui dirai moi-même.

Elle renifla bruyamment et s'essuya les yeux.

— C'est vrai, Olivia ? Tu lui parleras ?
— Oui, confirmai-je en me tournant vers la mer.
Un nuage occultait la lune, le merveilleux paquebot n'était plus là. Il n'y avait plus de lumières sur l'eau, à part le reflet glacé des étoiles.
— Oui, répétai-je à mi-voix. Je lui parlerai.

16

Aveux forcés

Si j'avais eu des doutes sur la véracité des propos de Belinda – et j'aurais bien voulu ! –, ces doutes auraient disparu dès l'après-midi du lendemain, quand je reçus le coup de fil de Nicolas Korson.

— Puis-je parler ? commença-t-il d'une voix rauque, si étouffée que je le crus enrhumé.

— Je vous demande pardon ?

— Est-ce que cette ligne est sûre, madame Logan ?

Son style mélodramatique me donnait presque envie de rire, mais je supposai que cela devait faire partie du métier.

— Bien entendu, rétorquai-je. Vous pensez que mon téléphone était sur écoutes ?

— Non, bien sûr que non. J'ai terminé mon rapport, madame Logan. Et pour gagner du temps, selon vos instructions, je préfère vous le communiquer de vive voix. Au cours de la dernière semaine, votre sœur est allée deux fois à Boston. Elle est descendue à l'Auberge de l'Amiral, au nord de la ville, et s'est inscrite sous son vrai nom.

— Belinda n'est pas une espionne, lui rappelai-je. C'est ma sœur.

— Oui, bien sûr. Mais dans ce genre de... d'aventures clandestines, les gens prennent généralement certaines précautions.

— Pas ma sœur. Malheureusement.

— Je vois. Poursuivons, reprit-il, adoptant subitement un ton nasillard. Elle n'a pas tardé à être rejointe par un important avocat de Provincetown... (Il marqua une pause théâtrale.) Vous êtes sûre que nous pouvons parler de tout cela au téléphone, madame Logan ?

Cette fois, je perdis patience.

— Finissons-en, voulez-vous ? J'ai une montagne de papiers qui m'attendent sur mon bureau.

— Oui, je suis désolé. Hm ! Vous connaissez certainement la personne dont je parle, M. Nelson Childs, ou plutôt le juge Childs. Il est resté en compagnie de votre sœur pendant trois heures, la première fois, et un peu plus de quatre heures la seconde fois.

Ces détails me laissèrent un instant songeuse. Qu'est-ce qui pouvait bien retenir Nelson aussi longtemps ? Pas la conversation de Belinda, en tout cas. Était-il donc si facile d'amuser un homme ? Cela me paraissait invraisemblable, et faire l'amour pendant trois heures aussi, d'ailleurs. Avec Samuel, malgré ses caresses tâtonnantes et ses baisers humides, cela ne durait jamais que dix minutes, un quart d'heure au maximum. Que pouvait bien fabriquer Nelson avec Belinda pendant trois ou quatre heures ?

— Ces rendez-vous peuvent-ils être prouvés d'une façon quelconque ? m'informai-je.

— J'ai pris quelques clichés de ce monsieur, à son arrivée et à son départ.

— Vous l'avez pris en photo !

— D'assez loin, naturellement, se hâta d'expliquer Nicolas Korson. Je n'ai pas été vu, j'en suis certain. N'oubliez pas que c'est mon métier.

— J'aimerais avoir ces photographies aujourd'hui même.

— C'est entendu. Je me suis livré à une discrète enquête, madame Logan. Ces... entrevues n'étaient pas les premières. J'en ai des preuves indiscutables et...

— Très bien. Inutile d'entrer dans les détails au téléphone. Toutefois, je ne tiens pas non plus à vous recevoir ici, ajoutai-je, avant de lui donner de nouvelles instructions.

Quand nous nous rencontrâmes au lieu fixé par moi, deux heures plus tard, il me remit une enveloppe contenant un rapport détaillé, ainsi que les clichés prouvant ses dires.

— Merci, monsieur Korson, lui dis-je en manière de congé. Je n'aurai plus besoin de vos services.

Il hocha la tête, me jeta un long regard teinté de curiosité, puis s'en alla. Je me sentais salie d'avoir eu recours à lui. Malgré sa politesse et ses allures d'homme d'affaires, sa profession me semblait assez sordide. Pour moi, c'était un peu comme si un voyeur avait transformé sa dépravation en moyen d'existence. J'eus un frisson de dégoût en pensant à ce que je lui avais fait faire. Mais aussitôt après, je m'assis dans ma voiture et parcourus les documents.

Avec un sens méticuleux du détail, M. Korson allait jusqu'à décrire les conditions météorologiques des jours en question, et s'était même procuré les notes d'hôtel. J'en trouvai plus d'une douzaine dans l'enveloppe, couvrant une période d'environ quatre mois. J'en restai sans souffle. Belinda s'était montrée vraiment brillante dans l'art de mentir. Presque aussi brillante que Nelson Childs.

Détenir la confirmation des faits, noir sur blanc, ne m'aida pas à me sentir mieux, bien au contraire. Mon estomac se révulsait, j'avais l'impression qu'il s'était changé en tambour de machine à laver. Un vide s'était creusé dans ma poitrine, où mon cœur semblait avoir sombré, ne laissant derrière lui que l'écho de ses battements lourds. Je m'appliquai à respirer longuement, profondément, jusqu'à ce que le feu qui faisait rage en moi s'apaise. C'était une chose d'avoir entendu la confession de Belinda. Mais voir ces photos en couleur de Nelson, on ne peut plus nettes et parlantes, en était une autre. Quand il se dirigeait vers l'Auberge, son visage exprimait une attente impatiente. Quand il en ressortait, tête haute et bombant le torse, toute sa personne révélait l'assurance et la fierté du mâle satisfait.

De retour au bureau, je travaillai d'arrache-pied pendant tout le reste de la journée, pour tâcher d'oublier ces images. En fin d'après-midi, Samuel passa me voir pour me rappeler que ce soir-là, comme chaque semaine, il jouait aux cartes avec ses amis pêcheurs, à la Brasserie du Quai.

— À moins que tu n'aies prévu quelque chose d'autre pour nous, ajouta-t-il, selon un rite établi.

À quoi je répondis, selon le même rite :

— Non, rien de spécial.

Ce jour-là, toutefois, j'ajoutai :

— Je suis trop fatiguée pour faire quoi que ce soit, de toute façon.

— Tu n'as pas bonne mine, constata-t-il. Tu ne te sens pas bien ?

— C'est juste un peu de fatigue, Samuel. J'ai eu un travail fou, aujourd'hui. Si tu étais là plus souvent, tu t'en serais aperçu.

— J'aimerais que tu me donnes plus de choses à faire ici, Olivia. Je t'assure, insista-t-il, de cette voix plaintive que j'avais appris à mépriser.

— Nous verrons, Samuel.

Il n'eut pas l'air convaincu et s'en alla sans commentaires. Je me levai, allai fermer soigneusement la porte derrière lui et regagnai mon bureau. Puis je décrochai le téléphone et appelai Nelson Childs.

— Un instant, madame Logan, répondit sa secrétaire. Je vais voir s'il est disponible.

Oh oui, il est disponible, pensai-je avec une ironie amère. J'attendis, le cœur battant à tout rompre, mais cette attente ne dura pas.

— Olivia! fit la voix chaleureuse de Nelson. Quelle bonne surprise! S'agit-il d'affaires ou de plaisir?

— Ni l'un ni l'autre, Nelson. Nous devons absolument nous voir ce soir.

— Pardon?

— J'ai réfléchi à l'endroit le plus approprié pour cette rencontre, et j'ai finalement choisi mon yacht. Nous serons certains de n'être pas dérangés. Je vous y attends à huit heures, précisai-je d'un ton coupant.

— Mais qu'est-ce que tout cela signifie, Olivia?

Il était encore sous le coup de la stupeur, mais je ne pris pas la peine de l'éclairer.

— Il vaut mieux que nous en parlions ce soir, Nelson. À huit heures.

— C'est un peu court comme préavis, protesta-t-il. J'ai promis à Louise de l'emmener voir un film et...

— Je ne vous appellerais pas dans ces conditions si ce n'était pas important pour nous deux, Nelson.

— Pourquoi pas demain soir, plutôt? Il me sera plus facile de me libérer, alors que...

— Auberge de l'Amiral, Boston, lançai-je à brûle-pourpoint.

— Quoi!

— Ai-je vraiment besoin de me répéter, Nelson? À huit heures précises, sur mon yacht, confirmai-je en raccrochant.

Après cela, il ne me fut plus possible de me concentrer sur mes dossiers. Chaque fois que j'entreprenais quelque chose, mon regard s'évadait de ma page, la voix de Nelson résonnait à mes oreilles. Aurait-il l'audace de ne pas venir au rendez-vous ? Je ne pensais qu'à cela. Finalement, je renonçai à mes tentatives et quittai le bureau un peu plus tôt qu'à l'ordinaire.

Au dîner, Samuel vit bien que quelque chose n'allait pas chez moi, et il me posa toutes sortes de questions sur ma santé. Assise à l'autre bout de la table, ma sœur arborait une mine de chien battu et ne parlait que par monosyllabes. Mais elle ne pouvait pas s'empêcher, à chaque question de Samuel, de me jeter un coup d'œil furtif et inquiet.

Ce manège finit par m'exaspérer.

— Je t'ai dit que c'était juste un peu de fatigue, Samuel. N'en parlons plus, tu veux bien ?

— J'essayais seulement d'être un bon mari, plaisanta-t-il, quêtant d'un sourire le soutien de Belinda.

Mais contrairement à son habitude, loin de répondre à son sourire, elle se hâta de baisser la tête. Inutile de dire qu'il était plus impatient que jamais d'aller rejoindre ses compagnons de jeu. Dès qu'il fut sorti, Belinda releva la tête.

— As-tu… déjà fait quelque chose, Olivia ?

— Non, mais ça ne va pas tarder.

— Et moi, que devrai-je faire ?

— Rien du tout, répliquai-je avec rudesse. Tu en as déjà fait assez comme ça.

Instantanément, elle fondit en larmes, mais je n'étais pas d'humeur à m'attendrir.

— Inutile de pleurnicher, Belinda. Papa n'est plus là.

Elle se redressa et me dévisagea, les yeux étincelants.

— Tu vas vraiment me haïr, maintenant, Olivia. Tu vas me rendre l'existence impossible, c'est ça ?

— Non. Cela, tu l'as fait toute seule, répondis-je sans me troubler. Je vais sauver ce que je peux, au contraire. Ce qui reste à sauver de ta vie, et de la nôtre. Apparemment c'est le rôle qui m'est réservé, dans cette famille.

Ses yeux se rétrécirent, et son regard se fit accusateur.

— Et ça te plaît, avoue-le. Tu adores ça, jeta-t-elle avec un petit rire suraigu, aussi déplacé qu'inquiétant. Tu as toujours adoré ça. Tu aurais dû être surveillante de prison, tiens !

— Je suis ce que je dois être, Belinda. Et je n'ai pas le temps d'y prendre plaisir, crois-moi. Je n'attends pas de remerciements de ta part, mais je tiens à ton respect. Reconnais au moins ce que je fais pour toi.

Elle me défia encore un moment, le regard brûlant de ressentiment, puis ses traits s'affaissèrent.

Elle se recroquevilla sur elle-même, le menton sur la poitrine, et s'enferma dans ses bras repliés.

— J'ai rendez-vous avec lui ce soir, annonçai-je.

Elle releva brusquement la tête, les yeux hagards.

— Ce soir ? Où ça ?

— Peu importe l'endroit. Je ne veux pas que tu viennes, Belinda.

— Comment vas-tu... Qu'est-ce que tu vas lui dire ?

— Je viendrai te voir avant que tu sois couchée, lui promis-je. Et je te raconterai tout.

Son air soupçonneux disparut, remplacé par une expression de gratitude. Je devinai ce qu'elle se préparait à dire.

— Ne le dis pas, Belinda, je t'en prie. Je suis fatiguée de t'entendre répéter que tu es désolée. Monte dans ta chambre, s'il te plaît. Regarde la télévision, téléphone à tes amies, brosse-toi les cheveux...

occupe-toi, c'est tout ce que je te demande. Et attends mes instructions.

À nouveau, ses yeux se remplirent de larmes. Les excuses ne pouvaient plus lui être d'aucun secours. La seule chose qui pouvait l'empêcher de dégringoler plus bas, désormais, c'était ma décision, les mesures que j'allais prendre à son sujet. Cette certitude se lisait dans son regard.

Elle quitta la table et sortit la tête basse, vivante image de la défaite, mais je ne ressentais aucune pitié pour elle. C'était elle qui portait l'enfant de Nelson Childs, pas moi.

*
* *

Je passai un moment avec les deux garçons, avant de partir pour la jetée. Grâce à Thelma, Jacob avait fait des progrès surprenants. Il apprenait à lire et à compter, c'était une joie pour lui de me montrer ce qu'il savait faire. Chester était d'un tempérament nettement plus physique. Il avait marché beaucoup plus tôt que son frère, et son côté remuant commençait à poser de sérieux problèmes. Deux fois déjà, il était parvenu jusqu'au matériel de pêche de Samuel, et s'était tellement empêtré dans les fils qu'il avait dû appeler au secours à grands cris. Samuel trouvait cela drôle, mais pas moi. Je l'avertis que s'il laissait encore une fois traîner son attirail, je le jetais à la poubelle.

— Jacob a plus de bon sens que toi, m'arrivait-il de lui dire.

Et de fait, Jacob était bien plus sérieux que lui, quand il s'agissait de surveiller Chester et d'éviter des accidents. Je commençais à me demander comment deux enfants nés des mêmes parents pouvaient être aussi différents. Après avoir assisté pendant quelque temps à leurs jeux du soir, j'embrassai mes deux petits garçons, redescendis et sortis par la porte du jardin.

Notre yacht, un voilier de dix-huit mètres équipé pour la croisière, était amarré à la jetée, derrière la maison. Normalement, les chaises longues ne restaient pas sur le pont ; mais Samuel s'était servi du yacht la veille, pour emmener des clients potentiels passer quelques heures en mer. Ce soir-là, un brouillard bas traînait sur l'eau. Du côté de l'océan, je voyais à peine à une dizaine de mètres devant moi ; mais j'entendais mugir une corne de brume, et un éclat de lumière trouait de temps à autre la grisaille. L'atmosphère était lourde, et la moiteur de l'air me fit penser qu'il pourrait pleuvoir. Je montai à bord un peu avant huit heures et attendis, tendant l'oreille et tournée du côté des jardins. Quelques minutes à peine après huit heures, la silhouette de Nelson émergea des volutes de brouillard. En treillis et blouson de toile, il marchait à grandes foulées, en balançant les bras, et tout son maintien trahissait sa colère. Il sauta sur le pont et se campa devant moi.

— Vous m'avez ordonné de venir, attaqua-t-il, les mains sur les hanches. Me voici.

Je le dévisageai pendant quelques secondes, avant de proposer avec le plus grand calme :

— Pourquoi ne pas vous asseoir, Nelson ? Nous en avons pour un moment.

Il hésita, puis se laissa tomber dans une chaise longue, en face de moi.

— Eh bien ?

— Vous avez eu des rendez-vous réguliers avec ma sœur pendant des mois, commençai-je. Et pas plus tard que la semaine dernière.

— C'est elle qui vous a raconté ça ?

— Non, elle ne m'en a pas dit la moitié, mais il ne sert à rien de le nier.

Je me penchai pour allumer une lanterne que je lui tendis, en même temps que le dossier de Nicolas Korson. Une grimace ironique retroussa le coin de sa lèvre.

— Qu'est-ce que cela peut bien être, je me demande ?

Il feuilleta les pages et, quand il vit ses photos, émit un long sifflement incrédule.

— Vous nous avez fait suivre ?

— Je l'ai fait, oui. Sur un soupçon, qui s'est très vite changé en une atroce réalité.

— Je ne peux pas y croire, murmura-t-il en refermant l'enveloppe.

— Imaginez ce que j'ai pu éprouver, Nelson. Louise ne se sentira pas plus trahie que moi.

Son visage prenait une pâleur spectrale, à la lueur de la lanterne. Ses yeux sombres luisaient d'un éclat étrange, halluciné.

— Vous allez lui dire ? finit-il par demander.

— Non. Cet aspect de votre vie ne regarde que vous. Je vous le laisse.

— Olivia, je n'ai à rien à dire pour ma défense, sinon que ma vie est devenue un peu compliquée, ces temps derniers. J'avais besoin de distractions. Un soir, j'ai rencontré Belinda par hasard à Boston et elle…

Il s'interrompit et reprit après un temps d'hésitation :

— Bref, elle peut être si séduisante, parfois ! Je n'aurais pas dû succomber à la tentation, je le sais. Mais j'avais bu et elle était si délicieuse, si…

— Je ne tiens pas vraiment à entendre tout cela, Nelson. Vous m'avez très bien joué la comédie, je l'avoue. Cette histoire d'emploi qu'elle vous aurait demandé, disiez-vous, était très convaincante. J'aurais dû comprendre que Belinda est trop simplette pour inventer cela toute seule.

Il se pencha en avant, les mains croisées entre ses genoux.

— Je vous promets, Olivia, je vous jure sur la tête de mes enfants qu'à partir de ce soir…

— Il est trop tard, l'arrêtai-je, avec la voix coupante d'un juge prononçant la sentence qui condamne, cette voix que lui-même connaissait si bien.

Il en eut le souffle coupé.

— Que voulez-vous dire, Olivia ? Qu'avez-vous l'intention de faire ?

Comme je gardais le silence, il reprit sur un ton déjà plus assuré :

— Vous comprenez sûrement que la publicité ne vaudrait rien à personne, Olivia. Cette ville est un repaire de mauvaises langues, on s'y délecte de ragots croustillants. Ne sous-estimez pas le danger, Olivia. Pensez à nos deux familles, à tout ce que…

— Belinda est enceinte, Nelson, annonçai-je tout à trac. Elle porte votre enfant.

Même dans cet éclairage réduit, je pus voir son visage se décomposer. Il semblait incapable de parler, incapable de bouger. Il s'écoula quelques secondes avant qu'il ne retrouve la parole.

— Non. C'est impossible. Elle m'a certifié qu'elle prenait la pilule, et elle m'a même montré la boîte. Elle ne peut pas être enceinte. Elle ment.

— Sa grossesse a été confirmée par un médecin, Nelson. Elle a dû prendre une ou deux pilules, peut-être une douzaine, mais je suis sûre qu'elle a sauté des jours, ou même abandonné en route. Et comme elle ne voyait que vous depuis des mois, et même assez fréquemment ainsi que le prouve ceci…

J'indiquai du doigt l'enveloppe de documents et achevai, le dépouillant de ses derniers lambeaux d'arrogance masculine :

— Il ne fait aucun doute que c'est vous, Nelson, qui êtes le père de l'enfant illégitime de Belinda.

Il se couvrit le visage de ses deux mains.

— Oh, non ! Cela ne peut pas être vrai. Mais qu'est-ce qui m'a pris ? Comment ai-je pu être aussi faible ?

Je ne pouvais pas me permettre de me désoler pour lui, mais un soupçon de sentiment parvint à se glisser entre mon amertume et ma colère. J'avais espéré savourer son tourment, l'accabler de remords, mais l'affection que je lui gardais s'émut au plus secret de mon cœur, et fit entendre la voix du pardon.

— Il ne sert à rien de s'appesantir sur ce qui est arrivé, Nelson, dis-je avec douceur. C'est arrivé, c'est tout.

Il écarta les mains et releva la tête, toujours aussi beau dans son angoisse, mais le visage sombre et grave.

— Que comptez-vous faire, Olivia ? Si elle subit une intervention, je me charge des frais, bien sûr, et je ferai tout ce qui...

— Elle ne subira pas d'intervention, coupai-je abruptement. Il est trop tard.

— Il ne peut pas être trop tard, Olivia.

— Pas trop tard physiquement, ni médicalement, Nelson. Ce n'est pas ce que je voulais dire.

— Que vouliez-vous dire, alors ? demanda-t-il en baissant la voix, presque jusqu'au chuchotement.

— Ce n'est pas la première fois que Belinda commet ce genre de faute, expliquai-je. Nous avons toujours réparé les dégâts pour elle, en lui évitant au maximum les conséquences désagréables.

— Sans doute, mais se servir de cette situation pour lui donner une leçon serait... enfin, il me semble...

— Il ne s'agit pas seulement de lui donner une leçon, Nelson.

— Mais que comptez-vous faire, alors ? s'enquit-il d'un ton presque suppliant.

Je soutins longuement son regard avant de répondre.

— Elle va garder l'enfant et il vivra ici, avec moi. Personne ne connaîtra l'identité de son père.

Son premier réflexe fut un soupir de soulagement, puis il eut une pensée charitable pour Belinda.

— Vous savez qu'après ça, elle sera mise au ban de cette communauté, Olivia.

— Je n'ai jamais vraiment espéré qu'elle tiendrait sa place dans cette communauté, Nelson, ni d'ailleurs dans aucune autre. Belinda n'arrivera jamais à rien, affirmai-je, aussi sûre de moi qu'un prophète biblique.

— Vous croyez vraiment pouvoir décider de tout cela pour elle, Olivia ?

— Les décisions ont été prises depuis longtemps, il me semble. J'essaie simplement d'en assumer les conséquences.

Il secoua la tête, l'air à la fois désapprobateur et impuissant.

— Eh bien... si vous êtes vraiment résolue à agir ainsi, je suppose que je ne peux rien faire pour vous en empêcher ?

— En effet, répliquai-je. Strictement rien.

Il braqua sur moi un regard scrutateur.

— Que voulez-vous de moi ? De l'argent ?

— Je vous appellerai de temps à autre si j'ai besoin d'un peu d'aide, Nelson. Toujours très discrètement, bien sûr. Du moins... tant que je pourrai compter sur votre coopération.

— On dirait presque une menace, Olivia.

— Ce n'en est pas une, croyez-le. Toutefois, vous ne devez pas sous-estimer ma détermination. Surtout pas.

Le brouillard s'épaississait. L'humidité commençait à imprégner nos vêtements, mais Nelson ne semblait pas y prendre garde. Je vis reparaître son irrésistible sourire.

— Non, je vois ça, dit-il en se renversant en arrière. Est-ce que Samuel est au courant de tout ça?

— Non. J'en discuterai avec lui plus tard.

— Alors il ne connaît même pas vos intentions au sujet de l'enfant? Vous ne croyez pas qu'il devrait avoir voix au chapitre, Olivia? Vous allez lui demander d'être père, quand même!

Je me raidis, tel un ressort tendu à bloc.

— Vous serez toujours le père de l'enfant, Nelson. Vous et moi saurons toujours qu'il en est ainsi, lui rappelai-je.

— Mais pourquoi faites-vous tout ça, Olivia? Vous m'avez donné une raison, mais il y a autre chose, je le sais. Pourquoi tenez-vous à élever mon enfant?

— C'est aussi celui de ma sœur, alléguai-je.

— Oui... Mais ce n'est pas tout, Olivia. Il y a autre chose.

— J'aurais voulu que ce soit mon enfant, m'entendis-je répondre, sans en croire mes propres oreilles.

Comment ce sentiment si sincère et si bien gardé avait-il jailli du plus profond de moi? Comment avais-je pu me trahir moi-même? Nelson hocha la tête; il paraissait comprendre. Et ce fut à son tour de s'exprimer avec la sévère assurance d'un prophète.

— Ne faites pas ça, Olivia. Ce ne sera pas du tout ce que vous imaginez.

— Je vais le faire, affirmai-je. Ou plutôt, nous allons le faire, Nelson.

Il libéra un long soupir et détourna les yeux. Les premières gouttes de pluie commençaient à tomber.

— Nous allons nous faire tremper si nous restons là, constata-t-il.

Je me levai en frissonnant.

— Abritons-nous à l'intérieur, dis-je en passant dans la cabine principale, aménagée en salon.

Il me suivit, plutôt à contrecœur. J'allumai une des appliques et m'assis sur le canapé, mais il resta sur le seuil et s'adossa au chambranle. La pluie tombait plus dru, à présent.

— C'est juste une petite tempête, fit observer Nelson. Ça ne va pas durer.

Ses cheveux mouillés lui tombaient sur le front, ce qui accentuait son allure juvénile. Qu'il était beau ! Et comme il me rappelait ce fameux soir où nous étions allés nous promener tous les trois sur la plage, lui, Belinda et moi. Le soir où il était allé se baigner avec elle. Le soir où tout avait commencé.

Il affronta mon regard.

— Olivia, vous ne savez pas ce que vous faites. On ne joue pas avec les gens comme avec des pièces d'échecs. Les gens sont faits de chair et de sang, pas de bois ou d'ivoire. Ils ont des sentiments et des émotions.

— Vous devriez m'être plus reconnaissant de pouvoir le faire, Nelson. Je résous vos problèmes et je sauve votre réputation, votre carrière, votre vie de famille.

Il eut un sourire insolent.

— Et comment souhaitez-vous que je vous prouve ma gratitude, Olivia ?

— Vous n'avez eu aucun mal à la prouver à Belinda, il me semble.

Son sourire s'évanouit.

— Vous ne voulez pas vraiment que je... enfin que nous...

Depuis un moment, la pluie martelait bruyamment le toit de la cabine. J'eus soudain l'impression qu'elle entrait en moi et me frappait au cœur.

— Je vous déplais donc tellement ?

— Bien sûr que non, protesta-t-il, mais ce n'est pas la même chose. C'est que...

— Que quoi ?

— Samuel est un ami et...

— Oh, je vous en prie. Ne m'infligez pas ce bon vieux refrain sur l'amitié sacrée entre mâles. Vous êtes tous faits du même bois, quand il s'agit de ces choses !

Il me dévisagea d'un air navré.

— Je suis désolé de vous voir si amère, Olivia.

— Ah oui ? Que savez-vous de l'amertume, Nelson ? Vous avez toujours obtenu ce que vous vouliez. Vous ignorez jusqu'où la frustration, le manque et la solitude peuvent aller.

Il attacha sur moi un regard singulier, comme si c'était la première fois qu'il me voyait. Je me détournai, les larmes aux yeux, et il en profita pour se rapprocher de moi. Sa main toucha mes cheveux, se posa sur mon épaule, mais je ne fis pas un mouvement. Puis il s'assit à côté de moi et je sentis son haleine sur ma nuque. Combien j'avais rêvé de cet instant, pensai-je en fermant les yeux. Sa bouche frôlait ma joue, à présent, et je dus me retourner pour qu'il prenne mes lèvres. Il porta la main à ma poitrine et son baiser se fit plus insistant.

L'odeur de ses cheveux humides, le goût de sa bouche sur la mienne, la caresse de sa main sur ma taille, remontant sous mon chemisier pour atteindre mes seins, tout cela m'enflamma d'un désir indicible. Je gémis et changeai de position, pour lui permettre de soulever mes jambes et glisser son autre main sous ma jupe. Quand il me toucha, mon souffle se bloqua dans ma gorge et, l'espace d'un instant, je crus m'évanouir de plaisir.

— C'est vraiment ce que vous voulez, Olivia ? chuchota-t-il.

— Oui, répondis-je avec une énergie farouche. Oui, c'est ce qui aurait dû être.

Sans un mot de plus, il entreprit de me déshabiller, puis il se dévêtit à son tour. Au-dessus et autour de nous, la tempête faisait rage. C'étaient de véritables nappes d'eau qui s'abattaient sur le yacht. L'océan se soulevait et retombait avec violence, créant un rythme excitant auquel j'aurais voulu m'accorder, pour maintenir entre Nelson et moi la même fougue sauvage.

Il garda les yeux fermés pendant que nous faisions l'amour. Et bien qu'il fût là, réellement là, faisant de moi une part de lui-même aussi intimement que pouvaient s'unir un homme et une femme, je n'éprouvai pas la satisfaction que j'avais attendue. Refusant d'être déçue, je hâtai frénétiquement l'instant de l'orgasme. Et je sentis Nelson trembler en moi, dans une étreinte qui nous laissa tous deux épuisés, haletants dans les bras l'un de l'autre.

Il pleuvait toujours. Aucun de nous deux ne parlait. Ce fut moi qui finis par rompre le silence.

— Vous avez détesté ça, n'est-ce pas ?

— Non, Olivia. Mais ce que vous attendiez ne peut pas s'obtenir sur commande. Vous êtes tellement habituée à donner des ordres et à être obéie que vous croyez pouvoir appliquer cette technique à toutes les situations. Mais vous ne pouvez pas.

Je me détournai de lui.

— Je suis désolé, reprit-il. Les circonstances ne se prêtent pas à... tout ça n'est pas très...

— Romantique ?

— Non. Ça ne l'est pas.

— Tandis que rencontrer Belinda dans une chambre d'hôtel, ça c'est romantique ? lançai-je avec un rire acide.

— C'était juste une amusette, comme je vous l'ai dit. J'avais besoin de me distraire. Je ne suis pas amoureux de Belinda. Je suis amoureux de ma femme.

Ma gorge se noua. Je m'assis, commençai à me rhabiller, et Nelson en fit autant. Je me sentais minable et ridicule, tout à coup. Et cela me faisait horreur. C'était pire que de n'avoir pas été aimée de Nelson comme j'avais rêvé de l'être. Mes amours chimériques valaient encore mille fois mieux que cette pauvre réalité, pensai-je avec mélancolie.

La pluie n'avait toujours pas cessé.

— Il va falloir courir, observa Nelson en marchant vers la porte. J'allai chercher un parapluie et le lui tendis.

— Et vous, Olivia ? Je ne peux pas vous laisser...

— Je n'ai pas loin à aller, coupai-je avec impatience. Gardez-le.

— Merci. Olivia, tout cela...

— Je ne tiens pas à en parler davantage ce soir, Nelson. Je vous tiendrai au courant, et vous ferez ce que vous aurez à faire en temps voulu.

Il me dévisagea, sans colère mais avec une franche curiosité, comme si j'étais une sorte de créature inconnue.

— Très bien, si c'est vraiment ce que vous désirez... Je suis désolé.

— Il faudrait bannir ces trois mots de notre langage, commentai-je. On en a vraiment fait un usage abusif.

Nelson se mordit la lèvre, ouvrit la porte et le parapluie en même temps et, après un bref regard en arrière, s'enfonça dans la nuit et la pluie. Je le regardai disparaître, happé par l'obscurité, telle une vision fantomatique surgie de mes illusions et de mes rêves.

Pendant quelques instants je restai debout près de la porte, à pleurer. Je ne me souvenais pas d'avoir jamais pleuré autant, de toute ma vie. Même après la mort de Mère. Les larmes ruisselaient sur mes joues, brûlantes, intarissables. Et soudain je les essuyai, repris mon souffle, ravalai mes derniers sanglots. C'était fini. Jamais plus je ne m'apitoierais sur moi-même. Je m'en retournai vers la maison sous la pluie froide, sans même sentir qu'elle me transperçait jusqu'aux os. Je ne m'en rendis compte qu'en voyant l'air horrifié de Belinda quand j'ouvris sa porte.

— D'où viens-tu ? Qu'est-ce qui t'est arrivé ? Tu es trempée !

— C'est fait, articulai-je d'une voix monocorde, vidée de toute émotion. Il sait ce qui t'arrive et ce que nous allons faire. Il est également conscient des responsabilités qu'il aura envers ton enfant.

— Tu veux dire qu'il n'a pas essayé de... m'empêcher d'avoir le bébé ?

— Il n'a rien à décider, ni même à suggérer, Belinda. Il n'a aucun droit, excepté celui de reconnaître ses torts.

— Mais, Olivia... j'ai vraiment peur, se lamenta-t-elle.

— C'est stupide. Je te défends d'avoir peur.

— Je n'y peux rien ! cria-t-elle, grimaçant comme un enfant qui va pleurer. Je ne peux pas m'en empêcher.

Je m'avançai jusqu'à elle et la saisis par l'épaule.

— Tu pourras. Et tu feras exactement ce que je dis. Pour une fois, tu assumeras les conséquences de tes actes, Belinda. Tu m'entends ? Tu m'entends ? répétai-je en la secouant, tant et si bien qu'elle fondit en larmes.

— Oui, Olivia.

— Bien, marmonnai-je en la relâchant. Maintenant, couche-toi et dors. Pendant les mois qui viennent, tu vas mener une vie exemplaire, afin d'avoir un bébé en bonne santé.

Elle leva sur moi un regard terrifié, mais je n'éprouvai aucune pitié pour elle.

— Et crois-moi, tu vas le faire, ajoutai-je avec une lenteur menaçante. Il n'y a pas à revenir là-dessus.

*
* *

Environ trois semaines plus tard, alors que nous venions de dîner, le carillon de l'entrée retentit. Belinda était dans sa chambre, Samuel était descendu sur la jetée, il bricolait sur le yacht. J'étais dans mon studio, en train de parcourir des papiers que j'avais ramenés du bureau, quand Loretta se montra sur le seuil.

— Vous avez une visite, madame Logan.
— Qui donc ?
— Mme Childs.

J'eus l'impression que mon cœur se décrochait. Il y avait un certain temps que je n'avais pas vu Louise, et nous n'avions jamais été très intimes. En tout cas, elle n'était jamais venue me voir seule.

Louise Childs était une de ces femmes qui semblent devenir plus belles, plus élégantes et plus parfaites avec chaque jour qui passe. Ses grossesses n'avaient pas altéré sa silhouette de sylphide. Plus que jamais, elle me faisait penser à une couverture de magazine.

— Bonjour, Olivia, me salua-t-elle. J'espère que cette visite impromptue ne vous dérange pas.

— Non, pas du tout. Donnez-vous la peine d'entrer, Louise.

Elle s'avança, regarda autour d'elle et s'assit sur le canapé de cuir. Je quittai aussitôt mon fauteuil pour venir prendre place en face d'elle.

— Puis-je vous offrir quelque chose à boire ?

— Non merci, refusa-t-elle, en jouant nerveusement avec le fermoir de son sac. Je suppose que vous savez ce qui m'amène ?

— Ma foi non. J'avoue que votre visite est pour moi une surprise totale.

— C'est au sujet... de Nelson et de ce qu'il a fait, commença-t-elle en me regardant droit dans les yeux. Il m'a tout raconté.

J'eus l'impression que mes poumons se vidaient de leur air, que j'allais m'affaisser comme un ballon dégonflé, mais je parvins à rester impassible.

— Je vois. Que vous a-t-il dit, exactement ?

Il n'avait pas mentionné notre petit intermède sexuel sur le yacht, tout de même ? Je refusais de le croire.

— Il m'a parlé de... du bébé, de Belinda et de vos intentions, expliqua-t-elle en soutenant fermement mon regard.

J'attendis. C'était apparemment tout ce que Nelson avait avoué, mais même ainsi je m'étonnais qu'elle fût venue me voir. De toute évidence, je l'avais sous-estimée. Elle ne manquait pas de caractère.

— Et il vous a raconté tout ça ?

— Oui. Mais je ne suis pas venue m'excuser pour lui, ajouta-t-elle précipitamment.

— Alors pourquoi êtes-vous venue, Louise ?

Je ne pouvais pas m'empêcher de me sentir à nouveau trahie, et d'une tout autre façon. Il ne m'était jamais venu à l'esprit que Nelson fût si proche de Louise, proche au point de lui révéler ses fautes. Et je n'aurais jamais pensé non plus que, sachant cela, elle fût capable de lui pardonner.

— Je suis ici parce que j'estime que vous commettez une erreur, Olivia. Je crois que vous devriez trouver un autre foyer pour l'enfant. Nous en avons discuté, Nelson et moi, et nous souhaitons assumer tous les frais. Il y a beaucoup de couples qui aimeraient...

— Vous en avez discuté ? Vous ? C'est ma sœur qui est enceinte de lui, Louise.

— J'en ai conscience, admit-elle. Je ne viens pas ici pour blâmer qui que ce soit, surtout Belinda, mais...

Je grimaçai un sourire.

— Je ne lui trouve aucune excuse, si vous tenez à le savoir. Elle a des torts elle aussi, sans doute, mais quant à se débarrasser de l'enfant, faire comme si rien n'était arrivé, enterrer toute l'histoire... non, je ne permettrai jamais cela.

— Mais l'avenir de Belinda...

— C'est mon problème, Louise. Pas le vôtre.

Bien calée dans mon fauteuil, je joignis les doigts et les pressai l'un contre l'autre, souriant à l'idée qui venait de me traverser l'esprit.

— Je comprends, maintenant ! Vous redoutez que tout cela ne finisse par se savoir et ne vous mette dans un embarras terrible.

— Pas du tout. C'est...

— Je vous en prie, protestai-je en levant la main. N'ajoutons pas le mensonge au mensonge. J'ai promis à Nelson que sa paternité ne serait jamais révélée. Vous pouvez dormir tranquille. Enfin, en admettant que cela vous soit possible en sachant ce que vous savez, ajoutai-je d'un ton significatif.

— Avez-vous bien pesé tous les aspects de la question, Olivia ? Êtes-vous sûre que c'est bien ce que vous voulez ?

— Oui, Louise. Sûre et certaine.

Elle redressa la tête et je vis trembler ses lèvres.

— Il m'a fallu toute ma force pour venir vous parler, Olivia. Nelson m'a dit que votre décision était prise, mais il semblait espérer que je pourrais vous faire changer d'avis. Que lorsque vous sauriez qu'il m'avait tout avoué, vous pourriez accepter d'y réfléchir encore.

— Qu'est-ce qui a pu lui faire croire ça ?

— Je n'en sais rien, reconnut-elle.

— Alors peut-être que vous ne savez pas tout, Louise.

Elle tira un mouchoir de son sac, se moucha soigneusement et se leva.

— Quelle situation épouvantable ! se lamenta-t-elle. Et dire que tout allait si bien. Nos vies étaient tout simplement parfaites.

— La perfection n'est pas de ce monde, Louise. C'est une illusion. Et si vous vous obstinez à y croire, vous n'en souffrirez que plus quand la déception surviendra.

Elle me fixa d'un air admiratif.

— Comme je vous envie votre force, Olivia. Je ne serais pas étonnée que vous arriviez à tout arranger, conclut-elle en souriant.

— Et comme ça, tout le monde sera tiré d'affaire.

Elle se mordit la lèvre, me jeta un dernier regard et marcha vers la porte.

— Louise, la rappelai-je au moment où elle y arrivait.

Elle se retourna vivement.

— Oui ?

— Si vous voulez être réellement forte, ne laissez plus jamais votre mari vous charger de ses sales besognes.

— Je ne suis pas venue pour lui, Olivia. Vous aviez raison, je suis venue pour moi. Ou peut-être aussi pour mes enfants, ajouta-t-elle. Vous avez dit un jour une chose que je n'ai jamais oubliée.

— Quoi donc ?

— Que la famille devait passer avant tout, qu'elle était ce qui compte le plus au monde, répondit-elle avec conviction. Si je peux faire quoi que ce soit, Olivia, n'hésitez pas à me le demander.

Je la regardai partir avec une véritable haine. Je ne lui pardonnais pas d'avoir eu le courage de venir.

17

Pénitence

Je n'aurais jamais cru Samuel capable de la rage dont il fit preuve envers moi, le lendemain après-midi. Les yeux lui sortaient de la tête, ses joues tannées par le soleil étaient presque décolorées. Il faillit faire sauter la porte de ses gonds en entrant dans mon bureau, et la claqua si violemment que les murs en tremblèrent. J'allais protester quand il étendit le bras, pour agiter sous mon nez un index menaçant.

— Non! éructa-t-il. Ne dis pas un mot avant que j'aie fini de parler.

Après cette entrée en matière, il arpenta le tapis devant moi d'un air furibond pendant une bonne minute encore, puis cessa brusquement. Il respira un grand coup, plaqua les mains sur mon bureau et se pencha en avant.

— Ta sœur est venue t'annoncer qu'elle était enceinte de Nelson Childs, tu as rencontré Nelson, tu lui as dit que nous garderions l'enfant comme s'il était le nôtre, énuméra-t-il. Ai-je correctement résumé la situation?

— Pas tout à fait, mais pour l'instant cela suffira.
— Pour l'instant cela suffira? Quand comptais-tu me mettre au courant, au juste? Quand étais-je

censé apprendre ce qui se passe sous mon propre toit ? Quand...

— Je t'en prie, Samuel, m'écriai-je. Ça suffit.

— Ça suffit ? Ça suffit, dis-tu ? Je sais que je n'ai pas les talents d'homme d'affaires qu'avait ton père. Je sais que tu fais beaucoup de choses bien mieux que moi, ici. Mais je suis toujours ton mari, et le père de tes enfants. Tout ce que je demande, Olivia, c'est un minimum de respect de ta part. Au moins ça, insista-t-il, en joignant le pouce et l'index comme pour saisir une pincée de sel.

Puis il se tut, attendant ma réponse.

— Tu as raison, dis-je après un moment de silence. Tu as tout à fait raison, Samuel.

Il ouvrit des yeux aussi grands que des soucoupes. Il s'attendait tellement à ce que je le prenne de haut ! Je profitai de sa surprise pour enchaîner :

— J'aurais dû te parler de tout cela plus tôt, j'ai eu tort. Mais j'étais tellement contrariée que j'ai vu rouge et j'ai pris l'initiative d'agir seule.

— Ce que tu as toujours fait, observa-t-il en se redressant.

— Que veux-tu, je suis comme je suis. Je ne suis pas parfaite, Samuel.

Il recula jusqu'au fauteuil et s'y laissa tomber.

— Eh bien, commença-t-il, j'avoue que c'est une nouveauté de t'entendre parler comme ça, Olivia. Où veux-tu en venir, exactement ? Pourquoi permets-tu à ta sœur d'avoir son bébé, si c'est pour le garder chez nous ?

— C'est son enfant, notre nièce ou notre neveu, n'est-ce pas ? On ne se débarrasse pas des enfants comme on jetterait du poisson en excédent.

— Mais pour une femme célibataire, avoir un enfant d'un homme marié, qui serait élevé par nous avec Jacob et Chester... c'est vraiment compliquer les choses à plaisir, Olivia. Tu n'as pas vu tous les aspects de la question, conclut Samuel d'un air songeur.

— C'est Nelson qui t'a envoyé me dire tout ça ? T'a-t-il chargé de me faire changer d'avis ? D'obtenir que je confie l'enfant à un organisme quelconque, pour qu'il ait la conscience tranquille et soit rassuré ? L'a-t-il fait, oui ou non ?

— Il m'a demandé de te raisonner, en effet, reconnut Samuel.

— C'est bien ce que je pensais.

— Il est dans tous ses états, le pauvre.

— Oh, je t'en prie, protestai-je en faisant pivoter mon fauteuil. Dans tous ses états, voyez-vous ça ! C'est curieux, mais quand un homme parle de souffrance ou de problèmes, c'est toujours des siens.

Je m'interrompis, le temps de réfléchir à la meilleure façon d'arriver à mes fins. Puis je levai à nouveau les yeux sur Samuel.

— Est-ce ainsi que tu agirais, toi, si c'était le contraire ? Dans le même cas, aurais-tu été le trouver pour lui demander d'intercéder auprès de sa femme ?

— C'est une question stupide, voyons ! Je n'ai pas d'aventures.

— Bien sûr que non, Samuel. Tu vaux beaucoup mieux que ça, j'en ai conscience, affirmai-je d'un ton pénétré. Ne m'as-tu pas répété maintes et maintes fois que tu mettais la famille au-dessus de tout, comme moi ? Et que mon père avait eu raison de nous inculquer ces principes ?

— Si, mais... que devient Belinda, là-dedans ? Qu'est-ce qu'elle veut vraiment ?

— Belinda ? (J'eus un petit rire chargé de mépris.) Elle veut que tous les désagréments disparaissent, comme elle l'a toujours voulu. Elle tient ça de ma mère, mais cette fois-ci ça ne marchera pas.

— Parce que tu t'y opposeras, tu veux dire.

— Parce que nous assumerons nos responsabilités, voilà ce que je veux dire. Ce qu'elle a fait nous affecte tous. Tu ne peux pas vouloir que j'éloigne l'enfant de chez nous, Samuel. Tu n'es pas ce genre d'homme-là, et c'est d'abord pour ça que j'ai voulu t'épouser. Tu me reconnais une certaine intelligence, n'est-ce pas ? demandai-je en souriant. Alors, accorde-moi aussi la capacité de percevoir tes qualités, Samuel.

Je lui laissai le temps de me dévisager. Mes yeux exprimaient une telle sincérité qu'il buvait mes paroles, avec un plaisir manifeste. Je pouvais voir son ego se dilater comme un canot pneumatique.

— Évidemment, si tu prends les choses comme ça, je crois que nous devrions nous en tirer sans difficulté. L'argent n'entre pas en ligne de compte, et comme tu le dis, cet enfant est de la famille. Tu crois vraiment que c'est ce que nous devrions faire, Olivia ?

— Je n'agirai pas autrement, Samuel. Je regrette de ne pas t'avoir mis au courant tout de suite, mais j'essayais de trouver une solution au problème. J'allais tout t'expliquer aujourd'hui.

Il eut un signe de tête approbateur.

— Alors c'est entendu. Je suis vraiment navré pour Belinda, quand même, observa-t-il d'une voix songeuse. Elle s'est fourrée dans un sacré guêpier.

— Pas toute seule, je te le rappelle. Quelqu'un l'y a aidée.

Il arqua les sourcils, comme s'il se souvenait d'un détail oublié, puis se leva en tapant dans ses mains.

— C'est juste. Enfin, chaque famille a un cadavre dans ses placards, n'est-ce pas ? La nôtre ne sera pas la première.

— Sûrement pas, l'approuvai-je.

— Puis-je faire quelque chose de mon côté, Olivia ?

— Dis à Nelson Childs de ne plus envoyer d'émissaires et de prendre ses responsabilités. Dis-lui d'agir en homme comme tu le ferais, Samuel, ou tout au moins d'essayer.

Il ébaucha un sourire.

— Je ne crois pas qu'il aimerait entendre ça, Olivia. Mais j'y pense... comment vas-tu t'en sortir, avec Belinda ? Je veux dire...

— Je me charge de tout, Samuel. À partir de maintenant et jusqu'à l'accouchement, cette histoire n'est plus une affaire d'hommes, insistai-je. C'est à une femme de s'occuper de ces problèmes féminins.

— Oui, bien sûr. Je suppose que tu as raison. Excuse-moi d'avoir fait irruption chez toi de cette façon, Olivia.

— Il n'y a pas de quoi, je t'assure. Je comprends. Et une fois de plus, je te demande pardon de ne pas t'avoir parlé plus tôt.

Son sourire s'affirma.

— Aimerais-tu que je t'emmène dîner en ville, Olivia ? Il y a longtemps que ça ne nous est pas arrivé.

Je répondis sans hésiter :

— Oui, Samuel. J'aimerais beaucoup.

Cette fois, il sourit jusqu'aux oreilles et s'en alla fier comme un coq.

Après son départ, je restai longtemps immobile, les yeux fixés sur la pendule et comme hypnotisée par son tic-tac. Était-ce monstrueux de ma part de manipuler ainsi Samuel ? La seule personne que Nelson pouvait encore espérer convaincre était Belinda, et avec elle sa cause était perdue d'avance. Elle ferait exactement ce que je lui dirais, et il ne comprendrait pas pourquoi. Il ne comprendrait pas que pour elle, j'avais tenu le rôle de mère plus efficacement que notre propre mère.

Ce fut le lendemain soir qu'il tenta sa chance. Il l'implora au téléphone, offrit de se charger de tout si elle consentait à faire ce qu'il voulait. Elle redescendit alors que je lisais au salon en écoutant de la musique, et entra en coup de vent, tout excitée.

— Nelson connaît un endroit où je peux avoir le bébé, Olivia. Et il lui trouvera une famille où il sera bien. Il a raison, n'est-ce pas ? Je ne peux pas élever un enfant, et je ne peux pas vous l'imposer non plus. Vous avez déjà les vôtres.

— Il a tort. Nous avons déjà parlé de tout cela. Je ne veux plus entendre un seul mot à ce sujet.

— Mais je ne veux pas avoir de bébé, Olivia. Je ne veux pas...

Je me levai avec une telle fureur qu'elle se recroquevilla littéralement devant moi.

— Tu ne veux pas avoir de bébé ? Tu ne veux pas...

— Olivia, je t'en prie !

— Dois-je te rappeler une certaine nuit, pas si lointaine, une nuit qui a fait vieillir ton père de plusieurs années en quelques secondes ? Veux-tu que je t'emmène demain à notre ancienne maison, et faire une promenade dans le jardin ? Veux-tu voir l'endroit où il est enterré ?

— Arrête !

Elle plaqua les mains sur ses oreilles mais je m'approchai d'elle, impitoyable.

— T'ai-je jamais dit à quel point papa en a souffert, quelle croix tu lui as fait porter ? T'ai-je jamais dit que je l'entendais pleurer la nuit, comme un enfant ?

— Assez, je t'en prie, implora-t-elle.

— Tu auras ce bébé, tu m'entends, et il sera élevé dans cette maison. Nous n'enterrerons plus d'enfants, ni dans cette terre, ni dans une famille étrangère. Tu ne parleras plus jamais à Nelson, c'est compris ? S'il t'appelle, raccroche ou dis-lui de s'adresser à moi. Tu m'écoutes, oui ou non ?

— Oui, Olivia. Oui, répéta-t-elle docilement. Je t'écoute.

— Monte te coucher, maintenant. Tu as besoin de repos.

— Ma grossesse commence à se voir, Olivia. Il va falloir que je m'habille de façon à la cacher. Je pourrais rencontrer quelqu'un de connaissance et tout serait découvert.

— Ne t'inquiète pas pour ça, rétorquai-je sans ménagement. Bientôt, tu ne sortiras plus, et tu ne risqueras plus de rencontrer qui que ce soit.

— Quoi ?

— Nous dirons aux gens que tu es en voyage et tu resteras enfermée ici jusqu'à l'accouchement. Ne te fais pas de souci, tout est prévu.

Elle jeta autour d'elle un regard éperdu.

— Enfermée ? Ici ?

— Je t'ai dit d'aller te coucher, lui rappelai-je sévèrement. Monte.

— Mais...

— Combien de femmes accepteraient de prendre en charge l'enfant illégitime de leur sœur, Belinda ? Il ou elle grandira ici, avec mes enfants, et profitera de tout ce qu'ils auront. Quand vas-tu montrer un peu de gratitude ? m'écriai-je en haussant le ton. Tu pourrais au moins être un peu coopérative, juste assez pour m'aider à t'aider !

Elle reprit sa petite voix d'enfant punie.

— D'accord, Olivia, d'accord. Que faudra-t-il que je fasse ?

— Pour l'instant, va te coucher.

Elle fit signe que oui, baissa la tête et quitta la pièce d'une démarche lente et résignée. C'était une capitulation.

Les jours se changèrent en semaines, et les dispositions que j'avais annoncées à Belinda furent mises en place. Pour être certaine qu'elle ne désobéirait pas, je fis débrancher son téléphone. Quand ses amies appelèrent, après cela, je fis répondre que ma sœur était en visite chez des parents pour quelques mois. Les appels ne tardèrent pas à s'espacer, puis cessèrent. Pendant un moment, plus rien ne vint troubler le calme de notre vie.

Samuel faisait de son mieux pour distraire Belinda. Il lui achetait des cadeaux, des journaux et des revues, des disques et des cassettes, pour qu'elle ait de quoi s'occuper. Vers le milieu du neuvième mois, elle prit l'habitude de rester au lit presque toute la journée, sans même s'habiller. Elle ne se coiffait plus, mangeait sans cesse, et rendait Loretta folle avec ses réclamations incessantes. La femme de chambre finit par s'en plaindre.

— Ce n'est pas bon pour elle de manger autant, madame Logan. Elle devient trop grosse, Thelma le pense aussi.

— Quand je voudrai votre opinion sur son régime alimentaire, je vous la demanderai, ripostai-je aigrement. Jusque-là, servez-lui tout ce qu'elle demande.

Mais au fond de moi, je lui donnais raison. Belinda me faisait l'effet d'un gros jouet en peluche, à présent. Elle avait les traits boursouflés, son ventre proéminent soulevait la couverture. Sa grossesse était pour elle comme une tumeur qui dévorait sa beauté. Elle n'accordait plus la moindre attention à son apparence, d'ailleurs. Sans ses amies Pois Chiches et son troupeau d'admirateurs, elle se négligeait complètement, et ne mettait même plus de rouge à lèvres. Même son hygiène commençait à s'en ressentir. Et si je n'avais pas insisté pour qu'elle prenne des bains, elle aurait passé des journées entières sans même se laver le visage et les mains. Elle devint si paresseuse qu'elle ne se levait même plus pour aller aux toilettes. Loretta dut lui apporter un bassin, qu'elle laissait des heures à côté du lit jusqu'à ce qu'on vienne le vider.

Je finis par demander à Thelma de tenir les enfants éloignés de sa chambre.

— Elle pourrait leur donner des cauchemars, expliquai-je pour justifier ma décision.

Thelma se faisait beaucoup de souci pour Belinda, et s'étonnait de la façon dont nous la traitions. Ce n'était pas le genre de femme à se mêler des affaires d'autrui : elle était la discrétion même. Mais cette réclusion lui semblait si néfaste, pour une femme enceinte, qu'elle finit par m'exprimer son inquiétude. Un soir où je travaillais dans mon studio, elle vint me trouver. Je l'écoutai patiemment avant de répondre :

— J'apprécie votre sollicitude, Thelma, mais pour l'instant il ne saurait en être autrement.

— Mais pourquoi, madame Logan ?

Repoussant de côté le dossier que j'étudiais, je me redressai sur mon siège.

— Cette question ne vous concerne pas, Thelma. Mais comme vous faites désormais partie de la famille, je vais vous le dire.

Je lui décrivis la situation, déshonorante pour la famille. Sans prononcer de nom, j'expliquai que Belinda portait l'enfant d'un personnage très influent et que nous tentions de les protéger, elle et le bébé. Thelma se montra compréhensive. Je lui demandai sa coopération et elle me l'accorda sans restriction.

— J'aurai besoin que vous passiez plus de temps avec les enfants, Thelma. Je vais devoir me consacrer davantage à Belinda.

— Bien sûr, madame Logan. Vous pouvez compter sur moi.

Je la remerciai pour sa compréhension et elle me quitta satisfaite.

Pour Belinda, chaque jour qui passait semblait plus pénible que le précédent, à présent. Elle savait que le terme était proche.

— Quand le docteur va-t-il venir, Olivia? me demanda-t-elle un soir. Il n'est jamais passé me voir.

— Nous n'aurons pas de médecin, Belinda, je te l'ai dit. Je me suis arrangée avec une sage-femme. C'est plus discret.

— Pourquoi faut-il que ce soit discret?

Je réprimai un soupir excédé.

— Les gens ne sont pas au courant de ta grossesse, Belinda. Tâchons de garder le secret le plus longtemps possible. J'essaie de protéger ta réputation, c'est tout.

— Ma réputation? s'esclaffa-t-elle. Ma réputation? (Elle regarda le mur comme si elle voyait quelqu'un, comme si la chambre était à nouveau remplie d'admirateurs.) Vous entendez ça? Elle s'inquiète pour ma réputation!

Elle rit encore, chaque éclat de rire la suffoquant comme une toux, et s'achevant en une série de hoquets incontrôlables.

— Arrête, Belinda. Ça suffit.

— Ma réputation, répéta-t-elle, d'une voix stridente qui se mua en rire dément.

Je m'avançai jusqu'au lit et me penchai sur elle.

— Arrête ces idioties tout de suite, tu m'entends?

Son rire s'éteignit, dans une sorte de sanglot. Elle ferma les yeux et libéra un long soupir douloureux, à croire qu'elle allait rendre l'âme. Immobile, j'attendis à son chevet. Elle rouvrit les yeux et me sourit, comme si tout allait pour le mieux dans le meilleur des mondes.

— S'il te plaît, dis à Loretta que je voudrais une glace. À la framboise. Non, à la noisette, plutôt. Avec du chocolat et du sirop de guimauve.

— Très bien, acquiesçai-je.

Elle poussa un gémissement sourd.

— J'ai mal, aujourd'hui, Olivia. Vraiment très mal.

— Ça n'a rien d'étonnant, si tu restes vautrée là comme un cochon dans la fange. Mais tu connais les douleurs du travail. C'est à ce moment-là qu'il faudra nous occuper de toi.

— C'était une contraction, insista-t-elle. Ça commence. Je veux voir un médecin, Olivia. Je me moque de ma réputation !

— J'appellerai la sage-femme, elle viendra t'examiner demain, lui promis-je.

Puis j'allai transmettre sa commande à Loretta.

La sage-femme était une Brava, qui travaillait surtout pour les pauvres, mais qui rendait de temps en temps service aux gens importants dans les situations délicates. Elle s'appelait Isabella, et paraissait avoir au moins soixante-dix ans, mais je savais qu'elle n'en avait guère plus de cinquante. Elle laissait pendre ses longs cheveux gris sur ses épaules, et son visage était ridé comme une vieille pomme. La première fois qu'elle la vit, Belinda faillit s'étrangler de frayeur. Un peu plus tard, elle me dit que c'était une sorcière, et même qu'elle lui avait jeté un sort.

— Ne sois pas ridicule, la raisonnai-je.

Mais elle parut encore plus terrifiée après l'examen.

Isabella prédit qu'elle accoucherait bientôt, peut-être une semaine plus tard. Mais il s'avéra qu'elle avait mal calculé, car le lendemain Belinda entrait en travail. Elle souffrait tellement que Loretta dut m'appeler au bureau. J'envoyai immédiatement chercher la sage-femme, mais elle assistait une autre patiente à Hyannis. Tout l'après-midi, Belinda gémit et cria en s'agitant dans son lit. Loretta et moi veillâmes de notre mieux à son confort, mais il nous fut impossible de la soulager. Loretta était si inquiète qu'elle osa suggérer :

— Il faut qu'elle aille à l'hôpital, madame Logan.

— La sage-femme va bientôt arriver, la rassurai-je.

Samuel, qui était rentré à la maison aussi, attendait derrière la porte d'un air soucieux. De temps en temps, je sortais lui donner des nouvelles. Il n'était pas d'accord du tout avec cette façon de procéder.

— Nous avons tort de nous y prendre comme ça, Olivia. Conduisons-la tout de suite à l'hôpital.

— Tout ira bien, affirmai-je. Beaucoup de femmes accouchent à domicile. La plupart d'entre elles, en fait.

— Plus de nos jours, Olivia.

Malgré son insistance, je m'en tins à ma décision.

— Essaie de savoir ce que fait cette sage-femme, Samuel. Elle est peut-être déjà revenue de Hyannis.

Il s'attarda un peu tandis que Belinda hurlait de plus en plus, agrippée à ma main et me suppliant de faire quelque chose.

— Il n'y a rien à faire, Belinda. Le bébé est prêt à naître.

— Mais ce n'est pas comme la première fois !

Elle saisit mon poignet et m'attira sur elle avec une force surprenante.

— Je suis punie pour ce que j'ai fait, murmura-t-elle. Cette sorcière m'a envoûtée. Aide-moi, Olivia !

— Allons, assez ! Comporte-toi en adulte, pour une fois.

Je l'obligeai à lâcher mon poignet, mais elle s'accrocha à ma robe. Je dus en détacher ses doigts.

— Arrête ces simagrées stupides, Belinda. Je vais aller te chercher de l'eau, et des serviettes humides pour ta figure.

— Non, ne me laisse pas ! Je ne veux pas rester seule comme l'autre fois. J'ai peur.

— Tu deviens franchement ridicule, lançai-je en quittant la chambre.

Et je fermai soigneusement la porte pour ne plus entendre ses cris déchirants.

Pendant quelques instants, je restai plantée dans le couloir, à me demander ce que je désirais le plus. Que le bébé de Nelson soit vigoureux et en bonne santé, ou qu'il meure comme le premier enfant de Belinda.

Horrifiée, je me couvris le visage de mes mains. Je croyais encore entendre la voix de papa.

« Veille sur Belinda, répétait-elle comme un écho dans ma tête. Prends soin de Belinda. » *Belinda, Belinda, Belinda !* m'entendis-je penser comme un cri de révolte. Et moi, papa ? Et tout ce que je ressens, tout ce que j'endure ?

Je me ressaisis, respirai à fond et descendis, pour voir Samuel sortir en toute hâte.

— Isabella est revenue, me lança-t-il par-dessus son épaule. Je vais la chercher.

— Parfait.

Je pris tout mon temps pour retourner voir Belinda. Le fait est que je la laissai se tordre et se plaindre pendant près d'une demi-heure. Je l'entendis jeter quelque chose contre le mur, puis il y eut le bruit d'un choc. Je remontai dans sa chambre.

Elle était en train d'accoucher, les yeux si exorbités qu'ils donnaient l'impression de lui sortir de la tête.

— Pourquoi m'as-tu laissée seule ? Aide-moi !

Pour la première fois de ma vie je restai pétrifiée, hypnotisée par ce que j'avais sous les yeux. Je voyais la tête de l'enfant ! Belinda hurla et se courba en avant, telle une bête sauvage tentant d'arracher son petit de ses entrailles.

Un bruit de pas précipités retentit dans l'escalier. Je me retournai pour voir entrer Thelma, Loretta sur ses talons.

— Que se passe-t-il, madame Logan ?

D'un simple mouvement de tête, je lui désignai Belinda.

— Ô mon Dieu ! s'exclama-t-elle en courant vers le lit. Le bébé arrive !

Finalement, ce fut-elle et non la sage-femme qui mit au monde l'enfant de Belinda.

Une fille.

Ironie du sort, bien qu'elle ne fût pas née de moi, c'était la fille que Samuel avait désirée.

*
* *

Belinda ne montra aucun intérêt pour le bébé. Elle ne fit même pas la moindre suggestion pour lui donner un prénom. En fin de compte, ce fut Samuel qui choisit son nom de baptême d'après celui de sa propre mère : Hellie.

Le soir même, j'appelai Nelson de mon studio. Ce fut la bonne qui répondit, puis il vint prendre la communication.

— C'est une fille, annonçai-je. Nous l'avons appelée Hellie, comme la mère de Samuel.

— Elle va bien ?

— Autant qu'on puisse en juger, oui.

Il hésita une fraction de seconde avant d'ajouter :

— Et Belinda ?

— Non, elle ne va pas bien. Elle n'ira jamais bien, vous le savez comme moi.

— Avez-vous besoin de quoi que ce soit ? proposa-t-il sans enthousiasme.

— Pas pour le moment. Si vous voulez voir le bébé, passez demain soir après dix heures.

— Vous commettez une erreur, Olivia, soupira-t-il d'une voix lasse et défaite.

— Je ne crois pas que vous ayez le droit de tirer ces conclusions, Nelson. Ni même que vous soyez en mesure de le faire.

— Très bien, capitula-t-il. Je viendrai après dix heures.

Il vint. Il ferait tout ce que je lui demanderais de faire désormais, j'en étais sûre. Hellie serait mon arme, le fouet qu'il me suffirait de brandir. Aussi longtemps qu'elle vivrait sous mon toit, Nelson m'obéirait au doigt et à l'œil. Cette certitude me donnait un sentiment de pouvoir. Ce n'était pas de l'amour, mais pour le moment j'étais disposée à m'en contenter.

Je découvris très vite que Belinda n'était plus la même, depuis la naissance de Hellie. Dans les sombres méandres de sa cervelle, quelque chose d'épouvantable s'était produit. Elle se replia sur elle-même, atteignant un état presque catatonique. Chaque fois qu'elle voyait le bébé, elle le fixait d'un œil étonné, comme si c'était une surprise pour elle. Tout se passait comme si elle avait perdu la mémoire de sa grossesse, et en particulier celle de son accouchement. Même après plusieurs jours, quand elle se leva et se remit à circuler dans sa chambre, elle avait l'air de sortir du coma. Elle arborait une expression lointaine et bizarre, riait ou souriait pour un rien, et se comportait comme si elle n'était pas plus âgée que

Jacob. En fait, elle passait beaucoup de temps dans la salle de jeux, s'amusant avec les jouets des garçons, jusqu'à ce que je rentre et lui dise de se doucher et de s'habiller. Sur ma demande, Loretta l'avait mise au régime, mais elle s'arrangeait pour tricher. Elle errait dans la maison en fouillant partout, dérobait des biscuits pour les manger en cachette, et allait jusqu'à chaparder les desserts des enfants.

Elle évitait Hellie, qui semblait la terrifier. Parfois, la vue de sa propre fille lui inspirait une telle peur qu'elle en tremblait et en pleurait. C'était comme si elle redoutait que le bébé ne retourne dans son ventre et qu'elle ait à nouveau à le mettre au monde.

Quand je lui parlais, il lui arrivait de fondre en larmes subitement, au beau milieu de la conversation. Et quand je lui en demandais la raison, j'obtenais toujours la même réponse : « Je n'en sais rien. C'est plus fort que moi. » Je la quittais brusquement, furieuse et frustrée. Mais la vérité, c'est que j'avais peur. Peur de son étrange conduite, et de mon incapacité à la faire cesser ou à la corriger.

Elle dormait, la première fois que Nelson vint à la maison. Il ne la vit donc pas. J'allai moi-même lui ouvrir la porte et le conduisis aussitôt à l'étage. Samuel, qui lisait dans sa chambre, vint lui serrer la main mais ils n'échangèrent que quelques mots. Puis nous allâmes tous trois dans la nursery, où Nelson entra lentement. Thelma ne s'y trouvait pas, nous étions donc seuls avec le bébé.

— Elle est jolie, non ? sourit Samuel en le voyant se pencher sur le berceau.

— Oui.

— Je parie que ce sera une beauté. Qu'en penses-tu, Olivia ?

— Nous verrons.

Nelson semblait profondément surpris.

— Mais elle est en parfaite santé, on dirait !

— Les enfants nés hors des liens du mariage se portent aussi bien que les autres, rétorquai-je aigrement.

Il se redressa et nous fit face.

— Puis-je encore espérer vous faire changer d'avis, tous les deux ? Je pourrais lui trouver un bon foyer d'accueil, si vous vouliez.

— Non, refusai-je, catégorique. C'est une Gordon, maintenant. Elle ne saura peut-être jamais qui est son père, mais elle connaîtra au moins cette moitié-là de sa lignée.

Toujours souriant, Samuel m'apporta son soutien.

— Quand Olivia est décidée à faire quelque chose, Nelson, elle est inébranlable.

— Je sais. Voulez-vous de l'argent tout de suite ?

Je ne laissai même pas à Samuel le temps d'ouvrir la bouche.

— Quand j'aurai besoin de vous, Nelson, je vous le ferai savoir.

Il se détourna vivement de moi, et Samuel lui posa la main sur l'épaule.

— Si nous allions boire un verre, mon vieux ?

— Avec plaisir.

Nelson me jeta un dernier regard, puis quitta la pièce avec Samuel. Je baissai les yeux sur l'enfant endormie. Elle était vraiment très jolie. Je ne l'aurais jamais admis devant Nelson, mais j'avais espéré qu'elle serait laide, ou même difforme, parce qu'elle était la fille de Belinda. Deux courants d'émotions s'affrontaient en moi, et je ne savais plus où j'en étais. J'avais souhaité tout cela pour le bébé, du moins une part de moi-même l'avait voulu. Mais l'autre se réjouissait que ce fût une enfant délicieuse.

Nelson verrait les gens s'émerveiller devant elle, et il en aurait le cœur déchiré. Ce serait pour moi une exquise vengeance.

Après quelques mois, Belinda sembla retrouver un peu d'intérêt pour son apparence. Elle recommença à se coiffer, à se maquiller, mais là aussi quelque chose n'allait pas. Elle se fardait beaucoup trop, jusqu'à paraître grotesque. Et j'avais beau le lui faire remarquer, cela ne servait à rien. Elle me souriait, hochait la tête et continuait à se barbouiller la figure. Écœurée, je finis par suggérer à Samuel de l'envoyer faire un petit voyage.

— Une semaine d'absence pourrait lui faire du bien, tu ne crois pas ? Il se peut qu'elle retrouve son état normal. Bien qu'elle et moi ne soyons pas du même avis sur ce qui est ou n'est pas normal, je dois dire.

Samuel approuva, et nous étudiâmes la question ensemble. Elle avait déjà fait un séjour chez des parents de Charleston, plusieurs années plus tôt. Nous pouvions l'envoyer y passer quelque temps, par exemple une semaine. L'idée nous parut raisonnable à tous deux.

Mais le travail devenait de plus en plus accaparant, depuis peu. Nos affaires se développaient d'une façon fulgurante, je n'avais plus une minute à moi. Et surtout pas le temps de me tracasser pour Belinda. Puis, un après-midi, Loretta m'appela pour m'annoncer que ma sœur avait quitté la maison.

Je me mordis les lèvres. Et moi qui n'avais pas pensé à cacher les clés de la voiture ! Je me serais battue.

— Est-ce que quelqu'un est venu la chercher ? m'informai-je.

— Non, madame Logan.

— A-t-elle dit où elle allait, au moins ?

Loretta hésita un instant avant de répondre, comme à contrecœur :
— Oui.
— Et alors ?
— Elle a dit qu'elle rentrait à la maison, madame Logan.
— À la maison ? Avez-vous vu partir la voiture ? Dans quelle direction est-elle allée ?
— Elle n'a pas pris la voiture, madame Logan. Elle est partie à pied.
Je pris le temps d'avaler ma salive.
— À pied ? Merci, Loretta.
Je raccrochai en me levant, pour aller aussitôt mettre Samuel au courant. Moins d'une heure plus tard, nous avions retrouvé Belinda.
Elle marchait d'un bon pas le long de l'autoroute. Les voitures passaient dangereusement près d'elle, parfois jusqu'à la frôler, mais elle ne semblait ni le remarquer ni s'en soucier. Samuel s'arrêta devant elle et je descendis aussitôt.
— Belinda, qu'est-ce que tu fais là ? Où vas-tu comme ça ?
— Tiens, Olivia ! J'allais simplement...
Elle regarda autour d'elle, comme si elle prenait subitement conscience de l'endroit où elle se trouvait.
— J'allais simplement... quelque part, je ne me rappelle plus où. (Elle eut un petit rire un peu niais.) C'est idiot, je sais bien, mais il fait si beau ! Ce serait un crime de rester enfermée par une journée pareille.
— Monte dans la voiture, ordonnai-je en ouvrant la porte arrière. Allez, monte !
Elle s'installa docilement sur la banquette.
— Où est-ce qu'on va, Olivia ?
— À la maison, répondis-je avec une ironie grinçante.

Elle ne parla plus pendant tout le trajet du retour et, dès que nous fûmes arrivés, elle monta dans sa chambre.

— Elle n'est pas en état de partir en vacances, Olivia, constata Samuel. Il faut d'abord que nous la remettions sur pied. Nous allons lui refaire une santé, après on verra.

— Sauf que je n'ai pas le temps de m'en occuper, Samuel. Il va falloir qu'elle se prenne en charge, et sans traîner.

Il secoua la tête, comme si mes propos n'avaient aucun sens, mais n'objecta plus rien. Après le dîner, cependant, je montai dans la chambre de Belinda. Je la trouvai assise à sa coiffeuse, brossant distraitement ses cheveux. Elle souriait à son miroir comme si elle y voyait l'image d'une autre Belinda, plus mince, plus belle et plus jeune : celle qu'elle avait été.

— Belinda, commençai-je, il faut que je te parle. J'aimerais que tu me regardes et que tu m'écoutes.

Elle se retourna lentement.

— Je t'écoute toujours, Olivia.

— Oui, mais est-ce que tu m'entends ?

Elle émit un petit gloussement puéril.

— Si je t'écoute, je t'entends forcément, non ?

— Bien. Il faut que tu te reprennes, maintenant. Je veux que tu cesses de te conduire comme une... comme une détraquée. Je veux que tu t'habilles correctement, que tu te nourrisses correctement, que tu te maquilles correctement ; et que tu commences à réfléchir à ce que tu feras du reste de ta vie. Tu ne peux pas continuer à être un fardeau pour tout le monde. Tu comprends ce que je te dis ?

— Oui, Olivia.

— Parfait.

Elle se retourna vers le miroir et reprit son brossage monotone.

— En fait, je suis très ennuyée, Olivia. Personne ne m'a téléphoné de toute la journée.

— Ton téléphone a été débranché, Belinda. Tu te rappelles ?

— Ah bon ? Tu pourras le rebrancher, s'il te plaît ? J'attends des coups de fil.

Elle posa sa brosse et se passa du rouge sur les lèvres, minutieusement, couche après couche.

— C'est ridicule ! Ça ne peut pas durer, lui lançai-je en marchant vers la porte. Il faut arrêter ça, et tout de suite.

À peine sortie de sa chambre, je passai dans ma chambre et téléphonai à Nelson.

— Il y a une chose que j'aimerais que vous fassiez, annonçai-je dès qu'il prit l'appareil.

— De quoi s'agit-il ?

— Soyez à mon bureau demain matin, à onze heures.

— Mais j'ai d'autres rendez-vous, Olivia ! Je ne peux pas laisser tomber mes clients comme ça, sans crier gare.

Son ton implorant me radoucit un peu.

— Très bien, Nelson. Quand pourrez-vous venir ?

— Je serai libre entre deux et trois heures.

— Entendu.

Après avoir raccroché, je restai quelques instants songeuse. Est-ce que j'allais manquer à la promesse faite à papa ? Non, c'était le contraire, décidai-je. J'allais la tenir. J'avais la conscience tranquille.

En quittant ma chambre, j'entrai dans la nursery. Thelma tenait Hellie dans ses bras et la berçait pour l'endormir.

— Quelle enfant magnifique, madame Logan, dit-elle en m'apercevant.

— Je sais.

— Belinda va se remettre, affirma-t-elle. Dès qu'elle comprendra quelle petite fille merveilleuse elle a, tout s'arrangera.

— Nous verrons bien, Thelma, commentai-je en quittant la pièce.

Sur quoi, j'allai expliquer à Samuel ce que je croyais devoir faire. Il en parut troublé et malheureux, et s'efforça de m'en dissuader, mais j'étais sûre d'avoir raison.

Le lendemain, à deux heures trente, Nelson entrait dans mon bureau. Samuel déjeunait en ville et n'était pas encore de retour, nous étions donc en tête en tête. Nelson ferma la porte derrière lui, s'avança dans la pièce et s'assit en face de moi. Ses yeux jetaient des éclairs glacés.

— Est-ce ainsi que vous concevez désormais nos rapports, Olivia ? Vous ordonnez et j'accours ?

— Je vous ai appelé parce que c'est moi qui ai besoin de votre aide à présent, Nelson.

Sa grimace de dégoût s'effaça, remplacée par une expression d'intérêt manifeste.

— Je vois. De quoi s'agit-il ?

— De Belinda. Son état ne s'améliore pas. Nous avons tous deux sous-estimé le traumatisme qu'elle a subi, déclarai-je en me levant pour prendre appui sur le bureau.

Nelson suivait chacun de mes mouvements du regard.

— Je ne comprends pas.

— Je vous ai dit qu'elle avait certains problèmes psychologiques, depuis son accouchement, vous vous souvenez ?

— Oui, mais je sais qu'il n'est pas rare de...

— Je n'ai pas besoin d'un exposé sur les troubles nerveux des jeunes mères, l'arrêtai-je abruptement. Il s'agit d'une affection mentale beaucoup plus grave,

Nelson. Belinda est devenue... un véritable fardeau, en plus du reste.

— Je vous avais prévenue, Olivia. Je vous avais dit que garder l'enfant n'était pas...

— Je ne parle pas du bébé, Nelson. Je vous parle de mon travail, de mes affaires, de mes obligations mondaines. Le bébé n'est pas un problème. C'est Belinda, le problème.

— Désirez-vous que je vous recommande un bon médecin?

Je me penchai un peu plus en avant.

— Je veux que vous fassiez plus que cela, Nelson. Vous êtes juge, maintenant. Je veux que vous signiez un ordre d'internement. Elle a besoin d'être placée en établissement psychiatrique.

— Quoi? Vous n'êtes pas sérieuse! Belinda, internée?

— Elle a vraiment besoin de soins psychiatriques. Elle en a toujours eu besoin. Cette fois, c'est la goutte qui fait déborder le vase. Mes parents n'ont jamais voulu se l'avouer, mais ma sœur a toujours été instable. Maintenant, elle est pratiquement folle.

— Mais vous ne lui avez même pas fait subir d'examen spécialisé, protesta-t-il.

— Les conclusions de spécialistes ne seraient pas différentes, Nelson. Je vous demande de m'aider, de nous faciliter les choses. Il y a une excellente clinique, pas loin d'ici. Elle y serait très bien. Malheureusement, ils ont une liste d'attente longue comme le bras. Je veux que vous usiez de votre influence politique pour l'y faire admettre dans la semaine qui vient.

— La semaine prochaine!

Sa protestation indignée n'entama pas mon calme.

— Faites le nécessaire et communiquez-moi le résultat de vos démarches, Nelson. J'attendrai votre appel.

— Je ne ferai rien de tel, me défia-t-il.

— Non ? (Je me permis un sourire.) Vous esquivez vos responsabilités, alors ?

— Je n'esquive rien du tout, mais...

— Vous savez pourquoi elle en est là, et à qui elle le doit. Vous n'avez pas seulement fait un enfant à ma sœur, Nelson. Vous avez provoqué chez elle de graves troubles mentaux. Je devrais abandonner, déclarai-je en me redressant, et laisser toute cette histoire éclater au grand jour. J'en ai assez de couvrir les erreurs des uns et des autres.

Je repris place dans mon fauteuil, baissai les yeux sur le bureau et attendis, sans mot dire. Ce fut Nelson qui parla le premier.

— Olivia, demanda-t-il en baissant la voix, vous êtes sûre de ne pas vous tromper ?

— C'est la meilleure solution dans l'immédiat, pour elle comme pour nous. Ce n'est pas facile de faire ce qui doit être fait, Nelson, mais j'y suis toujours arrivée.

— Toujours ?

— Oui, affirmai-je en soutenant son regard. Alors ? Acceptez-vous de vous charger de cela pour moi ?

— N'est-ce pas dangereux pour sa santé mentale, Olivia ? Cela pourrait lui faire encore plus de tort.

— Plus qu'il ne lui en a déjà été fait, vous voulez dire ?

À nouveau, nos regards s'affrontèrent, et ce fut lui qui dut baisser le sien.

— Très bien, acquiesça-t-il dans un souffle. Je m'en charge.

— Ce sera mieux pour tout le monde, vous verrez. Même pour elle.

Il se leva et resta un instant les yeux fixés sur moi, un soupçon de sourire aux lèvres. Je ne pus m'empêcher de lui demander :

— Pourquoi souriez-vous ?

— Je pensais au surnom qu'on vous avait donné, au lycée. Comment vous appelait-on, déjà ? Miss Glaçon ?

— Oui, et Belinda Miss Tison. Laquelle de nous méritait le mieux son nom, d'après vous ?

— C'est une question à laquelle vous seule pouvez répondre, dit il en marchant vers la porte.

Sur ces mots il sortit pour aller accomplir, bon gré mal gré, la tâche ingrate que j'exigeais de lui.

ÉPILOGUE

Perplexe, je m'arrêtai devant la chambre de Belinda. Je l'entendais rire et parler avec animation, et pourtant je savais qu'elle était seule. Je savais également que son téléphone n'avait pas été rebranché. Elle rit encore et j'ouvris lentement sa porte. Je la trouvai assise à sa table, le combiné du téléphone calé entre la joue et l'épaule, occupée à se polir les ongles.

— Belinda ?

Elle pivota brusquement et leva les yeux sur moi.

— Désolée, Arnold, voilà ma sœur qui arrive. Il faut que je raccroche. Rappelle-moi demain, gazouilla-t-elle en reposant le combiné sur sa fourche.

Je sentis mon pouls s'accélérer.

— Mais qu'est-ce que tu fais, Belinda ?

— Je parlais à un ami, c'est tout. Je sais, je sais, je passe trop de temps au téléphone, inutile de courir le répéter à papa. Tu aimes cette couleur, Olivia ? demanda-t-elle en me montrant ses ongles.

Ceux de sa main droite étaient grenat, et ceux de la gauche d'un rouge presque rose.

— Je vais me vernir les ongles de pied de la même couleur, annonça-t-elle. Quin trouve ça débile, mais il a tort. Je marche très souvent pieds nus sur la plage, et il faut bien que… Allons, bon ! Excuse-moi une minute, tu veux ?

— Quoi ?

Stupéfaite, je la vis décrocher à nouveau le téléphone.

— Salut ! Je ne peux pas te parler maintenant, Louise. Tu peux me rappeler d'ici une heure ? Merci. Alors, reprit-elle en raccrochant, qu'est-ce que tu me veux ?

— Tu n'as pas oublié que tu pars aujourd'hui, j'espère ?

Elle battit rapidement des paupières, l'air un peu désemparée, puis elle me sourit.

— Oh non, je n'ai pas oublié, mais je n'ai pas eu beaucoup de temps pour faire mes bagages. Ce téléphone n'arrête pas de sonner, maintenant qu'ils savent tous que je pars en vacances. En fait, ils sont tous jaloux.

— La voiture est là, Belinda. Ne t'inquiète pas pour tes affaires. Je te les ferai parvenir.

— C'est vrai ? Oh, merci, merci ! Tu es tellement efficace, Olivia ! J'ai une chance folle d'avoir une sœur comme toi pour veiller sur moi. Bon...

Elle se leva et laissa errer son regard autour d'elle.

— Je crois que je ferais mieux de mettre ma veste, alors. Je prends la bleue, elle sera plus confortable pour le voyage, décida-t-elle en allant ouvrir sa penderie.

Je la regardai enfiler sa veste, s'approcher du miroir, faire bouffer ses cheveux. Combien de fois l'avais-je vue faire exactement la même chose ? Des centaines de fois, sûrement. Elle sourit, satisfaite de son apparence.

— Je suppose que mon chauffeur ne peut pas attendre indéfiniment, soupira-t-elle. Je suis prête.

Je la précédai hors de la chambre.

— Je n'ai pas prévenu tout le monde, Olivia, des tas d'amis vont m'appeler. Je sais que c'est très ennuyeux, ajouta-t-elle, mais tu leur diras où je suis, tu veux bien ?

— Mais oui, ne t'inquiète pas. Je le leur dirai.

— Merci.

Dans l'escalier, elle me dépassa en sautillant, puis fit halte à la porte pour m'attendre.

— Tu as l'air triste, aujourd'hui, Olivia. Tu aurais voulu venir aussi, c'est ça ? Pourquoi ne viens-tu pas ? Tu pourrais bien t'arrêter de travailler un petit peu, non ? Nous pourrions passer un bon moment toutes les deux, pour une fois. Faire des tas de choses idiotes, comme deux sœurs qui s'amusent.

— Je te rejoindrai plus tard, Belinda.

— C'est vrai ? Tant mieux ! répliqua-t-elle en me suivant sur le perron.

L'infirmière nous attendait près de la voiture. Elle ouvrit la porte et leva sur moi un regard interrogateur.

— Tout va bien, annonçai-je.

Elle hocha la tête et se tourna vers Belinda.

— Bonjour, Belinda. Je m'appelle Clara.

— J'adore vos cheveux ! Est-ce que c'est leur couleur naturelle ?

— Mais oui.

— J'ai pensé à changer la couleur des miens, fit observer ma sœur en montant à l'arrière de la limousine.

Clara m'adressa un sourire entendu.

— Tout est prévu, madame Logan. Ne vous inquiétez pas, tout ira bien.

— Merci, Clara. Je passerai demain. S'il y avait le moindre problème…

— Il n'y en aura pas, me rassura-t-elle.

Puis elle monta dans la voiture à son tour, à l'arrière elle aussi.

— Oh, Olivia ?

Je me penchai vers la portière ouverte, du côté de Belinda.

— Oui ?

— J'ai failli oublier. Il y a une lettre prête à poster, sur mon bureau. Finalement, j'ai écrit à Adam Franklin. Il n'arrête pas de m'envoyer des lettres et des cadeaux. Pourras-tu veiller à ce qu'elle parte au courrier ?

— Oui, Belinda.

— Merci. Ma sœur est formidable, confia-t-elle à Clara. Si vous voulez être certaine qu'une chose soit faite, adressez-vous à Olivia.

— À très bientôt, Belinda.

Elle me sourit, je fermai la portière. La limousine démarra. Je la suivis des yeux jusqu'au tournant de l'allée puis je me hâtai de rentrer.

Thelma donnait son biberon à Hellie, Chester galopait derrière Jacob à travers toute la maison. Ils faisaient semblant d'être un convoi de chemin de fer.

— Je suis le fourgon et lui la locomotive, maman ! vociféra Chester quand ils passèrent devant moi.

— Sois prudent, Jacob.

Il se retourna, la mine grave, disant par son seul regard que ma recommandation était bien inutile. Puis ils disparurent dans le corridor, et je montai jeter un coup d'œil dans la chambre de Belinda.

Il n'y avait pas de lettre sur le bureau. Elle en avait écrit une, je n'en doutais pas, mais il devait y avoir deux ou trois ans de cela. Pendant un moment, je restai immobile, contemplant ses objets personnels. Et subitement, la fatigue me terrassa. Je me félicitai d'avoir pris une journée de congé. Avec toutes ces démarches et ces préparatifs, sans compter les visites à la clinique, les dernières journées avaient été éprouvantes.

Je laisserais la pièce telle qu'elle était, pour quand Belinda reviendrait. Car elle ferait de temps en temps un petit séjour à la maison, je n'en doutais pas. Je refermai doucement la porte et descendis, dans l'intention d'aller prendre un peu l'air. J'allais faire une chose qu'il ne m'était pas arrivé de faire depuis longtemps, décidai-je : m'accorder un moment de détente.

L'air était cristallin, vif et frais sans être froid, grâce à la petite brise qui soufflait de la mer. De fines traînées de nuages s'effilochaient dans le ciel turquoise. Un couple de hérons tournoya un moment au-dessus de moi, puis partit à tire-d'aile en direction des terres et plongea derrière la colline. Loin sur ma gauche, un yacht qui ressemblait au nôtre approchait lentement du Cap. Sur l'eau bleu sombre moirée d'argent, les crêtes blanches des vagues étincelaient au grand soleil d'après-midi.

Je restai longtemps assise dans le belvédère, sans rien faire d'autre que contempler la mer. J'étais si absorbée par mes pensées que je n'entendis pas Samuel sortir, ni ses pas s'approcher de moi.

— Eh bien ? demanda-t-il en s'arrêtant au bas des marches.

— Eh bien quoi ?

— Comment cela s'est-il passé ?

— Très bien, affirmai-je. Aussi bien que l'on pouvait s'y attendre.

— As-tu appelé l'institution, pour savoir comment elle allait ?

— Non, pas encore. Il leur faut un peu de temps, expliquai-je, et ils n'ont pas besoin qu'on vienne les ennuyer sans arrêt.

— Et quand comptes-tu aller la voir ?

— Samuel, elle est arrivée chez eux aujourd'hui ! Nous devons leur laisser au moins le temps d'étudier son cas, tu ne crois pas ?

Il eut un petit sourire d'excuse.

— C'est juste que... je suis désolé pour elle, tu comprends.

— Il faut savoir contrôler ses émotions, si l'on veut pouvoir agir au mieux pour ceux qu'on aime, Samuel.

Dans le regard qu'il attacha sur moi, je vis poindre un intérêt soudain.

— C'est drôle, tout de même... je n'aurais jamais imaginé que tu aimais Belinda.

— Bien sûr que je l'aime. C'est ma sœur, non ?

Il acquiesça d'un signe de tête et se tourna vers l'océan.

— Nelson a appelé. Il voulait savoir comment tout se passait.

— Très généreux de sa part, commentai-je.

— Il est vraiment bourrelé de remords, Olivia.

— Tu me fends le cœur, répliquai-je, avec une grimace qui arracha un sourire à Samuel.

— Tu sais que Nelson t'appelle la Dame de Fer du Cap, maintenant ?

— Qu'il m'appelle comme il voudra, ça ne m'intéresse pas. Mais alors pas du tout, figure-toi.

Ma déclaration me valut un nouveau sourire de Samuel.

— Bon, je vais me préparer pour dîner, annonça-t-il.

Mais il ne s'éloigna pas tout de suite. Il avait l'air rêveur de quelqu'un qui remue des pensées agréables et voudrait les partager. Je ne me trompais pas.

— Cette petite Hellie... je jurerais qu'elle sourit déjà quand elle me regarde, Olivia. Ce sera une charmeuse.

— J'en suis convaincue, rétorquai-je.

Il rentra dans la maison, et la brise forcit un peu. Il me sembla entendre les rires et les cris joyeux des garçons. Au cours des années à venir, méditai-je, ils joueraient ensemble sur cette même pelouse, tous les trois. Ils grandiraient côte à côte, comme une seule famille.

J'ai raison. Je sais que j'ai raison, murmurai-je pour moi seule. Et je me dis que si papa était là, il m'approuverait. Mère aussi m'approuverait, même si elle aurait préféré ne pas évoquer la situation. J'en étais sûre.

Un jour, pensai-je, Nelson se rendrait compte de tout ce que j'avais fait pour lui, et il se montrerait plus reconnaissant. Il pourrait même cesser de m'en vouloir, et finir par m'aimer pour moi-même. Oui, cela se pouvait, je voulais le croire.

Mais pourquoi étais-je aussi triste, alors ? Si j'avais raison, pourquoi ne me sentais-je pas satisfaite ?

J'étais une femme d'affaires brillante et puissante, à qui tout réussissait. J'avais mes fils, j'avais la fille de Nelson. Tout n'était-il pas comme je l'avais voulu ?

Si seulement je pouvais voir dans l'avenir, y jeter ne fût-ce qu'un coup d'œil, pour en être tout à fait sûre, ne serait-ce pas merveilleux ? Mais voilà, c'était impossible, m'avouai-je. À moins de croire à la magie.

*
* *

Je me souvenais encore d'un certain soir, quand j'étais petite, où je m'étais promenée sur la plage avec papa. Comme il m'avait dit de le faire, j'avais ramassé un coquillage pour le mettre contre mon oreille, et j'avais entendu le grondement de l'océan.

— Comment l'océan peut-il être dans un coquillage, papa ?

— Il n'y est pas. Le coquillage est comme une oreille qui retient le bruit de la mer, m'avait-il expliqué. Puis, le soir, le grondement s'échappe et retourne à la mer.

J'avais ri.

— C'est ridicule, papa !

— Non, Olivia. C'est vrai. Le grondement que tu entends a résonné il y a cent ans de cela. C'est la voix de l'océan, prisonnière du coquillage. Si tu écoutes vraiment, de toutes tes forces, tu pourras même entendre crier une mouette.

Sceptique, j'écoutai encore et crus reconnaître le cri. Mes yeux s'arrondirent de surprise.

— Crois en quelque chose de magique, Olivia, me dit papa d'une voix émue. Nous devons tous croire en quelque chose de magique.

Il me prit la main, et nous poursuivîmes notre promenade. Je gardai un moment le coquillage, puis je le laissai tomber dans l'obscurité.

Toute ma vie, pensai-je avec un serrement de cœur, toute ma vie je le chercherais.

6053

Composition Chesteroc International Graphics
Achevé d'imprimer en Europe (France)
par Maury-Eurolivres à Manchecourt
le 5 novembre 2001.
Dépôt légal novembre 2001. ISBN 2-290-31460-9

Éditions J'ai lu
84, rue de Grenelle, 75007 Paris
Diffusion France et étranger : Flammarion